KB131360

닥터 지바고

닥터 지바고 상

Доктор Живаго

보리스 파스테르나크 장편소설 홍대화 옮김

DOCTOR ZHIVAGO
by BORIS PASTERNAK (1957)

이 책은 실로 꿰매어 제본하는 정통적인 사철 방식으로 만들어졌습니다.
사철 방식으로 제본된 책은 오랫동안 보관해도 손상되지 않습니다.

제1권

『닥터 지바고』 등장인물

유리(유라, 유로치카) **안드레예비치 지바고** 작품의 주인공으로 의사이자 작
가이다.

옙그라프(그라냐) **지바고** 유리 지바고의 이복동생으로 늘 위기의 순간에 유
리 지바고의 가정에 나타나 그들에게 도움을 주고 사라진다.

알렉산드르(사센카, 슈라, 슈로치카) **유리예비치 지바고** 유리 지바고와 안토
니나 알렉산드로브나의 아들이다.

니콜라이(콜랴) **니콜라예비치 베데냐핀** 유리 지바고의 외삼촌이다. 스스
로 성직을 내려놓은 신부로 철학자이다. 유리 지바고 사상의 원류이다.

안토니나(토냐, 토네치카, 톤카) **알렉산드로브나 그로메코** 유리 지바고의
부인이다. 유랴틴의 부호이자 귀족인 크류게르 집안의 상속녀이다.

알렉산드르 알렉산드로비치 그로메코 페트롭스카야 아카데미에 근무하
는 화학과 교수이다.

안나 이바노브나 그로메코 알렉산드르 알렉산드로비치 그로메코의 아내
로, 결혼 전 성은 크류게르이다. 내전이 일어나자 유리 지바고 가족이 그녀
의 친정이 있는 바리키노로 피난을 간다.

인노켄티(니카) **두도로프** 유리 지바고의 친구이다. 혁명가인 부모 밑에서
사회주의 혁명을 받아들이고 찬미하지만, 유형을 다녀온 후 대학교수로 활
동한다.

미하일(미샤) **고르돈** 유리 지바고의 친구로 유대인이다. 유리 지바고의 아버
지의 자살을 목격한다. 어린 시절을 유리 지바고와 함께 보내며 기회가 있
을 때마다 코마롭스키의 정체를 유리에게 알려 준다. 그도 유형을 당한다.

라리사(라라, 라루샤, 라로치카) **기샤로바** 작품의 여주인공이다. 유리 지바고
의 혼외 부인이자 진실한 사랑의 대상이다. 수난당하는 러시아를 상징한다.

아말리야 카를로브나 기샤로바 라라의 어머니이다. 남편이 일찍 죽고 남
매와 함께 모스크바에 와서 코마롭스키의 후원하에 양장점을 한다.

로디온(로댜, 로디카) **기샤르** 라라의 오빠로 사관학교 생도이다. 사관생도들
이 교장에게 졸업 기념 선물을 하기 위해 맡긴 돈을 도박으로 탕진한 후 라

라를 찾아가 코마롭스키에게 도움을 청해 달라고 부탁한다.

파벨(파툴랴, 파시카, 파블루시카, 파샤, 파셴카, 파툴레치카) **파블로비치 안티포프** 라라 기샤로바의 남편이다.

카튜샤(카텐카, 카탸) **안티포바** 라라와 파벨 안티포프의 딸이다.

타티야나(타냐, 탄카, 타뉴샤) **베조체례도바** 라라와 유리 지바고 사이에 태어난 딸이다. 고아가 되어 유리 방랑하며 살아가다가 우연히 고르돈, 두도로프, 옙그라프 지바고를 만난다.

마리나(마린카) **마르켈로비치 시챠포프** 그로메코 집의 경비원이던 마르켈의 막내딸이다. 유리 지바고의 세 번째 부인이 된다.

빅토르 이폴리토비치 코마롭스키 유리 지바고의 아버지의 죽음에 영향을 미친 타락하고 정치적인 변호사이다. 소녀인 라라를 성적으로 유린하고, 유리와 라라를 헤어지게 만드는 직접적인 원인 제공자이다.

라브렌티 미하일로비치 콜로그리보프 대단한 부호이자 사업가이지만, 볼셰비키의 사상에 공명하는 진보적인 인사이다. 유리 지바고가 어릴 때 니콜라이 니콜라예비치 베데냐핀이 데려간 집의 주인이다. 라라가 나중에 재정적으로 정서적으로 그의 큰 도움을 받는다. 나댜 콜로그리보바의 아버지이다. 유리 지바고의 아버지는 콜로그리보프 역 근처에서 사망한다.

나제즈다(나댜) **콜로그리보바** 라라와 같은 학교를 다닌 동급생이다. 라라는 코마롭스키를 피하기 위해 나댜의 동생 리파의 가정 교사로 들어간다. 나댜와 니카는 어린 시절 콜로그리보프의 집에서 함께 지내며 논다.

올림피아다(리파, 리포치카) **콜로그리보바** 라라가 가정 교사로 돌본 나댜의 여동생이다.

파벨 페라폰토비치 안티포프 파벨 안티포프의 아버지이다. 철도 노동자로 혁명가이며, 혁명 재판소에서 일한다.

키프리얀(쿠프린카) **사벨리예비치 티베르진** 철도 노동자이자 안티포프의 혁명적 동지이다. 아버지도 철도 노동자인데 사고로 사망한다. 혁명 재판소에서 일한다.

표트르 후돌레예프 티베르진의 어머니에게 두 번 청혼했다가 거절당한 후 어린 철도 직원을 학대하는 데 재미를 붙이고 산다. 유숩카 갈리울린이 있는 병영에 병사로 들어와 갈리울린에게 학대를 당하는데, 갈리울린 스스로가 그러한 자신의 모습을 견딜 수 없어 최전방으로 자원해서 떠난다.

기마제트딘 갈리울린 티베르진이 살던 건물의 경비원으로 유숩카 갈리울린의 아버지이다. 전쟁터에서 아들과 유리 지바고, 라라 기샤로바가 우연히 함께 있게 된 장소에서 사망하는데, 아무도 그를 알아보지 못한다.

유숩카 기마제트디노비치 갈리울린 후돌레예프에게 학대를 당하는 소년 철도공으로 기마제트딘의 아들이다. 제1차 세계 대전 때 전장에 나가 멜류제예보에서 유리 지바고 및 라라와 함께 근무한다. 나중에 백군의 대장이 되어 유랴틴에서 라라를 많이 도와준다. 유숩카의 어머니인 갈리울리나는 티베르진이 살던 건물의 관리인으로 주택 위원회의 일원이 되고, 유리 지바고와 우연히 만나게 된다.

올가(올랴) **데미나** 라라 어머니의 양장점에서 일하는 여직공이자 라라의 친구이다. 올랴 데미나의 할머니가 티베르지나이다. 어릴 때 라라는 올랴 데미나의 집에 가서 파벨 안티포프와 알게 된다. 10월 혁명 이후 티베르진이 살았던 브레스츠카야 지역 소비에트의 대표가 된다.

바실리(바샤, 바시카, 바센카) **브리킨** 지바고 가족들이 유랴틴으로 가는 난방 화차에서 만난 소년이다. 삼촌 대신 속아서 강제 노역에 동원되어 끌려가다가 탈출한다. 훗날 다시 모스크바로 돌아가는 유리 지바고와 만난다. 모스크바에서 인쇄 기술을 배워 유리 지바고의 소책자 출판에 도움을 준다.

코스토예트-아무르스키 사회 혁명당원이자 협동조합주의자이다. 유리 지바고의 가족이 유랴틴으로 가던 열차에 같이 타고 있던 사람이다. 파르티잔 부대에서 이들은 다시 만난다.

펠라게야(폴랴, 팔라샤) **닐로브나 탸구노바** 브리킨과 더불어 난방 화차에 타고 있던 여인이다. 프리툴리예프의 내연녀로, 바샤 브리킨과 함께 도주한다. 유리 지바고가 파르티잔에 포로로 있을 때, 우연히 그녀를 만나게 된다. 탸구노바는 테렌티 갈루진의 이모인 올가 갈루지나의 집에서 신세를 지며 살아간다.

안핌 예피모비치 삼데뱌토프 유랴틴의 유력한 사업가이자 볼셰비키 지지자이다. 유리와 라라가 바리키노에서 살 수 있도록 돌봐 준다.

아베르키 스테파노비치 미쿨리친 유랴틴에 정치범으로 유형을 와서 크류게르 집안의 관리인이 되어 정착한다. 사회 혁명당원으로 2월 혁명 후 제헌의회에 선출된다.

리베리(레스니, 립카) **미쿨리친** 아베르키 미쿨리친의 큰아들로 파르티잔 대장이다.

아그라페나 세베리노브나 툰체바 유랴틴의 유명한 네 자매 중 첫째이다. 아베르키 미쿨리친의 첫 부인이자 리베리의 엄마로, 리베리가 전쟁에 뛰어든 직후 사망한다.

옙도키야 세베리노브나 툰체바 아그라페나의 바로 아래 동생으로 도서관 사서이다.

글라피라 세베리노브나 툰체바 재주가 많은 셋째로, 미용사로 재봉사로 일한다. 유리 지바고가 파르티잔에서 돌아왔을 때 그의 머리를 깎아 준다.

세라피마(시무시카, 시마, 시모치카) **세베리노브나 툰체바** 유리 지바고의 사상을 민중의 언어로 표현하는 여인이다. 라라의 친구이다.

옐레나(레노치카, 레노크) **프로클로브나** 아베르키 미쿨리친의 두 번째 부인이다.

테렌티(테료시카, 테료샤) **갈루진** 백군 지역에서 탈출한 망나니이다. 유리 지바고가 있던 파르티잔에 들어왔다가 배신행위로 총살당하지만, 살아남아 떠돌던 중 스트렐니코프, 즉 안티포프를 철길에서 만나 고발하여 그의 목숨을 위험하게 만든다.

팜필 팔리흐 유리 지바고와 라라, 갈리울린이 함께 있던 멜류제예보에서 군사 정치 위원이었던 긴츠를 총으로 쏴 죽인다. 파르티잔 부대에서 유리 지바고와 만난다.

마드무아젤 플레리 멜류제예보의 자브린스카야 집안에서 가정 교사로 일하던 스위스인이다. 유리 지바고와 라라를 엮어 주려고 애쓴다. 유리 지바고가 사망할 때, 그가 탄 전차 옆을 지나간다.

마르파(마르푸샤, 마르푸시카) 타냐를 잠시 키운 여자 전철수이다.

제1권

제1부

5시 급행열차

1

사람들은 걷고 또 걸으며 「영원한 기억」[1]을 불렀고, 그들이 발걸음을 멈추자 발소리와 말발굽 소리, 바람결이 그 곡조를 이어 부르는 것 같았다.

행인들은 장례 행렬이 지나가도록 길을 터주며 화환 수를 세고 성호를 그었다. 호기심 많은 사람들이 행렬에 끼어들며 물었다. 「누구의 장례식입니까?」 그들에게 대답해 주었다. 「지바고요.」 「아, 그렇군요. 이제 이해가 갑니다.」 「남편이 아니라 부인이에요.」 「마찬가지죠. 천국에 들어가시기를. 성대한 장례식이로군요.」

얼마 남지 않은 마지막 순간이 돌이킬 수 없이 명멸해 갔다. 「주의 땅과 그 땅을 채운 것들이여, 온 우주와 그 안에 사는 모든 생명이여.」[2] 성직자가 마리야 니콜라예브나의 관에 성

---

1 러시아 정교 장례 예배에서 죽은 자를 추모하며 부르는 장례곡이다. 이하 모든 주는 옮긴이의 주이다.

호를 긋는 동작으로 흙을 한 줌 던졌다. 사람들은 기도문「의로운 영혼들 중에서」를 불렀다. 맹렬한 경주가 시작되었다. 관을 닫고 못을 박아 땅으로 내렸다. 네 개의 삽들이 빗발치듯 서둘러 흙덩이를 무덤에 던졌다. 무덤 위로 작은 봉분이 솟아올랐다. 그 위로 열 살 소년이 올라갔다.

큰 장례식이 끝날 즈음이면 으레 찾아오는 망연자실함과 무감각 상태에 이르러서야 소년이 어머니의 무덤 위에서 무언가 말하고 싶어 하는 것을 볼 수 있었다.

그는 봉분에서 고개를 들고 황량한 가을밭과 수도원 지붕을 향해 멍한 시선을 던졌다. 들창코인 그의 얼굴이 일그러졌다. 그는 목을 뺐다. 만약 작은 늑대가 그런 동작으로 고개를 들었다면 분명 곧 울부짖었을 것이다. 소년은 두 손으로 얼굴을 가리고 흐느껴 울었다. 그를 맞으러 날아온 구름은 차가운 소낙비에 젖은 채찍이 되어 소년의 손과 얼굴을 내리쳤다. 좁은 소매에 주름이 많이 잡힌 검은 옷차림의 사나이가 무덤으로 다가왔다. 죽은 여인의 동생이자 울고 있는 소년의 외삼촌인 니콜라이 니콜라예비치 베데냐핀은 자발적으로 성직을 사임한 신부였다. 그는 소년에게 다가가 묘지에서 그를 데리고 나갔다.

---

2 『구약 성경』, 「시편」 24편 1절. 〈이 세상과, 그 안에 가득한 것이 모두 야훼의 것, 이 땅과 그 위에 사는 것이 모두 야훼의 것〉에 곡을 붙인 장송곡이다. 뒤에 나오는 기도문「의로운 영혼들 중에서」는 장례 마지막에 부르는 노래이다.

2

그들은 오래 알고 지낸 덕에 수도원에서 내준 방 한 칸에 묵고 있었다. 성모제 전야[3]였다. 다음 날 소년은 외삼촌과 함께 멀리 남쪽 볼가강 유역 어느 주(州)의 도시로 떠나야만 했다. 니콜라이 신부는 진보적인 지역 신문을 발간하는 그곳 출판사에서 일하고 있었다. 기차표는 이미 구입했고, 짐도 꾸려서 독수방[4]에 갖다 놓았다. 가까운 역에서 조차하는 기관차들의 구슬픈 휘파람 소리가 바람결에 멀리까지 날아왔다.

저녁이 되자 몹시 추워졌다. 지면 높이의 두 창문은 노란 아카시아 관목에 둘러싸인 볼품없는 채소밭의 한 귀퉁이와 차마(車馬) 도로의 얼어붙은 웅덩이, 낮에 마리야 니콜라예브나를 묻은 묘지 끝을 향해 나 있었다. 추위로 시퍼레진 배추가 자라는 구불구불한 몇 개의 이랑을 빼면 채소밭은 황량했다. 바람이 불자 낙엽 진 아카시아 관목이 귀신 들린 사람처럼 몸부림을 치며 길바닥에 드러누웠다.

밤에 창문을 두드리는 소리에 유라는 잠에서 깨어났다. 어두운 독수방은 번뜩이는 하얀 빛을 받아 초자연적으로 환했

3 러시아 정교에서 가장 큰 축일 중 하나로 10월 1일부터 보름 동안 진행된다. 밤을 새워 기도하던 성 안드레가 본 환상을 계기로 제정된 축일이다. 세례 요한과 사도 요한의 수행을 받으며 수많은 성인 및 천사들과 함께 천상으로 올라가던 성모 마리아가 머리에 쓴 덮개를 벗어 기도하는 사람들의 머리 위에 펼치는 환상이다. 러시아에서는 혁명 이전에 율리우스력을 썼고, 그 이후에는 그레고리우스력을 썼다. 두 달력의 차이는 13일로 그레고리우스력에 따르면 이 축일은 10월 14일이 된다. 이후 각주에는 구력(신력)의 순으로 표기한다.
4 수도사가 홀로 수도하는 방을 의미한다.

다. 셔츠 하나만 입은 유라는 창가로 달려가 차가운 유리에 얼굴을 갖다 댔다.

창문 너머에는 길도, 무덤도, 채소밭도 보이지 않았다. 마당에는 눈보라가 회오리치고 대기는 눈발을 연기처럼 내뿜었다. 폭풍은 마치 유라를 알아채고 자신이 얼마나 무서운지 의식하며 그에게 준 인상을 즐기는 것 같았다. 폭풍은 윙윙 휘파람 소리를 내며 모든 수단을 동원해 유라의 관심을 끌려고 애썼다. 하늘에서는 하얀 천이 땅을 켜켜이 덮으며 시신을 싸는 천처럼 무한히 휘감아 돌며 떨어졌다. 세상에는 눈보라 하나뿐, 아무것도 그와 겨룰 만한 것이 없었다.

유라가 창턱에서 내려와 처음 취한 행동은 뭔가 조치를 취하려고 옷을 입고 거리로 나가는 것이었다. 수도원의 배추들을 다 쓸어가 수확하지 못할까 봐, 눈보라가 들판에 있는 엄마를 뒤덮어 맞설 힘이 없는 엄마를 그의 곁에서 더 깊이 더 멀리 땅속으로 데려갈까 봐, 그는 그게 두려웠다.

눈물바람으로 또다시 일단락이 되었다. 잠이 깬 외삼촌이 그리스도 이야기를 해주며 그를 위로했고, 그 후 하품을 하며 창가로 다가가 생각에 잠겼다. 그들은 옷을 입었다. 날이 밝아 왔다.

3

어머니가 아직 살아 있는 동안, 유라는 아버지가 오래전에 그들을 버리고 시베리아와 외국의 여러 도시를 전전하며 술과 여자로 허랑방탕한 세월을 보냈고, 수백만 루블에 달하는 재산을 이미 바람처럼 탕진해 버렸다는 것을 알지 못했다. 유라는 아버지가 페테르부르크나 큰 장이 서는 도시, 주로 이르비트[5]에 있다고 늘 들어 왔다.

항상 병마에 시달리던 어머니는 나중에 알고 보니 폐결핵이었다. 그녀는 프랑스 남부와 이탈리아 북부로 치료차 다녔고, 유라는 두 번 동행한 적이 있었다. 그렇게 유라의 유년기는 잦은 무질서와 끊임없는 수수께끼에 휩싸인 채 계속해서 바뀌는 낯선 이들의 품 안에서 흘러갔다. 그는 그러한 변화에 익숙해졌고, 도저히 이치에 맞지 않는 환경에서도 아버지의 부재로 인해 놀라지 않았다.

그가 아직 어린 소년일 때만 해도 정말 다양한 물건에 자신의 성이 붙은 것을 보았다. 지바고 공장, 지바고 은행, 지바고 건물이 있었고, 넥타이를 매고 꽂는 핀은 지바고 핀으로, 심지어 럼 과자 비슷한 둥근 모양의 달콤한 과자도 지바고라고 불렸다. 한때 모스크바에는 마부에게 〈지바고 집으로!〉라고 소리치면, 〈멀리 변두리로!〉라고 외친 듯 마부가 썰매에 태워 머나먼 마법의 세계, 환상의 왕국으로 데려다주던 시절이 있었다. 그러면 조용한 공원이 주변을 둘러쌌다. 축 늘어진 전나무 가지 위에 까마귀들이 서리를 흩뿌리며 앉았다. 깍

5 러시아 서부에 위치한 도시로 예카테린부르크 북동쪽에 있다. 시베리아와 유럽 러시아를 잇는 도시로, 1643년부터 혁명 전까지 1년에 한 번 큰 장이 섰다. 혁명 후에는 1922년부터 1929년까지 장이 섰다. 시베리아, 중국, 모스크바, 우랄, 아르한겔스크, 중앙아시아 상인들이 모여 거래했다.

깍 소리가 큰 나뭇가지가 부러지는 딱딱 소리처럼 사방에 울려 퍼졌다. 숲속 길 뒤로 혈통 좋은 개들이 신축 건물에서 나와 길을 가로질러 달려갔다. 그곳에 불이 켜졌다. 저녁의 어스름이 내렸다.

이 모든 것이 삽시간에 바람처럼 사라졌다. 그들은 영락했다.

4

1903년 여름, 유라와 외삼촌은 쌍두 유개 마차를 타고 견방적 공장주이자 예술계 후원자인 콜로그리보프의 영지 두플랸카로, 교육가이자 유익한 지식의 보급자인 이반 이바노비치 보스코보이니코프를 만나기 위해 들판을 달리고 있었다.

카잔 성모제의 날[6]이었고, 추수가 한창이었다. 점심시간이라 그랬는지, 아니면 축일이라 그랬는지 모르지만 들판에는 사람 한 명 보이지 않았다. 태양이 머리를 반만 깎은 죄수의 뒷덜미처럼 수확이 채 되지 않은 땅뙈기를 내리쬐고 있었다. 들판 위로 새들이 날아다녔다. 밀은 이삭을 품고 활처럼 고개를 숙이고 있거나 길에서 멀리 떨어진 곳에 십자가 모양으로 포개진 낟가리 묶음으로 비쭉 솟아 있었는데, 오래 들여다보면 움직이는 사람의 모습처럼 보였고, 마치 수평선 끝을 오가며 뭔가를 기록하는 측량사 같기도 했다.

6 카잔에서 1579년에 발견된 기적을 행하는 성모 마리아 성상을 기념하는 축일이다. 율리우스력으로 7월 8일, 그레고리우스력으로는 21일이다.

「이 들판은……」 니콜라이 니콜라예비치가 출판사에서 온 잡역부이자 수위인 파벨에게 물었다. 파벨은 자기 직업이 마부도 아니고 직업상 말을 부리는 게 아니라는 것을 보여 주려는 듯, 등을 구부리고 다리를 포갠 자세로 마부석에 삐딱하게 앉아 있었다. 「이 들판은 지주의 것인가, 아니면 농민의 것인가?」

「이 들판은 주인들의 것이지요.」 파벨이 대답하고 담배를 피워 물었다. 「요 녀석.」 그는 불을 붙여 담배를 한 모금 빨고는 한참을 쉬었다가 채찍 손잡이 끝으로 다른 쪽을 찔렀다. 「자기들끼리 노는군. 잠들었냐?」 그는 끊임없이 말들에게 소리를 질렀고, 기계공이 압력계를 바라보듯 말들의 꼬리와 궁둥이를 줄곧 흘겨보았다.

그러나 말들은 세상에 있는 모든 말들처럼 마차를 끌고 있었다. 가운데 말은 잔꾀를 부릴 줄 모르는 고지식한 천성으로 달렸고, 옆 말은 잘 모르는 사람이 보면 악명 높은 게으름뱅이처럼 보였으며, 자기가 질주할 때마다 울리는 작은 방울 소리에 백조처럼 이리저리 몸과 무릎을 굽혀 춤만 출 줄 알았다.

니콜라이 니콜라예비치는 강화된 검열의 압력을 고려하여 출판사가 재검토를 요청했기 때문에 토지 문제에 관한 자신의 책 수정본을 보스코보이니코프에게 가져가는 중이었다.

「군(郡)의 백성들이 제멋대로 굴고 있어.」 니콜라이 니콜라예비치가 말했다. 「판콥스카야 읍에서는 상인이 학살되었고, 젬스트보[7]에 속한 종마 사육장에 불을 질렀지. 자네는 이걸

7 알렉산드르 2세의 대개혁을 통해 1864년부터 1919년까지 존속한 러시

어떻게 생각하나? 자네 시골에서는 뭐라고들 하나?」

그러나 파벨은 보스코보이니코프가 농지에 품은 열정을 억누르려고 한 검열관보다 사태를 더 음울하게 바라보았다.

「뭐라고 하느냐고요? 백성들이 풀어졌대요. 응석을 너무 받아 줬다고들 하지요. 우리 형제하고는 아무것도 할 수 없어요. 농부에게 자유를 줘보세요, 서로 눌러 뭉개려고 들 겁니다, 참되신 주여. 어이, 잠들었냐?」

외삼촌과 조카가 두플랸카에 온 것은 이번이 두 번째였다. 유라는 자기가 길을 기억한다고 생각했기 때문에, 들판이 돌진하듯 활짝 열리고 숲이 가느다란 띠처럼 들판을 앞뒤로 감쌀 때마다 길에서 오른쪽으로 꺾어 들어가는 지점을 알아볼 수 있고, 꺾어 들어가자마자 저 멀리 반짝이는 강, 그 너머에 달리는 기찻길과 대략 3만 평 규모의 콜로그리보프 영지가 파노라마처럼 펼쳐졌다가 곧바로 자취를 감출 것이라고 생각했다. 그러나 그는 번번이 속았다. 들판은 들판으로 바뀌었다. 숲이 들판을 자꾸만 감싸고 또 감쌌다. 광활한 공간이 끊임없이 번갈아 가며 바뀌자, 마음이 넓어지고 풍부해졌다. 미래를 꿈꾸며 생각하고 싶은 마음이 들었다.

훗날 니콜라이 니콜라예비치에게 유명세를 가져다줄 책들 중 집필된 책은 아직 단 한 권도 없었다. 그러나 그의 사상은 이미 윤곽이 잡혀 있었다. 그는 자신의 때가 가까이 왔는지 모르고 있었다.

당대 대표 문인, 대학교수, 혁명 철학자들 중 곧 이 사람이

아의 지방 자치 기구. 주, 군, 읍 단위로 대표를 선출했다.

나타났어야만 했는데, 그는 그들이 다루는 주제에 대해 사유했지만 용어를 제외하고는 그들과 공유하는 것이 단 하나도 없었다. 그들 모두 일종의 도그마를 축적하고 말과 겉치레에 만족해하는 반면, 니콜라이 신부는 톨스토이주의와 혁명[8]을 겪고서 앞으로 계속 전진한 성직자였다. 그는 고양되었지만 실체가 있는 사상, 그 움직임에서 각양각색의 길을 위선 없이 그려 낼 수 있고 세상의 뭔가를 조금 더 낫게 변화시킬 수 있는 사상, 심지어 아이도 무식한 사람도 번개의 섬광 혹은 지나가는 천둥의 흔적처럼 금방 알아볼 수 있을 그런 사상을 갈망했다. 그는 새로운 것을 갈망했다.

유라는 외삼촌과 함께 있는 것이 좋았다. 그는 엄마를 닮은 사람이었다. 그는 엄마처럼 아무리 낯설다고 할지라도 편견을 품지 않는 자유로운 사람이었다. 그는 엄마처럼 모든 살아 있는 자와 자신이 동등하다는 귀족적인 감정을 품고 있었다. 그는 엄마처럼 모든 것을 첫눈에 이해했고, 생각이 아직 생생하고 그 의미를 상실하지 않았을 때 그것을 머리에 처음 들어온 형태 그대로 표현할 줄 알았다.

유라는 외삼촌이 자신을 두플랸카로 데려가 주는 것이 좋았다. 그곳은 무척 아름다웠고, 그 그림 같은 경치는 자연을 좋아해서 유라를 산책에 자주 데리고 나갔던 엄마를 기억나

8 톨스토이주의는 반(反)국가, 반교회, 평등주의적 사회 독트린으로서 지상에서 하느님의 왕국을 시민 불복종과 비폭력 저항으로 성취해야 한다는 사상이다. 이는 1990년대에 톨스토이와 그의 제자들에 의해 설파되었다. 비슷한 시기에 혁명을 위한 운동은 러시아에서 거의 마르크스주의자들과 인민주의자들에 의해 등장했다.

게 했다. 그뿐 아니라 유라는 보스코보이니코프의 집에 사는 김나지움[9] 학생인 니카 두도로프와 다시 만나게 될 것이 기뻤다. 두도로프는 그보다 두 살 더 많았으므로 분명 그를 얕잡아 봤다. 그는 인사를 나눌 때 팔을 억지로 밑으로 당기고, 머리카락이 이마에 쏟아져 얼굴의 반을 가릴 정도로 고개를 낮게 숙여 인사했다.

5

「빈곤 상태의 중대한 핵심은······.」 니콜라이 니콜라예비치가 수정한 원고를 읽었다.

「내 생각에는 이게 더 낫겠는데요, 본질은······.」 이반 이바노비치가 이렇게 말하고, 필요한 수정 사항을 교정지에 기입했다.

그들은 유리로 된 어두운 테라스에서 일하고 있었다. 무질서하게 구르는 물뿌리개와 정원용 도구들만 간신히 분간할 수 있었다. 부서진 의자 등받이에는 우비가 걸쳐져 있었다. 구석에는 바싹 마른 진흙이 덕지덕지 붙은 소택지용 장화가 목이 꺾인 채 바닥에 세워져 있었다.

「한편, 사망과 출산의 통계가 보여 주듯이······.」 니콜라이

---

9 6년제의 학교로 중고등학교 통합 과정이라고 보면 된다. 19세기 초 대학에 들어가기 전의 교육 과정이자, 교양 습득과 교사로서의 활동에 필요한 지식 습득의 목적으로 세워졌다.

니콜라예비치가 불러 주었다.

「회계 연도를 기입해야겠어요.」 이반 이바노비치가 이렇게 말하고 기록했다.

테라스에 바람이 약간 불었다. 책자의 종이들 위에는 날아가지 않도록 작은 화강암 조각이 놓여 있었다.

일을 마치자 니콜라이 니콜라예비치가 서둘러 돌아갈 채비를 했다.

「먹구름이 몰려오네요. 어서 가야겠어요.」

「생각도 하지 마세요. 보내 드리지 않을 겁니다. 이제 차를 같이 마십시다.」

「저녁까지는 반드시 시내에 가야 해요.」

울타리가 쳐진 작은 정원에서 차를 끓이는 사모바르[10]의 탄내가 들어와 담배 냄새와 양꽃마리 냄새를 지워 버렸다. 곁채에서 우유 크림, 딸기류, 응유 바른 과자를 내왔다. 갑자기 파벨이 멱을 감으러 강으로 가는 김에 말들도 씻기려고 데려갔다는 소식이 전해졌다. 니콜라이 니콜라예비치는 뜻을 굽히지 않을 수 없었다.

「찻상을 차릴 동안 절벽에 가서 잠시 벤치에 앉아 계십시다.」 이반 이바노비치가 제안했다.

이반 이바노비치는 친구의 자격으로 부호 콜로그리보프의 저택 관리인의 별채에서 방 두 칸을 쓰고 있었다. 작은 정원

---

10 러시아 가정에서 차를 끓이는 기구. 물 담는 부분 아래쪽에 숯을 넣어 물을 끓일 수 있도록 되어 있고, 수도꼭지처럼 틀어서 뺄 수 있는 꼭지가 달려 있다.

이 딸린 이 집은 입구에 낡은 반원형 가로수 길이 난 공원의 황폐하고 어두운 구석에 자리 잡고 있었다. 가로수 길에는 잡초만 빽빽했다. 그 길로는 사람들이 다니지 않았고, 마른 쓰레기 투기장으로 쓰이는 계곡으로 흙과 건축 폐기물만 나를 뿐이었다. 진보적인 시각을 가진 사람이자 혁명에 동조하는 백만장자 콜로그리보프는 현재 아내와 함께 해외에 나가 있었다. 영지에는 그의 딸 나다와 리파만이 가정 교사와 몇 명의 하인들과 함께 살고 있었다.

관리인의 집은 검은 까마귀밥나무로 만든 빽빽한 산울타리로 둘러싸여 못과 초지, 지주의 집이 있는 영지 전체로부터 분리되어 있었다. 이반 이바노비치와 니콜라이 니콜라예비치는 덤불 바깥을 에둘러 돌았는데, 그들이 걸을 때마다 까마귀밥나무를 가득 메웠던 참새들이 그들 앞에서 일정하게 무리를 지어 일정한 간격으로 날아올랐다. 그 소리가 까마귀밥나무를 규칙적인 소음으로 가득 채워서, 마치 이반 이바노비치와 니콜라이 니콜라예비치 앞에서 산울타리를 따라 수도관의 물이 흐르는 것만 같았다.

그들은 온실과 관리인의 살림집과 쓰임새를 알 수 없는 석조 폐허를 지나갔다. 그들은 과학과 문학에 등장한 새로운 젊은 힘에 대해 대화를 나누었다.

「재능 있는 사람들이 가끔 보이기는 합니다.」 니콜라이 니콜라예비치가 말했다. 「근래에 다양한 동아리와 연합들이 유행 중이지요. 솔로비요프[11]에게 충실하든, 칸트에게 충실

11 Vladimir Solov'yov(1853~1900). 시인이자 철학자이고 문학 비평가

하든, 마르크스에게 충실하든, 모든 종류의 무리 짓기는 재능 없는 자들의 피난처입니다. 진리를 찾는 자는 외톨이들이고, 그들은 진리를 충분히 사랑하지 않는 모든 이와 결별합니다. 세상에 뭐든 충성을 바칠 만한 게 있을까요? 그런 존재는 상당히 적어요. 저는 불멸에, 즉 삶의 좀 더 강화된 이 다른 이름에 충실할 필요가 있다고 봅니다. 불멸에 충실해야 할 필요가 있고, 그리스도에게 충실해야 할 필요가 있습니다! 아, 얼굴을 찌푸리시는군요, 가련한 사람. 또 아무것도 이해하지 못하시는군요.」

「음, 그렇습니다.」 이반 이바노비치가 웅얼거렸다. 그는 미꾸라지처럼 호리호리한 금발 머리 남자였는데, 간교해 보이는 콧수염은 그를 링컨 시대의 미국인처럼 보이게 했다(그는 그 끝을 한 줌 잡아 끊임없이 입술로 씹어 대곤 했다). 「저는 물론 입을 다물겠습니다. 스스로도 이해하시겠지만 저는 사물을 완전히 다르게 봅니다. 그런데 참, 왜 성직을 내려놓으셨나요? 오래전부터 여쭙고 싶었습니다. 아마도 겁을 집어 먹으셨던 게죠? 파문당하신 건가요? 네?」

「어째서 화제를 돌리시는지. 하지만 글쎄요, 파문이라고요? 아니요, 요즘에는 파문 같은 건 하지 않습니다. 불미스러운 일이 있었고, 그 여파가 이어진 겁니다. 이를테면 저는 오랫동안 공직에 나갈 수 없습니다. 두 수도[12]로 들여보내 주지

이다. 그의 주요 작품들은 러시아 상징주의 시와 20세기 초 종교 철학의 부흥에 지대한 영향을 미쳤다.

12 모스크바와 상트페테르부르크를 말한다. 모스크바는 9세기 말부터 17세기까지 러시아의 수도였고, 상트페테르부르크는 표트르 대제에 의해

도 않습니다. 하지만 그런 건 별것 아니고요. 이전 화제로 돌아가죠. 제가 말씀드렸지요, 그리스도에게 충실할 필요가 있다고요. 지금 설명을 드리죠. 당신은 무신론자일 수 있고, 신이 존재하는지 존재하지 않는지 모를 수도 있지만, 동시에 인간이 자연이 아닌 역사 속에서 살아간다는 것은 이해할 겁니다. 최근의 해석에 따르면 역사는 그리스도에 토대를 두고 있고, 복음서가 그것의 기반이라는 것쯤은 알 수 있습니다. 역사란 무엇입니까? 역사는 초지일관 죽음의 수수께끼를 풀고자 하고, 미래에 죽음을 극복하고자 하는 수 세기에 걸친 작업을 확인하는 겁니다. 이를 위해 사람들은 수학의 무한대와 전자파를 발견하고, 이를 위해 교향곡을 쓰지요. 정신적 고양 없이는 이 방향으로 나아갈 수 없습니다. 이런 발견을 위해서는 정신적인 장치가 필요하죠. 이를 위한 장치는 복음서에 모두 담겨 있고요. 바로 이런 것들입니다. 첫째, 이웃 사랑입니다. 이는 사람의 심장을 가득 채우고 출구와 낭비를 요구하는 살아 있는 에너지의 최고 형태입니다. 그다음은 현대인의 주요 구성 요소로서, 바로 자유로운 인간의 사상과 희생으로서의 삶의 이념인데, 이것 없이는 인간 존재 자체가 불가능하죠. 이것은 지금까지도 극도로 새롭다는 것을 염두에 두십시오. 이런 의미에서 고대인들에게는 역사가 없었습니다. 그때는 모든 압제자가 무능력자라는 것을 의심하지 않았던 잔혹한 곰보 칼리굴라[13]들의 다혈질적이고 비루한 짓만

1703년부터 건설되어 2백 년 동안 러시아 제국의 새로운 수도가 되었다.
  13 Caligula(12~41). 로마의 제3대 황제이며 잔혹한 독재자로 유명하다.

존재했습니다. 청동 기념비와 대리석 기둥의 생명력 없는 오만한 영원성만 존재했습니다. 그리스도 이후에야 시대와 세대가 자유롭게 숨을 쉬었습니다. 그리스도 이후에야 후세 가운데 삶이 시작되었고, 사람은 거리의 울타리 아래서가 아니라 자신의 역사 속에서 죽음을 극복하는 데 바쳐진 작업이 절정일 때, 이 주제에 직접 헌신하는 가운데 사망하고 있습니다. 어이쿠, 그야말로 진땀에 흠뻑 젖었군요. 말해 봐야 아무 소용도 없을 텐데!」

「형이상학이에요, 신부님. 의사들이 제게 금지하더군요, 제 위가 그걸 소화시키지 못한다고요.」

「그렇게 하세요. 이 이야기는 집어치웁시다. 행운아로군요! 이 집에서 보이는 풍경을 좀 보세요! 아무리 봐도 싫증이 나지 않는군요! 이런 데 사니 별 감흥이 없으시겠어요.」

강을 바라보니 눈이 부셨다. 강은 햇빛을 받아 안팎으로 굽이치며 금속판처럼 빛을 발했다. 문득 강에 주름이 잡혔다. 말과 수레, 아낙과 농군을 태운 무거운 증기선이 이쪽 강변에서 저쪽 강변으로 건너가고 있었다.

「생각해 보세요, 겨우 5시입니다.」 이반 이바노비치가 말했다. 「보세요, 시즈란[14]에서 오는 급행열차예요. 5시가 지나면 저 열차가 이곳을 지나갑니다.」

거리가 멀어서 심하게 작아 보이는 노랗고 파란 깨끗한 기차가 오른쪽에서 왼쪽으로 저 멀리 평원 위를 달려가고 있었

결국 황제 근위 장교에게 암살당한다.
14 사마라주(州)에 있는 볼가강 유역의 도시이다.

다. 문득 그들은 기차가 멈추는 것을 발견했다. 기관차 위로 하얀 증기가 뭉게뭉게 올라갔다. 몇 분이 지나자 불안한 경적 소리가 울렸다.

「이상하군요.」 보스코보이니코프가 말했다. 「뭔가 불길한 일이 일어났어요. 저곳 소택지에 기차가 멈춰 설 이유가 없거든요. 뭔가 일이 난 겁니다. 차를 마시러 갑시다.」

6

니카는 정원에도 집에도 없었다. 어른들과 있으면 지루하고 자기는 상대가 되지 않으니, 그가 자기를 피해 숨은 거라고 유라는 짐작했다. 이반 이바노비치와 외삼촌은 유라가 목적 없이 집 주변에서 빈둥대도록 내버려 두고는 일을 보러 테라스로 나갔다.

이곳은 놀라울 정도로 아름다웠다! 꾀꼬리의 낭랑한 세 음조 휘파람 소리는, 갈대 피리에서 뽑아낸 것 같은 촉촉한 소리가 주변을 적실 때까지 기다리며 1분 간격으로 울려 퍼졌다. 허공을 배회하는 퀴퀴한 꽃향기가 폭염 때문에 꽃밭에 꼼짝없이 고여 있었다! 이것이 유라에게 앙티브[15]와 보르디게라[16]를 얼마나 상기시켰던지! 유라는 끊임없이 오른쪽, 왼쪽으로 방향을 틀었다. 엄마 목소리의 망령이 작은 초지 위

15 프랑스 남부 프로방스 지역에 있으며, 니스 다음으로 큰 휴양 도시이다.
16 이탈리아의 리구리아주 임페리아현에 있는 도시이다.

에 환청처럼 드리워지며 새의 아름다운 선율과 꿀벌의 윙윙 대는 소리와 섞여 유라의 귓전에 울렸다. 어머니가 자꾸 그와 메아리를 주고받으며 어디에선가 그를 부르는 것만 같아서 그는 몸이 떨렸다.

그는 골짜기로 가서 아래로 내려갔고, 계곡 위를 뒤덮은 듬성듬성하고 깨끗한 숲에서 나와 바닥에 펼쳐진 오리나무 숲으로 갔다.

그곳에는 축축한 암흑 가운데 폭풍에 꺾인 나무와 떨어진 나뭇가지들이 흩어져 있었고, 꽃이 듬성듬성 피어 있었다. 쇠뜨기의 마디에 맺힌 줄기는 삽화에 나오는 이집트의 문양 이 박힌 지팡이와 막대기처럼 보였다.

유라는 점점 더 슬퍼졌다. 울고 싶었다. 그는 무릎을 꿇고 눈물을 흘렸다.

「하늘의 천사여, 내 수호성인이여.」 유라는 기도했다. 「내 이성을 진리의 길에 확고히 서게 하시고, 내가 이곳에 잘 있 으니 걱정하지 말라고 엄마에게 전해 주소서. 만일 사후에 삶 이 있다면, 주여, 성인과 의인의 얼굴이 별처럼 빛나는 천국 으로 엄마를 보내 주소서. 엄마는 아주 좋은 사람이고, 죄인 일 수 없으니 엄마에게 긍휼을 베푸셔서, 주여, 고통스럽지 않게 해주소서. 엄마!」 영혼을 찢는 애수에 젖어 그는 새로이 성인의 반열에 들어간 의인을 부르듯 엄마를 허공에 대고 부 르다가, 갑자기 견디지 못해 땅에 쓰러져 의식을 잃었다.

그가 의식을 잃은 시간은 길지 않았다. 정신을 차리니, 위 쪽에서 외삼촌이 부르는 소리가 들렸다. 그는 대답을 하고 위로 올라가기 시작했다. 문득 그는 마리야 니콜라예브나가 가르쳐 준 대로 소식도 없이 사라진 아버지를 위해 기도하지 않은 것이 기억났다.

그러나 그는 실신에서 깨어난 후 기분이 아주 좋았기 때문에 홀가분한 감정에서 헤어나기 싫었고, 또 그런 감정을 잃을까 봐 두려웠다. 그래서 그는 언젠가 다음에 아버지를 위해 기도해도 나쁘지는 않을 것이라고 생각했다.

⟨기다려 주실 거야, 참아 주실 거야.⟩ 그는 이렇게 생각했던 듯하다. 유라는 아버지에 대한 기억이 전혀 없었다.

7

기차의 이등칸 객실에는 생각이 깊어 보이는 얼굴에 크고 검은 눈동자를 지닌 열한 살짜리 김나지움 2학년 학생인 미샤 고르돈이 오렌부르크 출신 변호사인 아버지와 함께 타고 있었다. 아버지가 모스크바로 전근을 가서 소년도 모스크바 김나지움으로 전학을 가는 중이었다. 어머니는 누이들과 함께 이미 오래전에 올라가 살림집을 정돈하느라 동분서주하고 있었다.

소년은 아버지와 함께 벌써 사흘째 기차 안에 있었다.

차창 밖으로 햇빛을 받아 석회처럼 하얗고 뜨거운 연기구름에 싸인 러시아, 들판, 초원, 도시와 촌락들이 지나가고 있었다. 길마다 건널목을 향해 방향을 트는 짐마차들이 짐을 잔뜩 싣고 죽 늘어서 있었는데, 미친 듯이 달리는 기차에서 보면 짐수레들이 움직이지 않고 서 있고, 말들도 한자리에서 다리를 들었다 내렸다만 하는 것 같았다.

큰 정차 역에 도착하자 승객들은 정신없이 매점으로 달려갔고, 역의 정원 나무 뒤에 앉은 석양은 이들의 다리를 환하게 비추며 차량 바퀴 아래에서 빛났다.

세상의 모든 움직임은 개별적으로 보면 계산한 듯이 또렷하지만, 복잡한 전체로 보면 그들을 결합시키는 삶의 전체적 흐름에 아무 생각 없이 흠뻑 취해 있다. 각자가 지닌 염려의 작동 원리에 따라 움직임 안에 들어온 사람들은 애쓰며 바쁘게 일한다. 그러나 상위의 근본적인 태평함의 감정이 이들의 중요한 조종자가 되지 않는다면, 작동 원리는 작용하지 않을 지도 모른다. 이 태평함은 인간 존재가 연결되어 있다는 감촉, 이들이 한 존재에서 다른 존재로 이동한다는 확신, 현재의 모든 일이 죽은 자를 파묻는 이 땅에서만이 아니라, 뭔가 다른 차원, 어떤 이는 〈하느님 나라〉라고 일컫고, 다른 이는 〈역사〉라고 일컫고, 또 다른 이는 다른 무언가로 일컫는 차원에서 이루어지고 있다는 행복감에서 비롯되는 것이다.

이러한 법칙에서 소년은 괴롭고 쓰라린 예외였다. 그의 최종적 원동력은 염려의 감각이었지만, 태평함의 감정이 그의 마음을 덜어 주지도, 고결하게 만들어 주지도 않았다. 그는 자기에게 이 유전적 특징이 있다는 것을 알았고, 의심 가득한 경계심을 품고 자신 안에 있는 이 특징을 포착해 냈다. 이것이 그를 슬프게 했다. 이것의 존재가 그에게 치욕스러웠다.

그는 철이 든 이래로 손과 발이 똑같고 언어와 습관이 똑같은데도 모든 이와 똑같지 않은 사람이 있을 수 있고, 소수만이 사랑하고 나머지 사람은 좋아하지 않는 존재가 될 수 있다는 사실에 놀라움을 금치 못했다. 그는 다른 사람보다 못하다고 해도 더 나아지기 위해 노력을 기울일 방도가 없는 이 처지를 이해할 수 없었다. 유대인이라는 것이 무엇을 의미하는가? 무엇 때문에 이것이 존재하는가? 슬픔 외에는 아무것도 가져다주지 않는 이 무력한 도전은 무엇으로 보상받고 정당화될 수 있는가?

그가 아버지에게 답을 구하려 했을 때, 아버지는 그의 출발점이 잘못되었다고, 그렇게 판단해서는 안 된다고만 말할 뿐, 의미의 깊이로 미샤를 매료시켜 그 필연성 앞에 말없이 승복시킬 만한 것은 아무것도 제시하지 못했다.

미샤는 아버지와 어머니를 제외하고 먹지도 못할 죽을 쑨 어른을 향해 경멸감만 가득 품게 되었다. 그는 자신이 어른이 되면 모든 것을 해결할 수 있으리라고 확신했다.

지금만 하더라도 미친 사람이 출구로 달려갔을 때 아버지가 그의 뒤를 쫓아간 건 잘못이었다고 말할 사람, 미친 사람이 그리고리 오시포비치[17]를 억지로 밀쳐 내고 객실 문을 활짝 열어젖히고는, 잠수할 때 수영장 다이빙대에서 물 아래로 뛰어내리듯이 전속력으로 달리는 급행열차에서 제방으로 곤두박질쳤을 때, 기차를 세울 필요가 없었다고 말할 사람은 아무도 없었을 것이다.

17 미샤 아버지의 성과 부칭이다.

하지만 제동 장치의 손잡이를 돌린 사람이 다름 아닌 그리고리 오시포비치였고, 그들 덕분에 기차는 납득할 수 없을 만큼 오래 서 있게 되었다.

아무도 지체의 원인을 제대로 아는 사람은 없었다. 어떤 이는 갑작스럽게 정차하는 바람에 에어브레이크가 손상되었다고 했고, 또 어떤 이는 기차가 가파른 경사에 멈추었으므로 전속력으로 달리지 않으면 기관차가 올라갈 수 없을 것이라고 했다. 죽은 이가 유력한 인사라서 그와 함께 기차를 타고 가던 변호사가 가까운 역 콜로그리봅카에서 조서를 작성하기 위해 입회인을 요청했다는 견해도 있었다. 바로 그래서 기관사의 조수가 전신주 위로 올라가고 있다고. 아마도 수동 궤도차는 벌써 오는 중일 것이라고.

객실은 화장수로 없애려고 안간힘을 썼지만 화장실 냄새가 살짝 스며들었고, 더러운 기름종이에 싼 약간 상한 구운 닭고기 냄새가 났다. 객실 안에서는 페테르부르크에서 온 머리가 센 귀부인들이 예전처럼 잔뜩 분칠을 하고 손수건으로 손바닥을 문지르며 가슴에서 올라오는 새된 소리로 대화를 나누고 있었다. 귀부인들은 기름진 화장품과 증기 기관차의 매연으로 범벅이 되어 하나같이 새까만 집시 여인으로 변해 있었다. 그들이 어깨에 외투를 걸친 모습으로 좁은 복도를 새로운 교태의 근원지로 탈바꿈시키며 고르돈의 객실 옆을 지나갈 때마다 미샤는 그들이 이런 뜻으로 쉬쉬댄다고, 아니 그들의 꾹 다문 입술로 미루어 보아 반드시 이런 뜻으로 쉬쉬대어야만 할 것 같다는 생각이 들었다. 〈아, 말씀 좀 해보세

요, 어찌나 감수성이 예민한지! 우리는 특별하다니까요! 우리는 인텔리예요! 우리는 참을 수 없다니까요!〉

자살자의 시신은 제방 근처의 풀 위에 누워 있었다. 말라붙은 피 한 줄기가 마치 얼굴에 십자가 표식을 한 듯 산산이 깨진 사람의 머리와 눈을 검게 가로지르고 있었다. 피는 그의 몸에서 흐른 것이 아니라 들러붙은 관계없는 부속물, 고약, 마른 진흙 파편, 혹은 젖은 자작나무 이파리 같았다.

호기심과 동정심에 많은 무리가 번갈아 가며 시신 주변으로 모여들었다. 시신 위로는 그의 친구이자 객실 동행인 건강하고 거만한 변호사가 무표정한 얼굴을 찌푸리고 서 있었다. 땀에 젖은 셔츠를 입은, 혈통 좋은 짐승처럼 보이는 그는 더위에 시달린 나머지 가벼운 모자로 연신 부채질을 했다. 그는 사람들의 질문에 어깨를 으쓱이며 고개도 돌리지 않고 무뚝뚝하게 중얼거렸다. 「알코올 의존자입니다. 정말 이해가 안 가십니까? 알코올 의존증에서 오는 환각증의 가장 전형적인 결과입니다.」

레이스 머릿수건을 쓰고 모직 원피스를 입은 여윈 여인이 두세 번 정도 시신에 다가왔다. 그녀는 미망인이자 두 기관사의 어머니인 노파 티베르지나였는데, 두 며느리와 함께 직원용 승차권을 갖고 무임으로 삼등칸에 타고 있었다. 머릿수건을 낮게 쓴 조용한 여인들은 가정 교사를 따라가는 두 자매처럼 그녀의 뒤를 말없이 따르고 있었다. 이 세 사람은 존경심을 불러일으켰다. 모두들 그들이 지나가도록 길을 열어 주었다.

티베르지나의 남편은 철도 사고에서 산 채로 불에 타죽었다. 그녀는 군중들 사이로 볼 수 있게끔 시신에서 몇 걸음 떨어져 비교라도 하듯 한숨을 내쉬었다. 〈각자 팔자대로 가는 거지.〉 그녀는 이렇게 말하는 것 같았다. 〈하느님의 뜻에 따른 것이겠지만, 세상에 웬 변덕이람. 부자로 살다가 이성을 잃고 저렇게 되다니.〉

기차의 승객들 모두가 한 번씩 시신 주변까지 왔다가, 혹시 짐을 도둑맞을까 두려운 마음에 다시 객실로 돌아갔다.

사람들은 노반에 뛰어내려 팔다리를 주무르고 꽃을 꺾고 가볍게 달리기도 했다. 그들 모두 정차하는 바람에 비로소 주변 지역이 생긴 것 같다고 느꼈다. 불행한 일이 일어나지 않았다면 작은 언덕이 있는 습지도, 넓은 강도, 맞은편 높은 강변에 솟은 교회와 아름다운 집들도 세상에 존재하지 않았을 것 같았다.

근처에서 풀을 뜯다가 무리에서 빠져나온 암소 한 마리가 노반 쪽으로 다가와 사람들을 바라보듯, 그 지역의 부속물인 것만 같은 태양도 철길에 소심하게 다가와 철로 옆의 장면을 석양빛으로 수줍게 비추었다.

미샤는 일어난 모든 일에 충격을 받았고, 처음에는 동정심과 놀라움에 사로잡혀 울음을 터뜨리고 말았다. 죽은 이는 긴 여정 동안 몇 번이나 그들의 4인용 객실에 들러 미샤의 아버지와 몇 시간씩 이야기를 나누곤 했다. 그는 그들의 세계가 지닌 도덕적으로 깨끗한 평온함과 명민함을 보니 안심이 된다고 말하며, 그리고리 오시포비치에게 여러 가지 민감한 법률적 문제, 어음과 기부, 파산과 사기 관련 소송 문제에 대해 질문을 던지곤 했다.

「아, 그렇게 되는 건가요?」 그는 고르돈의 설명에 놀라곤 했다. 「변호사님은 좀 더 온건한 법령들을 활용하시는군요. 그런데 제 변호사는 다른 정보를 가지고 있어서요. 그 사람은 이 문제를 훨씬 암울하게 봅니다.」

이 예민한 사람이 안심할 때마다 침대칸 이웃인 그의 변호사가 일등칸에서 그를 찾으러 와서 샴페인을 마시자고 식당차로 끌고 갔다. 그 사람은 말끔히 면도한 멋쟁이 변호사로, 세상에 무슨 일이 생겨도 전혀 놀라지 않는다는 듯이 지금도 시신 옆에 서 있었다. 고객의 끊임없는 흥분이 그의 이해관계와 맞아떨어졌다는 느낌을 지울 수 없었다.

아버지는 그가 유명한 부호에 호인 난봉꾼이지만, 이미 절반은 책임 능력을 상실한 사람이라고 말해 주었다. 그는 미샤가 있는 것을 개의치 않고 미샤와 동갑내기인 아들과 죽은 아내에 대해 말했고, 나중에는 그가 역시나 버린 두 번째 가족 얘기로 화제를 돌리곤 했다. 이때 그는 뭔가 새로운 것이 기억나는지 두려움 때문에 창백해져서는 뭐라고 열심히 횡설수설하기 시작했다.

그는 미샤에게 설명할 수 없는, 아마도 그가 아니라 다른 누구에게 돌려져야만 했던 상냥함을 투사해 보여 주었다. 그는 미샤에게 끊임없이 무언가를 선물로 사주곤 했는데, 그러기 위해 그는 가장 큰 역에 정차할 때마다 책 판매대가 있고 장난감과 지역 기념품을 파는 일등급 대합실로 가곤 했다.

그는 끊임없이 술을 마셨고 석 달째 잠을 제대로 못 잤다며, 잠시라도 술에서 깨면 정상적인 사람은 상상할 수 없을 정도의 고통을 느낀다고 불평했다.

목숨을 끊기 직전에 그는 그들의 4인용 객실에 뛰어 들어와 그리고리 오시포비치의 손을 붙잡고 무슨 말인가를 하려다가 하지 못하고 승강구로 뛰쳐나가 기차에서 몸을 내던지고 말았다.

미샤는 고인의 마지막 선물인 목제 상자 안에 든 작은 우랄 산 광천수 세트를 바라보았다. 주변이 갑자기 분주해졌다. 다른 선로를 따라 궤도차가 기차 쪽으로 다가왔다. 모표 달린 모자를 쓴 수사관과 의사, 두 명의 순경이 궤도차에서 뛰어내렸다. 차갑고 사무적인 목소리가 들려왔다. 그들은 이런저런 질문을 했고, 뭔가를 기록했다. 차장과 순경들이 시신을 끊임없이 모래에 놓치고 떨어뜨리면서 서투르게 제방 위로 끌어올렸다. 어떤 아낙이 곡소리를 냈다. 승객들에게 객실 안으로 들어가라는 요청이 있었고, 기적 소리가 울렸다. 기차가 움직이기 시작했다.

8

〈또 램프 기름이 문제네!〉 니카가 심술궂게 이렇게 생각하고는 방 안을 뛰어다니기 시작했다. 손님들의 목소리가 가까워졌다. 물러설 곳이 없었다. 침실에는 침대가 두 개, 보스코보이니코프와 그, 즉 니카의 것이 놓여 있었다. 잠시 생각하다가 니카는 두 번째 침대 아래로 기어 들어갔다.

그가 없어진 것을 알고 놀란 사람들이 다른 방에서 그를 찾으며 부르는 소리가 들렸다. 곧 그들은 침실로 들어왔다.

「자, 어쩌겠니.」 베데냐핀이 말했다. 「유라, 둘러보아라. 나중에라도 친구를 찾으면, 그럼 그때 놀도록 해.」

그들이 페테르부르크와 모스크바의 대학들에서 일어난 소요 사태에 대해 잠시 이야기를 나누는 바람에 니카는 어리석고 굴욕적인 매복 상태에 20분가량 더 놓여 있어야 했다. 그들이 마침내 테라스로 나갔다. 니카는 조용히 창문을 열고 창밖으로 뛰어내려 공원으로 달려갔다.

그는 전날 밤 한숨도 자지 못해 오늘 제정신이 아니었다. 그는 열네 살이었다. 이제 어린아이처럼 취급당하는 것이 지겨웠다. 그는 밤새도록 잠을 자지 않고 새벽녘에 곁채에서 나왔다. 해가 뜨자 정원은 이슬에 젖은 길고 구불구불한 나무 그림자로 뒤덮여 있었다. 그림자는 검은색이 아니라 젖은 펠트 천 같은 진회색이었다. 몽롱하게 만드는 아침 향기는 소녀의 손가락을 닮은 가늘고 긴 빛줄기와 땅 위의 눅눅한 그림자들에서 나오는 것 같았다.

갑자기 몇 발자국 떨어진 곳에서 풀잎의 이슬방울을 닮은 은빛 수은 줄기가 흐르기 시작했다. 줄기가 흐르고 또 흘렀지만, 땅은 그 줄기를 빨아들이지 않았다. 줄기는 급작스럽게 방향을 틀더니 자취를 감추어 버렸다. 그것은 실뱀이었다. 니카는 몸을 부르르 떨었다.

그는 이상한 소년이었다. 흥분하면 큰 소리로 자기 자신과 대화를 나누었다. 그는 어머니를 모방하느라 고상한 주제와 역설에 취미가 있었다.

〈이 세상은 얼마나 좋은가!〉 그는 생각했다. 〈하지만 왜 세상으로 인해 늘 마음이 아픈 걸까? 물론 하느님은 있어. 하지만 만일 그가 존재한다면, 그건 곧 나야. 자, 이제 내가 저 사시나무에게 명한다.〉 그는 머리끝부터 발끝까지 전율에 사로잡힌 사시나무를 바라보며 생각했다(사시나무의 젖은 무지갯빛 이파리들은 양철에서 잘려 나온 것 같았다). 〈내가 사시나무에게 명하노니……〉 그는 미친 듯이 힘을 주며 속삭이는 대신 자신의 전 존재로, 온 육체와 피를 쏟아 염원하며 생각했다. 〈꼼짝하지 마!〉 그러자 나무는 즉각 순종하여 움직이지 않고 얼어붙었다. 니카는 기뻐서 웃음을 터뜨리고는, 수영을 하러 쏜살같이 강으로 내달렸다.

테러리스트인 그의 아버지 데멘티 두도로프는 교수형을 언도받았지만, 황제의 특별 사면을 받아 감형되어 징역살이를 하고 있었다. 그루지야 공작 에리스토프 가문 출신인 그의 어머니는 변덕이 심했고, 아직 젊은 미인으로 폭동, 폭도들, 극단적인 이론, 유명한 예술가, 가난한 실패자 같은 것에 심취해 있었다.

그녀는 니카를 숭배했고, 이노켄티라는 그의 이름에서 이노체크 혹은 노첸카처럼 상상할 수 없을 정도로 사랑스럽지만 바보 같은 별명을 잔뜩 지어 주고, 그를 친지들에게 보여 주기 위해 티플리스로 데리고 다녔다. 그곳에서 그를 무엇보다 놀라게 한 것은 그들이 머물렀던 집 마당에 있던 손바닥 모양의 나무였다. 이 나무는 어떤 못생긴 열대성 거목이었다. 이 거목은 코끼리 귀를 닮은 이파리들로, 뜨거운 남방 하늘로부터 마당을 지켜 내고 있었다. 니카는 이 나무가 동물이 아니라 식물이라는 생각에 익숙해질 수 없었다.

소년이 아버지의 무서운 성(姓)을 잇는 것은 위험천만한 일이었다. 이반 이바노비치는 니나 갈락티오노브나의 동의를 받아 니카가 어머니의 성을 받을 수 있도록 황제에게 청원할 생각이었다.

세상 돌아가는 일에 분개하며 침대 밑에 누워 있을 때 그는 다른 무엇보다 이런 생각을 했다. 이렇게 참견이 많은 보스코보이니코프라는 사람은 도대체 누구란 말인가? 그를 따끔하게 혼내 주리라!

그런데 나댜는! 그녀가 아무리 열다섯 살이라고 해도 우쭐대며 어린아이 대하듯 그와 이야기할 권리가 있단 말인가? 그가 이제 그녀에게 본때를 보일 것이다. 〈나는 그 아이가 미워.〉 그는 속으로 몇 번이고 생각했다. 〈죽여 버릴 거야! 배를 타자고 불러내서 물에 빠뜨릴 거야.〉

엄마는 역시 좋다. 그녀는 떠날 때, 물론 그와 보스코보이니코프를 속였다. 그녀는 캅카스로 가기는커녕 가장 가까운 환승역에서 그냥 북으로 방향을 틀어 페테르부르크에서 학생들과 함께 지극히 평온한 마음으로 경찰에 총을 쏘고 있다. 그런데 그는 이 어리석은 구덩이에서 산 채로 썩어야 한다니. 하지만 그는 꾀를 내어 그들 모두를 이길 것이다. 나댜를 물에 빠뜨려 죽이고, 학교를 때려치우고, 봉기를 일으키기 위해 아버지가 있는 시베리아로 갈 것이다.

연못 가장자리에는 연꽃이 빼곡히 자라 있었다. 보트는 마른 나뭇가지 소리를 내며 이 연꽃 덤불을 가로질렀다. 삼각으로 잘라진 수박에서 즙이 나오듯, 갈라진 틈새로 연못의 물이 스미어 나왔다.

소년과 소녀는 수련을 꺾기 시작했다. 둘 다 고무처럼 질기고 팽팽한 줄기 하나를 똑같이 붙잡았다. 줄기는 두 사람을 잡아당겼다. 아이들은 머리를 부딪쳤다. 배는 갈고리로 끌어당겨진 것처럼 연못가로 끌려갔다. 줄기들이 엉클어지면서 더 짧아졌고, 핏방울이 섞인 노른자위처럼 선명한 꽃술을 가진 하얀 꽃들이 물 밑으로 들어갔다가 물을 흘리며 바깥으로 나왔다.

나댜와 니카는 배가 점점 더 기울어 한쪽이 물에 가라앉는데도 거의 나란히 누워 계속해서 꽃을 꺾었다.

「공부하는 데 질렸어.」니카가 말했다.「이제 삶을 시작하고, 돈을 벌고, 사람들 사이로 들어갈 때가 됐어.」

「마침 2차 방정식을 설명해 달라고 네게 부탁하고 싶었어. 나는 대수(代數)에 아주 약해서 하마터면 재시험을 볼 뻔했는데.」

니카는 말에 가시가 있다고 느꼈다. 물론 그녀는 그가 얼마나 어린지 상기시킴으로써 주제를 알게 하려고 한 말이었다. 대수라니! 그들은 아직 대수 냄새도 맡지 못했다.

그는 상처받은 것을 드러내지 않고 짐짓 무심한 척 물었지만, 그 순간 그것도 어리석다고 느꼈다.

「다 크면 누구한테 시집갈 거야?」

「오, 그건 아직 먼 일이야, 아무하고도 결혼하지 않을 거야. 아직 생각해 보지 않았어.」

「내가 그 일에 아주 흥미가 많다고는 상상하지 마.」

「그런데 왜 물어보니?」

「너는 바보야.」

그들은 다투기 시작했다. 니카는 아침에 느꼈던 여성 혐오가 기억났다. 그는 막말하기를 그치지 않으면 물에 빠뜨리겠다고 나댜에게 으름장을 놓았다. 〈그렇게 해봐〉라고 나댜가 말했다. 그는 그녀의 몸통을 붙잡았다. 둘 사이에 몸싸움이 벌어졌다. 그들은 균형을 잃고 물에 빠졌다.

둘 다 수영을 할 줄 알았지만, 수련이 팔다리에 얽혀서 발을 바닥에 디딜 수 없었다. 그들은 진탕에 빠져 가며 겨우 연못가로 나왔다. 단화와 주머니에서 물이 줄줄 흘러내렸다. 니카가 특히 더 기진맥진해했다.

만일 이 일이 최근에, 바로 올봄에 일어났더라면 같은 상황에서 연못을 건넌 후 둘 다 쫄딱 젖은 채 앉아서 틀림없이 시끄럽게 떠들며 서로를 욕하거나 큰 소리로 웃고 말았을 것이다.

그런데 지금 그들은 일어난 일의 어이없음에 짓눌려서 입을 다문 채 겨우 숨만 내쉬고 있었다. 나댜는 당황해서 소리 없이 화를 냈고, 니카는 막대기로 팔과 다리를 흠씬 두들겨 맞고 갈비뼈가 짓눌린 듯 온몸이 아팠다.

마침내 나댜가 어른처럼 조용히 내뱉었다. 「미친 자식!」 그 역시 어른스럽게 말했다. 「용서해 줘.」

그들은 두 개의 물 항아리처럼 뒤에 젖은 흔적을 남기며 집으로 올라갔다. 그 길은 니카가 아침에 실뱀을 본 장소에서 멀지 않은 곳으로, 뱀이 우글거리는 먼지 많은 오르막길이었다.

니카는 밤의 마법 같은 흥분, 새벽과 아침에 제멋대로 자연에게 명령을 내리며 느꼈던 전능감을 상기했다. 지금은 그녀에게 뭐라고 명할까? 그는 생각했다. 그가 가장 원한 것은 무엇일까? 그 무엇보다 그는 언제든 또다시 나댜와 함께 연못에 빠지고 싶었고, 언제 그 일이 일어날지 알 수 있다면 당장이라도 많은 것을 내놓을 수 있겠다고 생각했다.

제2부

다른 세계에서 온 소녀

1

일본과의 전쟁은 아직 끝나지 않았다. 뜻밖에 다른 사건들이 전쟁을 가리고 있었다. 러시아 전역에 혁명의 물결이 잇달아 일었고, 그 물결이 가면 갈수록 더 높아져 더욱 미증유의 것이 되어 가고 있었다.[1]

그 시기에 벨기에인 기술자의 미망인이자 러시아로 귀화한 프랑스인 아말리야 카를로브나 기샤르가 아들 로디온과

---

1 러일 전쟁(1904년 2월 10일~1905년 9월 5일)은 만주와 동해에 대한 통제권을 두고 벌어진 전쟁으로, 러시아가 예기치 못하게 패하게 된다. 이 전쟁으로 인해 러시아 내부의 불안은 더욱 심화된다. 1905년 1월 22일에 〈피의 일요일〉이라고 불리는 사건이 일어난다. 가폰 신부가 정부 내의 개혁을 요구하는 탄원서를 들고 페테르부르크에서 황궁을 향해 평화 시위를 주도한 것이다. 이 시위대에 발포 명령이 떨어지면서 사상자가 발생하고, 이를 계기로 곳곳에 혁명의 물결이 일어난다. 결국 니콜라이 2세는 국가 두마(국회)의 형성을 허용하지만, 두마의 권력은 지극히 제한적이라 저항하는 세력들을 만족시키지 못했다. 10월에 총파업이 선언되고, 황제는 이른바 10월 선언문에 서명을 하기에 이른다.

딸 라리사를 데리고 우랄에서 모스크바로 이사했다. 그녀는 아들을 유년 사관 학교[2]에, 딸을 여자 김나지움에 보냈는데, 우연하게도 나댜 콜로그리보바가 딸과 같은 학교, 같은 학년이었다.

마담 기샤르는 남편으로부터 유가 증권을 물려받았는데, 그 증권이 이전에는 가격이 오르다가 지금은 떨어지고 있었다. 두 손을 놓고 앉아서 자산이 눈 녹듯 사라지는 것을 보지 않으려고 마담 기샤르는 작은 사업체, 즉 개선문 근처에 있는 레비츠카야 양장점을 이전의 단골과 재단사, 실습생을 모두 물려받고 옛 상호 사용 권리를 유지하는 조건으로 여자 재봉사의 상속인으로부터 구입했다.

마담 기샤르는 이 일을 남편의 친구이자 자신의 버팀목인 변호사 코마롭스키의 조언을 받아 처리했는데, 그는 러시아 사업계의 생리를 자신의 손금 보듯 잘 아는 냉철한 사업가였다. 그녀는 이주와 관련해서 그와 편지를 주고받았고, 역으로 마중 나온 그는 모스크바 전체를 가로질러 그들을 위해 임대한 오루제이니 골목에 가구가 딸린 아파트 〈체르노고리야〉로 데려갔다. 그는 로댜[3]를 사관 학교로, 라라[4]를 자신이 추천하는 김나지움으로 보내라고 설득했고, 소년에게 아무 농담이나 던지고, 소녀를 얼굴이 붉어질 정도로 훑어보았다.

---

2 러시아에서 1732년에 최초로 설립된 군사 학교이다. 중등 과정으로 기숙 학교이고, 젊은이들을 군인으로 양성하는 것을 목표로 했다. 졸업 후 군사 전문학교로 진학하든지 시험 없이 고등 교육 기관에 진학할 수 있었다.

3 로디온의 애칭이다.

4 라리사의 애칭이다.

2

양장점에 딸린 방 세 개짜리 작은 아파트로 이사하기 전까지 그들은 한 달 동안 〈체르노고리야〉에서 살았다.

그곳은 모스크바에서 가장 끔찍한 장소로 온 거리가 타락의 온상지이자 근거지, 〈타락한 존재들〉의 소굴이었다.

아이들은 더러운 방, 빈대, 빈한한 가구에 놀라지 않았다. 아버지가 돌아가신 이후 어머니는 가난해질까 봐 항상 두려워하며 지냈다. 로댜와 라라는 그들이 죽기 일보 직전이라는 말을 듣는 데 익숙해져 있었다. 그들은 자신들이 거리의 아이들이 아니라는 것은 알았지만, 고아원의 원아들처럼 속으로 부자들 앞에서 심하게 겁을 집어먹었다.

그런 공포의 생생한 예가 되어 준 사람이 어머니였다. 아말리야 카를로브나는 마음의 발작이 어리석음의 발작으로 바뀌는 서른다섯 살 정도의 〈포동포동한 금발 머리 여인〉이었다. 그녀는 끔찍한 겁쟁이로 남자를 죽을 정도로 무서워했다. 바로 그 때문에 그녀는 질겁해서 어쩔 줄 몰라 하며 계속이 남자 저 남자의 품을 전전했다.

체르노고리야에서 그들은 23호실을 썼는데, 24호실에는 건물이 세워진 날부터 첼로 연주자 티시케비치가 살고 있었다. 가발을 쓰고 땀이 많은 대머리 호인인 그는 누군가를 설득할 때는 기도하듯이 두 손을 가슴에 모아 쥐었고, 사교 모임과 연주회에서 연주할 때는 머리를 뒤로 젖히고 영감에 차서 눈을 치뜨곤 했다. 그는 집에 있는 경우가 드물었고, 며칠

씩 볼쇼이 극장이나 음악원에 가 있곤 했다. 이웃들은 서로 인사를 나누었다. 서로 간의 돌봄이 그들을 가깝게 해주었다.

아이들이 있을 때 코마롭스키가 방문하면 아말리야 카를 로브나가 불편해했기 때문에 티시케비치는 나가면서 그녀가 친구를 맞을 수 있도록 자기 방 열쇠를 그녀에게 맡기게 되 었다. 마담 기샤르는 곧 그의 희생에 너무 익숙해진 나머지 몇 번이나 눈물을 흘리며 자신을 후원자로부터 보호해 달라 고 부탁하기도 했다.

3

집은 트베르스카야 골목에서 멀지 않은 단층 건물이었다. 브레스트 철로가 가깝다는 것이 실감났다. 바로 옆에서 철도 영지, 철도 종사자를 위한 국유 아파트, 기관차 차고와 창고 가 시작되었다.

모스크바–토바르나야 노선[5]에서 근무하는 직원의 조카인 영리한 소녀 올랴 데미나가 자기 집이 있는 그곳으로 출퇴근 했다.

그녀는 능력 있는 실습생이었다. 옛 주인이 그녀를 눈여겨 봤다면, 이제 새 주인도 그녀를 가까이했다. 올랴 데미나는 라라가 아주 마음에 들었다.

5 모스크바에 있는 철도역 이름이다. 레닌그라드 방향으로 가는 화물 기 차가 주로 정차한다.

레비츠카야 때와 모든 것이 똑같았다. 재봉틀은 지친 여직공들의 늘어뜨린 다리와 분주히 놀리는 팔 아래서 미친 듯이 돌아갔다. 누군가는 책상 앞에 앉아 바늘과 긴 실을 든 팔을 길게 빼며 바느질을 했다. 마루에는 천 조각들이 가득했다. 재봉틀 소리와, 옛 여주인이 별명의 비밀을 영원히 무덤으로 가져가 버린 둥근 창틀 아래에 걸린 새장 안의 카나리아 키릴 모데스토비치의 영롱한 지저귐을 압도하려면 큰 소리로 대화를 나누어야만 했다.

대기실에는 귀부인들이 잡지가 놓인 탁자 주변을 그림처럼 무리 지어 둘러싸고 있었다. 그들은 서거나 앉아, 그림에서나 볼 수 있는 자세로 팔꿈치를 세우고 견본품을 보면서 디자인에 대해 조언을 주고받고 있었다. 감독의 자리가 있는 다른 탁자 앞에는 옛 재단사 중 한 명인 아말리야 카를로브나의 조수 파이나 실란티예브나 페티소바가 앉아 있었다. 그녀는 쭈글쭈글한 뺨에 사마귀가 난 피골이 상접한 여자였다.

그녀는 누런 잇새에 궐련을 끼운 상아 파이프를 물고 흰자위가 노랗게 변한 눈을 가늘게 뜬 채 코와 입으로 노란 연기를 내뿜으며 장부에 무리 지어 있는 주문자들의 치수, 영수증 번호, 주소, 요구 사항을 기록했다.

양장점에서 아말리야 카를로브나는 경험이 없는 신출내기였다. 그녀는 자신을 완전한 의미에서 주인이라고 느끼지 못했다. 그러나 직원들이 정직하고, 페티소바는 믿을 만한 사람이었다. 하지만 불안한 시기였다. 아말리야 카를로브나는 미래의 일을 깊이 생각하는 것이 두려웠다. 절망이 그녀를 사로잡았다. 아무것도 손에 잡히지 않았다.

코마롭스키는 그들을 자주 방문했다. 빅토르 이폴리토비치는 양장점의 다른 반쪽을 향해 양장점 전체를 가로질러 지나감으로써 옷을 갈아입는 멋쟁이 부인들을 놀라게 만들었다. 그가 나타나면 그들은 칸막이 뒤로 숨어서는 거기서 장난스럽게 그의 뻔뻔한 농담을 맞받아쳤고, 재봉사들은 그의 뒤통수에 대고 비난조로 조롱하며 속삭였다. 「납시었네.」 「마님 남자.」 「아말리야 애인.」 「물소.」 「기둥서방.」

또 그가 가끔 목줄을 채워 데리고 온 불도그 잭 역시 큰 증오의 대상이었다. 잭이 맹렬히 돌진하며 잡아당기는 통에 코마롭스키는 휘청거리며 앞으로 내달려 마치 맹인이 안내견의 뒤를 따라가듯 팔을 죽 뻗고 개의 뒤를 쫓으며 걸었다.

어느 날 봄에 잭은 라라의 다리에 들러붙어 스타킹을 찢어 놓았다.

「내가 저 녀석, 저 부정한 악귀를 죽여 버릴 거야.」 올랴 데미나가 라라의 귀에 대고 어린아이처럼 속삭였다.

「그래, 정말 끔찍한 개야. 그런데 바보야, 너 그걸 어떻게 할래?」

「조용히 해, 큰 소리 내지 마. 내가 가르쳐 줄게. 부활절용 석조 달걀[6] 있잖아. 네 엄마 서랍장 위에 있는…….」

「그래, 대리석으로 만든 것하고, 크리스털로 만든 것이 있지.」

---

6 부활절은 예수 그리스도의 부활을 기념하는 기독교에서 가장 큰 축일이다. 부활절 달걀은 그리스도의 부활을 상징하는 음식이자 장식물인데, 돌과 도자기 등 다양한 재료로 달걀 모양을 만들어 화려한 색깔을 입힌다.

「그러니까 바로 그걸로. 너 좀 굽혀 봐, 내가 귓속말을 하게. 그걸 가져다가 돼지기름을 바르면 그 기름이 붙겠지, 비루먹은 저 수캐가 그걸 꿀꺽 삼키면 목이 콱 막히겠지, 사탄, 굼뜬 녀석, 그러고는 끝장이야! 네 다리를 위로 벌렁! 얼어붙는 거지!」

라라는 웃음을 터뜨렸고, 질투심을 느끼며 생각했다. 어린 여자아이가 궁핍하게 살면서 노동을 한다. 민중 출신의 어린 아이들은 일찍 큰다. 저런, 저 아이 안에 아직 손상되지 않은 아이다운 면이 있구나. 부활절 달걀, 잭, 어디서 그런 생각이 나는 걸까? 〈어째서 내게는 이런 숙명이 주어진 걸까.〉 라라는 생각했다. 〈왜 나는 모든 것을 보고 모든 게 마음이 아픈 걸까?〉

4

「그 사람에게 엄마는, 그걸 뭐라고 부르지…… 그 사람은 엄마의 남자잖아, 그러니까 그렇고 그런…… 정말 추악한 단어야, 나는 그걸 반복해서 말하기 싫어. 그런데 그 남자는 왜 나를 그런 시선으로 바라보는 거지? 나는 엄마 딸이잖아.」

그녀는 열여섯 살에서 몇 달이 더 지났지만, 상당히 성숙해서 열여덟 살 이상은 되어 보였다. 그녀는 총명하고 쾌활한 성격에 아주 아름다웠다.

그녀와 로댜는 생의 모든 것을 자기 힘으로 얻어야 한다는 것을 잘 알고 있었다. 한가하고 삶이 보장된 사람들과는 정반대로 그들은 조숙한 장난에 몸을 맡길 시간도, 실질적으로 아직 그들과 전혀 관련이 없는 사물을 이론적으로 알아낼 시간도 없었다. 쓸모없는 건 쓰레기일 뿐이다. 라라는 이 세상에서 가장 순결한 존재였다.

오누이는 모든 것의 가치를 알았고, 성취한 것을 소중히 여겼다. 삶을 돌파해 내기 위해서는 계산을 잘할 필요가 있었다. 라라는 공부를 잘했는데, 지식을 향한 추상적인 끌림 때문이 아니라 학비를 면제받으려면 훌륭한 여학생이 되어야하고, 그러기 위해서는 공부를 잘해야 했기 때문이다. 라라는 공부를 잘하는 만큼이나 설거지도 잘했고, 양장점에서 일도 잘 돕고 엄마의 심부름도 잘했다. 그녀는 소리도 없이 부드럽게 움직였고, 그녀 안의 모든 것, 눈에 띄지 않는 날렵한 움직임, 키, 목소리, 회색 눈동자, 금발 머리카락이 서로 조화를 이루었다.

7월 중순, 일요일이었다. 휴일마다 아침이면 침대에 누워 더 늦게까지 뒹굴 수 있었다. 라라는 팔을 뒤로 돌려 머리를 받치고 똑바로 누워 있었다.

양장점은 평상시와 달리 고요했다. 거리로 난 창문은 열려 있었다. 라라는 멀리서 덜커덩거리던 2인승 사륜마차가 자갈 깔린 포장도로에서 마차 레일의 작은 홈으로 내려서고, 거칠게 부서지던 소리가 버터를 바른 듯 경쾌하게 굴러가는 바퀴 소리로 바뀌는 것을 들었다. 〈조금 더 자야겠다.〉 라라는 생각했다. 도시의 선율이 자장가처럼 잠을 불렀다.

라라는 침대 안에서 자신의 키와 몸을 두 개의 지점, 왼쪽 어깨의 돌출부와 오른쪽 엄지발가락으로 느꼈다. 그것은 어깨와 발이었고, 나머지 모든 것은 얼마간 그녀 자체, 날씬한 윤곽 속에서 상냥하게 미래를 향해 돌진하는 그녀의 영혼 혹은 본질이었다.

〈자야 해〉라고 라라는 생각하며 그 시간에 카레트니 거리의 볕이 잘 드는 쪽, 즉 깨끗한 바닥에 판매용 거대 유개 사륜마차를 전시해 놓은 승용 마차 창고, 마차 등불의 컷글라스, 곰 박제, 부유한 삶을 상상으로 불러냈다. 라라는 머릿속으로 그렸다. 조금 더 아래 즈나멘스키 병영 마당에서 진행되는 용기병 훈련, 점잖게 원을 도는 말들, 달리다가 안장으로 도약하기, 평보, 속보, 구보. 병영 울타리에 몸을 꼭 붙이고 아이들과 함께 나란히 입을 벌리고 있는 유모와 젖어미들. 그리고 조금 더 아래로 내려가면, 라라는 생각했다. 페트롭카, 페트롭스키 거리.

「무슨 소리, 라라! 어떻게 그런 생각을 했어? 나는 그냥 내 아파트를 보여 주고 싶은 거란다. 더구나 아주 가까이 있는데.」

카레트니 거리에 사는 그의 지인의 딸 올가가 영명 축일[7]을 맞았다. 이날을 기회로 어른들은 춤과 샴페인을 마시며 즐겁게 여흥을 즐겼다. 그는 엄마를 초대했지만, 엄마는 몸이 좋지 않아 갈 수 없었다. 엄마가 말했다. 「라라를 데려가세요.

---

7 러시아에서는 세례 시 성인의 이름이 주어지는데, 영명 축일은 그 성인을 기리는 날이다. 영명 축일은 생일만큼이나 러시아에서 개인에게 큰 축일로 여겨진다.

당신은 언제나 내게 단속했잖아요. 〈아말리야, 라라를 돌봐 줘요.〉 자, 이제 저 애를 돌봐 주세요.」 그는 그녀를 돌봐 주었다. 말할 나위 없이! 하하하!

왈츠란 얼마나 미친 짓인가! 아무것도 생각할 수 없을 정도로 머리가 돌고 돈다. 음악이 연주되는 동안 소설 속의 삶처럼 완전한 영원이 흐른다. 그러나 연주가 끝나자마자, 마치 찬물을 끼얹었거나 벌거벗은 모습을 들킨 것처럼 수치심이 몰려온다. 더구나 그 방종은 자신이 벌써 얼마나 컸는지 자랑하고 싶은 마음에 다른 이들에게 허락한 것이다.

그녀는 그가 춤을 그렇게 잘 추리라고는 상상해 본 적이 없었다. 얼마나 능숙한 팔로 얼마나 자신 있게 허리를 휘감던가! 그러나 그런 식으로 키스하도록 더 이상은 아무에게도 허락하지 않을 것이다. 그녀는 다른 사람의 입술이 자신의 입술을 오랫동안 짓누를 때 파렴치함이 입술에 그렇게나 많이 집중될 수 있으리라고는 상상해 본 적이 없었다.

이런 어리석은 생각들일랑 치워 버리자. 이것이 마지막이다. 얼뜨기 짓은 그만하자. 애교 부리지 말고, 부끄러운 듯 눈을 내리깔지 말자. 언젠가 끝이 좋지 않을 것이다. 정말 여기에는 끔찍한 면이 있다. 한 걸음만 내디디면 곧 깊은 수렁으로 떨어질 것이다. 춤 생각은 잊자. 춤에는 온통 악만 가득하다. 거절하는 걸 불편하게 생각하지 말자. 춤을 배우지 않았다거나 다리가 부러졌다고 둘러 대자.

5

가을에 모스크바 분기점 철도에서 소요 사태가 일어났다. 모스크바-카잔 철도가 파업에 돌입했다. 그 파업에 모스크바-브레스트 철도도 가담할 예정이었다. 파업 결정은 내려졌지만, 철도 위원회에서 선포할 날짜에 의견의 일치를 보지 못하고 있었다. 철도의 모든 사람들이 파업에 대해 알고 있었으므로 파업이 저절로 일어날 외적인 구실만이 필요한 상황이었다.

10월 초의 춥고 흐린 날이었다. 그날은 철도에서 봉급을 나눠 주게 되어 있었다. 오랫동안 경리부에서 통보가 없었다. 나중에 출퇴근 일람표, 지불 통지서, 독촉을 목적으로 선별된 노동자 장부를 한 아름 든 한 소년이 사무실로 들어갔다. 지불이 시작되었다. 봉급을 받으려는 승무원, 전철수, 철공과 조수들, 차량 격납고에서 온 청소부 아주머니들이 관리부 목조 건물과 역, 작업장, 기관차 차고, 가건물과 철로를 가르는 건물 없는 드넓은 공지에 길게 늘어섰다.

초겨울의 도시 냄새가, 짓밟힌 단풍잎, 녹은 눈, 증기 기관차의 매연, 철도 지하 매점에서 구워 이제 막 화덕에서 나온 따뜻한 호밀 빵 냄새가 풍겼다. 기차가 들어오고 나갔다. 깃발을 접고 펼치는 신호에 따라 열차는 결합되기도 하고, 분리되기도 했다. 수위의 호적 소리, 차량 연결원의 주머니 호루라기 소리, 기관차의 낮은 경적 소리가 각양각색으로 울려 퍼졌다. 연기 기둥이 끊임없는 계단처럼 하늘로 올라갔다.

불을 지핀 증기 기관차들이 나갈 준비를 마치고 끓어오르는 연기구름으로 차가운 겨울 구름을 덮히며 서 있었다.

철도 관구 소장이자 철도 기술자인 푸플리긴과 역 소속 구간 철로 전문가인 파벨 페라폰토비치 안티포프가 노반 언저리에서 앞뒤로 왔다 갔다 했다. 안티포프는 철로 덮개를 복구하도록 그에게 출하된 재료가 불만스럽다고 수리 관청을 지겹도록 괴롭혔다. 강철에 장력이 부족했던 것이다. 레일은 굴곡과 굴절 테스트를 견뎌 내지 못했고, 안티포프의 예측에 따르면 영하의 추위에 파열될 게 뻔했다. 관리 부서는 파벨 페라폰토비치의 불평에 관심을 기울이지 않았다. 누군가 이 일로 자기 배를 불리고 있었던 것이다.

푸플리긴은 단추를 푼 채 가장자리에 테두리가 둘러진 값비싼 털외투를 입고, 그 안에는 가벼운 비단으로 지은 새 문관 셔츠를 입고 있었다. 그는 양복 상의 앞섶의 전체적인 선과 똑바로 잡은 바지 주름, 장화의 고결한 윤곽을 만족스럽게 바라보며 조심스럽게 제방을 따라 걸음을 내딛고 있었다.

안티포프의 말은 한 귀로 들어왔다가 다른 귀로 나갔다. 푸플리긴은 뭔가 자기 생각에 빠져서 매 순간 시계를 꺼내 보며 어디론가 갈 생각에 급히 서두르고 있었다.

「맞아, 맞아, 이보게.」 그가 조급하게 안티포프의 말을 가로막았다. 「하지만 그건 주요 선이나 교통량이 많은 직행 구간에서만 그렇지. 상기해 보게, 자네가 다루는 철로는 뭔가? 우엉과 엉겅퀴만 무성한 대피선과 인입선 아닌가. 기껏해야 빈 객차를 분류하고 조차용 소형 기관차를 배분하는 데만 쓰이지 않나. 그런데도 여전히 불평하는군! 자네는 미쳤어! 그런 데는 철로가 아니라 나무 레일을 놓아도 돼.」

푸플리긴은 시계를 보고 나서 뚜껑을 닫고는 저 멀리 철로로 이어지는 포장도로 쪽을 바라보았다. 길모퉁이에 마차가 나타났다. 그것은 푸플리긴의 외출용 마차였다. 아내가 그를 데리러 온 것이었다. 거의 노반 옆에 말을 세운 마부는 끊임없이 말을 제지하면서, 유모가 칭얼거리는 아기를 달래듯 가느다란 아낙네의 목소리로 다독였다. 말들이 철로에 겁을 먹었다. 마차의 한쪽에는 아름다운 귀부인이 아무렇게나 베개에 몸을 기댄 채 앉아 있었다.

「자, 친구, 언젠가 다음에 얘기하세.」 관구 소장은 이렇게 말하고 손을 흔들었다. 「자네 철로에 신경 쓸 겨를이 없어. 더 중요한 일이 있어서.」

부부는 마차를 타고 떠났다.

6

서너 시간 후 황혼이 질 무렵, 길 한쪽에 펼쳐진 들판에서 조금 전까지만 해도 지표면에 없던 두 사람의 윤곽이 마치 땅에서 솟은 듯 일어나 자꾸만 주위를 둘러보며 빠른 걸음으로 멀어져 갔다. 그들은 안티포프와 티베르진이었다.

「좀 더 빨리 가세.」 티베르진이 말했다. 「나는 첩자들이 뒤를 밟을까 봐 조심하는 게 아니야. 하지만 이 질질 끌던 일이 곧 끝나면 그자들이 토굴에서 기어 나와 우리를 따라잡을 걸세. 난 그자들의 꼴을 보고 싶지 않아. 이런 식으로 질질 끌려면 쓸데없이 일을 만들 이유가 없어. 그때는 위원회도, 불장난도 소용없으니 지하로 숨어들어야 하네! 자네는 역시 훌륭해, 죽을 쑨 니콜라옙스키 라인을 지원하다니.」

「다리야가 장티푸스에 걸렸어요. 병원에 데려가야 할 텐데. 병원에 데려가기 전까지는 아무것도 머리에 안 들어와요.」

「오늘 봉급을 준다고 하던데. 사무실에 들러야겠어. 오늘 이 봉급날만 아니라면, 하늘에 맹세코 한시도 지체하지 않고 내 방법대로 이 혼란에 끝을 냈을 텐데.」

「어떤 수단을 쓰실지 여쭤봐도 될까요?」

「대단한 일도 아니야. 기관실로 내려가서 경적을 울리면 잔치는 끝나지.」

그들은 작별 인사를 하고, 서로 다른 방향으로 헤어졌다.

티베르진은 도시를 향해 이어진 길을 따라 걸어갔다. 그는 사무실에서 봉급을 받아 나오는 사람들과 마주쳤다. 그들은 아주 많았다. 티베르진은 눈짐작만으로도 역 관내의 거의 모든 사람이 봉급을 받았다고 단정했다.

날이 저물었다. 사무실 옆 탁 트인 광장에는 한가한 노동자들이 사무실의 불빛을 받으며 모여 있었다. 광장으로 들어오는 입구에 푸플리긴의 마차가 서 있었다. 푸플리기나[8]는 마치

8 러시아 이름에서 성은 남성형과 여성형을 지닌다. 자음으로 끝나면 남성이고, 모음으로 끝나면 여성이다. 남편과 아들의 성은 푸플리긴이고, 아내와 딸은 여성형인 푸플리기나가 되는 것이다.

아침부터 마차에서 나온 적이 없는 것처럼 예전의 자세 그대로 그 안에 앉아 있었다. 그녀는 사무실에서 남편이 돈을 받고 돌아오기를 기다리고 있었다.

갑작스럽게 비가 섞인 축축한 눈이 내렸다. 마부는 마부석에서 내려와 가죽 차양을 치기 시작했다. 그가 뒷자리에 버티고 서서 단단히 조인 걸쇠를 푸는 동안, 푸플리기나는 사무실의 불빛을 받아 은구슬처럼 반짝이며 사방으로 흩날리는 진눈깨비를 멍하니 바라보았다. 그녀는 눈 한 번 깜빡이지 않고 꿈꾸는 듯한 시선을 모여 있는 노동자들 위로 던졌는데, 마치 필요한 경우에는 안개나 이슬비처럼 아무 해도 입히지 않고 그들을 통과할 수 있을 것 같은 표정이었다.

티베르진은 우연히 그 표정을 보았다. 불쾌해서 얼굴을 찌푸린 그는 인사도 하지 않고 푸플리기나를 지나쳤고, 그녀의 남편과 사무실에서 마주치지 않기 위해 봉급을 나중에 받으러 오기로 결심했다. 그는 불빛을 덜 받는 작업장 쪽으로 계속 걸어갔는데, 그곳에서는 기관고를 향해 궤도가 여러 갈래로 나뉘는 회전대가 거뭇하게 보였다.

「티베르진! 쿠프리크!」 어둠 속에서 몇 명의 목소리가 그를 불렀다. 작업장 앞에 한 무리의 사람들이 서 있었다. 안에서 누군가가 소리를 질러 댔고 어린아이의 울음소리도 들렸다. 「키프리얀 사벨리예비치, 아이의 편을 좀 들어 주세요.」 무리를 뚫고 어떤 여자가 말했다.

나이 든 장인(匠人) 표트르 후돌레예프가 평소처럼 또다시 자신의 희생자인 어린 제자 유숩카를 매질하고 있었다.

후돌레예프가 늘 견습공을 괴롭히고 술에 취해 싸움질만 해대던 사람은 아니었다. 예전에는 상인의 딸들과 모스크바 근교 상공업 지대에 사는 신부의 딸들이 이 늠름한 직공에게 추파를 던진 적도 있었다. 당시 그는 신학교를 막 졸업한 여학생인 티베르진의 어머니에게 청혼을 했는데, 그녀는 그를 거절하고 그의 친구인 기관사 사벨리 니키티치 티베르진과 결혼하고 말았다.

사벨리 니키티치의 끔찍한 죽음 이후(그는 1888년에 세상을 떠들썩하게 했던 열차 충돌 사고로 불타 죽었다) 그녀가 과부가 된 지 6년째 되던 해에 표트르 페트로비치는 다시 구혼했지만, 마르파 가브릴로브나가 그를 또다시 거절했다. 그 후로 후돌레예프는 술을 마시기 시작했고, 현재의 불행을 세상 탓이라고 확신하고는 온 세상과 결판을 내겠다는 듯이 행패를 부리기 시작했다.

유숩카는 티베르진이 사는 건물의 경비원인 기마제트딘의 아들이었다. 티베르진은 작업장에서 소년의 뒤를 봐주곤 했다. 이것이 그에 대한 후돌레예프의 반감을 더욱 부추겼다.

「줄칼을 어떻게 쥐는 거냐, 아시아 녀석.」 후돌레예프가 유숩카의 머리끄덩이를 잡고 어깨를 지팡이로 치면서 고함을 질렀다. 「누가 그렇게 주물을 깎더냐? 대답해 봐, 내 일을 망쳐 놓을 작정이지, 이 카시모프의 신부(新婦)야,[9] 이 알라 회

9 『카시모프의 신부』는 철학자 블라디미르 솔로비요프의 형인 프세볼로드 솔로비요프(1849~1903)의 소설책 제목이다. 현재 랴잔 지방에 있는 도시 카시모프는 15세기에 카시모프 타타르 왕국의 수도였다.

교승 쪽 째진 눈[10]아?」

「아아, 안 그럴게요, 아저씨, 안 그럴게요, 다시는 안 그런 다고요. 아야, 아파요!」

「먼저 굴대를 아래에 놓고 받침대 나사를 조여야 한다고 수천 번을 얘기했건만 자기 멋대로 굴고 있어, 자기 멋대로. 내 굴대를 거의 부러뜨릴 뻔했잖아, 개자식.」

「저는 굴대를 건드리지 않았어요, 아저씨, 제발, 건드리지 않았어요.」

「왜 아이를 괴롭히는 거야?」 티베르진이 군중을 비집고 들어가서 물었다.

「내 개를 내가 괴롭히는데, 딴 놈은 아무 말 하지 마.」 후돌레예프가 그의 말을 잘랐다.

「내가 묻잖아, 왜 아이를 괴롭히는 거야?」

「내가 너한테 말하는데, 그냥 가시지, 사회주의 대장아. 저녀석은 죽여도 시원치 않아, 저 개자식이 내 굴대를 거의 부러뜨릴 뻔했단 말이야. 아직 살아 있으니 내 손에 뽀뽀해야 할 판이야. 사팔눈 악마 새끼, 저 녀석의 귀를 비틀고 머리끄덩이를 잡아당긴 것뿐이야.」

「당신 생각에는 그만한 일로 저 녀석 모가지를 뽑아야 한다는 거야, 후돌레이 아저씨? 부끄러운 줄 알아야지. 늙은 장인이 머리가 허예질 때까지 살았어도 철딱서니가 없어.」

「아직 몸 성할 때 그냥 가라, 경고하는데 그냥 가. 나를 가

10 카시모프 타타르족은 몽골 후예들로서 아시아인의 얼굴을 가지고 있고 대부분이 수니파 이슬람교도이다.

르치려고 들다니, 혼쭐을 내줄 테다, 이 개 볼기 같은 놈! 너는 네 아버지 코 바로 밑 침목 위에서 만들어졌어, 이 피도 안 마른 놈아. 나는 네 엄마가 얼마나 화냥년인지 알아, 발정 난 암고양이에 너덜너덜한 걸레지.」

이후 일어난 모든 일은 채 1분도 걸리지 않았다. 둘 다 무거운 도구가 뒹구는 작업대에서 제일 먼저 손에 잡히는 연장을 집어 들었고, 만약 사람들이 그 순간 한꺼번에 달려들어 두 사람을 떼어 놓지 않았더라면 이들은 서로를 죽이고야 말았을 것이다. 후돌레예프와 티베르진은 눈에 핏대를 세우고 하얗게 질려서는 고개를 숙이고 거의 이마를 서로 부딪치다시피 하며 서 있었다. 그들은 흥분해서 한마디도 내뱉지 못했다. 사람들이 뒤에서 두 팔을 움켜쥐며 그들을 단단히 붙잡았다. 그들은 간간이 그들을 붙잡고 있는 친구들 손에서 벗어나려고 온몸을 비틀며 안간힘을 썼다. 그들의 옷에 달린 호크와 단추들이 떨어져 나갔고, 점퍼와 셔츠가 어깨의 속살을 드러내며 아래로 흘러내렸다. 그들 주위로 왁작거리는 고함 소리가 그치지 않았다.

「정! 정을 저 녀석한테서 빼앗아, 대가리를 부수겠다.」「조용히, 조용히, 표트르 아저씨, 팔을 뽑아 버리겠어! 이 사람들하고 계속 꾸물거릴 게 뭐 있어? 따로 떼어 놓아 문 뒤에 가두어야 끝이 나겠군.」

티베르진이 갑자기 초인적인 힘을 발휘해 자신을 덮쳤던 사람들의 무리를 떨쳐 내고 그들에게서 벗어나 냉큼 문 옆에 섰다. 사람들이 그를 잡으러 달려갔지만, 그가 좀 전과는 전혀 다른 마음 상태라는 것을 알고는 그를 가만히 내버려 두었다. 그는 바깥으로 나와 문을 꽝 닫고는 뒤도 돌아보지 않고 성큼성큼 걸어갔다. 가을의 습기와 밤, 어두움이 그를 둘러쌌다. 「너는 좋은 일을 하려고 하는데, 사람들은 네 갈비뼈에 칼을 꽂으려고 엿보는구나.」 그는 자신이 어디로, 왜 가는지도 의식하지 못한 채 투덜거렸다.

이 비열함과 위선으로 가득 찬 세계, 통통하게 살진 귀족 마님이 멍청한 일꾼을 감히 그따위로 쳐다보고, 이 체제의 희생자인 술주정뱅이가 자기와 비슷한 사람을 놀리는 데서 만족감을 느끼는 이 세계가 그는 어느 때보다 가증스러웠다. 그는 빨리 걸으면 걸을수록 지금 뜨겁게 달아오른 그의 머릿속처럼 세상의 모든 것이 현명하고 질서 정연해지는 시기를 앞당길 수 있으리라는 듯이 걸음을 재촉했다. 그는 최근 며칠 동안 그들이 한 모든 노력, 철도의 소요, 집회 연설, 그리고 아직 실행되지 않았지만 취소되지도 않은 그들의 파업 결정, 이모든 일이 임박한 거대한 여정의 개별적인 부분이라는 것을 잘 알고 있었다.

그러나 지금 그는 숨 돌릴 새 없이 모든 길을 단번에 질주하지 않고는 견딜 수 없을 만큼 흥분해 있었다. 그는 보폭을 크게 잡으면서도 자신이 어디로 가고 있는지 잘 몰랐지만, 그의 다리는 그를 어디로 데려갈지 아주 잘 알고 있었다.

티베르진은 자신과 안티포프가 토굴에서 나온 직후 바로 그날 저녁 파업에 돌입하기로 회의에서 결정했으리라고는 한동안 짐작도 하지 못했다. 위원회의 위원들은 누가 어디로 가고, 누구를 어디서 제외시킬지 그 자리에서 자기들끼리 일을 분담했다. 기관차 수선 공장에서 마치 티베르진의 영혼 밑바닥에서 나오는 양 거친 신호음이 터져 나와 점차 맑고 고르게 퍼지자, 기관고와 화물역에서 나온 군중들은 이미 입구 신호기에서 도시 방향으로 움직였고, 티베르진의 호루라기 소리에 맞춰 일을 놓고 기관실에서 나오는 새로운 군중과 뒤섞였다.

티베르진은 몇 년 동안 그날 밤의 작업과 길 위의 움직임을 멈춰 세운 사람은 자기 혼자였다고 생각했다. 훗날 소송에서 그를 파업 가담 혐의로만 재판하고 기소 내용에 파업 선동을 넣지 않았을 때에야 그는 그런 착각에서 벗어날 수 있었다.

사람들이 달려 나오면서 물었다. 「어디로 가라고 호각을 부는 거요?」 어둠 속에서 누군가가 대답했다. 「귀머거리는 아닌가 보군. 들어 봐, 경고음이잖아. 불을 끄라는 거지.」 「어디서 불이 났지?」 「호각을 부니 불이 났다는 소리지.」

문이 탕 열렸다가 닫히면서 새로운 사람들이 나왔다. 다른 목소리들이 들렸다. 「무슨 소리야, 화재라니! 시골뜨기 같으니! 바보 같은 말은 듣지 마. 이걸 일컬어 파업이라고 한다, 알겠어? 자, 여기 쇠테, 여기 톱니바퀴, 난 더 이상 종이 아니야. 이보게들, 집에 갑시다.」

사람들은 점점 불어났다. 철도는 파업에 들어갔다.

7

티베르진은 사흘째 되는 날 잠도 제대로 자지 못하고 면도도 하지 못한 모습으로 오들오들 떨면서 집으로 돌아왔다. 전날 밤에 때 이른 혹한이 찾아왔는데, 티베르진은 가을옷을 입고 있었던 것이다. 그는 대문 옆에서 경비원[11] 기마제트딘을 만났다.

「고맙소, 티베르진 나리.」 그가 반복적으로 말했다. 「유숩카한테 모욕을 주지 못하게 했으니 영원히 하느님께 기도하겠소.」

「얼이 빠졌소? 내가 무슨 아저씨한테 나리요? 그런 건 던져 버리쇼. 용건이나 어서 말해요, 얼마나 추운지 알잖아요.」

「뭐가 춥다고, 자네 집은 따뜻해, 사벨리치. 어제 우리가 자네 어머니 마르파 가브릴로브나와 함께 모스크바-토바르나야에서 장작을 가져왔어, 전부 자작나무인데 질 좋은 마른 장작들이야.」

「고마워요, 기마제트딘. 또 뭔가 하고 싶은 말씀이 있죠? 어서 말해요, 얼어 죽겠어요.」

「내가 하고 싶은 말은, 집에서 자지 말라는 거야, 사벨리

---

11 건물과 건물 주변 공간 및 거리를 깨끗이 치우는 사람들을 일컫는다. 중세 시대 때는 영락한 귀족 혹은 상공인들 중에서 경비원이 되는 경우가 많았다. 이들은 남는 시간에 상공 일도 겸해서 했다. 19세기에는 부랑인 관리, 굴뚝 청소, 배관공 등의 역할까지 했다. 제정 말기에는 경비원이 도둑 및 강도와 공범 노릇을 했다는 기록도 있으며, 경찰과 헌병의 첩자 노릇을 했다는 기록도 있다.

치, 몸을 숨겨야 해. 초병도 물어봤고, 순경도 누가 여기 오느냐고 물었어. 내가 아무도 오지 않는다고 말했지. 조수나 기관차 승무 작업반이 다닌다고 말했어, 철도원들도 다닌다고. 다른 낯선 사람은 다니지 않는다고 했어!」

총각인 티베르진이 어머니와 결혼한 남동생과 함께 사는 집은 이웃한 성삼위일체 교회 소유였다. 이 집에는 교회 종사자들 몇 명과 도시 노점상에서 청과물과 육류를 각각 판매하는 협동조합원 두 명도 살았지만, 주로 모스크바-브레스트 철도의 하급 종사자들이 입주해 있었다. 집은 목조 회랑이 있는 석조 건물이었다. 회랑은 포장되지 않은 지저분한 마당을 사방에서 에워싸고 있었다. 회랑을 따라 위로 더럽고 미끄러운 목조 계단이 나 있었다. 계단에서는 고양이 냄새와 삭은 양배추 냄새가 났다. 층계참에는 변소와 자물쇠가 채워진 광들이 붙어 있었다.

티베르진의 동생은 전쟁 때 병사로 징집되어 와팡구에서 부상을 당했다.[12] 그는 치료차 크라스노야르스크 병원에 누워 있었고, 지금 그의 아내가 그를 만나 집에 데려오기 위해 두 딸과 함께 집을 떠나 있었다. 대대로 철도청 직원인 티베르진 식구들은 어디든 발걸음도 가볍게 직원용 무료승차권을 들고 러시아 전역을 다닐 수 있었다. 지금 아파트는 텅 비어 조용했다. 아들과 어머니만이 살고 있었던 것이다.

아파트는 2층에 있었다. 입구 문 앞 회랑에는 물장수가 물

---

12 러일 전쟁 때 벌어진 와팡구 전투(1904년 6월 14일~15일)를 가리킨다. 텔리수 전투라고도 불리며, 러시아가 일본군에게 대패한 전투이다.

을 가득 채워 놓은 물통이 놓여 있었다. 키프리얀 사벨리예비치가 자기 집이 있는 층으로 올라갔을 때, 그는 물통 뚜껑이 한옆으로 열려 있고, 철제 컵이 얼음 표면에 들러붙은 채 물이 얼어 생긴 얼음 조각 위에 놓여 있는 것을 보았다.

〈틀림없이 프로프로군.〉 티베르진이 웃으면서 생각했다. 〈물을 마셨지만 충분치는 않았던 모양이야. 대식가 같으니, 속이 탔던 모양이군.〉

시 낭송 신부[13]인 프로프 아파나시예비치 소콜로프는 풍채 좋고 비교적 젊은 축에 속하는 남자로 마르파 가브릴로브나의 먼 친척이었다.

키프리얀 사벨리예치는 얼음 표면에서 컵을 떼어 낸 후 물통 위에 뚜껑을 덮고 문에 달린 초인종의 손잡이를 잡아당겼다. 사람 사는 냄새와 맛있는 음식에서 나는 김이 구름처럼 밀려와 그를 맞이했다.

「더울 정도로 불을 때셨네요, 엄마. 집이 따뜻하니 좋아요.」

어머니는 그에게 와락 달려들어 그의 목을 끌어안고 울음을 터뜨렸다. 그는 어머니의 머리를 쓰다듬으며 잠시 기다렸다가 부드럽게 몸을 뺐다.

「용감함이 도시들을 접수하고 있어요, 엄마.」 그가 조용히 말했다. 「이 길은 모스크바에서 바르샤바까지 이어져요.」

「안다, 그래서 내가 우는 거란다. 네가 무사하지 못할까 봐서. 쿠프린카,[14] 어디든 멀리 도망갔으면 좋겠구나.」

---

13 러시아 정교 예배 시 성가대에서 성경과 기도문을 읽거나 찬송을 부르는 신부를 말한다.

「엄마의 사랑스러운 친구, 친절한 엄마의 목동 표트르 페트로프[15]가 하마터면 내 머리를 부술 뻔했어요.」

그는 어머니를 웃게 해줄 생각이었다. 그녀는 농담을 이해하지 못하고 심각하게 대답했다.

「그 사람을 조롱하는 건 죄란다, 쿠프린카. 그 사람을 불쌍히 여기렴. 가망 없이 불운한 사람이야, 죽어 버린 영혼이지.」

「안티포프 파시카[16]를 잡아갔어요. 파벨 페라폰토비치요. 밤에 와서 수색을 하고는 모조리 휘저어 놓았대요. 아침에 체포됐어요. 더구나 그 사람 아내 다리야는 뭐라더라, 티푸스라던가, 하여간 그래서 병원에 있어요. 어린 파블루시카[17]가 실업 학교에서 공부하고 있는데, 혼자 귀머거리 숙모랑 집에 있대요. 그런데 아파트에서 그 사람들을 내쫓는다고 하던데요. 제 생각에 아이를 우리 집에 데려왔으면 좋겠어요. 그런데 프로프는 왜 들렀어요?」

「어떻게 알았니?」

「통을 보니까 뚜껑이 열린 채 세워져 있더라고요. 이건 틀림없이 술꾼인 프로프가 물을 떠 마신 거라고 생각했죠.」

「정말 눈치가 빠르구나, 쿠프린카. 네 말이 맞다. 프로프야, 프로프, 프로프 아파나시예비치가 왔었단다. 장작을 빌려달라고 뛰어왔더구나. 그래서 주었단다. 무슨 멍청한 말이람, 장작이라니! 그 사람이 가져온 소식을 그만 까맣게 잊고 있

---

14 키프리얀의 애칭이다.
15 후돌레예프를 말한다.
16 파벨의 애칭이다.
17 파벨의 애칭이다.

었구나. 알겠니, 황제가 모든 것을 새롭게 바꾸겠다고, 아무
도 모욕하지 않고, 땅을 농부들에게 주고 모두를 귀족과 똑같
이 평등하게 해주겠다는 선언문[18]에 서명했다는구나. 어떻게
생각하니, 서명한 칙령을 공표하는 일만 남았다는데. 신성종
무원[19]에서 새로운 청원서를 보냈다는데, 연속 기도문,[20] 아
니면 무슨 건강 기원 기도문에 집어넣으라고 했다던가, 하여
간 정확히는 모르겠구나. 프로부시카[21]가 이렇게 말했는데,
이제야 기억이 나는구나.」

8

  체포된 파벨 페라폰토비치와 병원에 입원 중인 다리야 필
리모노브나의 아들 파툴랴[22] 안티포프는 티베르진의 집으로
거처를 옮겼다. 그는 이목구비가 뚜렷하고 가르마를 똑바로
탄 갈색 머리의 말쑥한 소년이었다. 그는 머리카락을 빗으로

  18 1905년 10월 황제의 선언문은 입헌 군주정의 기초를 마련하게 된다.
이는 입헌 민주당과 다른 자유주의자들을 만족시켰지만, 다른 급진 세력들을
만족시키지는 못했다.
  19 주교 회의 기간에 열리는 러시아 정교의 최고 행정 통치 기구이다.
  20 러시아 정교 예배 시 중요한 부분을 차지하는 의식으로 성직자가 기도
문을 연속적으로 소리 내어 제단 앞에 올리는 의식이다. 성직자는 하나의 기
도를 마칠 때마다 성호를 긋는다. 성가대는 〈아멘〉, 〈긍휼히 여기소서〉, 〈주옵
소서〉 등으로 화답한다.
  21 프로프의 애칭이다.
  22 파벨의 애칭이다.

자주 빗어 올리고, 재킷과 실업 학교 버클이 달린 허리띠를 끊임없이 바르게 했다. 파툴랴는 눈물이 날 정도로 잘 웃고 관찰력이 아주 뛰어났다. 그는 우스꽝스러울 정도로 자기가 보고 들은 모든 것을 아주 똑같이 흉내 낼 줄 알았다.

10월 17일 선언문 발표 직후, 곧 트베르스카야 관문에서 칼루가까지 큰 시위가 계획되어 있었다. 시작은 〈사공이 많으면 배가 산으로 간다〉는 속담대로였다. 이 계획에 참여한 몇 개의 혁명 조직이 서로 다투다가 하나씩 뒤로 물러났는데, 지정된 날 아침에 사람들이 거리로 나갔다는 것을 알게 되자, 서둘러 시위대에 자신의 대표자들을 보냈던 것이다.

키프리얀 사벨리예비치의 만류와 반대에도 불구하고, 마르파 가브릴로브나는 명랑하고 사교적인 파툴랴와 함께 시위에 나갔다.

11월 초의 건조하고 몹시 추운 날이었다. 회색 잿빛의 평온한 하늘에서 거의 수를 셀 수 있을 정도로 듬성듬성 흩날리는 눈송이는 땅에 떨어져 회색의 부푼 먼지가 되어 길 위 웅덩이에 박히기 전에 오랫동안 이리저리 허공을 맴돌았다.

거리 아래쪽으로 사람들이 몰려나와서 정말로 혼잡했다. 얼굴들, 얼굴들, 얼굴들, 솜을 댄 겨울 외투, 바르샤바 모자, 노인, 여고생과 아이, 제복을 입은 철도청 직원, 무릎 위까지 올라온 장화와 가죽 재킷을 입은 전차 정거장과 전화국의 노동자, 김나지움 학생과 대학생이 뒤섞여 있었다.

사람들은 잠시 「바르샤반카」, 「그대는 희생양으로 쓰러졌구나」와 「라마르세예즈」를 불렀지만, 행렬 앞에서 뒤로 걸으며 차양 없는 모피 모자를 손에 들고 흔들면서 노래를 지휘하던 사람이 갑자기 모자를 쓰고 노래 부르기를 멈추었다. 그러더니 그는 행렬 쪽으로 등을 보이고 돌아서서 앞으로 나아가, 나란히 걷던 나머지 지휘자들이 무슨 말을 하는지 귀를 기울이기 시작했다. 노랫소리가 흐트러지고 끊어졌다. 얼어붙은 다리 위로 셀 수 없을 정도로 많은 군중이 바삭바삭 얼음을 부스러뜨리는 소리만 들려왔다.

동조자들이 행진의 주동자들에게 앞쪽에 카자크군[23]이 시위대를 기다리고 있다고 알려 왔다. 매복이 준비되어 있다고 가장 가까이 있는 약국에 전화로 알려 왔던 것이다.

「그렇다면 어쩔 수 없죠.」 지도자들이 말했다. 「중요한 것은 냉정함을 잃지 않는 겁니다. 길을 가다가 제일 먼저 보이는 공공건물을 얼른 점거하고 사람들에게 닥쳐올 위험을 알리고 한 사람씩 흩어집시다.」

어디로 가는 것이 제일 좋을지 논쟁이 벌어졌다. 어떤 이는 상인 판매원 협회 건물에, 다른 이는 고등 기술 학교에, 또 다른 이는 외국 특파원 학교에 가자고 제안했다.

이렇게 논쟁을 벌이는 사이에, 앞에 국영 건물의 모퉁이가 보였다. 그 건물 안에도 앞서 열거한 건물들 못지않게 피난

---

23 15세기 말부터 17세기 무렵까지 오늘날의 우크라이나와 카자흐스탄 지역에서 자유롭고 독립적인 집단을 만들어 러시아의 국경을 지키는 군대로 활동한 사람들이다. 민족적 구성은 다양했지만, 주로 러시아 정교를 믿는 자들이었다. 혁명기에 카자크군은 황제의 명을 받들었으며, 1917년 혁명 이후에는 소비에트 권력에 반대하는 백군 편에서 싸웠다. 보통 평민들은 흔히 기마병을 보면 무조건 카자크군이라고 부르는 경향이 있었다.

처로 합당한 교육 기관이 자리 잡고 있었다.

행진하던 사람들이 그 건물에 다가가자, 인도자들이 반원형 층계참에 올라가서 손짓으로 행렬의 선두를 멈추게 했다. 여러 짝으로 된 입구의 문이 열리자, 행렬의 전 구성원이 털외투 뒤에 털외투, 모자 뒤에 모자가 줄지어 가듯 학교 현관으로 밀려들면서 정면 계단으로 올라가기 시작했다.

「강당으로, 강당으로!」 뒤에서 한목소리로 외쳤지만, 군중은 앞으로 계속 밀려 들어가서는, 분리된 복도들과 교실들 안쪽 깊숙한 곳으로 흩어졌다.

겨우 군중을 돌아오게 해서 모두가 의자에 앉자, 지도자들은 앞에 놓인 함정에 대해 여러 번 알리려고 노력했지만 아무도 그들의 말을 들으려 하지 않았다. 행진을 멈추고 폐쇄된 공간으로 이동한 것은 즉흥 집회로의 초대로 이해되었고, 실제로 그 자리에서 집회가 시작되었다.

노래를 부르며 오랫동안 걸어온 후라 사람들은 잠시 말없이 앉아 있고 싶었고, 이제 누군가 다른 사람들이 자기들 대신 목청껏 외쳐 주기를 원했다. 휴식이 주는 큰 만족감에 비해 거의 모든 점에서 서로 공감하는 연사들 간의 사소한 불일치는 아무래도 괜찮았다.

그러므로 주의 깊게 꼭 들으라고 청중을 괴롭히지 않는 가장 형편없는 연사가 그들 사이에서 가장 큰 성공을 거두었다. 그가 말을 할 때마다 공감의 울부짖음이 뒤따랐다. 아무도 그의 연설이 큰 호응 소리에 묻히는 것을 안타까워하지 않았다. 사람들은 참을성 없이 그의 말에 얼른 동의하며 〈치욕이다〉

라고 외치고는 저항의 전보를 작성하더니, 그의 한결같은 목소리에 지겨워졌는지 한 몸처럼 자리에서 일어나 연사를 완전히 잊은 채 모자에 모자를 들고, 열에 열을 지어 한꺼번에 계단으로 내려가 거리로 흩어졌다. 행진은 계속되었다.

집회가 진행되는 동안 거리에 눈이 내렸다. 포장도로가 하얗게 변했다. 눈이 점점 더 세차게 내렸다.

용기병들이 덮쳤던 첫 순간에는 행렬 후진에서 그걸 짐작도 하지 못했다. 군중이 〈만세〉를 외칠 때처럼 갑자기 앞에서부터 굉음이 점차 커지면서 울려 퍼졌다. 〈위병들이다〉, 〈죽였다〉는 외침 소리와 수많은 다른 소리가 분간할 수 없을 정도로 뒤섞여 버렸다. 거의 동시다발적인 소리들의 물결 속에서 옆으로 급히 물러난 군중들이 만들어 낸 좁은 통로를 따라 말 머리와 갈기, 장검을 휘두르는 기병들이 소리도 없이 맹렬하게 질주해 지나갔다.

기병 소대의 절반이 질주하다가 방향을 돌리고 대열을 정비한 뒤 뒤에서 행진의 후미를 가르며 들어왔다. 학살이 시작되었다.

몇 분이 지나자, 거리는 거의 텅 비어 버렸다. 사람들은 골목으로 달아났다. 눈발이 점점 가늘어졌다. 목탄화로 그린 듯 메마른 저녁이었다. 어딘가 집 뒤에 앉아 있던 태양이 갑자기 모퉁이에서 거리 위의 흥건한 모든 붉은 자국을 손가락으로 찌르는 것 같았다. 용기병들 모자의 붉은 윗부분, 떨어진 붉은 깃발 조각, 눈 위에 붉은 실과 점처럼 뻗은 핏자국을.

포장도로의 가장자리를 따라 두개골이 깨진 사람이 신음

하며 두 팔로 기어가고 있었다. 아래쪽에서는 몇 명의 기병이 열을 지어 천천히 평보로 가고 있었다. 그들은 추적하느라 달려갔던 거리의 끝에서 되돌아오는 길이었다. 목덜미까지 스카프가 벗겨진 마르파 가브릴로브나는 그들의 발 아래서 몸부림치며 온 거리를 향해 자신의 것 같지 않은 목소리로 비명을 질렀다. 「파샤![24] 파툴랴!」

그는 내내 그녀와 나란히 걸으면서 마지막 연사를 대단한 솜씨로 흉내 내며 그녀를 즐겁게 해주었는데, 용기병들이 달려든 혼란스러운 틈에 갑자기 사라져 버렸던 것이다.

곤경에 빠진 마르파 가브릴로브나 자신도 등에 채찍을 맞았다. 다행히 솜을 두툼하게 댄 부인용 재킷 덕분에 타격을 입지는 않았지만, 그래도 그녀는 정직한 민중 앞에서 자기 같은 노파에게 감히 채찍을 휘둘렀다는 데 분기탱천해서, 멀어지는 기병에게 욕을 퍼붓고 주먹을 들어 올렸다.

마르파 가브릴로브나는 포장도로 양쪽으로 흥분에 찬 시선을 던졌다. 다행스럽게도 그녀는 갑자기 반대편 보도에서 소년을 발견했다. 식민지 물품을 파는 상점과 석조 가옥의 돌출부 사이 깊이 파인 그곳에 얼빠진 사람들이 뜻하지 않게 무리 지어 있었다.

보도로 들어선 말 탄 한 용기병이 말의 궁둥이와 옆구리로 그들을 그곳으로 몰아넣었던 것이다. 그들이 두려워하는 것을 보고 재미를 느낀 그는 출구를 가로막고 그들 바로 앞에서 급회전, 뒷다리로만 하는 선회를 선보이고, 마치 서커스에서

24 파벨의 애칭이다.

처럼 천천히 말을 뒷걸음질을 치게 하다가는 뒷발로 서게 했다. 갑자기 앞쪽에서 평보로 돌아오는 동료들을 보자, 그는 박차를 가해 두세 번의 도약으로 그들의 대열에 합류했다.

좁은 구석에서 꼼짝도 하지 못하고 뭉쳐 있던 사람들이 흩어졌다. 조금 전에는 찍소리도 못 내고 두려워하던 파샤가 할머니에게로 달려갔다.

그들은 집으로 걸어갔다. 마르파 가브릴로브나는 가는 내내 으르렁거렸다.

「저주받을 살인마들, 벼락 맞을 악당들! 황제가 자유를 주었다고 사람들이 기뻐하는데, 저자들이 그걸 못 참는 거야. 저자들이 모든 걸 망쳐 놓고, 모든 말을 다 뒤집겠지.」

그녀는 용기병과 주변의 모든 세상, 그 순간에는 심지어 자기 아들에게도 화가 잔뜩 나 있었다. 성질이 난 이 순간에 그녀는 방금 일어난 모든 일이 쿠프린카와 분란을 일으키는 그 일당들 때문이라는 생각이 들었다. 그래서 그녀는 그들을 허탕에 헛똑똑이라고 불렀던 것이다.

「못된 독사들! 되다 만 저자들에게 뭐가 필요한 거야? 전혀 알 수가 없네! 욕지거리나 하고 싸우기나 하니. 그런데 그 말 많던 사람, 그 사람이 어떻게 했더라, 파셴카?[25] 보여 다오, 귀여운 것, 보여 줘. 아이고, 우스워라, 우스워 죽겠네! 판에 박은 듯이 아주 똑같구나. 트루루루루루. 에이, 너는 찰거머리 딱정벌레, 줄 선 말 같구나!」

집에서 그녀는 자기가 말 탄 더벅머리 주근깨 얼간이한테

25 파벨의 애칭이다.

채찍으로 등짝을 맞을 나이가 아니라고 아들에게 온갖 비난을 퍼부으며 달려들었다.

「어쩌라고요, 맙소사, 엄마! 정말 내가 무슨 카자크군 백부장이나 헌병대 대장이라도 되는 것 같네요.」

9

니콜라이 니콜라예비치는 도망치는 사람들이 나타났을 때 창가에 서 있었다. 그는 시위대에서 오는 사람이라는 것을 깨닫고 잠시 동안 흩어지는 사람들 사이에서 유라나 다른 아는 누군가가 있는지 먼 곳을 유심히 살펴보았다. 그러나 아는 사람은 보이지 않았고, 그 아이(니콜라이 니콜라예비치는 그의 이름을 잊어버렸다), 분별없는 두도로프의 아들만이 재빨리 지나간 것 같았다. 바로 얼마 전에 왼쪽 어깨에서 총알을 빼냈는데도 그는 쓸데없는 장소에서 또 어슬렁거리고 있었다.

니콜라이 니콜라예비치는 가을에 페테르부르크에서 이곳으로 왔다. 모스크바에는 거처할 곳이 없었지만, 호텔에 가고 싶지는 않았다. 그는 먼 친척인 스벤티츠키 집에 머물렀다. 그들은 위층 다락방 모퉁이에 있는 서재를 그에게 내주었다.

아이가 없는 스벤티츠키 부부에게 지나치게 넓은 이 2층짜리 곁채는 돌아가신 스벤티츠키 노부부가 아득히 먼 옛날에 돌고루키 공작에게서 임대한 집이었다. 마당 세 개와 정원, 무질서하게 이리저리 분산된 다양한 양식의 수많은 건축물로 구성된 돌고루키의 소유지는 세 개의 골목을 향해 나 있었고, 옛날식대로 무치노이[26] 소도시라고 불렸다.

창문이 네 개나 있었지만 서재는 어두웠다. 서재에는 책, 종이, 양탄자, 판화가 가득 쌓여 있었다. 서재 바깥으로는 건물의 모퉁이를 반원으로 아우르는 발코니가 있었다. 발코니에 있는 이중의 유리문은 겨울이라 빈틈없이 봉해져 있었다.

서재의 두 창문과 발코니의 유리문 너머로는 길게 뻗은 골목, 멀리 달려가는 썰맷길, 비뚤하게 늘어선 집들, 비뚤비뚤하게 이어지는 담장이 보였다.

정원에서 서재까지 연보랏빛 그림자가 뻗어 있었다. 나무들은 응고된 연보랏빛 촛농 줄기처럼 무거운 성에로 뒤덮인 가지를 바닥에 내려놓고 싶은 양, 그런 모습으로 방 안을 들여다보고 있었다.

니콜라이 니콜라예비치는 골목 안을 내다보며 지난해 페테르부르크의 겨울, 가폰,[27] 고리키, 비테[28]의 방문과 최신 유행의 현대 작가들을 회상했다. 그는 마음먹은 책을 쓰려고 그 난장판에서 이곳 무사태평한 옛 수도[29]로 도망쳐 왔다. 그러

---

26 무치노이는 〈밀가루〉라는 뜻이다.

27 Georgii Gapon(1870~1906). 러시아 정교회의 사제로 1905년 피의 일요일 사건에서 주도적 역할을 한 인사이다. 가폰 신부는 1906년 스파이로 몰려 사회 혁명당원에게 암살당한다.

28 Sergei Vitte(1849~1915). 러시아의 산업화를 이루어 낸 총리로 유명하다. 러일 전쟁 때도 뛰어난 협상 능력으로 일본과 휴전을 이끌어 냈다. 그는 10월 선언문의 저자이기도 하다.

29 모스크바는 10세기부터 18세기 초 표트르 대제 전까지 러시아의 수도였고, 표트르 대제가 상트페테르부르크를 건설하고 수도를 그곳으로 옮겼다.

나 천만에! 노루를 피하니 범을 만난 격이었다. 매일 강의에, 연구 보고에 정신을 차릴 수 없었다. 어떤 때는 여성 고등 교육 기관[30]에서, 또 다른 때는 종교 철학회[31]에서, 적십자에서, 파업 위원회 조직위에서. 스위스 한 주의 숲속 오지에 틀어박힐 수 있으면 좋으련만. 평화, 호수 위의 청명함, 하늘과 산, 모든 것을 되받아쳐서 귀를 쫑긋 세우게 하는 낭랑한 공기.

니콜라이 니콜라예비치는 창가에서 몸을 돌렸다. 그는 아무 집에나 놀러 가든지, 아니면 그냥 목적 없이 거리로 나가고 싶었다. 그러나 그때 톨스토이주의자 비볼로치노프가 용무를 보러 오기로 해서 자리를 비울 수 없다는 게 생각났다. 그는 방 안을 서성이기 시작했다. 그의 생각은 조카에게로 향했다.

볼가강 유역의 벽지에서 페테르부르크로 이사했을 때, 니콜라이 니콜라예비치는 유라를 베데냐핀, 오스트로미슬렌스키, 셀랴빈, 미하옐리스, 스벤티츠키, 그리고 그로메코의 친족 무리가 있는 모스크바로 데려왔다. 처음에는 친척들이 그냥 페디카라고 부르는 무절제한 허풍선이 오스트로미슬렌스

표트르 대제 때부터 1917년 볼셰비키 혁명 전까지 2백 년 동안 제정 러시아의 수도는 상트페테르부르크였으므로 모스크바를 옛 수도라고 부른다.

30 당시 여성은 대학에 갈 수 없었으므로 여성에게 대학 과정을 가르치는 교육 기관이었다.

31 모스크바 종교 철학회는 1905년 초에 설립 아이디어가 처음 나왔다. 모스크바 대학교 대학생 역사 철학회 내에 종교 철학 분과가 이 회의 전신이다. 1905년부터 1918년까지 존속했으며 세르게이 불가코프, 스벤티츠키 등이 참여했다. 1917년 2월 혁명까지는 받아들였지만, 10월 혁명에 대해서는 부정적이었다.

키 집에 유라를 거주하게 했다. 페디카는 자신의 양녀 모탸와 비밀리에 동거 중이었으므로 스스로를 기존 질서를 뒤흔드는 자, 사상의 열렬한 옹호자라고 생각하고 있었다. 그는 신뢰를 저버렸고, 심지어 유라를 부양하는 데 쓰라고 지정된 돈을 사리사욕을 위해 탕진하여 돈 관계에서도 정직하지 않은 사람으로 드러났다. 그래서 그는 유라를 그로메코 교수의 가정으로 이사시켰고, 유라는 지금도 그곳에서 살고 있었다.

그로메코의 집에서 유라는 부러울 정도로 호의적인 분위기에 둘러싸여 지냈다.

〈그 집에는 삼총사가 있단 말이지.〉 니콜라이 니콜라예비치가 생각했다. 〈유라, 그의 친구이자 김나지움 동급생인 고르돈, 주인집 딸 토냐 그로메코. 이 삼자 동맹은 『사랑의 의미』[32]와 『크로이처 소나타』[33]를 탐독하여 순결함의 설교에 미쳐 있어.〉

청소년기는 순결의 모든 격동을 통과해야만 한다. 그러나 그들은 도를 넘어서 건전한 판단력을 잃고 있다.

그들은 무서운 괴짜들이면서 아이들이다. 그들을 그렇게나 흥분시키는 감각적인 것의 영역을 그들은 어쩐지 〈속됨〉이라고 부르고, 이 표현을 맞을 때든 맞지 않을 때든 아무 때나 사용하곤 했다. 정말 맞지 않는 단어의 선택이다! 〈속됨〉, 이것은 그들에게 본능의 목소리이기도 하고, 포르노그래피

---

32 철학자 블라디미르 솔로비요프의 작품으로 사랑의 육체적, 정신적 결합을 긍정하는 내용이다.
33 관능과 질투심에 대한 내용을 담고 있는 레프 톨스토이의 소설이다.

문학이기도 하고, 여성의 착취이기도 하며, 육체적인 것의 거의 모든 세계이기도 하다. 그들은 이 단어를 발설할 때마다 얼굴을 붉히거나 창백해진다!

〈만일 내가 모스크바에 있었다면······.〉 니콜라이 니콜라예비치가 생각했다. 〈저렇게까지 멀리 가게 두지는 않았을 텐데. 수치심이 필요하기는 하지만 정도껏 해야지.〉

「아, 닐 페옥티스토비치!³⁴ 어서 오십시오.」 그는 이렇게 외치며 손님을 맞으러 갔다.

10

회색 셔츠에 넓은 가죽 허리띠를 찬 뚱뚱한 남자가 방 안으로 들어왔다. 그는 펠트 장화를 신어서 바지의 무릎 부분이 부풀어 올라 있었고, 구름 위를 떠다니는 호인 같은 인상을 주었다. 그의 코에는 넓은 검은 띠에 달린 작은 코안경이 심술궂게 위아래로 들썩이고 있었다.

그는 입구에서 옷을 벗는데, 끝까지 제대로 벗지도 못했다. 목도리 끝이 바닥에 끌리는 바람에 목도리도 벗지 못했고, 둥근 펠트 모자도 손에 그대로 쥐고 있었다. 이 물건들이 비볼로치노프가 자유롭게 움직이는 것도, 니콜라이 니콜라예비치와 악수하는 것뿐만 아니라, 그와 인사하며 인사말을 나누는 것도 방해했다.

34 비볼로치노프의 이름과 부칭이다.

「에헴.」 그는 구석구석을 둘러보며 당황해서 웅얼거렸다.

「아무 데나 놓으십시오.」 니콜라이 니콜라예비치는 비볼로 치노프가 말문이 트이고 침착함을 되찾을 수 있도록 이렇게 말했다.

그는 레프 니콜라예비치 톨스토이의 추종자들 중 한 사람이었는데, 평안을 전혀 몰랐던 이 천재의 사상도 이들 머릿속에서는 그늘을 모르는 긴 휴식을 맛보려고 누웠다가 돌이킬 수 없이 시시해져 버렸다.

비볼로치노프는 정치적 유형수를 위해 학교에서 강의를 해달라고 그에게 부탁하러 온 것이었다.

「그 학교에서 벌써 한 번 강의한 적이 있습니다.」

「정치범을 위해서요?」

「네.」

「한 번 더 해주셔야겠습니다.」

니콜라이 니콜라예비치는 고집을 부리다가 하기로 했다.

방문 목적이 달성되었다. 니콜라이 니콜라예비치는 닐 페옥티스토비치를 붙잡지 않았다. 그는 일어나서 나가도 되었다. 그러나 비볼로치노프는 그렇게 빨리 나가는 것이 예의에 어긋난다고 생각했다. 작별 인사로 무엇이든 활기차고 자연스러운 얘기를 해야 했다. 질질 늘어지는 불쾌한 대화가 시작되었다.

「데카당[35]이 되셨나요? 신비주의에 깊이 빠지신 건가요?」

---

35 1990년대 러시아 문예의 큰 흐름으로 미학주의, 개인주의, 퇴폐주의를 특징으로 삼았다.

「그건 또 무슨 말씀이신지요?」

「사람이 사라졌습니다. 젬스트보가 기억나십니까?」

「그럼요. 선거 때 함께 일했지요.」

「사범 학교들도 농촌 학교를 위해 싸웠지요. 기억나십니까?」

「그렇고말고요. 정말 뜨거운 투쟁이었지요. 그 후에 민중의 건강과 사회 복지를 위해 활동하셨던 것 같은데요. 그렇지 않은가요?」

「잠시 그랬죠.」

「그렇군요. 그런데 지금은 그 목신[36]이니 연꽃이니 미소년들이니 〈태양처럼 되자〉[37]니 하고 있으니. 죽인다 해도 믿지 못하겠습니다. 유머 감각이 있고 민중에 대해 조예가 깊은 현명한 분이…… 제발 그만두십시오……. 혹여 제가 간섭하는 건지는 모르겠지만…… 뭐든 마음에 숨겨 둔 것이라도 있으신가요?」

「어째서 아무 생각도 없이 되는 대로 말을 던지시는 거죠? 지금 우린 무슨 논쟁을 하고 있는 건가요? 제 사상도 잘 모르시면서요.」

「러시아에 필요한 건 학교와 병원이죠, 목신과 연꽃이 아니라.」

「아무도 반대할 사람이 없습니다.」

「농부들은 헐벗고 굶주려서 몸이 부어 있어요.」

---

36 로마 시대의 신. 반은 사람, 반은 양의 모습을 한 음탕한 신이다.
37 러시아의 상징주의 시인 콘스탄틴 발몬트(1867~1942)가 1902년에 쓴 시의 제목이다.

대화는 이런 식으로 띄엄띄엄 이어졌다. 이런 시도가 무의미하다는 것을 이미 알고 있던 니콜라이 니콜라예비치는 무엇 때문에 자신이 몇몇 상징주의 작가들과 가까워졌는지 설명했다. 그러고는 톨스토이에게로 화제를 돌렸다.

「어느 정도까지는 선생의 말씀에 동의합니다. 그러나 레프 니콜라예비치는 사람이 아름다움에 더 많이 헌신할수록 선에서 더 멀어진다고 합니다.」[38]

「그 반대라고 생각하시나요? 아름다움과 신비, 그와 비슷한 것들이 세상을 구원할까요? 로자노프[39]와 도스토옙스키[40] 쪽인가요?」

「잠시만요, 제 생각을 직접 말씀드리지요. 만일 인간의 내면에 잠들어 있는 짐승을 어쨌거나 감옥이나 사후 징벌로 협박해서 멈출 수 있다면, 인류 최상의 상징은 자신을 희생하는 설교자가 아니라 채찍을 든 서커스 조련사가 될지도 모른다는 생각이 듭니다. 수백 년 동안 인간을 짐승 위로 높인 것은 몽둥이가 아니라 음악이었다는 것이 중요하지요. 무장하지 않은 진실은 물리칠 수 없고, 그 본보기는 매혹적입니다. 지금까지 복음서에서 가장 중요한 부분은 도덕적인 발언과 말

---

38 톨스토이는 『예술은 무엇인가』에서, 예술에서 모든 것을 혼돈스럽게 만드는 〈아름다움〉의 개념을 공격하고 그 대신 〈선〉의 개념을 최우선이 되도록 강조한다.

39 Vasilii Rozanov(1856~1919). 종교 철학자이자 문학 비평가, 시사 평론가로 도스토옙스키의 영향을 많이 받았다.

40 도스토옙스키가 〈아름다움이 세상을 구원하리라〉라는 말을 했다고 흔히 얘기하지만, 사실 이 말은 그의 작품 『백치』에서 등장인물 미시킨 공작과 아글라야 예판친이 한 말이다.

씀 속에 포함된 규율이라고 간주되어 왔습니다. 그러나 제게 중요한 것은 그리스도가 진리를 일상의 빛으로 명료하게 만들고, 일상에서 끌어온 우화로 말씀하셨다는 점입니다. 그 근원에 깔린 생각은 유한자들 간의 소통은 영원하고 삶은 의미 있으므로 상징적이라는 겁니다.」

「아무것도 이해할 수 없군요. 선생은 그걸 책으로 쓰시면 좋겠습니다.」

비볼로치노프가 떠나자, 니콜라이 니콜라예비치는 무서운 분노에 사로잡혔다. 그는 멍청이 비볼로치노프에게 아무런 인상도 불러일으키지 못할 거면서 자신의 소중한 생각의 일부를 지껄였다는 것에 화가 났다. 이따금 그러하듯이 니콜라이 니콜라예비치의 불만은 갑자기 방향을 바꾸었다. 그는 마치 비볼로치노프가 전혀 오지 않았던 것처럼 그에 대해 완전히 잊어버렸다. 다른 일이 떠올랐다. 그는 일기를 쓰지는 않았지만, 1년에 한두 번 정도는 두꺼운 노트에 강한 인상을 불러일으킨 생각들을 기록하곤 했다. 그는 노트를 꺼내 크고 또박또박한 필체로 적기 시작했다. 이것이 바로 그가 적은 내용이다.

〈온종일 그 바보 같은 여자 실레진게르 때문에 미칠 지경이다. 아침에 와서는 점심때까지 죽치고 앉아 두 시간 내내 실없는 책을 읽으면서 괴롭힌다. 상징주의자 A의 시 텍스트, 우주 발생 심포니를 위한 작곡가 B의 텍스트, 영혼이 가득한 행성, 4원소의 목소리 등등등. 나는 참고 또 참다가 견디지 못해 더 이상 못 참겠으니 나가 달라고 애원하고 말았다.

문득 나는 모든 것을 깨달았다. 나는 이 모든 것이 『파우스트』[41]에서조차 언제나 왜 그렇게 죽도록 참을 수 없고 위선적인지 깨달았다. 이것은 꾸며 낸 거짓 관심이다. 현대인은 그런 것을 필요로 하지 않는다. 우주의 신비가 현대인을 사로잡으면, 그는 헤시오도스[42]의 육운각이 아니라 물리학에 심취한다.

그러나 문제는 그 형식의 낡음, 시대착오성에만 있지 않다. 문제는 물과 불의 정령들이 과학이 명료하게 해명한 것을 분명치 않게 뒤섞는다는 데 있지 않다. 문제는 이 장르가 현재 예술의 모든 정신, 그 본질, 그 동기가 되는 모티브들과 모순된다는 것이다.

이러한 우주론은 인구가 적어서 아직 자연을 뒤덮지 못했던 옛 땅에서나 자연스러운 것이었다. 그 땅 위에 매머드가 돌아다녔고, 공룡과 용들에 대한 추억이 생생했다. 자연은 사람들의 눈에 아주 또렷하게 지각되면서 맹수처럼 매섭게 사람의 목덜미를 덮쳤는데, 그때는 어쩌면 정말로 만물에 아직 신이 깃들어 있었던 건지도 모른다. 이것은 인류 연대기의 가장 첫 페이지들로서 이제 막 시작된 것이었다.

이 고대 세계가 인구 과잉으로 로마에서 종언을 고했다.

로마는 빌려 온 신들과 피정복민의 고물 시장이었고, 하늘과 땅 두 층위의 대혼잡이었으며, 장폐색처럼 자기 주변을 세

41 괴테의 『파우스트』를 말한다. 파스테르나크는 1948년과 1953년 사이에 『파우스트』를 번역하면서 동시에 『닥터 지바고』를 집필했다.

42 Hesiodos(?~?). 기원전 8세기경 고대 그리스의 시인으로 『일과 나날』, 『신통기』의 저자이다.

겹의 매듭으로 얽어맨 추잡함이었다. 고대 루마니아족, 고대 게르만족, 스키타이족,[43] 사르마티아족,[44] 거인족,[45] 살 없는 무거운 바퀴, 지방 때문에 부푼 눈, 수간, 이중 턱, 교육받은 노예의 인육으로 키우는 물고기, 문맹의 황제들. 훗날의 그 어떤 시대보다도 사람이 많았고, 그들은 콜로세움 통로에서 짓이겨지며 고통을 당했다.

바로 이 저속한 취미의 대리석과 황금 무더기 속으로 특별히 인간적이고 의도적으로 촌스러운 한 갈릴리 사람이 빛의 옷을 입고 들어왔는데, 그 순간부터 민족과 신은 존재하기를 멈추었고 한 인간이, 목수인 인간이, 농부인 인간이, 일몰 시간에 양 떼들 사이에 선 목동인 인간이, 눈곱만큼도 오만하게 소리 내지 않는 인간이, 모든 어머니의 자장가와 전 세계 화랑에서 감사한 마음으로 전파되는 인간이 존재하기 시작했다.〉

11

페트롭스키 노선은 페테르부르크의 한 모퉁이를 모스크

---

43 기원전 8세기에서 기원후 4세기까지 존속한 이란 유목 민족으로, 다뉴브강 동쪽부터 돈강 위쪽 흑해 지역의 초원 지대에 이르기까지 퍼져 살았다.
44 기원전 6세기에서 기원후 1세기까지 존속한 이란 유목 민족으로, 다뉴브강에서 아랄해 사이 유라시아 지역, 즉 오늘날의 우크라이나, 러시아, 카자흐스탄 영토의 초원 지대에서 살았다.
45 그리스 신화에 따르면 거인족은 〈북풍 너머〉의 땅에 산다.

바에 옮겨 놓았다는 인상을 주었다. 길 양옆으로 늘어선 건물들의 잘 어울리는 조합, 훌륭한 취향의 조소로 장식된 건물 정면, 서점, 도서관 열람실, 지도 제작 기관, 아주 괜찮은 담배 가게, 아주 괜찮은 레스토랑, 레스토랑 앞의 거대한 돌출부 위에 흐릿한 둥근 갓을 쓴 가스등.

겨울이 되면 이 장소는 범접할 수 없는 음울한 기운을 띠며 인상을 찌푸렸다. 이곳에는 진지하고 자부심이 강하며 돈을 잘 버는 자유직업자들이 살았다.

빅토르 이폴리토비치 코마롭스키는 이곳에서 참나무 난간이 달린 넓은 계단이 있는 2층에서 화려한 독신용 아파트를 임대해 살고 있었다. 모든 일을 섬세하게 돌보는 동시에 전혀 간섭하지 않는 그의 가정부, 아니 그의 조용한 은둔 생활의 관리자인 엠마 에르네스토브나는 소리도 내지 않고 눈에도 띄지 않게 그의 살림을 도맡아 했으며, 그는 신사로서 당연하게 기사다운 감사의 표시로 그녀에게 사례비를 지불했고, 이 노처녀의 고요한 세계에 어울리지 않는 손님과 여자 방문객을 아파트에 들이지 않았다. 그들의 집에는 수도원의 거처와 같은 평온함이 지배했다. 커튼이 드리워지고 마치 수술실처럼 먼지 하나, 얼룩 하나 없었다.

빅토르 이폴리토비치는 일요일마다 점심 식사 전에 자신의 불도그와 함께 페트롭카와 쿠즈네츠키를 따라 거니는 습관이 있었고, 배우이자 노름꾼인 콘스탄틴 일라리오노비치 사타니디가 어느 모퉁이에서인가 튀어나와 그들과 합류하곤 했다.

그들은 보도를 반들반들하게 만들 것처럼 함께 걸으며 짧은 일화와 세상에 있는 모든 것에 대한 경멸로 가득 찬 전혀 의미 없고 아주 단편적인 언급들을 주고받았는데, 그런 수다를 으르렁거리는 단순한 소리로 바꿔 놓아도, 그리고 그들 몸의 진동에 짓눌린 듯 염치없이 헐떡거리는 커다란 저음으로 쿠즈네츠키의 두 인도를 가득 채워도 전혀 지장이 없을 것 같았다.

12

날씨가 차츰 좋아졌다. 물방울이 배수관과 창문의 쇠창살을 타고 〈똑똑〉 떨어졌다. 봄이 되었다고 지붕들은 서로 돌아가며 물방울 떨어지는 소리를 냈다. 해빙이었다.

오는 길 내내 그녀는 넋이 나간 사람처럼 걸었고, 집으로 돌아온 후에야 무슨 일이 일어났는지 깨달을 수 있었다.

가족은 모두 잠들어 있었다. 그녀는 다시 무감각 상태에 빠졌고, 가장무도회에 가듯 작업실에서 하룻밤 빌려 온 레이스 장식과 긴 베일이 달린 거의 흰색에 가까운 밝은 연보라색 드레스를 입은 채 엄마의 작은 화장대 앞에 산란한 마음으로 주저앉았다. 그녀는 자신의 모습을 비추고 있는 거울 앞에 앉았지만 아무것도 보지 못했다. 잠시 후 그녀는 화장대에 팔꿈치를 괴고 머리를 그 위에 파묻었다.

만일 엄마가 알게 된다면 그녀를 죽일 것이다. 죽이고 자기는 자살할 것이다.

어떻게 이런 일이 일어났을까? 어떻게 이런 일이 일어날 수 있었을까? 이제는 늦었다. 조금 더 일찍 생각했어야만 했다.

이제 그녀는 — 뭐라고 불려야 할까 — 이제 그녀는 타락한 여자이다. 그녀는 프랑스 소설에 나온 여자처럼 되었는데, 내일은 김나지움에 가서 그녀에 비해 아직 젖먹이 아이에 불과한 어린 소녀들과 한 책상 앞에 앉아 있을 것이다. 하느님 맙소사, 어쩌다가 이런 일이 일어났을까!

언젠가 숱한 해가 흐른 후, 그럴 수 있다면, 라라는 이 이야기를 올랴 데미나에게 말할 것이다. 올랴는 그녀의 머리를 안고 통곡할 것이다.

창 너머로 물방울들이 종알거리고 눈 녹는 소리가 조잘거렸다. 거리에서는 누군가가 이웃집 문을 세게 두드렸다. 라라는 고개를 들지 않았다. 그녀의 어깨가 흔들렸다. 그녀는 울고 있었다.

13

「아, 엠마 에르네스토브나, 이봐요, 그건 중요하지 않아. 싫증이 나는군.」

그는 양탄자와 소파 위로 물건과 커프스, 흰색 칼라를 마구 던졌고, 뭐가 필요한지 생각하지도 않고 서랍장을 넣었다 뺐다 했다.

그가 몹시 필요로 하는 것은 그녀였지만, 이번 주 일요일에 그녀를 보는 것은 불가능했다. 그는 좌불안석으로 짐승처럼 방 안을 이리저리 오갔다.

그녀에게는 비할 데 없는 영감을 주는 매력이 있었다. 그녀의 두 팔은 고원한 사상이 우리를 놀라게 하듯 그에게 충격을 주었다. 방의 벽지에 어린 그녀의 그림자는 그녀의 순결함을 드러내는 실루엣 같았다. 수틀에 꽂힌 아마포 조각처럼 셔츠는 그녀의 가슴을 순진하게 팽팽히 감싸고 있었다.

코마롭스키는 아래쪽 아스팔트 도로를 달가닥거리며 천천히 걸어가는 말발굽 소리에 박자를 맞추어 창유리를 손가락으로 두드렸다. 「라라.」 그가 이렇게 속삭이며 눈을 감자, 그의 두 손에 얹힌 그녀의 머리가, 그러니까 누군가 자지도 않고 그녀를 끊임없이 오랫동안 바라본다는 것도 모른 채 속눈썹을 내리깔고 잠에 빠져 있는 그녀의 머리가 떠올랐다. 베개에 아무렇게나 흐트러진 그녀의 아름다운 머리채가 연기처럼 코마롭스키의 눈을 따끔거리게 하고 그의 영혼을 파고들었다.

주일에 그가 하려던 산책은 성사되지 못했다. 코마롭스키는 잭과 함께 보도를 몇 걸음 걷다가 멈추어 섰다. 쿠즈네츠키 다리, 사타니디의 농담, 연이어 마주칠 지인들의 얼굴이 떠올랐다. 아니야, 그건 그의 힘에 부치는 일이다! 이 모든 게 얼마나 역겨운 일인가! 코마롭스키는 뒤로 돌아섰다. 개는 놀라서 동의할 수 없다는 듯한 시선을 그에게 보내고는 내키지 않는다는 듯이 뒤에서 느릿느릿 걸었다.

〈도깨비한테 홀린 것 같군!〉 그는 생각했다. 〈이게 다 무슨 뜻일까? 깨어난 양심일까, 동정심이나 후회의 감정일까? 아니면 불안일까? 아니다, 그는 그녀가 집에 안전하게 있다는 것을 안다. 그런데 왜 그녀가 그의 머리에서 떠나지 않는 걸까!〉

코마롭스키는 정문 현관으로 들어가 계단을 타고 층계참에 이르러 계단을 따라 돌았다. 층계참에는 유리 모서리에 장식용 문장(紋章)이 달린 베네치아풍 창문이 있었다. 그 창문에서 햇살이 형형색색으로 바닥과 창문턱에 떨어졌다. 두 번째 층계참 가운데서 코마롭스키는 멈추어 섰다.

지칠 정도로 사람을 괴롭히는 이 울적함에 굴복할 수는 없다! 그는 소년이 아니다, 만일 고인이 된 친구의 딸인 이 소녀가 오락의 수단에서 열광의 대상이 된다면 그에게 어떤 일이 일어날지 잘 파악해야만 한다. 정신을 차려야 한다! 자신에게 충실해야 한다, 자신의 습관을 바꾸지 말아야 한다! 그렇지 않으면 모든 것이 먼지처럼 사라질 것이다!

코마롭스키는 손이 아플 정도로 넓은 난간을 꽉 잡고 잠시 눈을 감았다가 단호하게 뒤돌아서 아래로 내려가기 시작했다. 그는 햇살 가득한 층계참에서 숭배하듯 그를 바라보는 불도그의 시선을 포착했다. 잭은 처진 볼에 침을 흘리는 늙은 난쟁이처럼 고개를 들고 밑에서 그를 올려다보았다.

개는 아가씨를 좋아하지 않아, 그녀의 양말을 찢고 그녀에게 이를 드러내며 으르렁거렸다. 개는 그녀에게서 뭔가 인간적인 것이 자기 주인에게 전염될까 봐 두려운 듯 라라를 질투했다. 「아하, 그렇게 되는 거구나! 넌 모든 게 이전처럼 될 거라고 단정했구나. 사타니디도, 비열함도, 우스운 이야기도? 그렇다면 이놈 한 대 받아라, 받아, 받아!」

그는 지팡이와 발로 불도그를 때리기 시작했다. 잭은 큰 소리로 울부짖으며 도망쳐서는 엉덩이를 부들부들 떨고 절룩거리면서 계단을 뛰어 올라가 문을 할퀴며 엠마 에르네스토브나에게 하소연을 하듯 낑낑댔다.

여러 날이 가고 여러 주가 흘렀다.

14

오, 마법에 걸린 원에 빠진 것 같다! 만일 코마롭스키가 라라의 삶에 뛰어든 것이 그녀에게 혐오감만 불러일으켰다면, 라라는 반항하며 뛰쳐나갔을 것이다. 그러나 일이 그렇게 단순하지만은 않았다.

모임에서 사람들의 박수를 받고 신문 기사에 오르내리는 그가, 그녀에게 아버지뻘인 아름다운 백발의 남자가 그녀를 위해 돈과 시간을 쓰며 그녀를 여신이라고 부르고, 극장과 음악회에 데리고 다니면서 흔히 말하듯 〈지적으로 성장시켜 준다는〉 것이 소녀의 마음을 흡족하게 해주었다.

그런데 그녀는 밤색 교복을 입은 미성년의 여학생이고, 아직 학교에서 일어나는 천진난만한 모의와 장난에 남몰래 가담하는 아이에 불과했다. 마부가 코앞에 앉아 있는 마차 안에서건 혹은 온 극장에서 보이는 특별석 입구 의복 보관실에서건 가리지 않고 저지르는 코마롭스키의 호색 행각은 폭로되지 않은 대범함으로 그녀를 매혹시켰고, 그녀 안에 있는 작은 악마를 일깨워 그것을 모방하도록 부추겼다.

그러나 장난기 가득한 여학생의 열정은 금방 시들었다. 온몸을 파고드는 무기력함과 눈앞의 공포가 오래도록 그녀의 내면에 뿌리를 내렸다. 그리고 줄기차게 잠만 자고 싶었다. 수면이 부족한 밤들, 눈물과 계속되는 두통, 학과 공부와 전반적인 육체적 피로감 때문이었다.

15

그는 그녀의 저주의 대상이었고, 그녀는 그를 증오했다. 그녀는 매일 이 생각을 새로이 되새겼다.

이제 그녀는 평생 그의 노예였다. 그는 무엇으로 그녀를 노예로 만들었을까? 무엇으로 그녀의 복종을 얻어 냈기에 그녀는 그의 욕망을 만족시켜 주고 자신의 멈출 줄 모르는 치욕스러운 떨림으로 그를 기쁘게 해주는 것일까? 나이가 많다는 것 때문일까? 엄마가 재정적으로 그에게 의존하기 때문일까? 그녀, 즉 라라를 능숙하게 위협했기 때문일까? 아니다, 아니다, 아니다. 모두 터무니없는 소리다.

그녀가 그에게 복종한 것이 아니라, 그가 그녀에게 복종한 것이다. 그가 그녀를 얼마나 애태우며 그리워하는지, 과연 그녀가 모른단 말인가? 그녀가 두려워할 것이라고는 아무것도 없었다. 그녀의 양심은 깨끗했다. 만약 그녀가 그의 죄상을 폭로하면 수치스러워하고 두려워해야 할 사람은 그였다. 그러나 문제는 그녀가 그러지 않으리라는 데 있다. 그러기에는 비열함이, 수하의 사람들과 약자들을 대할 때 코마롭스키가 주로 휘두르는 힘인 비열함이 그녀에게는 부족한 것이다.

바로 이것이 그들의 차이였다. 그래서 주변의 삶이 끔찍한 것이다. 삶이 무엇 때문에 기가 막히는 걸까, 천둥과 번개 때문에? 아니다. 비뚤어진 시선과 속삭이는 음해의 소리 때문이다. 삶에는 온통 모략과 모호함이 가득하다. 거미줄 같은 실 한 가닥은 잘 보이지 않지만, 실타래에서 빼려고 잡아당기면 더 엉킬 따름이다.

그러므로 비열하고 약한 자가 강한 자 위에 군림하는 것이다.

16

그녀는 자신에게 말했다. 〈만약 결혼하면 어떻게 될까? 무슨 차이가 있을까?〉 그녀는 궤변의 길에 들어섰다. 하지만 출구 없는 애수가 때때로 그녀를 잠식하곤 했다.

어째서 그는 그녀의 발밑에 엎드려 애걸하는 것이 부끄럽지 않단 말인가? 「이렇게 계속할 수는 없어. 내가 네게 무슨 짓을 했는지 보렴. 너는 타락의 구렁텅이로 굴러떨어지고 있구나. 어머니에게 말씀드리자. 내 너와 결혼하마.」

그리고 그는 울면서 마치 그녀가 항거하며 동의하지 않는다는 듯이 고집을 부렸다. 그러나 이 모든 것은 말뿐이었고, 라라는 이 공허하고 비극적인 말에 귀를 기울이지 않았다.

그는 긴 베일을 씌운 그녀를 그 끔찍한 레스토랑의 별실로 계속 데리고 다녔고, 그곳에서는 하인들과 식사하는 사람들이 꼭 발가벗길 것 같은 시선으로 그녀를 바라보았다. 그녀는 자신에게 묻곤 했다. 사랑한다면서 모욕을 주다니 말이 되는가?

어느 날 그녀는 꿈을 꾸었다. 그녀는 땅에 묻혔고, 그녀에게 남은 것이라고는 왼쪽 어깨와 옆구리, 그리고 오른쪽 발뿐이었다. 그녀의 왼쪽 젖꼭지에서 풀 한 포기가 자라고, 땅위에서 사람들은 「검은 눈동자와 하얀 가슴」과 「마샤를 강 너머로 못 가게 하네」라는 노래를 불렀다.

17

라라는 신앙심이 깊지 않았다. 그녀는 종교 예식을 믿지 않았다. 그러나 삶을 견뎌 내기 위해서는 가끔씩 일종의 내적인 음악의 동반이 필요했다. 그런 음악을 매번 스스로 지어낼 수는 없었다. 그 음악은 삶에 대한 하느님의 말씀이었고, 라라는 그 말씀을 듣고 통곡하기 위해 교회로 갔다.

12월 초 어느 날, 「뇌우」의 카테리나[46]와 같은 마음이었을

---

46 알렉산드르 오스트롭스키(1823~1886)의 희곡 「뇌우」의 여주인공. 그녀의 독백 중에 〈이제 어디로 가지? 집으로? 아니야, 집이든 무덤이든 내게는

때, 그녀는 이제 곧 땅이 발아래서 갈라지고 교회의 지붕이 무너져 내릴 것만 같은 심정으로 기도하러 간 적이 있었다. 당연히 그럴 만했다. 모든 일에는 끝이 있는 법이었다. 다만 그 떠버리 올랴 데미나를 데려간 것이 아쉬울 뿐이었다.

「프로프 아파나시예비치야.」 올랴가 그녀의 귀에 대고 속삭였다.

「쉿, 그만둬, 제발. 무슨 프로프 아파나시예비치?」

「프로프 아파나시예비치 소콜로프. 우리 육촌 오빠야. 지금 성경을 낭독하는 사람.」

「성경 낭독 신부를 말하는 거구나. 티베르진의 친척이야. 쉿. 조용히 해. 나를 방해하지 마, 제발.」

그들은 예배가 시작될 즈음에 도착했다. 「시편」을 부르고 있었다. 「내 영혼아, 야훼를 찬미하여라. 속으로부터 그 거룩한 이름을 찬미하여라.」[47]

교회 내부는 거의 비어서 소리가 울렸다. 기도하는 사람들이 앞쪽에만 모여 있었다. 교회는 새로 지은 건물이었다. 창틀에 끼워진 채색되지 않은 창유리는 눈 덮인 회색빛 골목과 그 길을 따라 분주히 오가는 행인과 마차를 그 무엇으로도 보기 좋게 꾸며 주지 못했다. 교회 사무장이 그 창문 옆에서 예배에는 관심도 기울이지 않고 머리가 모자라는 청각 장애인 여자 거지에게 교회 전체가 울리도록 큰 소리로 훈계를 하고 있었다. 그의 목소리는 창문과 골목만큼이나 진부하고 지루

매한가지야)라는 말이 있다.
47 「시편」 103편 1절로 러시아 정교회 예배 시작 시 부르는 찬송이다.

하기 짝이 없었다.

라라가 자신과 올랴를 위해 초를 사러 손에 동전을 꼭 쥔 채 기도하는 사람들을 천천히 돌아 문 쪽으로 갔다가 아무도 밀치지 않으려고 조심하면서 다시 돌아오는 동안, 프로프 아파나시예비치는 그가 아니더라도 모두가 잘 아는 사실을 외우듯 아홉 가지 복을 큰 소리로 줄줄 읊고 있었다.

마음이 가난한 사람은 행복하다…… 슬퍼하는 사람은 행복하다…… 옳은 일에 주리고 목마른 사람은 행복하다……. [48]

라라는 걷다가 몸을 떨면서 멈추어 섰다. 그것은 그녀에 대한 말이었다. 그분이 말씀하신다. 짓밟힌 자의 미래는 부러운 것이다. 그들은 자신에 대해 할 이야기가 있다. 그들의 앞날은 창창하다. 그분은 그렇게 생각하셨다. 이것이 그리스도의 견해이다.

18

프레스냐 봉기[49]가 일어났을 때였다. 그들은 봉기가 일어난 지역에 있었다. 그들의 집에서 몇 걸음 떨어지지 않은 트베르스카야 쪽에 바리케이드가 쳐졌다. 거실 창문에서도 보였다. 사람들은 바리케이드를 만든 돌들과 지렛대들을 얼음

48 「마태오의 복음서」 5장에 나오는 예수 그리스도의 산상 수훈 중 일부 구절(3~6절)이다.

49 모스크바의 프레스냐 거리에서 1905년 12월에 일어난 노동자들의 무장봉기로 1905년 혁명의 마지막 사건이다.

철갑으로 둘러 연결시키기 위해 그들의 마당에서 그쪽으로 물통을 날라 바리케이드에 물을 들이부었다.

이웃집 마당에는 혁명 무장 조직을 위한 집합소가 있었는데, 치료소나 급식소 비슷한 곳이었다.

그곳으로 두 소년이 지나다녔다. 라라는 그 둘을 알았다. 한 명은 나댜의 친구인 니카 두도로프로, 라라는 나댜의 집에서 그와 인사를 나눈 적이 있었다. 그는 라라와 비슷한 성품으로 직선적이고 오만하며 과묵했다. 라라와 닮은 점이 많아서 그는 그녀의 흥미를 끌지 못했다.

다른 소년은 올랴 데미나의 할머니인 티베르지나의 집에 사는 실업 학교 학생 안티포프였다. 마르파 가브릴로브나의 집에 갈 때마다 라라는 자기가 소년에게 어떤 영향을 주는지 알아챌 수 있었다. 파샤 안티포프는 아직 어린아이처럼 단순해서 라라가 방학 기간에 찾은 깨끗한 풀과 구름에 싸인 자작나무 숲인 양 그녀의 방문이 그에게 가져다주는 행복감을 숨기지 않았고, 나중에 놀림을 당할 수 있는데도 아랑곳하지 않고 그녀로 인한 자신의 송아지 같은 환희를 아무 거리낌 없이 표현하곤 했다.

자신이 그에게 어떠한 영향을 미치는지 알아차리자마자, 라라는 무의식적으로 그것을 이용하기 시작했다. 그러나 그녀가 그의 부드럽고 유순한 성격을 진지하게 길들이는 데 몰두한 것은 몇 년 후, 즉 그와 우정을 맺은 후 훨씬 나중의 일이었는데, 그때 이미 파툴랴는 자신이 그녀를 미친 듯이 사랑하며 평생 더 이상 물러서지 않을 것임을 깨달았다.

소년들은 놀이 중에서도 가장 무서운, 성인이나 하는 전쟁 놀이에 참여한 것뿐인데, 그 놀이에 참여했다는 이유로 교수형도 당하고 유형도 당했다. 하지만 방한용 두건이 그들 머리 뒤로 매듭지어져 있어서 그들이 아직 아이라는 것과, 그들에게 아직 아빠와 엄마가 있다는 것이 훤히 드러나 보였다. 라라는 어른이 어린아이를 보듯 그들을 바라보았다. 그들의 위험한 장난질에 순진함의 흔적이 드리워져 있었다. 그들의 그러한 인상이 나머지 모든 것에도 전달되었다. 얼기설기 서리가 빽빽하게 자라 흰색이 아니라 검은색처럼 보이는 혹한의 저녁에도. 푸르스름한 마당에도. 소년들이 숨어 있는 맞은편 집에도. 그리고 무엇보다, 그 무엇보다 거기서 계속 철컥대는 권총 발사 소리에도. 〈소년들이 총을 쏘고 있구나.〉 라라는 생각했다. 그녀는 니카와 파툴랴에 대해서가 아니라 총을 쏘는 도시 전체에 대해 그렇게 생각했다. 〈착한 소년, 정직한 소년들이야.〉 그녀는 생각했다. 〈착해서 총을 쏘는 거야.〉

19

그들은 바리케이드가 포격을 받을 수 있기 때문에 그들의 집이 위험하다는 것을 알게 되었다. 그들의 지역은 포위되었으므로 모스크바의 다른 지역에 사는 지인의 집으로 옮길 생각을 하는 것도 늦은 상황이었다. 포위망 안쪽에서 조금 더 가까운 피난처를 찾아야 했다. 〈체르노고리야〉가 떠올랐다.

그들이 첫 손님은 아니었다. 호텔은 사람들로 가득 차 있었다. 많은 사람이 그들과 같은 입장이었다. 옛정을 생각해서 시트 보관실에 자리를 잡게 해주겠다는 약속을 받아 냈다.

가방으로 사람들의 주의를 끌지 않으려고 가장 필요한 물건들로만 세 꾸러미 쌌고, 호텔로 옮기는 날짜를 하루하루 미루고 있었다.

양장점을 지배하는 가족 같은 분위기로 인해 사람들은 파업인데도 마지막 순간까지 일을 계속했다. 그러던 어느 날 춥고 지루한 황혼 녘에 거리 쪽에서 초인종이 울렸다. 누군가가 불평과 비난을 쏟으며 들어왔다. 현관문에서 여주인을 불러 달라고 요구했다. 파이나 실란티예브나가 들어온 사람의 혈기를 가라앉히려고 대기실로 나왔다.

「이리로 와봐요, 아가씨들!」 곧 그녀는 그곳으로 여직공들을 불러 모아, 모두를 순서대로 들어온 사람에게 소개하기 시작했다.

그는 여직공들에게 한 사람씩 마음을 담아 어색하게 악수를 하며 인사한 후, 페티소바와 뭔가를 약속하고는 굼뜬 모습으로 떠났다.

홀 안으로 돌아온 여직공들은 숄을 두르고 머리 위로 팔을 올려 꽉 끼는 털외투 소매에 끼워 넣었다.

「무슨 일이에요?」 때맞춰 나온 아말리야 카를로브나가 물었다.

「우리를 데리러 왔네요, 마담. 저희는 파업합니다.」

「내가 무슨…… 내가 여러분에게 무슨 잘못을 저질렀나

요?」 마담 기샤르가 울음을 터뜨렸다.

「낙담하지 마세요, 아말리야 카를로브나. 부인에게 악감정은 없어요. 오히려 우리는 부인에게 감사해요. 이건 우리와 부인 사이의 문제가 아니에요. 지금은 모든 이가, 온 세상이 그래요. 그러니 우리만 어떻게 거역할 수 있겠어요?」

한 사람도 남김없이 모두 흩어졌다. 심지어 올랴 데미나와 파이나 실란티예브나도 작별 인사를 하며 주인과 가게를 위해 파업을 벌이는 척하는 거라고 여주인에게 속삭이고 떠났다.

「이 무슨 배은망덕한 짓이람! 좀 봐라, 사람을 얼마나 잘못 봤는지! 그 아가씨에게 내가 얼마나 신경을 많이 썼는데! 그래, 좋아, 걔는 어린아이니까 그렇다고 쳐. 그런데 저 나이 든 마녀까지!」

「이해해 줘요, 엄마, 저 사람들이 엄마를 위해 예외적으로 행동할 수는 없어요.」 라라가 그녀를 위로했다. 「아무도 엄마한테 악의는 없어요. 그 반대예요. 지금 주변에서 벌어지는 모든 일은 인간의 이름으로, 약자 보호를 위해, 여성과 아이들의 행복을 위해 행해지는 거예요. 그래요, 맞아요, 그렇게 믿을 수 없다는 듯이 머리를 흔들지 마세요. 이로 인해 언젠가는 엄마와 내 형편이 더 나아질 거예요.」

그러나 어머니는 아무것도 이해하지 못했다.

「항상 이런 식이지.」 그녀는 흐느끼면서 이렇게 말했다. 「그렇지 않아도 정신이 없는데, 너는 눈이 휘둥그레질 정도로 터무니없는 말만 하는구나. 내 머리 위에서 대변을 누는데, 그게 내 이익이라는 식이야. 아니야, 진짜 내가 노망이 들었나 보다.」

로댜는 사관 학교에 있었다. 라라와 어머니 둘만 텅 빈 집을 배회하고 있었다. 불이 밝혀지지 않은 거리가 공허한 눈으로 방 안을 들여다보았다. 방들은 같은 시선으로 응답했다.

「아직 어둑하지 않을 때 호텔방으로 가요. 듣고 있어요, 엄마? 지체하지 말고 지금 당장 가요.」

「필라트, 필라트!」 그들은 경비원을 불렀다. 「필라트, 귀여운 사람, 우리를 체르노고리아로 데려다줘.」

「알겠습니다, 마님.」

「꾸러미를 잘 잡아, 바로 그렇게, 필라트, 당분간 여기서 잘 살피고. 키릴 모데스토비치에게 먹이와 물을 주는 것 잊지 말고. 전부 열쇠로 잠가 두고, 모르는 것은 우리한테 와서 물어보고.」

「알겠습니다, 마님.」

「고마워, 필라트, 그리스도께서 자네를 구원하시기를. 자, 떠나기 전에 잠시 앉자, 하느님 함께하소서.」

그들은 거리로 나섰다. 오랜 병석을 떨치고 나온 사람처럼 공기가 낯설었다. 실컷 욕을 얻어먹은 것처럼 얼어붙은 공간이 마치 선반(旋盤)에서 잘 다듬어진 듯 둥글고 매끄러운 소리를 사방으로 가볍게 굴리고 있었다. 일제 사격 소리와 총격 소리가 먼 곳을 으스러뜨릴 기세로 쏟아지고 있었다.

필라트가 아무리 그렇지 않다고 말해도 라라와 아말리야 카를로브나는 그 총격을 공포탄이라고 생각했다.

「필라트, 자네는 바보야. 총을 쏘는 사람들이 보이지도 않는데, 어떻게 공포탄이 아니라는 거야. 자네도 한번 생각 좀 해봐. 자네 생각에는 성령님[50]께서 쏘신다는 거야, 뭐야? 당연히 공포탄이지.」

교차로 중 한 곳에서 보초를 선 순찰대가 그들을 멈춰 세웠다. 히죽거리며 웃는 카자크 병사들이 머리부터 발끝까지 파렴치하게 쓰다듬으면서 그들의 몸을 수색했다. 가죽 끈 달린 챙 없는 모자가 그들의 한쪽 귀 뒤로 날렵하게 젖혀져 있었다. 그들 모두 애꾸눈으로 보였다.

얼마나 다행인가! 라라는 생각했다. 그들이 도시의 다른 곳과 차단된 동안 그녀는 코마롭스키를 보지 못할 것이다! 그녀는 어머니 덕분에 그에게서 벗어날 수 없다! 그녀는, 엄마, 그를 받아들이지 마세요, 라고 말할 수 없다. 그렇게 하면 모든 것이 밝혀질 테니까. 그럼 어떻게 한단 말인가? 그런데 그걸 왜 두려워하는 걸까? 아, 주여, 모든 게 끝장나더라도, 끝이 오기만 했으면. 주여, 주여, 주여! 그녀는 역겨움 때문에 이제 거리 한복판에서 정신을 잃고 쓰러질 지경이었다. 지금 그녀에게 떠오르는 것은 무엇인가? 모든 일이 시작되었던 그 첫 번째 별실에 있던 그림, 뚱뚱한 로마인이 그려진 그 무서운 그림을 뭐라고 불렀더라? 「여성 혹은 물병」.[51] 그렇다. 틀

---

50 기독교의 교리에 따르면 하느님은 삼위, 즉 성부, 성자, 성령의 세 위격으로 이루어져 있고, 이들은 하나, 즉 일체를 이루고 있다. 성령은 인간에게 죄와 의, 심판에 대해 가르치고 각양의 은사와 열매를 맺게 하는 거룩한 영이다.
51 헨리크 세미라츠키(1843~1902)가 그린 그림의 제목이다. 구매자가 여자 노예를 살지, 비싼 꽃병을 살지 망설이고 있는 고대 로마의 시장 모습이 그려져 있다.

림없다. 유명한 그림이다. 「여성 혹은 물병」. 그때 그녀는 아직 그런 고가의 물건과 견줄 만큼 성숙한 여자가 아니었다. 나중에 그렇게 되었다. 식탁은 아주 화려하게 차려져 있었다.

「어디를 그렇게 정신없이 달려가니? 너를 따라잡을 수 없구나.」 아말리야 카를로브나가 힘겹게 헐떡이며 겨우 그녀를 따라가면서 뒤에서 이렇게 울먹였다.

라라는 빨리 걸었다. 오만하고 원기를 북돋아 주는 어떤 힘이 그녀를 데려가는 듯 그녀는 마치 허공을 걷고 있는 것 같았다.

〈얼마나 격정적으로 총성이 울리는가.〉 그녀는 생각했다. 〈모욕을 당한 자는 복이 있나니, 무시당하는 자는 복이 있나니.[52] 하느님께서 건강을 주시기를, 총격들이여! 총성, 총성, 너희들은 같은 의견을 갖고 있구나.〉

20

그로메코 형제의 집은 십체프 브라제크 골목과 다른 골목이 만나는 모퉁이에 있었다. 알렉산드르 알렉산드로비치와 니콜라이 알렉산드로비치 그로메코는 화학 교수였는데, 알렉산드르는 페트롭스카야 아카데미에서, 니콜라이는 대학에서 근무했다. 니콜라이 알렉산드로비치는 독신이지만, 알

---

52 「마태오의 복음서」 5장 3~11절에 나오는 예수 그리스도의 산상 수훈을 라라가 바꿔 말한 것이다.

렉산드르 알렉산드로비치는 제철 공장주인 크류게르의 딸 안나 이바노브나와 결혼했다. 크류게르는 우랄의 유랴틴 부근에 거대한 산림 별장을 갖고 있었고, 부근에 수익이 없어 버려진 광산들도 그의 소유였다.

집은 2층 건물이었다. 침실과 학습실, 알렉산드르 알렉산드로비치의 서재와 도서실, 안나 이바노브나의 내실, 토냐와 유라의 방이 있는 위층은 생활을 위한 공간이었고, 아래층은 손님을 맞이하기 위한 공간이었다. 연두색 커튼과 그랜드 피아노 뚜껑에 거울처럼 반사되는 광택, 어항, 황록색 가구와 물풀을 닮은 실내 식물들 덕분에 아래층은 몽롱하게 흔들리는 녹색 해저 같은 인상을 주었다.

그로메코 집안 사람들은 교양 있는 사람들로 손님 접대하기를 좋아하고, 음악을 아주 잘 아는 음악 애호가들이었다. 그들은 자기 집에서 사교 모임을 열고 피아노 삼중주, 바이올린 소나타, 현악 사중주를 연주하는 실내 음악회를 개최하곤 했다.

1906년 1월, 니콜라이 니콜라예비치가 외국으로 떠난 직후 십체프 골목에 있는 집에서는 정기 실내 연주회가 열리기로 되어 있었다. 타네예프[53] 문하의 신인 작곡가가 새로운 바이올린 소나타와 차이콥스키의 삼중주를 연주할 예정이었다.

준비는 전날 밤부터 시작되었다. 홀을 비우기 위해 가구들이 옮겨졌다. 구석에서는 피아노 조율사가 같은 곡조를 수백

---

53 Sergei Taneev(1876~1915). 러시아의 작곡가이자 피아니스트. 차이콥스키의 피아노곡을 연주했고, 모스크바 음악원의 교수였다.

번씩 치면서 구슬 같은 아르페지오로 피아노 위를 달렸다. 부엌에서는 닭의 털을 뽑고, 채소를 씻고, 소스와 샐러드용 식용 올리브유에 겨자를 넣었다.

안나 이바노브나가 속내를 털어놓을 수 있는 절친한 친구인 슈라 실레진게르가 아침부터 와서 사람을 싫증나게 했다.

슈라 실레진게르는 남자같이 얼굴선이 곧고 키가 크고 마른 여인으로 약간은 군주(君主)를 연상시켰는데, 특히 회색 카라쿨 양털 모자[54]를 비스듬하게 썼을 때 더 그랬다. 그녀는 모자를 쓰고 그 모자에 핀으로 베일을 고정하여 약간 들어 올린 모습으로 방문한 집에 머물곤 했다.

슬픔과 걱정에 싸인 시간에 두 친구의 담소는 서로에게 안도감을 주었다. 이 안도감은 슈라 실레진게르와 안나 이바노브나가 서로에게 점점 더 독살스러운 야유를 퍼부을 때 생겼다. 불같은 장면들이 연출되고 눈물과 화해로 끝이 나곤 했다. 이 규칙적인 싸움은 흡혈귀가 피를 빨 때처럼 두 사람 모두에게 진정 효과를 가져다주었다.

슈라 실레진게르는 결혼을 몇 번 했지만, 이혼하자마자 곧바로 남편들을 잊고 그들에게 그다지 많은 의미를 부여하지 않았기 때문에, 자신의 모든 나쁜 습성에도 불구하고 독신으로서의 냉정한 기민함을 그대로 간직할 수 있었다.

슈라 실레진게르는 신지학자[55]인 동시에 정교 예배 의식의

54 터키와 흑해 지역의 카라쿨 품종 양에서 만든 양피 제품을 말한다. 양털이 곱실곱실한 것이 특징이다.

55 신지학은 헬레나 페트로브나 블라치키(1831~1891)가 처음 주창했으며, 세계의 모든 종교로부터 추출한 〈영적인 위계〉와의 소통을 통해 인간이

흐름을 아주 잘 알았기 때문에 완전한 무아지경에 이르렀을 때조차 예배를 집행하는 성직자에게 무엇을 말해야 할지, 혹은 어떤 찬양을 불러야 할지를 얘기해 주지 않고서는 못 배겼다. 〈들으소서, 주여〉, 〈언제 어느 때나〉, 〈가장 순수한 케루빔〉이라고 그녀가 쉰 목소리로 빠르게 불쑥불쑥 내뱉는 소리가 들리곤 했다.

슈라 실레진게르는 수학, 인도 신비학뿐만 아니라 모스크바 음악 대학에서 제일가는 거물 교수들의 주소까지 알고 있었다. 그러므로 사람들은 삶의 모든 중요한 시점에 재판관이자 처리자로 그녀를 초대하곤 했다.

시간이 되자 손님들이 모여들기 시작했다. 아델라이다 필리포브나, 긴츠, 품코프 부부, 바수르만 부부, 베르지츠키 부부, 캅카즈체프 대령이 왔다. 눈이 내리고 있었고, 현관문이 열릴 때마다 공기는 마치 크고 작은 눈송이로 온통 매듭이 지어진 듯 혼비백산하여 옆으로 따라 들어왔다. 남자들은 목이 길고 헐렁한 방수용 덧신을 신고 추운 바깥에서 들어왔는데, 하나같이 산만하고 굼뜬 게으름뱅이처럼 보였다. 반면에 맹추위에 혈색이 좋아진 아내들은 모피 외투 위쪽 단추를 두어 개 풀고 서리가 내린 머리에 모피 스카프를 뒤로 비뚤게 쓰고는, 노련한 사기꾼, 교활함 자체, 약점이 보이기만 해봐라, 라는 식으로 벼르는 모습이었다. 「큐이[56]의 조카예요.」 이 완성에 도달할 수 있다는 밀교적 독트린을 설파했다. 19세기 후반에 러시아, 유럽, 미국의 지적인 서클에서 특히 유행했다.

56 César Cui(1835~1918). 〈5인조〉라고 불리는 러시아 작곡가 그룹에 속하는 작곡가이다. 5인조에는 발라키레프, 무소륵스키, 림스키코르사코프,

집에 처음 초대되어 온 새로운 피아니스트가 들어오자, 여기 저기서 이런 속삭임이 들렸다.

양쪽 끝에 열려 있는 홀의 옆문을 통해 식당에 겨울 길처 럼 길게 차려진 식탁이 보였다. 커팅이 잘된 크리스털 병 안 에 든 선명한 마가목 술의 색감이 눈에 확 들어왔다. 은 받침 대 위에 놓인 작은 유리병에 담긴 버터와 식초용 조미료 그 릇, 들새와 전채 요리가 만들어 내는 그림 같은 풍경, 식기마 다 화관처럼 장식되어 피라미드 모양으로 접어 올린 냅킨이 상상력을 자아냈고, 아몬드 냄새를 풍기는 꽃바구니 속 시네 라리아까지 식욕을 자극하는 것 같았다. 지상의 음식을 맛볼 순간을 지체시키지 않으려고 사람들은 가능한 한 서둘러 정 신적인 양식에 관심을 기울이기 시작했다. 사람들이 홀의 좌 석에 자리를 잡았다. 「큐이의 조카예요.」 피아니스트가 피아 노 앞에 자리를 잡자, 다시 속삭임이 들렸다. 연주가 시작되 었다.

사람들은 소나타가 지루하고 억지스러우며 머리를 많이 써야 하는 작품이라는 것을 알고 있었다. 소나타는 기대를 저버리지 않았고, 게다가 끔찍할 정도로 길게 늘어졌다.

이에 대해 평론가 케림베코프와 알렉산드르 알렉산드로 비치는 휴식 시간에 논쟁을 벌였다. 평론가는 소나타를 욕했 지만, 알렉산드르 알렉산드로비치는 옹호했다. 주변에서는 사람들이 담배를 피우고 의자를 이리저리 옮기면서 시끄럽 게 굴었다.

보로딘, 큐이가 있다.

그러나 또다시 시선들이 옆방에서 빛나는 다림질이 잘된 식탁보에 쏠렸다. 모두가 지체하지 말고 콘서트를 계속하자고 제안했다.

피아니스트는 곁눈질로 청중을 힐끔 보고는 연주를 시작하기 위해 파트너들에게 고개를 끄덕였다. 바이올리니스트와 티시케비치가 활을 휘둘렀다. 삼중주가 흐느끼기 시작했다.

유라, 토냐, 그리고 반평생을 그로메코 집안에서 보낸 미샤 고르돈은 세 번째 열에 앉아 있었다.

「예고로브나가 교수님께 손짓을 하는데요.」 유라가 그의 좌석 바로 앞에 앉아 있는 알렉산드르 알렉산드로비치에게 속삭였다.

그로메코 집안의 나이 든 백발 하녀 아그라페나 예고로브나가 홀의 문지방에 서서 유라에게 절박한 시선을 보내고는, 알렉산드르 알렉산드로비치를 향해서도 똑같이 절박하게 머리를 흔들면서 주인이 그녀에게 시급히 봐야 한다는 뜻을 전달했다.

알렉산드르 알렉산드로비치는 고개를 돌려 책망하듯이 예고로브나를 바라봤지만 어깨를 으쓱했다. 그러나 예고로브나는 물러서지 않았다. 곧 홀의 한쪽 끝에서 다른 쪽 끝으로 마치 청각 장애인들처럼 눈짓과 손짓의 대화가 오가기 시작했다. 사람들이 그들을 쳐다보았다. 안나 이바노브나가 날카로운 시선으로 남편을 노려보았다.

알렉산드르 알렉산드로비치가 일어났다. 뭔가 조치를 취해야만 했다. 그는 얼굴을 붉히며 조용히 구석을 따라 홀을 돌아 예고로브나에게 다가갔다.

「부끄럽지도 않은가요, 예고로브나! 정말 무슨 일로 안절부절못하는 겁니까? 자, 어서 말해 봐요, 무슨 일입니까?」

예고로브나가 뭔가를 그에게 속삭이기 시작했다.

「체르노고리야요?」

「호텔 말이에요.」

「그래서 그게 어쨌다는 겁니까?」

「시급한 일이라고요. 뭐라더라, 저분이 아는 누군가가 죽어 가고 있대요.」

「죽어 가고 있다니. 알긴 알겠는데. 안 됩니다, 예고로브나. 이제 저 곡을 마저 연주하면 말하지요. 그 전에는 안 돼요.」

「호텔 급사가 기다리고 있어요. 마부도 마찬가지고요. 사람이 죽어 가고 있다고 말씀드리잖아요, 이해하시겠어요? 상류층 귀부인이에요.」

「안 돼요, 안 돼. 5분 기다리는 게 큰일은 아니잖소, 생각해 봐요.」

알렉산드르 알렉산드로비치는 조용한 걸음으로 벽을 따라 자기 자리로 돌아가 얼굴을 찌푸리고 미간을 문지르며 자리에 앉았다.

첫 악장이 끝난 직후 그는 연주자들에게 다가갔고, 아직 박수 소리가 나고 있는 가운데 파데이 카지미로비치에게 사람들이 그를 데리러 왔고, 뭔가 좋지 않은 일이 일어났으니 연주를 중지해야겠다고 말했다. 그 후 알렉산드르 알렉산드로비치는 홀을 향해 손바닥을 움직여 박수를 멈추게 하고는 큰 소리로 말했다.

「여러분, 삼중주는 멈춰야겠습니다. 파데이 카지미로비치에게 안타까움을 표하겠습니다. 저분에게 슬픈 일이 일어났군요. 우리를 두고 가셔야겠습니다. 이런 순간 저분을 혼자 가도록 내버려 두고 싶지는 않습니다. 제가 함께하는 것이 저분께 꼭 필요할 수도 있을 겁니다. 저도 저분과 함께 가겠습니다. 유로치카,[57] 애야, 나가서 세몬에게 현관에 마차를 대라고 일러라, 이미 마구는 오래전에 채워져 있을 게다. 여러분, 작별 인사는 하지 않겠습니다. 모두 남아 계시기 바랍니다. 저는 아주 잠시 자리를 뜨는 것이니까요.」

소년들은 이 혹한의 밤에 알렉산드르 알렉산드로비치와 함께 마차를 타고 다녀올 수 있게 해달라고 졸랐다.

21

삶의 흐름이 정상적으로 복구되었음에도 불구하고 어디선가는 12월 이후에도 총성이 들렸고, 끊임없이 발생하는 새로운 화재가 이전 화재의 잔해를 마저 태우는 것만 같았다.

그들은 그날 밤처럼 그렇게 멀리, 그렇게 오랫동안 마차를 타고 가본 적이 없었다. 사실 엎어지면 코 닿을 만한 거리인 스몰렌스키와 노빈스키, 그리고 사도바야의 중간 지점이었다. 그러나 안개까지 낀 혹심한 맹추위는 광란에 빠진 공간

57 유라, 유로치카 모두 유리의 애칭이다.

을 조각조각 분리시켜 놓아서 세상의 어디든 똑같은 공간은 없는 것 같았다. 갈기갈기 찢어져서 모락모락 피어오르는 모닥불 연기, 뽀드득거리는 발자국 소리, 썰매가 내는 쇳소리로 인해 아주 오래전부터 마차를 타고 있는 듯한, 그래서 어딘지 모를 머나먼 무서운 공간에 들어선 듯한 인상을 그들에게 심어 주었다.

호텔 앞에는 모포를 덮고 발목에 붕대를 감은 말이 좁다랗고 멋을 낸 썰매에 매여 있었다. 승객 자리에는 마부가 몸을 따뜻하게 하려고 벙어리장갑을 낀 손으로 머리를 감싸고 앉아 있었다.

로비는 따뜻했고, 입구와 외투 보관소를 분리시키는 난간 뒤에서 수위는 꾸벅꾸벅 졸면서 코를 크게 골다가 자기가 코 고는 소리에 놀라 깼다가는 환풍기 소음, 불을 땐 페치카에서 나는 소리, 사모바르의 물 끓는 소리를 들으며 다시 잠이 들었다.

로비 왼쪽 거울 앞에는 밀가루를 뒤집어쓴 것처럼 잔뜩 분칠을 하고 화장을 한 귀부인이 부은 얼굴로 서 있었다. 그녀는 이런 날씨에 입기에는 지나치게 가벼워 보이는 모피 재킷을 입고 있었다. 귀부인은 위에서 누군가가 내려오기를 기다리면서 거울에 등을 돌리고 뒷모습이 괜찮은지 오른쪽 왼쪽, 어깨 너머로 자신의 모습을 들여다보았다.

몸이 꽁꽁 언 마부가 거리에서 문 안으로 불쑥 들어왔다. 카프탄[58]을 입은 그는 간판에 그려진 꽈배기 빵을 생각나게

58 앞자락이 길고 깊이 트여 끈으로 여미는 형태의 농민 외투.

했는데, 그에게서 뭉게뭉게 피어오르는 김은 그의 모습을 더더욱 그렇게 만들었다.

「곧 내려오십니까, 마드무아젤.」 그가 거울 앞에 서 있는 귀부인에게 물었다. 「형제분과 연락을 해보시죠, 그렇지 않으면 말이 얼어 죽겠어요.」

24호실에서 벌어진 일은 매일 종업원들을 분노케 하는 일 치고는 사소한 편이었다. 매 순간 벨이 울리고 벽 위의 긴 유리 상자 안에 든 번호판들이 튕겨 날아가면 어떤 호실에서 사람이 미쳐 가고, 자기도 무엇을 원하는지 모르면서 각층 관리원을 괴롭히고 있다는 뜻이었다.

지금 24호실에서는 늙은 바보 기샤로바를 치료하느라 구토제를 먹여서 내장과 위를 세척하고 있었다. 호텔 메이드 글라샤는 바닥을 닦고 더러운 것을 밖으로 들어내고 깨끗한 대야를 갖고 들어가느라 파김치가 되어 있었다. 그러나 지금 웨이터들 방에서 일어난 난리는 이 소동이 있기 한참 전에 이미 시작된 것이었다. 그러나 그때는 아직 아무 조짐도 없었고, 의사와 그 불행한 첼로 연주자를 데리러 테레시카를 태운 마차를 보내지 않았으며, 코마롭스키도 아직 오지 않았고, 복도 문 앞에 쓸데없는 사람들이 움직이기가 어려울 정도로 그렇게 많이 모여 있지도 않았을 때였다.

오늘의 소란은, 낮에 웨이터 시소이가 요리가 가득 든 쟁반을 오른손에 높이 들고 몸을 굽혀 문에서 복도로 달려 나가려는 찰나, 누군가가 식기실에서 나오는 좁은 통로를 서투르게 돌다가 우연찮게 그를 치는 바람에 일어났다. 시소이는 쟁반을 떨어뜨리며 수프를 쏟았고, 깊은 접시 세 장과 넓적한 접시 한 장을 깨고 말았다.

시소이는 접시닦이 여자가 그랬으니, 그 여자가 책임을 지고 배상해야 한다고 주장했다. 밤 10시가 가까워져 근무조가 퇴근할 시간이 되었는데도 이 일로 인한 입씨름이 계속되고 있었다.

「손발을 벌벌 떨면서 오직 밤이고 낮이고 마누라 껴안듯 술병을 껴안고 오리가 물에 코 박듯 코가 비뚤어지도록 마시는 주제에 나중에 와서 치고 갔네, 그릇을 깼네, 생선 수프를 쏟았네, 무슨 말을 하는 거야! 누가 너를 쳤다는 거야, 사팔뜨기 더러운 마귀야? 누가 쳤다는 거야, 아스트라한 창자야, 철면피 눈 깔아?」

「제가 여러 번 말씀드렸죠, 마트료나 스테파노브나, 말조심하세요.」

「소란을 피우고 그릇을 깰 정도로 가치가 있는 일이라도 났다면 좋겠다. 듣도 보도 못 한 싸구려 마담, 통속적인 도도한 여자가 무슨 좋은 일이 있다고 비소를 드셨다지, 퇴기 같은 여자가. 체르노고리야 호텔에서 살다 보니 수다쟁이도, 수캐도 볼 수 없었던 모양이야.」

미샤와 유라는 호텔방 문 앞 복도를 서성거렸다. 모든 일이 알렉산드르 알렉산드로비치가 생각했던 것과는 전혀 딴판이었다. 그는 첼로 연주자와 비극, 존경할 만하고 순결한 일일 것이라고 상상했다. 그런데 대체 이게 무슨 일이람. 지저분하고 뭔가 추잡한 일, 절대로 아이들이 봐서는 안 될 일이었다.

소년들은 복도를 왔다 갔다 했다.

「아주머니에게 들어가 보세요, 꼬마 신사들.」 급사가 소년들에게 다가와 조용하고 차분한 목소리로 또다시 설득했다. 「들어가 보세요, 걱정하지 마시고요. 다들 괜찮으니, 마음 편히 가지세요. 이제 완전히 회복되었습니다. 여기 서 계시면 안 됩니다. 조금 전에 여기서 야단법석이 나서 값비싼 그릇이 깨졌답니다. 시중드느라 뛰어다니고 있는데 비좁잖아요. 들어가세요.」

소년들은 그의 말대로 했다.

방에서는 식탁 위에 걸려 있던 등잔에서 등유 램프를 꺼내 방의 다른 쪽, 빈대 냄새가 나는 판자 칸막이 뒤로 옮겨 놓았다.

그곳에는 먼지투성이의 젖힐 수 있는 커튼으로 출입구와 분리되고 타인의 시선을 가린 침소용 구석방이 있었다. 큰 소동으로 인해 사람들이 그 커튼 치는 것을 잊어버린 것 같았다. 커튼의 아래 자락이 칸막이의 위쪽 너머로 걸쳐져 있었다. 램프는 침상 옆 의자 위에 놓여 있었다. 그 구석은 마치 극장 무대의 각광처럼 아래쪽에서 선명하게 빛을 받고 있었다.

마신 독은 접시닦이 여자가 잘못 알고 비꼬았던 것처럼 비소가 아니라 요오드였다. 방 안에는 굳지 않아서 조금만 만져도 검게 변하는 덜 익은 녹색 호두에서 나는 코를 찌를 듯한 떫은 냄새가 진동하고 있었다.

칸막이 뒤에서는 한 하녀가 바닥을 닦고 있었고, 헝클어진 머리를 대야에 숙인 채 물과 눈물, 땀으로 흠뻑 젖은 반쯤 벗은 여자가 침대 위에 누워 큰 소리로 울고 있었다. 소년들은 그쪽을 바라보는 것이 부끄럽고 망측하게 여겨져서 얼른 눈을 옆으로 돌렸다. 그러나 그 와중에도 유라는 긴장하고 애를 쓰는 바람에 엉거주춤하게 팔을 들어 올린 자세의 여인이 여성을 표현하는 조각 같지 않고 몸싸움을 하려고 짧은 바지를 입은 벌거벗은 근육질의 투사와 비슷한 것을 보고 놀랐다.

마침내 칸막이 뒤의 사람들이 커튼을 쳐야 한다는 것을 깨달았다.

「파데이 카지미로비치, 사랑스러운 사람, 당신 손은 어디 있어요? 내게 손을 주세요.」 여자는 눈물과 구역질로 숨이 막히는 중에 말했다. 「아, 이렇게 끔찍한 일을 겪다니! 내가 그런 의심을 했었어요! 파데이 카지미로비치…… 나는 상상하기를…… 하지만 다행히도 모든 게 어리석은 짓이고 내 망상에 불과하다는 게 드러났어요. 파데이 카지미로비치, 얼마나 마음이 놓이는지, 생각해 보세요! 결국…… 그러니까…… 난 이렇게 살아났어요..」

「진정하세요, 아말리야 카를로브나, 제발 부탁입니다. 진정하세요. 이 모든 게 얼마나 거북하게 되었는지, 솔직히 말해서 정말 거북하게 되었군요.」

「이제 집으로 가자.」 알렉산드르 알렉산드로비치가 아이들을 향해 중얼거렸다.

그들은 어색해서 어쩔 줄 몰라 하며 어두운 현관, 벽으로 막히지 않은 방의 문지방에 서 있었기 때문에 눈을 어디에 두어야 할지 몰라 램프가 치워진 그 방의 구석을 쳐다보았다.

그곳 벽에는 사진들이 걸려 있고, 책꽂이에는 악보가 꽂혀 있으며, 책상 위에는 종이와 앨범들이 쌓여 있었다. 레이스 식탁보가 깔린 식탁 쪽에는 한 아가씨가 안락의자에 앉아 등받이에 팔을 대고 그 위에 뺨을 얹은 채 자고 있었다. 주변의 소음과 소동이 자는 것에 방해되지 않으니 분명 죽을 만큼 피곤한 모양이었다.

그들이 온 것은 의미 없는 일이었고, 그들이 이곳에 더 있는다는 것은 무례한 일이었다.

「이제 가자.」알렉산드르 알렉산드로비치가 다시 한번 말했다. 「이제 파데이 카지미로비치가 나올 거다. 그 사람과 작별 인사를 하마.」

그러나 칸막이 뒤에서 나온 사람은 파데이 카지미로비치가 아니라 다른 사람이었다. 그는 건장한 체격에 면도를 한, 위풍당당하고 자신감이 넘치는 사람이었다. 그는 등잔에서 빼낸 램프를 머리 위로 들었다. 그러고는 아가씨가 자고 있는 식탁으로 가서 등잔에 램프를 놓았다. 빛이 아가씨를 깨웠다. 그녀는 들어온 사람에게 미소를 짓고 눈을 찡그리며 기지개를 켰다.

미샤는 낯선 남자를 보고 몸을 떨더니 그를 뚫어져라 쳐다보았다. 미샤는 무슨 말인가를 하려고 유라의 소매를 잡아당겼다.

「다른 사람의 집에서 속닥이다니 부끄럽지도 않냐? 사람들이 너를 어떻게 생각하겠어?」유라가 그를 제지하며 들으려 하지 않았다.

그러는 동안 아가씨와 남자 사이에 말 없는 장면이 연출되었다. 그들은 서로에게 단 한마디도 하지 않고 시선만 교환했다. 그러나 그들 상호 간의 이해는 놀라울 정도로 마법 같아서, 마치 그는 인형을 조종하는 사람이고, 그녀는 그의 손놀림에 순종하는 꼭두각시 같았다.

얼굴에 나타난 피로한 미소로 인해 아가씨는 눈을 반쯤 감고 입술도 반쯤 열었다. 그러나 남자의 빈정거리는 시선에 그녀는 공범자의 교활한 윙크로 응답했다. 두 사람은 모든 게 탈 없이 끝났고, 비밀은 탄로 나지 않았으며, 독을 먹은 여인도 살아 있다는 것에 만족해했다.

유라는 두 사람을 뚫어지게 바라보았다. 아무도 그를 볼수 없는 반쯤 어두운 곳에서 그는 눈을 떼지 않고 램프가 비추는 원 안을 들여다보았다. 아가씨를 노예로 만드는 장면은 불가사의하게 비밀스러웠고, 파렴치하게 노골적이었다. 모순된 감정이 그의 가슴에 밀려들었다. 유라의 마음은 감정의 미숙한 힘으로 인해 죄어 왔다.

그것은 그가 미샤와 토냐와 함께 아무것도 의미하지 않는 〈속됨〉이라는 명칭하에 1년 동안 그렇게나 뜨겁게 되풀이해 논했던 것, 그들이 너무나 쉽게 안전한 거리에서 말로만 다루었던 놀랍도록 마음을 끄는 바로 그것이었다. 바로 그 힘이, 즉 철저하게 물질적이면서도 꿈꾸듯 혼란스럽고, 무자비하게 파괴적이어서 도움을 호소하고 간청하는 그 힘이 유라의 눈앞에 서 있는 것이었다. 그들의 어린애 같은 철학은 어디로 갔으며, 이제 유라는 무엇을 해야만 하는 걸까?

「그 사람이 누군지 알아?」 그들이 거리로 나왔을 때 미샤가 물었다. 유라는 생각에 잠겨 대답하지 않았다.

「네 아버지에게 술을 먹여 죽게 만든 바로 그 남자야. 기억하지? 열차 안에서, 내가 말해 줬잖아.」

유라는 아버지와 과거가 아니라, 소녀와 미래를 생각하고 있었다. 처음에 그는 미샤가 한 말을 제대로 이해하지 못했다. 맹추위로 인해 대화를 나누기가 힘들었다.

「몸이 얼었나, 세묜?」 알렉산드르 알렉산드로비치가 물었다.

그들은 출발했다.

제3부

스벤티츠키 집에서 열린
크리스마스 파티

1

어느 겨울에 알렉산드르 알렉산드로비치는 안나 이바노브나에게 낡은 장롱을 선물했다. 그가 우연히 구입한 장롱이었다. 검은 목재 장롱은 크기가 거대했다. 통째로는 어떤 문으로도 들여놓을 수가 없었다. 장롱을 해체해서 가져와 부분부분을 따로 떼어 집 안에 들여놓고 그것을 어디에 놓을지 생각했다. 좀 더 넓은 아래층 방에 놓기에는 용도가 맞지 않았고, 위층에는 좁아서 들어가지 않았다. 그래서 입구 옆의 집주인 침실로 올라가는 내부 계단 위의 층계참에 장롱을 놓을 자리를 마련했다.

장롱을 조립하러 경비원 마르켈이 왔다. 그는 여섯 살짜리 딸 마린카[1]를 데려왔다. 마린카에게 맥아당 막대 사탕을 주었다. 마린카는 코를 훌쩍이고 사탕과 침이 묻은 막대기를 빨면서 눈살을 찌푸리며 아버지가 일하는 모습을 구경했다.

1 마리나의 애칭이다.

한동안은 모든 것이 순조롭게 진행되었다. 장롱이 안나 이바노브나의 눈앞에서 점차로 조립되어 올라갔다. 상판을 올리는 일만 남았을 때, 갑자기 그녀에게 마르켈을 도와야겠다는 생각이 들었다. 그녀는 장롱의 높은 바닥에 섰다가 비틀거리면서 장붓구멍과 장부로만 지탱되던 장롱 옆면을 툭 쳤다. 마르켈이 대충 조여 놓았던 측면 매듭이 풀어졌다. 판자들이 큰 소리를 내며 바닥에 떨어지는 사이 안나 이바노브나도 뒤로 벌렁 넘어졌고, 그 바람에 심한 부상을 입었다.

「저런, 주인마님.」 마르켈이 그녀에게 달려가며 말했다. 「뭣 때문에 그럴 생각을 하셨어요, 가여운 분 같으니. 뼈는 괜찮으세요? 뼈를 만져 보세요. 중요한 건 뼈지요, 연한 살은 아무것도 아니에요. 살은 쉽게 돋아나고, 말하자면 여자들 겉치레하는 데만 필요하죠. 그만 좀 울어라, 못된 것.」 그는 울고 있는 마린카에게 달려들어 꾸짖었다. 「눈물 닦고 엄마에게 가봐. 어휴, 주인마님, 마님 없이 제가 이 기묘한 옷장을 잘 조립하지 못할 것 같았습니까? 아마도 마님은 처음 척 보고 제가 참말로 경비원이라고 생각하셨나 본데요, 정확히 말하자면 저는 본디 타고난 목수입니다, 목수질을 했지요. 믿지 못하시겠지만, 이 가구, 장롱과 찬장들이 제 손을 거치면 반들반들해지거나, 아니면 반대로 어떤 나무든 마호가니나 호두나무처럼 되었어요. 예를 들면 부유한 신붓감들이, 이런 표현은 죄송하지만, 떼를 지어 바로 코앞을 지나가고 또 지나갔죠. 모든 일에는 원인이 있지요, 술이 문제지요, 독한 술이요.」

안나 이바노브나는 마르켈의 도움을 받아 그가 그녀에게

밀어 준 안락의자까지 가서는, 신음하면서 찧은 데를 문지르며 주저앉았다. 마르켈은 무너진 가구를 다시 조립하기 시작했다. 장롱 상판을 올리고 나서 그가 말했다. 「이제 문짝만 달면 전시회에 내놔도 되겠네요.」

안나 이바노브나는 이 장롱을 좋아하지 않았다. 모양도 크기도 영구차나 황제의 납골당과 비슷했다. 장롱은 그녀에게 미신적인 두려움을 주었다. 그녀는 장롱에 〈아스콜트의 무덤〉[2]이라는 별명을 지어 주었다. 이 명칭으로 안나 이바노브나는 자기 주인에게 죽음을 가져다준 물건, 올레크의 말[3]을 염두에 두고 있었다. 뒤죽박죽으로 책을 많이 읽은 여성이 으레 그러하듯 안나 이바노브나는 비슷한 개념들을 혼동하곤 했다.

이 추락 이후 안나 이바노브나는 폐질환의 소인(素因)을 보였다.

2

1911년 11월 내내 안나 이바노브나는 침대에 누워 있었다. 폐렴이었다.

2 드네프르 강변에 있는 키예프 대공 아스콜트(?~882)의 무덤을 의미한다. 아스콜트는 올레크에 의해 882년에 살해당했다.
3 올레크(?~912)는 키예프 공국 류릭 왕조의 초대 대공이다. 그는 애마로 인해 죽음을 당하리라는 예언을 들었고, 실제로 죽은 애마의 두개골에서 나온 뱀에 물려 사망한다. 안나 이바노브나는 아스콜트의 무덤과 올레크의 말을 혼동하여 섞어서 이야기하고 있다.

유라와 미샤 고르돈과 토냐는 내년 봄에 각각 대학과 여성 고등 교육 기관을 졸업할 예정이었다. 유라는 의사로, 토냐는 법률가로, 미샤는 철학부에서 인문학 전공자로 학업을 마쳤다.

유라의 영혼은 모든 것이 제자리를 벗어나 복잡하게 얽혀 있었고, 모든 것이, 그러니까 시각도, 습성도, 기질도 매우 독특했다. 그는 감수성이 무한하게 예민했고, 그의 지각은 표현할 길이 없을 정도로 새로웠다.

그러나 아무리 예술과 역사에 강하게 끌렸다고 할지라도 진로를 선택하는 데 어려움을 겪지는 않았다. 그는 타고난 명랑함 혹은 우울한 기질이 직업이 될 수 없다는 의미에서 예술이 직업으로 적합하지 않다고 생각했다. 그는 물리학과 자연 과학에 흥미가 있었고, 실생활에서 뭔가 사회에 유익한 일에 종사할 필요가 있다고 생각했다. 그래서 그는 의학을 전공했다.

4년 전 1학년 때, 그는 대학의 지하실에서 한 학기 내내 시체 해부에 여념이 없었다. 그는 구불구불한 계단을 타고 지하실로 내려갔다. 해부실 깊숙한 곳에 머리가 헝클어진 대학생들이 그룹을 지어 따로따로 운집해 있었다. 어떤 학생은 주변에 뼈를 가득 쌓아 놓은 채 다 찢어지고 삭은 교과서를 넘기면서 중얼중얼 암기를 했고, 또 어떤 학생은 말없이 구석에서 해부를 했으며, 또 다른 학생은 말장난을 하고 농담을 던지면서 시체실의 석조 바닥을 돌아다니는 엄청난 수의 쥐를 잡으러 뛰어다녔다. 어두컴컴한 시체실에는 벌거벗어서 눈에 확 들어오는 무명의 시신들이 인광처럼 빛났다. 그들은 신원이 밝혀지지 않은 자살자들과, 시신이 잘 보존되어 아직 부패하지 않은 여자 익사자들이었다. 주입된 명반 탓에 그들은 실제보다 포동포동했고 젊어 보였다. 죽은 이의 배를 갈라 장기들을 빼내어 표본으로 만들었지만, 인체의 아름다움은 아무리 원하는 대로 작게 잘라 놓아도 어떤 모습으로든 충실하게 남아 있었다. 그러므로 아연도금이 된 탁자 위에 아무렇게나 통째로 던져진 루살카[4] 앞에서 느끼는 경이로움은 떼어 낸 손이나 절단한 뼈들 쪽을 향할 때도 사라지지 않았다. 본부 지하실에서는 포르말린과 페놀 냄새가 났고, 사지를 쭉 뻗은 시신들의 알 수 없는 운명에서 시작하여 마치 자기 집 혹은 자기 본거지인 양 이곳에 자리 잡은 삶과 죽음의 비밀에 이르기까지 모든 것에는 신비가 존재하는 것이 느껴졌다.

나머지 모든 것을 잠재우는 이 신비의 목소리가 그의 해부 실습을 방해하며 쫓아다녔다. 그러나 삶에서도 많은 것이 마찬가지로 그에게 방해가 되었다. 그는 그런 것에 익숙해졌고, 주의를 분산시키는 훼방이 성가시게 하지 않았다.

유라는 생각이 깊고 글을 아주 잘 썼다. 그는 김나지움 시절부터 그가 보고 숙고한 것 중에서 가장 감명 깊었던 내용을 숨겨진 폭발물처럼 삽입할 수 있는 산문을, 전기를 담은 책을 꿈꾸었다. 그러나 그런 책을 쓰기에는 아직 너무 어렸기 때문에 그는 화가가 기획한 대작을 그리기 위해 평생 습작을 하듯, 산문 대신 시를 쓰는 것으로 피하고 말았다.

4 동슬라브 신화의 인물로 머리가 길고 물에 사는 요정이다. 물에 빠진 사람이 루살카가 된다고 하며, 이들이 사람을 물로 끌어들인다는 전설이 있다.

유라는 시를 쓰게 된 배경의 부족함을 시의 에너지와 독창성 때문에 용서했다. 유라는 다른 모든 점에서 무의미하고 무익하고 쓸데없는 예술에서 두 자질, 즉 에너지와 독창성이 현실을 대변하는 방식이라고 간주했다.

유라는 자기 성격의 전반적인 자질이 형성되는 데 외삼촌이 얼마나 큰 영향을 주었는지 잘 알고 있었다.

니콜라이 니콜라예비치는 로잔에 살고 있었다. 그는 그곳에서 러시아어와 번역본으로 출간된 자신의 책을 통해, 역사란 시간과 기억 현상의 도움으로 죽음이라는 현상에 답하는 인류에 의해 세워져 가는 제2의 우주라는 그의 오랜 생각을 발전시켰다. 그 책들의 정신은 새롭게 이해된 기독교였고, 그 책들의 직접적인 결과는 예술에 대한 새로운 이념이었다.

이러한 사상은 유라보다는 그의 친구들에게 훨씬 더 많은 영향을 주었다. 그 사상에 영향을 받아 미샤 고르돈은 철학을 전공하게 되었다. 대학에서 그는 신학 수업을 들었고, 나중에 신학교로 옮길 생각까지 했다.

외삼촌의 영향 덕분에 유라는 더 발전하고 자유를 누렸지만, 미샤는 그 영향에 구속되었다. 유라는 미샤의 출신이 그의 극단적인 열광에 어떤 역할을 하는지 잘 알고 있었다. 조심스럽고 분별력 있는 그는 미샤에게 오랜 계획을 포기하라고 설득하지는 않았다. 하지만 그는 자주 미샤가 삶에 보다 근접한 경험론자가 되기를 바랐다.

3

11월 말의 어느 날 저녁, 유라는 하루 종일 밥도 먹지 못하고 아주 피곤한 모습으로 대학에서 늦게 돌아왔다. 그는 낮에 무서운 소동이 일어났는데, 안나 이바노브나가 발작을 일으켜서 의사가 몇 명이나 왔고 성직자를 부르자는 말도 나왔지만, 식구들이 그러지 않기로 했다는 이야기를 들었다. 지금 그녀는 의식을 회복했는데, 유라가 오면 곧바로 자기에게 보내라는 지시를 내렸다는 것이다.

유라는 그 말에 순종하여 옷도 갈아입지 않고 침실로 들어갔다.

방은 방금 일어난 소동의 흔적을 보여 주었다. 간병인이 소리 없이 움직이며 침대 옆 작은 서랍장 위에서 뭔가를 옮기고 있었다. 주위에는 뭉친 휴지들과 습포 아래 사용한 젖은 수건이 나뒹굴고 있었다. 대야에 담긴 물은 뱉어 낸 피로 인해 약간 분홍빛이었다. 목을 딴 유리 앰플 조각들과 물에 부풀어 오른 솜뭉치가 널브러져 있었다.

환자는 땀에 흠뻑 젖어 혀끝으로 마른 입술을 축였다. 그녀는 유라가 마지막으로 보았던 아침보다 훨씬 해쓱했다.

〈진단이 잘못된 게 아닐까?〉 그가 생각했다. 〈모든 게 크루프성 폐렴 증상이야. 지금이 고비인 것 같은데.〉 그는 안나 이바노브나와 인사를 나누고 이런 경우에 흔히 하는 공허한 격려의 말을 한 뒤 간병인을 방에서 내보냈다. 맥박을 재기 위해 안나 이바노브나의 손을 잡고, 다른 손은 청진기를 꺼내려고 재킷 호주머니에 넣었다. 안나 이바노브나는 머리를 움직여 불필요한 짓이라는 의사를 전달했다. 유라는 그녀가 그에게서 뭔가 다른 걸 원한다는 것을 깨달았다. 안나 이바노브나는 온 힘을 모아 말하기 시작했다.

「아까 고해 성사를 하라고 했단다……. 죽음이 임박했어……. 당장이라도 죽을 수 있지……. 이를 뽑으러 가면 두렵지, 아프고, 마음의 준비를 하지……. 그런데 이건 이가 아니야, 네 모든 것, 너의 전부, 전 생애를…… 바스락, 마치 집게로 집어내듯……. 그런데 이게 뭐지? ……아무도 몰라……. 난 우울하고 무섭다.」

안나 이바노브나는 입을 다물었다. 눈물이 그녀의 뺨을 타고 구슬처럼 흘러내렸다. 유라는 아무 말도 하지 않았다. 잠시 후 안나 이바노브나는 말을 이었다.

「너는 재능이 있는 사람이야……. 그런데 그 재능이…… 다른 사람에게 있는 것과는 다르지……. 너는 뭔가를 알아야 한단다……. 내게 뭐든 말해 다오……. 나를 안심시켜 다오.」

「뭐라고 말씀드려야 할까요.」 유라는 이렇게 대답하고는 불안해하며 의자에서 안절부절못하고 일어나서 조금 거닐다 다시 앉았다. 「첫째, 내일은 좋아지실 거예요. 징후가 보여요, 목숨을 걸고 보증합니다. 그런데 죽음, 의식, 부활에 대한 믿음이라……. 자연 과학자로서 제 의견을 알고 싶으신가요? 언제든 다음번에 하면 안 될까요? 안 되나요? 지금 당장이요? 아시다시피 이렇게 금방은 어려운데요.」 그러고는 그 자신도 놀라며 그녀에게 즉흥적인 강의를 하기 시작했다.

「부활. 가장 약한 사람들을 위로하기 위해 설파되는 가장 조야한 형태의 부활은 제게 생소하게 느껴집니다. 산 자와 죽은 자에 대한 그리스도의 말을 저는 늘 다르게 이해해 왔습니다. 수천 년 동안 누적된 수많은 사람들의 무리를 어디에 두시겠습니까? 그들을 두기에는 우주도 모자라므로 하느님도, 선도, 의미도 세상에서 밀려나게 될 겁니다. 탐욕스럽고 짐승 같은 무리의 혼잡 속에서 이것들은 짓밟혀 버리고 말 겁니다.

그러나 한결같고 동일한 삶이 계속해서 우주를 채우고, 헤아릴 수 없는 결합과 변화 속에서 시시각각 새로워지고 있습니다. 부활할 수 있을지 걱정하시지만, 태어났을 때 이미 부활하신 건데, 그걸 깨닫지 못한 것뿐이에요.

아픔을 느끼고, 조직이 해체되는 것을 느끼실까요? 즉 달리 말하자면 의식에 어떤 일이 일어날까요? 그런데 의식이란 무엇일까요? 함께 살펴보시죠. 의식적으로 잠들기를 원한다면 그건 확실히 불면증이고, 자신의 소화 작업을 느끼려고 의식적으로 시도한다면 그건 신경에 확실히 장애가 온 것입니다. 의식은 독인데, 그 독을 자기 자신에게 적용하려는 주체에게 그것은 자가 중독 수단입니다. 의식은 바깥으로 나가는 빛이고, 의식은 걸려 넘어지지 않도록 우리 앞에 길을 비추어 줍니다. 이 의식은 달리는 증기 기관차 앞에 밝혀진 전조등입니다. 그 전조등의 빛이 안을 향하면 재앙이 일어납니다.

그렇다면 의식에 무슨 일이 일어날까요? 당신의 의식. 당신의 의식에 말입니다. 당신은 무엇일까요? 여기에 모든 난점이 있습니다. 파헤쳐 보죠. 무엇으로 자신을 기억하시나요, 자신의 조직에서 어떤 부분을 의식하셨나요? 콩팥, 간, 혈관? 아니요, 아무리 기억을 짜내도 겉으로 드러난 활동에서, 손으로 한 일, 가정, 다른 사람들 속에서 자기 자신을 발견하셨을 겁니다. 이제 주의를 더 기울여 보죠. 다른 사람들 안에 있는 사람이 바로 인간의 정신인 겁니다. 바로 그것이 당신이며, 당신의 의식은 평생 그것으로 숨을 쉬고, 자양분을 얻고, 수분을 흠뻑 취하신 것이지요. 다른 사람 안에 있는 당신의 정신으로, 당신의 불멸로, 당신의 삶으로요. 그래서 어떻다는 거죠? 당신은 다른 사람들 안에 계셨고, 다른 사람들 안에 남으실 겁니다. 나중에 그것이 기억이라고 불린다고 한들 당신에게 무슨 차이가 있을까요? 그건 미래의 구성원 안에 들어간 당신이 될 겁니다.

끝으로, 마지막이 되었네요. 걱정할 거라곤 아무것도 없습니다. 죽음은 없습니다. 죽음은 우리의 몫이 아닙니다. 재능에 대해 말씀하셨는데, 그건 다른 문제입니다. 그건 우리 소관이고 우리에게 열려 있지요. 재능은 가장 높고 넓은 의미에서 생명의 선물입니다.

죽음은 없을 것이라고 사도 요한이 말한 바 있는데, 그의 논법의 단순함에 귀를 기울여 보세요. 이전 것은 지나갔으니, 죽음이 없을 것이다.[5] 이건 거의 이런 말입니다. 죽음은 없을 것인데, 죽음은 이미 여러 번 본 것이고 낡고 싫증난 것이기 때문입니다. 이제 새로운 것이 요구되는데, 그 새로운 것이야말로 바로 영원한 생명입니다.」

5 「요한의 묵시록」21장 4절이다.

그는 이런 말을 하면서 방 안을 계속 왔다 갔다 했다. 「주무세요.」 그는 침대로 다가가 안나 이바노브나의 머리에 손을 얹고 이렇게 말했다. 몇 분이 지났다. 안나 이바노브나는 잠이 들었다.

유라는 조용히 방에서 나와 예고로브나에게 간병인을 침실로 보내라고 말했다. 〈이게 무슨 일이람.〉 그는 생각했다. 〈돌팔이 노릇을 하다니. 주문을 걸고 손을 얹어 치유까지 하는군.〉

다음 날 안나 이바노브나는 상태가 호전되었다.

4

안나 이바노브나의 병세는 점점 좋아졌다. 12월 중순, 그녀는 일어나려고 했지만 아직 몸이 너무 쇠약했다. 사람들이 누워서 충분히 쉬라고 권했다.

그녀는 유라와 토냐를 자주 불러서 우랄의 린바 강변에 있는 할아버지의 영지 바리키노에서 보낸 어린 시절 이야기를 몇 시간씩이나 했다. 유라와 토냐는 그곳에 한 번도 가본 적이 없었지만, 유라는 안나 이바노브나의 말만 듣고도 아주 오랫동안 사람의 발길이 닿지 않은 밤처럼 캄캄한 1만 5천 평 정도의 숲을, 칼로 찌르듯이 물살이 빠른 강이 숲의 두서너 군데를 굽이굽이 관통하는 장면을, 크류게르강의 돌바닥과 강변을 따라 난 높은 절벽을 상상할 수 있었다.

그 무렵 유라와 토냐는 난생처음으로 외출복을 맞추었는

데, 유라는 검은 프록코트 정장을, 토냐는 어깨가 약간 파인 밝은 공단으로 만든 이브닝드레스였다. 그들은 이 새 옷을 입고 매년 27일에 스벤티츠키 집에서 연례행사로 열리는 크리스마스 파티에 갈 작정이었다.

양복점과 양장점에서 같은 날에 옷이 배달되었다. 유라와 토냐는 옷을 입어 본 뒤 만족스러워했고, 미처 새 옷을 벗지 못했는데 예고로브나가 와서 안나 이바노브나가 그들을 부른다고 알려 주었다. 유라와 토냐는 새 옷을 입은 채 안나 이바노브나에게 갔다.

그들이 나타나자 그녀는 팔꿈치로 짚고 몸을 일으켜 옆에서 그들을 보더니, 뒤로 돌아보라고 하며 말했다.

「아주 멋지구나. 정말 훌륭해. 벌써 옷이 나온 걸 전혀 몰랐단다. 자, 보자. 토냐, 한 번 더 돌아 보렴. 응, 괜찮네. 내 생각에는 가슴팍에 약간 주름이 진 것 같구나. 내가 너희들을 왜 불렀는지 아니? 우선 너에 대해 몇 마디 하마, 유라.」

「알아요, 안나 이바노브나. 제가 그 편지를 당신께 보여 드리라고 했어요. 니콜라이 니콜라예비치처럼 당신도 제가 거절할 필요가 없었다고 생각하시는군요. 잠시 기다리세요. 말씀하시는 건 몸에 해로워요. 이제 모든 걸 설명해 드릴게요. 이 모든 걸 잘 알고 계시겠지만요.

그러면 첫 번째. 지바고의 유산 건은 변호사들의 생계유지와 재판 비용 징수를 위한 것이지만, 실제로 유산은 하나도 없고 있는 거라곤 부채와 혼란뿐이며, 그것에 더해 추악함만 표면화될 겁니다. 뭐든 돈으로 돌릴 수 있다고 하더라도 재판에만 갖다 바치고, 전 그걸 이용도 못 하지 않았을까요? 그런데 문제는 소송이 속 빈 강정이라는 것이고, 그걸 파고드느니 차라리 존재하지도 않는 재산에 대한 제 권리를 포기하고 몇몇 명의상의 경쟁자와 시기심 많은 자칭 상속자들에게 양보하는 게 낫습니다. 지바고라는 성으로 파리에 아이들과 함께 살고 있는 마담 알리스라는 여자가 유산을 청구했다는 말도 오래전에 들었습니다. 그러나 새로운 청구들이 보태졌고, 어떠신지 모르지만 저는 이 모든 것을 최근에야 알게 되었습니다.

알고 보니, 아직 엄마가 살아 계실 때 아버지가 한 몽상가이자 미치광이인 스톨부노바-엔리치 공작 부인에게 빠져 있었다던데요. 그 여자와 아버지 사이에 남자아이가 하나 있는데, 그 애는 지금 열 살이고, 이름이 옙그라프예요.

공작 부인은 은둔자예요. 문밖으로 나오지 않고 옴스크 변방에 있는 저택에서 출처를 모르는 자금으로 아들과 함께 살고 있어요. 제게 저택의 사진을 보여 주더군요. 지붕 처마에 타원형 양각 장식을 하고, 다섯 개의 아름다운 통창을 지닌 집이었어요. 그런데 최근 저는 그 집의 다섯 개의 창문이 곱지 않은 시선으로 유럽 러시아에서 시베리아를 갈라놓는 수천 킬로미터를 지나 저를 노려보다가 조만간 해칠 것 같다는 느낌을 받았어요. 조작된 자본이니, 인위적으로 만들어진 경쟁자들이니, 그들의 적개심과 시기심이니 하는 모든 것들이 제게 무슨 소용이 있나요? 그리고 변호사들도요.」

「그래도 거절할 필요는 없단다.」 안나 이바노브나가 반박했다. 「내가 너희들을 왜 불렀는지 아니?」 그녀는 또다시 같은 말을 반복하며 말을 이었다. 「그 사람 이름이 생각났단다. 기억나니, 내가 어제 숲지기에 대해 얘기해 줬지? 그 사람 이름은 바크흐[6]였어. 정말 멋지지 않니? 눈썹까지 수염으로 뒤덮인 검은 숲속의 괴물, 이름도 바크흐라니! 그 사람은 얼굴이 망가졌단다, 곰한테 맞아서 그렇게 되었는데, 곰을 물리쳤다는구나. 그곳 사람들은 모두 그렇단다. 이름도 그렇고. 단음절이란다.[7] 쟁쟁하게 울리고 도드라지게 말이야. 아니면 루프. 아니면 팝스트 같은 이름 말이야. 들어 봐라, 들어 봐. 사람들이 뭐든 보고하려고 오곤 했단다. 할아버지의 사냥총 두 대에서 발사되는 사격 소리 같은, 무슨 프롤이나 압크트라는 소리가 나면 우리는 떼를 지어 순식간에 어린이 방에서 부엌으로 도망갔단다. 상상할 수 있겠니, 그곳에서는 사냥꾼이자 탄부가 살아 있는 새끼 곰과 함께 오거나, 먼 국경 경비대의 순찰병이 광물 견본을 들고 왔단다. 할아버지는 모든 이에게 쪽지를 적어 주셨지. 사무실로 보내는. 누구에게는 돈을, 누구에게는 곡물을, 누구에게는 탄약을 나눠 주셨지. 그리고 창문 앞에는 숲이 있었단다. 그리고 눈, 눈! 집보다 높이 쌓여 있었지!」 안나 이바노브나는 기침을 하기 시작했다.

「그만해요, 엄마, 몸에 해로워요.」 토냐가 주의를 주었다. 유라도 그녀의 편을 들었다.

6 로마 신화의 주신 바쿠스의 러시아식 이름이다. 그리스 신화에서는 디오니소스이다.
7 우리말로 하면 바크흐는 3음절이지만, 러시아어로는 모음이 a 하나만 들어간 단음절 단어이다.

「괜찮아. 별것 아니야. 그래, 맞아. 예고로브나가 너희들이 모레 크리스마스 파티에 갈지 말지 망설인다고 하더구나. 나는 그보다 더 어리석은 소리를 들은 적이 없다! 너희들은 부끄럽지도 않니. 너는 그러고도 무슨 의사란 말이니, 유라? 그러니 이미 결정된 거야. 너희는 말할 것도 없이 가는 거다. 그런데 바크흐로 돌아가자꾸나. 그 바크흐란 사람은 젊을 때 대장장이였단다. 그런데 싸우다가 그 사람 장이 빠진 거야. 그 사람은 철로 새 장기를 만들어 넣었단다. 넌 정말 괴짜로구나, 유라. 내가 정말로 이해를 못 할까 봐? 문자 그대로 바크흐가 그런 게 아니란 걸 나도 알지. 하지만 사람들이 다 그렇게 말했단다.」

안나 이바노브나는 다시 기침을 시작했는데, 이번에는 훨씬 더 오래 했다. 발작이 잦아들지 않았다. 그녀는 숨도 잘 쉬지 못할 정도였다.

유라와 토냐는 동시에 그녀에게 다가갔다. 그들은 그녀의 침대 옆에 어깨를 맞대고 나란히 섰다. 안나 이바노브나는 계속 기침을 하면서 맞잡은 그들의 손을 자기 손으로 한동안 부여잡고 있었다. 그러고는 목소리와 숨을 가다듬고 말했다.

「만일 내가 죽어도 헤어지지 마라. 너희는 서로를 위해 창조되었단다. 결혼하거라. 내 둘의 결혼을 허락하마.」 그녀는 이렇게 말하고 울음을 터뜨렸다.

5

벌써 1906년 봄, 김나지움의 마지막 학년으로 올라가기 전 6개월 동안 라라와 코마롭스키의 관계는 라라의 인내심의 한계를 넘어선 상태였다. 그는 그녀의 위축된 마음을 아주 교묘하게 이용했고, 필요할 때마다 티 나지 않게 은근슬쩍 그녀의 치욕을 상기시켰다. 이런 암시는 라라를 호색한이 여성에게 요구하는 혼란 속으로 빠뜨렸다. 이 혼란이 라라를 온통 관능적인 악몽의 거대한 포로가 되게 만들었고, 악몽에서 깰 때마다 라라는 머리칼이 곤두섰다. 여기서는 모든 것이 뒤죽박죽이었고, 논리에 어긋났으며, 비수 같은 아픔이 낭랑하게 울리는 웃음으로 바뀌었고, 다툼과 거절은 동의를 의미했으며, 학대자의 손은 감사의 키스로 뒤덮였다.

이런 일이 끝나지 않을 것 같았다. 학기 말 마지막 수업이 진행 중이던 어느 봄날, 수업만이 코마롭스키와의 잦은 만남을 피할 수 있는 마지막 피난처인데 수업이 없을 여름 동안 그의 성가신 요구가 얼마나 잦아질지 깊이 고심하던 라라는 훗날 그녀의 인생을 바꾸어 놓을 결정을 재빨리 내리게 되었다.

무더운 아침이었고, 뇌우가 내리치기 일보 직전이었다. 학급에서는 창문을 다 열어 놓고 공부하고 있었다. 멀리서 도시가 양봉장의 벌 떼처럼 단조로운 곡조로 계속 우르릉거리고 있었다. 마당에서 놀고 있는 아이들의 소리가 들렸다. 땅의 풀 냄새와 어린 푸성귀 냄새로 인해 마슬레니차[8] 때의 보

8 동슬라브 민족의 축일로 사순절 바로 직전의 일주일을 말한다. 겨울을

드카 냄새와 블린[9]의 탄내를 맡은 것처럼 머리가 아팠다.

역사 선생님이 나폴레옹의 이집트 원정에 대해 얘기하고 있었다. 그가 프레쥐스[10] 상륙에 이르렀을 때 하늘이 검어지고 쪼개지면서 천둥과 번개가 하늘을 갈랐다. 창문 너머에서 교실 안으로 싱그러운 냄새와 함께 모래와 먼지 기둥이 들이쳤다. 두 명의 아첨쟁이 학생이 창문을 닫아 달라고 아저씨를 부르러 복도로 달려 나갔고, 그들이 문을 열자 틈새 바람이 들이쳐 공책 위에 있던 압지들을 교실의 모든 책상에서 사방으로 날려 버렸다.

창문이 닫혔다. 먼지와 뒤섞인 지저분한 폭우가 도시에 쏟아졌다. 라라는 노트 한 장을 뜯어 옆 책상에 앉은 짝 냐댜 콜로그리보바에게 이렇게 썼다.

⟨냐댜, 엄마한테서 독립해 삶을 꾸려야겠어. 수입이 괜찮은 과외 자리를 몇 개 찾게 도와줘. 너는 부자들 중에 아는 사람이 많잖아.⟩

냐댜는 같은 방법으로 대답했다.

⟨리파의 가정 교사를 찾고 있어. 우리 집에 가자. 정말 멋지겠다! 우리 엄마, 아빠가 너를 얼마나 좋아하는지 너도 알잖아!⟩

보내고 봄을 맞이하는 큰 축제이다.

9 마슬레니차 때 먹는 명절 음식이다. 일종의 팬케이크로 버터나 잼, 청어 알, 샐러드 등을 발라 먹는다.

10 프랑스의 실패한 이집트 원정으로 1798년에서 1801년까지 이어졌다. 나폴레옹은 1799년까지만 원정을 지도하다가, 파리의 혼란에 대한 소식을 듣고 1799년 10월 9일 프랑스의 남부에 있는 프레쥐스에 정박한 지 한 달 후 무혈 쿠데타를 일으킨다.

6

라라는 석조 벽 안에 사는 것처럼 콜로그리보프 집에서 3년 이상을 보냈다. 어디에서도 그녀를 성가시게 하지 않았고, 그녀가 많이 소원해졌다고 느낀 어머니와 오빠도 성가시게 하지 않았다.

라브렌티 미하일로비치 콜로그리보프는 새로운 성향의 저명한 실무적 사업가로 재능이 많고 똑똑했다. 그는 명을 다한 체제를 두 배의 증오심으로 증오했다. 그것은 국고를 모조리 사들일 만큼의 능력이 되는 엄청난 부호이자 동화처럼 크게 성공한 평범한 민중 출신의 사람이 품을 수 있는 증오였다. 그는 자신의 집에 정치범을 숨겨 주었고, 정치 재판에 기소당한 사람들에게 변호사를 대주었다. 그리고 사람들이 농담 삼아 하는 말대로 스스로 자신을 자본가로서 전복의 대상으로 삼아 혁명 자금을 대주면서 자기 소유의 공장에서 파업을 조직하기도 했다. 라브렌티 미하일로비치는 명사수에 열정적인 사냥꾼이었고, 1905년 겨울에는 일요일마다 세레브랴니 침엽수림과 로시니섬에 가서 민병대에게 사격을 가르쳐 주었다.

그는 멋진 사람이었다. 그의 아내인 세라피마 필리포브나는 그와 잘 어울리는 짝이었다. 라라는 두 사람 모두에게 경탄하며 존경심을 품었다. 집안의 모든 사람이 그녀를 친딸처럼 사랑해 주었다.

걱정 없이 지낸 지 4년째 되던 해에 오빠 로쟈가 용건이 있다면서 그녀를 찾아왔다. 긴 다리를 우쭐대듯 흔들고 더 거드름을 피우려고 콧소리로 단어들을 부자연스럽게 질질 끌면서 그는, 졸업한 사관생도들이 교장 선생에게 기념 선물을 하려고 돈을 모아 로댜에게 주면서 그에게 선물을 선택하고 구입하는 일을 맡겼다고 말했다. 그런데 그가 도박을 하다가 그 돈을 3일 만에 모조리 잃었다는 것이다. 이렇게 말한 뒤 로댜는 키만 머쓱하게 큰 몸을 안락의자에 털썩 던지고는 울음을 터뜨렸다.

라라는 이 말을 듣고 소름이 끼쳤다. 로댜는 훌쩍거리며 말을 이었다.

「어제 빅토르 이폴리토비치에게 갔었어. 나와는 그 주제로 얘기하고 싶지 않지만, 네가 원한다면…… 이라고 하던데…… 그 사람 말이 네가 우리 모두를 싫어하게 되었어도 자기한테 영향력이 아직 대단히 크다고…… 라로치카[11]…… 말 한마디만 해주면 충분해…… 이게 얼마나 큰 수치인지, 이게 사관생도 제복의 명예를 얼마나 떨어뜨리는 일인지 알지? ……그 사람을 찾아가 줘, 네게 힘든 일도 아니잖아, 부탁을 좀 해줘…… 내가 이 횡령을 내 피로 씻도록 내버려 두지는 않겠지.」

「피로 씻는다고…… 사관생도의 명예라고…….」흥분한 라라는 방 안을 거닐며 격분해서 이렇게 되뇌었다. 「그럼 나는, 내게는 명예가 없네, 나한테는 무슨 짓이든 하면 되는 거네. 지금 무슨 부탁을 하고 있는지 알아? 그 사람이 오빠에게 뭘 제안했는지 파악이 되느냐고? 한 해 한 해 시시포스[12]처럼 애

---

11 라리사의 애칭이다.
12 그리스 신화에 나오는 코린토스의 왕이다. 나쁜 짓을 많이 한 그는 바위

를 쓰면서 잠도 제대로 못 자고 하나하나 쌓아 올리고 있는데, 오빠라는 사람이 와서는 그자가 훅 바람을 불고 침을 뱉어 모든 게 산산조각이 나도 상관이 없다는 거네! 악마한테나 떨어져! 제발 가서 권총 자살이라도 해. 나하고 무슨 상관이야? 도대체 얼마가 필요한 건데?」

「690하고 몇 루블. 거스름돈을 빼고 말하면 7백 루블이야.」로댜가 약간 머뭇거리며 말했다.

「로댜! 아니, 오빠 미쳤구나! 무슨 말을 하고 있는지 알기나 해? 7백 루블을 도박에서 잃었다고? 로댜! 로댜! 나같이 평범한 사람이 정직한 노동으로 그 금액을 벌려면 얼마나 걸리는지 알아?」

잠시 멈춘 뒤 그녀는 차갑고 냉랭하게 덧붙여 말했다.

「좋아, 내가 알아볼게. 내일 와. 오빠가 자살하는 데 쓰겠다고 한 권총도 가져와. 그걸 내 소유물로 내게 줘야 해. 탄약도 넉넉히 준비하는 거 꼭 기억하고.」

그녀는 그 돈을 콜로그리보프에게서 구했다.

7

콜로그리보프의 집에서 한 일은 라라가 김나지움을 졸업하고 전문 과정에 들어가 우수한 성적으로 그 과정을 마치고 졸업하는 데 방해가 되지 않았다. 그녀는 이듬해인 1912년

를 산 위로 밀어 올려서 굴러떨어지면 다시 올리는 일을 반복하는 벌을 받는다.

에 졸업할 예정이었다.

1911년 봄, 그녀의 학생인 리포치카[13]는 김나지움을 졸업했다. 그녀에게는 벌써 약혼자가 있었는데, 그는 훌륭한 자산가 집안 출신의 젊은 기술자 프리젠단크였다. 부모는 리포치카의 선택에 동의해 주었지만, 그녀가 너무 일찍 결혼하는 것에는 반대여서 조금 기다리라고 충고했다. 이로 인해 큰 소동이 일어났다. 가족의 사랑을 듬뿍 받고 응석받이로 자란 탓에 무분별한 리포치카는 아버지와 어머니에게 소리를 지르고 울며불며 발을 굴렀다.

라라를 친딸처럼 대하는 이 부유한 집에서는 그녀가 로쟈 때문에 진 빚을 기억하지 않았고, 상기시키지도 않았다.

라라는 자신이 용도를 숨긴 고정적인 지출만 없었더라면, 그 빚을 오래전에 갚았을 것이다.

그녀는 파샤 몰래 유형수인 그의 아버지 안티포프에게 돈을 보내고, 병약한 그의 트집쟁이 어머니를 도와주고 있었다. 그 밖에도 그녀에게는 더 큰 비밀이 있었는데, 그의 아파트 주인에게 밥값과 방값을 지불해서 파샤 몰래 그 자신의 지출을 줄여 주고 있었다.

라라보다 약간 어린 파샤는 그녀를 미칠 정도로 사랑해서 그녀의 말이라면 무엇이든 들어주었다. 그는 실업 학교를 졸업한 후 그녀의 간청에 따라 대학의 어문학부에 입학하기 위해 라틴어와 그리스어를 보충해서 들었다. 라라는 1년 후 국가시험에 합격하면 파샤와 결혼해 그는 남학교 교사로, 자기

13 올림피아다의 애칭이다.

제3부 스벤티츠키 집에서 열린 크리스마스 파티 **147**

는 여학교 교사로 우랄주의 도시 중 어디든 한 곳으로 부임할 꿈을 꾸고 있었다.

파샤는 라라가 직접 찾아 얻어 준, 예술 극장 근처 카메르게르스키 골목에 있는 신축 건물의 조용한 성격의 집주인한테서 빌린 방에서 살고 있었다.

1911년 여름, 라라는 콜로그리보프 가족과 함께 마지막으로 두플랸카에 다녀왔다. 그녀는 주인들보다 그곳을 더 열광적으로 사랑했다. 그것을 모두가 알고 있었기 때문에 이번 여름 여행의 경우 라라가 가는 건 불문율이었다. 그들을 데려온 찜통 같고 검댕에 그을린 기차가 멀리 떠나자, 라라는 얼이 빠지도록 아득하게 향기로운 정적 속에서 흥분해 할 말을 잃었다. 작은 역에서 짐들을 짐마차로 옮기는 동안 사람들은 그녀 혼자 영지로 걸어갈 수 있도록 내버려 두었다. 붉은 셔츠의 소매를 내놓고 소매 없는 역마용 남자 덧옷을 입은 두플랸카의 마부가 마차에 앉은 주인들에게 지나간 계절의 지역 소식들을 전해 주었다.

라라는 순례자들과 신도들이 수없이 밟고 지나간 선로 옆 오솔길을 따라 걷다가 숲으로 이어지는 초원의 샛길로 접어들었다. 그녀는 멈춰 서서 눈을 가늘게 뜨고 탁 트인 공간에 가득한 어지러울 정도로 향기로운 공기를 깊이 들이마셨다. 그 공기는 아버지와 어머니보다 더 혈육 같았고, 사랑하는 이보다 더 좋았으며, 책보다 더 현명했다. 순식간에 존재의 의미가 라라에게 다시 열렸다. 이곳에서 그녀는 이해했다. 존재의 의미는 땅의 미친 듯한 아름다움을 깊이 파헤치고 모든 것에 이름을 붙이기 위함이라고, 만일 그녀에게 그럴 만한 능력이 부족하다면 생을 향한 사랑 때문에 자기 대신 이 일을 하게 될 후계자를 낳기 위함이라고.

그해 여름, 라라는 스스로에게 부과한 과도한 노동 때문에 아주 지친 모습으로 왔다. 그녀는 쉽게 속상해했다. 본래 없던 의심증이 그녀의 내면에서 커져 버렸다. 이 의심이 언제나 마음이 넓고 까다로운 구석이라고는 전혀 없던 라라의 성격을 소심하게 만들었다.

콜로그리보프 가족은 그녀를 놓아주지 않았다. 그녀는 그들의 집에서 예전과 마찬가지로 상냥한 대접을 받았다. 그러나 리파가 독립한 후부터 라라는 자신을 그 집에서 쓸모없는 존재라고 여겼다. 그녀는 봉급을 거절했다. 식구들은 억지로 그녀에게 봉급을 안겼다. 돈이 필요하긴 했지만 손님으로 지내면서 따로 돈벌이를 하기는 난처했고, 또 실제로 그것이 가능하지도 않았다.

라라는 자신의 입장이 기만적이고 견딜 수 없다고 느꼈다. 모두가 그녀를 부담스러워하면서도 드러내지 않을 뿐이라는 생각이 들었다. 그녀 스스로도 부담스러웠다. 어디든 눈길 닿는 대로 자기 자신과 콜로그리보프 가족으로부터 도망치고 싶었지만, 그러기 전에 먼저 콜로그리보프에게 돈을 갚아야 한다고 라라는 생각했다. 그러나 지금으로서는 돈이 나올 데가 없었다. 그녀는 어리석은 로댜의 탕진 탓에 인질이 되었다고 느끼며 무기력한 분노로 어쩔 줄을 몰랐다.

그녀는 모든 면에서 자신을 소홀히 여긴다는 징조를 느꼈다. 콜로그리보프 가족을 잠시 찾아온 지인들이 그녀에게 보통 이상의 관심을 보이면, 그건 마치 그녀를 배은망덕한 〈피후견인〉이자 손쉬운 먹잇감처럼 대한다는 것을 의미했다. 반면에 그녀를 평온하게 내버려 두면 그녀가 그 자리에 있지 않은 것처럼 무시한다는 것을 증명하는 것이었다.

우울증이 엄습했지만 라라가 두플랸카를 방문한 수많은 사람들과 즐겁게 지내는 데 방해가 되지는 않았다. 그녀는 말을 감고 수영을 하고 배를 탔으며, 강 건너 한밤의 피크닉에 참여했고, 모든 이와 함께 불꽃놀이를 하고 춤을 추었다. 아마추어 공연에서 연기도 하고, 특히 짧은 모제르 소총으로 과녁을 맞히는 사격 시합에도 나가 열중했다. 그러나 그녀는 모제르총보다는 로댜의 가벼운 권총을 더 좋아했다. 그녀는 그 총으로 아주 정확하게 사격을 했는데, 자신이 여자라서 결투자의 길이 막힌 것이 안타깝다고 농담을 하기도 했다. 그러나 라라가 즐거워하면 할수록 그녀의 상태는 더 나빠졌다. 그녀는 자신이 무엇을 원하는지 알지 못했다.

도시로 돌아온 후로 특히 더 심해졌다. 이때 라라의 불쾌감에 파샤와의 가벼운 말다툼이 더해졌다(라라는 그를 자신의 마지막 보루라고 생각했기 때문에, 그와 심하게 다투지 않으려고 조심했다). 최근 들어 파샤에게는 일종의 자신감이 생겼다. 대화할 때 가르치려는 말투가 라라를 웃게도 하고, 슬프게도 했다.

파샤, 리파, 콜로그리보프 식구들, 돈, 이 모든 것이 그녀의 머리에서 빙글빙글 돌았다. 라라는 삶에 넌더리가 났다. 그녀는 차츰 미쳐 갔다. 그녀는 낯익은 모든 것, 이미 겪은 모든 것을 내던져 버리고 뭔가 새로운 일을 시작하고 싶었다. 그녀는 이런 기분으로 1911년 크리스마스에 운명적인 결심을 했다. 그녀는 즉각 콜로그리보프 가족과 헤어지고 어떻게 해서든 혼자 독립적인 삶을 일궈 나가기로, 그것에 필요한 돈을 코마롭스키에게서 얻어 내기로 결심했다. 라라는 그 모든 일이 일어난 후로 몇 년간 자유롭게 지냈으니, 그가 아무 설명도 요구하지 않고 사심 없이, 더러운 짓거리 없이 그녀를 기사답게 도와야 한다고 생각했다.

그런 목적으로 그녀는 12월 27일 저녁에 페트롭스키 노선을 향해 출발했고, 떠나면서 만일 빅토르 이폴리토비치가 거절하거나 곡해하거나 어떻게든 모욕을 준다면 권총으로 쏠 작정으로 로댜의 권총을 장전하고 안전장치를 푼 채 털토시에 집어넣었다.

그녀는 축제 분위기의 거리를 무섭도록 혼란스러운 마음으로 걸으며 주변의 아무것도 알아차리지 못했다. 누구를 향한 것인지와 전혀 상관없이 계획된 총성은 이미 그녀의 머릿속에서 울리고 있었다. 이 총성만이 그녀가 의식할 수 있는 유일한 것이었다. 그녀는 길을 가는 내내 그 소리를 들었는데, 그것은 코마롭스키를 향해, 그녀 자신을 향해, 그녀 자신의 운명을 향해, 두플랸카 초지 위의 참나무 나무줄기에 파인 사격의 표적을 향해 울린 총성이었다.

8

「토시를 건들지 마세요.」라라는 옷 벗는 것을 돕기 위해 팔을 내밀며 아아, 오오 감탄사를 연발하는 엠마 에르네스토브나에게 말했다.

빅토르 이폴리토비치는 집에 없었다. 엠마 에르네스토브나는 라라에게 들어와서 외투를 벗으라고 계속 권했다.

「그럴 수 없어요. 서둘러 갈 데가 있어요. 그분은 어디 계시지요?」

엠마 에르네스토브나는 그가 크리스마스 파티에 갔다고 말했다. 라라는 손에 주소를 쥐고 그녀에게 모든 것을 떠오르게 하는, 문장이 채색된 창문이 있는 어두운 계단을 따라 뛰어 내려가, 무치니 거리에 있는 스벤티츠키의 집을 향해 걸었다.

다만 두 번째로 거리로 나와서야 라라는 좌우를 제대로 둘러볼 수 있었다. 겨울이었다. 도시였다. 저녁이었다.

얼어붙을 정도의 혹한이었다. 깨진 맥주병의 유리 바닥처럼 두껍고 검은 얼음이 거리를 뒤덮고 있었다. 숨을 쉬는 것조차 고통스러웠다. 공기는 잿빛 성에로 가득 찼고, 라라의 얼어붙은 회색 모피 목도리 털이 피부를 자극하며 그녀의 입에 들어가듯이 성에는 털북숭이처럼 뻣뻣한 털로 사람을 간질이고 찌르는 것 같았다. 라라는 두근거리는 마음으로 텅빈 거리를 걸었다. 길을 따라 찻집과 간이식당의 문들이 김을 내뿜고 있었다. 얼어서 소시지처럼 빨간 행인들의 얼굴과, 고드름이 달린 말과 개들의 텁석부리 상판이 안개 속에서 불쑥 튀어나오곤 했다. 두꺼운 얼음 층과 눈에 뒤덮인 건물들은 꼭 백묵 칠이 된 것 같았고, 그 불투명한 창문의 표면 위에는 크리스마스트리에 밝혀진 형형색색의 불빛과 즐거워하는 이들의 그림자가 반사되어 어른거리고 있었는데, 그것은 마치 거리의 사람들에게 환등기 앞에 걸린 하얀 시트 위로 집안의 어렴풋한 그림을 보여 주는 것만 같았다.

라라는 카메르게르스키 골목에서 멈춰 섰다. 「더 이상 못 가겠어, 못 견디겠어.」 거의 소리 내어 이런 말이 튀어나왔다. 〈올라가서 파샤에게 모든 것을 말해야지.〉 그녀는 마음을 다 잡고 정문의 무거운 문을 열면서 생각했다.

9

긴장해서 얼굴이 벌게진 파샤는 혀로 볼 안쪽을 밀며 단추를 풀 먹인 칼라의 단춧구멍에 끼우려고 거울 앞에서 안간힘을 쓰고 있었다. 그는 누군가를 방문할 계획이었는데, 아직 너무 순수하고 경험이 없다 보니 라라가 노크도 없이 들어와 정장을 다 차려입지 못한 자신의 모습을 보자 당황스러웠다. 그는 그녀가 불안해하는 것을 금방 알아차렸다. 그녀는 다리에 힘이 풀렸다. 마치 여울을 건너듯 그녀는 자신의 드레스를 다리로 밀치며 방으로 들어왔다.

「무슨 일이야? 무슨 일 있었어?」 그가 그녀를 맞으러 달려오며 걱정스럽게 물었다.

「내 옆에 앉아. 지금 모습 그대로 앉아. 마저 차려입으려고 하지 말고. 나는 급해. 곧 나가야 해. 토시는 만지지 말고. 잠깐만. 잠시 뒤돌아 있어 봐.」

그는 그녀가 시키는 대로 했다. 라라는 영국식 의복을 입고 있었다. 그녀는 재킷을 벗어 못에 걸고 로댜의 권총을 토시에서 꺼내 재킷 주머니에 넣었다. 그런 다음 그녀는 소파로 돌아와 말했다.

「이제 봐도 돼. 초를 켜고 전등을 꺼줘.」

라라는 초를 밝히고 어스름한 속에서 얘기하는 것을 좋아했다. 파샤는 언제나 그녀를 위해 개봉하지 않은 양초 한 묶음을 예비로 가지고 있었다. 그는 촛대에 있던 타고 남은 양초를 온전한 새 양초로 바꾸어 창턱에 놓고 불을 붙였다. 불꽃은 스테아린에 숨이 막힌 듯 사방으로 별을 탁탁 튀기다가 화살표 모양으로 뾰족해졌다. 방은 부드러운 빛으로 채워졌다. 유리창의 얼음이 촛불과 같은 높이에서 검은 눈동자처럼 녹기 시작했다.

「들어 봐, 파툴랴.」 라라가 말했다. 「나에게 곤란한 일이 생겼어. 거기서 벗어나도록 나를 도와줘야 해. 놀라지 말고 나에게 꼬치꼬치 캐묻지도 마, 하지만 우리가 모든 이와 같다는 생각은 말아 줘. 평온한 마음으로 있지도 말고. 나는 언제나 위험한 상황에 처해 있어. 만일 자기가 나를 사랑하고 파멸에서 건지고 싶다면, 더 이상 미루지 말고 어서 결혼하자.」

「그건 내가 늘 바라던 일이야.」 그가 그녀의 말을 가로막았다. 「얼른 날짜를 정하자, 당신이 원하는 날짜면 언제든 좋

아. 다만 무슨 일인지 더 간단명료하게 말해 줘, 수수께끼 같은 말로 괴롭히지 말고.」

그러나 라라는 직접적인 대답을 슬쩍 피하며 그의 관심을 다른 데로 돌렸다. 그들은 라라의 슬픔과는 전혀 관계없는 주제로 오랫동안 대화를 나누었다.

10

그해 겨울, 유라는 대학에서 금메달을 따기 위해 망막의 신경 조직에 대한 학술 논문을 쓰고 있었다. 유라는 일반 내과 과정을 수료했지만, 미래의 안과 의사 못지않게 눈에 대해 잘 알았다.

시각 생리학에 대한 관심은 유라가 지닌 천성의 다른 측면, 즉 예술적 형상의 본질과 논리적 사상의 구축에 대한 그의 창조적인 소질과 사유를 드러내는 것이었다.

토냐와 유라는 삯을 받는 썰매를 타고 스벤티츠키 댁의 크리스마스 파티에 가고 있었다. 두 사람은 유년기의 끝과 청소년기의 시작인 6년을 서로 꼭 붙어 지냈다. 그들은 아주 사소한 부분까지 서로를 속속들이 알고 있었다. 그들에게는 공통의 버릇, 핀잔을 짧게 던지는 자기들만의 방식, 답할 때 단속적으로 킥킥대는 자기들만의 방식이 있었다. 그들은 지금도 추위에 입을 꼭 다물고 말없이 가다가 서로 짧은 말을 주고받곤 했다. 이들은 각자 자기 생각에 빠져 있었다.

유라는 대회 날짜가 가까워 오니 글을 서둘러 써야겠다고 생각했다가, 거리에서 느껴지는 연말의 어수선한 축제 분위기에 젖어 이런저런 상념으로 옮아갔다.

고르돈이 다니는 학부에서는 학생 잡지가 등사되어 출간되었다. 고르돈은 그 잡지의 편집자였다. 유라는 오래전에 그들에게 블로크[14]에 대한 사설을 써주겠다고 약속했다. 두 수도의 모든 젊은이가 블로크에게 열광했고, 그와 미샤는 다른 누구보다 더 그랬다.

그러나 이런 상념도 유라의 의식에 그리 오래 머무르지는 못했다. 그들은 턱을 옷깃에 파묻고 얼어붙은 귀를 문지르며 달렸고, 각자 다른 상념에 빠져들었다. 그러나 그들의 상념은 한 지점으로 모아지곤 했다.

얼마 전에 안나 이바노브나의 방에서 있었던 일이 두 사람을 다시 태어나게 했다. 그들은 마치 눈이 뜨인 듯 서로를 새로운 눈으로 바라보게 되었다.

토냐, 이 오랜 친구이자 아무 설명도 필요 없이 이해되는 명백한 존재가 유라가 상상할 수 있는 모든 것 중에서 가장 범접할 수 없고 복잡한 존재인 여성이었던 것이다. 유라는 약간의 창의력을 발휘해 자신을 아라라트산에 오른 영웅[15]으로, 선지자로, 승리자로 혹은 그 어떤 존재로도 상상할 수 있

14 Aleksandr Blok(1880~1921). 러시아 상징주의의 대표적인 시인이다. 파스테르나크는 자신을 포함한 동시대의 수많은 작가들이 젊은 시절 블로크를 그들의 안내자로 여겼다고 자서전적인 노트에서 밝히고 있다. 블로크는 이 작품에서 여러 번 언급될 정도로 중요한 위치를 차지하고 있다.

15 『구약 성경』의 노아를 의미한다.

었지만, 여성으로만은 도저히 상상할 수 없었다.

토냐는 자신의 마르고 연약한 어깨에 이 가장 어렵고 모든 것을 능가하는 임무를 짊어지고 있었다(그녀는 충분히 건강한 아가씨였는데도 이때부터 유라에게 갑자기 마르고 연약한 여인으로 보이기 시작했다). 그리고 그의 마음은 열정의 시작인 그녀를 향한 뜨거운 연민과 수줍은 경탄으로 가득 채워졌다.

토냐에게도 유라를 대하는 태도에서 똑같은 일이 그에 어울리는 변화를 동반하며 일어났다.

유라는 공연히 그들이 집을 나섰다고 생각했다. 그들이 없는 동안 무슨 일이라도 생기면 어떻게 할까. 그리고 그는 좀 전의 일을 떠올렸다. 벌써 출발하려고 옷을 입었지만, 안나 이바노브나의 상태가 나쁘다는 것을 안 그들은 그녀에게 가서 가지 않겠다고 말했다. 그녀는 예전처럼 단호하게 반대하며 크리스마스 파티에 가라고 고집을 부렸다. 유라와 토냐는 날씨가 어떤지 보려고 커튼 뒤 창문이 있는 벽감 안으로 들어갔다. 그들이 벽감에서 나왔을 때 얇은 커튼 두 폭이 그들이 입은 새 의복의 빳빳한 천에 붙어 있었다. 들러붙은 가벼운 천이 약혼녀가 쓰는 면사포처럼 토냐의 뒤꽁무니를 따라왔다. 모두가 웃음을 터뜨렸다. 말할 것도 없이 이 유사점이 침실에 있는 모든 이의 눈에 확 띄었던 것이다.

유라는 좌우를 둘러보았고, 그가 오기 바로 직전에 라라가 보았던 광경을 똑같이 보았다. 그들의 썰매는 정원과 가로수 길에 있는 얼음 덮인 나무들 밑에서 부자연스럽게 큰 소음을 내며 긴 메아리를 일으켰다. 안에서 불을 밝힌 성에가 긴 집들의 창문은 연회색 토파즈를 층층으로 덧댄 보석함 같았다. 창문 안에서는 모스크바의 크리스마스 주간의 삶이 따스하게 비치고, 크리스마스트리의 불이 빛나고, 손님들이 가득하고, 변장 놀이를 하는 사람들이 숨바꼭질과 반지 찾기 놀이[16]를 하고 있었다.

문득 유라는 블로크라는 존재가 러시아 삶의 전 영역, 그리고 북방 수도의 일상과 최신 문학, 별이 빛나는 하늘 아래 현대적인 거리와 금세기 거실에 밝혀진 크리스마스트리 주변을 둘러싼 크리스마스와 같은 현상이라고 생각했다. 그는 블로크에 대한 그 어떤 글도 필요 없고 그냥 네덜란드 사람들처럼 추위와 늑대, 빽빽한 전나무 숲을 배경으로 동방 박사[17]들의 러시아적 숭배를 쓰면 그만이라는 생각이 들었다.

그들은 카메르게르스키 골목을 지나고 있었다. 유라는 창문들 중에서 한 창문에 겹겹의 얼음이 녹으면서 생긴 검은 구

16 크리스마스 주간에 벌이는 놀이들이다. 반지 찾기 놀이는 접시받침으로 점치는 놀이인데, 처녀들이 반지들을 접시에 넣고 함께 노래를 부르다가 점을 치는 아가씨가 반지 중 하나를 꺼내면, 그 반지를 꺼낼 때 부른 노래가 곧 그 반지 주인의 운명이 된다. 변장 놀이는 이교도의 전통에서 온 놀이이다. 의상과 가면을 준비하는데, 모피 외투를 뒤집어 입으면 곰 의상이 되고, 모피 외투의 소매에 갈고리를 끼면 기러기 의상이 된다. 청년들은 아주머니로, 아가씨들은 남자들로 변장하곤 했다. 또 노인, 집시, 병사, 여러 짐승으로 변장하기도 했다. 그리고 반드시 망자로 변장한 사람이 있었다.

17 「마태오의 복음서」 2장에 나오는 인물들이다. 하느님의 아들 예수 그리스도의 탄생을 알리는 큰 별을 따라 베들레헴에 온 세 명의 동방 박사가 구유에 누운 아기 예수에게 황금과 유황과 몰약을 바친다. 네덜란드 화가들의 동방 박사에 대한 그림을 언급하고 있다.

멍에 주의를 기울였다. 그 구멍 사이로 촛불이 거의 의식이 있는 것 같은 시선으로 거리를 파고들며 빛을 비추었고, 그 불꽃은 지나가는 사람을 엿보며 마치 누군가를 기다리는 것 같았다.

〈식탁 위에서 초가 타고 있었다. 초가 타고 있었다〉라고 유라는 뭔가 희미하게 아직 형태가 갖추어지지 않은 시의 첫 소절을 혼잣말로 속삭이면서 그 시가 억지로 끄집어내지 않아도 저절로 이어지리라고 기대했다. 그러나 시는 이어지지 않았다.

11

스벤티츠키 집안에서는 아주 까마득한 옛날부터 같은 방식으로 크리스마스 파티를 열고 있었다. 어린아이들이 흩어지는 10시가 되면 젊은이들과 성인들을 위한 두 번째 파티가 열리고, 모두 아침까지 즐기는 식이었다. 어르신들은 큰 홀과 이어져 있지만 거대한 청동 고리에 걸린 무겁고 두꺼운 커튼으로 홀과 분리되기도 한, 삼면이 벽인 폼페이식 거실에서 밤새도록 카드놀이에 열중했다. 그리고 새벽에는 모두가 어울려 함께 밤참을 먹었다.

「어쩌다가 이렇게 늦었어요?」 스벤티츠키 집안의 조카 조르주가 아파트 안 현관문을 통해 숙모와 숙부에게 달려가다가 그들에게 이렇게 물었다. 유라와 토냐 역시 집주인들과 인사하기 위해 그쪽으로 가기로 마음먹고 옷을 벗으면서 지나는 길에 홀 안을 들여다보았다.

빛의 허리띠를 여러 줄로 물결치듯 두르고 뜨거운 열기를 내뿜는 크리스마스트리 옆으로 춤을 추지 않고 거닐면서 한담을 나누는 사람들이 옷자락을 사각거리고 서로의 발을 밟으면서 검은 벽을 이루며 움직이고 있었다.

춤추는 사람들은 원 안에서 미친 듯이 돌아가고 있었다. 검사의 아들인 리체이[18] 학생 코카 코르나코프가 그들을 빙글빙글 돌리고 사슬처럼 한 줄로 죽 서게 만들었다. 그는 춤을 지휘하며 홀의 한쪽 끝에서 다른 쪽 끝으로 목청껏 소리를 지르고 있었다. 「Grand rond! Chaîne chinoise!(큰 원을 만들어요! 중국식 사슬!)」 모두가 그가 말하는 대로 움직였다. 「Une valse s'il vous plaît!(왈츠를 추실까요!)」 그가 악단에게 고래고래 소리를 질렀고, 첫 번째 회전의 우두머리가 되어 파트너인 귀부인을 à trois temps, à deux temps(세 박자, 두 박자) 돌게끔 인도했지만, 점점 느려져서는 거의 눈에 띨까 말까 할 정도로 회전이 좁아지면서 모두가 한자리에서 맴돌게 되었다. 그러니 이미 그것은 왈츠가 아니라 왈츠의 꺼져 가는 메아리에 불과했다. 모두가 박수를 치자, 발을 끌며 떠들썩하게 움직이는 군중들에게 아이스크림과 청량음료를 내왔다. 달아오른 청년들과 아가씨들은 잠시 소리 지르고 웃는 것을 멈추고 차가운 과일즙과 레모네이드를 허겁지겁 게걸스럽게

18 혁명 전에 주로 관료를 준비시키기 위해 특별 허가를 받은 중등 혹은 고등 교육 기관이다. 푸시킨이 차르스코예 셀로에 있는 리체이에 다녔다.

마시고는, 잔을 쟁반에 놓자마자 무슨 흥분시키는 음료를 마신 듯 열 배는 더 세게 다시 비명을 지르며 웃기 시작했다.

토냐와 유라는 홀에 들르지 않고 주인 부부가 있는 안채로 갔다.

12

스벤티츠키 집의 내실은 더 큰 공간을 확보하기 위해 거실에서 가져다 놓은 쓸데없는 물건이 가득 쌓여 있었다. 그곳은 주인 부부에게 마법의 부엌이자 크리스마스 주간을 위한 창고였다. 그곳은 페인트와 풀 냄새가 나고, 색종이 묶음과 코티용 춤[19]에 쓸 별들과 여분의 트리용 초들이 담긴 상자들이 무더기로 쌓여 있었다.

스벤티츠키 노부부는 선물에 달 번호와 저녁 식탁 앞에 지정된 장소에 놓을 카드, 제비뽑기에 쓰일 당첨권을 만들고 있었다. 조르주가 그를 도왔지만, 번호를 매기는 데 자꾸 혼동을 해서 그들은 화를 내며 툴툴거렸다. 스벤티츠키 부부는 유라와 토냐를 보고 아주 기뻐했다. 그들은 두 사람을 어릴 적부터 알고 지냈기 때문에 격식을 차리지 않고 더 길게 말할 것도 없이 이 작업을 하도록 자리에 앉혔다.

「펠리차타 세묘노브나는 이 일을 미리 생각했어야 한다는 걸 이해하지 못한다니까, 손님들이 제일 많이 모인 이 시간

19 네 명 또는 여덟 명이 한 조를 이루어 추는 빠른 박자의 춤을 말한다.

이 아니라. 에이, 너 뒤죽박죽 뭐 하는 거니, 조르주, 숫자를 갖고 무슨 짓을 벌인 거야! 알사탕이 든 봉봉 케이스는 탁자에, 빈 통은 소파에 놓기로 했잖아, 그런데 넌 또다시 뒤죽박죽 온통 거꾸로 해놓는구나.」

「난 아네타[20] 몸이 좋아져서 너무 기뻐요. 나와 피에르가 얼마나 걱정을 했는지 몰라요.」

「그렇군, 하지만 사랑스러운 여보, 더 나빠졌다는데, 당신은 언제나 뭐든 devant-derrière(거꾸로) 말하는군.」

유라와 토냐는 크리스마스 파티 무대 뒤에서 조르주와 노인들과 함께 저녁 반나절을 보냈다.

13

그들이 스벤티츠키 부부와 함께 앉아 있는 동안 라라는 홀에 있었다. 그녀는 무도회에 맞는 복장을 하지도 않았고, 그곳에 아는 사람이 아무도 없었지만, 마치 꿈이라도 꾸는 듯 코카 코르나코프가 자신을 빙빙 돌리는 걸 내버려 두는가 하면, 마치 물에 빠진 것처럼 하는 일 없이 홀을 이리저리 배회했다.

라라는 홀을 향해 앉아 있는 코마롭스키가 자기를 알아보지는 않을까 기대하며 벌써 한두 번 거실 문지방에서 주저하며 멈춰 서서는 머뭇거렸다. 그러나 그는 왼손으로 방패처럼 잡은 자기 앞의 카드를 쳐다보느라 정말로 그녀를 보지 못했

20 안나의 프랑스식 이름이다.

거나, 아니면 보지 못한 척하는 것 같았다. 라라는 모욕감에 숨이 막혔다. 그때 라라가 잘 모르는 아가씨가 홀에서 거실 안으로 들어왔다. 라라가 너무도 잘 아는 그 시선으로 코마롭스키가 들어오는 아가씨를 바라보았다. 으쓱해진 아가씨는 얼굴을 붉히며 코마롭스키에게 환하게 빛나는 미소를 지어 보였다. 그 모습을 보고 라라는 거의 소리를 지를 뻔했다. 수치로 인한 홍조가 그녀의 얼굴을 짙게 물들였고, 그녀는 이마와 목까지 새빨개졌다. 〈새로운 희생양이로군.〉 그녀는 생각했다. 라라는 마치 거울을 통해 자신의 모습과 자신의 이야기 전체를 보는 것 같았다. 그러나 그녀는 코마롭스키와 이야기를 해보겠다는 생각을 버리지 않고 더 적당한 시간까지 미루자고 결심한 뒤, 마음을 억지로 진정시키며 홀로 돌아왔다.

코마롭스키와 한 테이블에 앉아 카드놀이를 하는 사람은 세 명이었다. 그와 나란히 앉은 파트너 중 한 사람은 라라에게 왈츠를 청한 멋쟁이 리체이 학생의 아버지였다. 이것을 라라는 그 학생과 홀을 돌면서 주고받은 두세 마디의 말을 통해 알게 되었다. 광기로 이글이글 타는 눈동자를 지니고 불쾌하게 목을 뱀처럼 팽팽히 긴장시킨 키 큰 밤색 머리의 여인은 코카 코르나코프의 어머니였다. 그녀는 아들의 활동 무대인 홀로 나왔다가, 다시 카드놀이를 하는 남편이 있는 거실로 끊임없이 왔다 갔다 하고 있었다. 마침내 라라에게 복잡한 감정을 일으킨 아가씨가 코카의 누이이고, 라라의 추측이 터무니없었다는 것이 우연히 밝혀졌다.

「코르나코프입니다.」 코카가 처음부터 라라에게 자신을

소개했다. 그러나 그때는 무슨 말인지 그녀는 잘 이해하지 못했다.「코르나코프.」그는 마지막으로 미끄러지듯 원을 돌 때 이렇게 반복해서 말하고는 그녀를 안락의자로 데려가 작별 인사를 했다.

이때 라라는 얼핏 무슨 말인가를 알아들었다. 〈코르나코프, 코르나코프.〉 그녀는 생각에 잠겼다. 〈뭔가 낯익네, 뭔가 불쾌해.〉 이후 그녀는 기억해 냈다. 코르나코프는 모스크바 법정에서 일하는 검사보였다. 그는 티베르진과 함께 재판받는 철도 노동자 무리를 기소한 사람이었다. 라브렌티 미하일로비치는 라라의 부탁으로 이 소송에서 가혹하게 굴지 말라고 그를 누그러뜨리러 갔지만, 설득하지는 못했었다. 〈바로 그렇군! 맞아, 맞아, 맞아. 흥미롭네. 코르나코프, 코르나코프.〉

14

밤 12시 혹은 새벽 1시 정도였다. 유라의 귀에 소음이 들렸다. 휴식 시간에 식탁만 놓인 식당에서 작은 케이크를 차에 곁들여 먹은 후, 다시 춤이 시작되었다. 트리에 놓인 초가 다 탔지만, 더 이상 그 초를 교체하는 사람은 없었다.

유라는 홀 한가운데 멍하니 서서 낯선 사람과 춤을 추는 토냐를 바라보았다. 지나치게 긴 공단 드레스의 작은 치맛자락을 다리로 차면서 토냐는 물고기처럼 철썩거리며 춤추는 군중 사이로 사라지곤 했다.

그녀는 아주 상기되어 있었다. 휴식 시간에 테이블 식당에 앉았을 때 토냐는 차를 거절하고는, 쉽게 벗겨지는 향내 짙은 귤껍질을 셀 수도 없이 까먹으면서 귤로 갈증을 달랬다. 그녀는 가죽 허리띠 혹은 커프스에서 과일나무 꽃 크기만큼 작은 삼베 손수건을 꺼내어 그것으로 끊임없이 입가와 끈적 끈적한 손가락 사이로 흐르는 땀을 닦아 냈다. 웃고 활기찬 대화를 이어 나가며 그녀는 기계적으로 손수건을 다시 가죽 허리띠나 허리 쪽에 있는 주름 장식 안으로 밀어 넣었다.

토냐는 미지의 기사와 함께 춤을 추며 회전하다가 한쪽에 비켜서서 얼굴을 찌푸리고 있는 유라와 부딪치면, 장난치듯 지나가면서 그의 손을 살짝 쥐고는 의미심장한 미소를 지어 보였다. 그렇게 손을 쥐다가 한 번은 그녀가 손에 쥐고 있던 손수건이 유라의 손바닥에 남았다. 그는 그 손수건을 자기 입술에 대고 눈을 감았다. 손수건에서는 귤껍질 냄새와 토냐의 뜨거운 손바닥 냄새가 뒤섞여 매혹적인 향기를 풍겼다. 그것은 유라가 살면서 한 번도 겪어 보지 못한, 머리끝부터 발끝까지 날카롭게 관통하는 뭔가 새로운 것이었다. 어린아이처럼 순진한 향기는 어둠 속에서 속삭인 말처럼 진실로 따뜻하고 지혜로웠다. 유라는 손수건을 쥔 손바닥에 눈과 입술을 파묻고 냄새를 맡으며 서 있었다. 갑자기 집 안에서 총성이 울렸다.

모두가 홀과 거실을 분리하는 휘장 쪽으로 고개를 돌렸다. 순식간에 정적이 흘렀다. 이후 소동이 일어났다. 모두가 허둥지둥 소란을 피우며 비명을 지르기 시작했다. 일부는 코카 코르나코프를 따라 총성이 울린 장소를 향해 달려갔다. 그곳에서는 벌써 사람들이 나오면서 위협하고 울며 앞다퉈 서로의 말을 가로막았다.

「저 아이가 무슨 짓을 한 거지, 무슨 짓을 한 거야.」 코마롭스키가 절망에 빠져 반복해서 말했다.

「보라, 살아 있어요? 보라, 살아 있군요.」 코르나코바 부인이 히스테리를 부리며 비명을 질렀다. 「이곳에 의사 드로코프 씨가 와 있다는군요. 맞아요, 그런데 그 사람이 어디에 있죠? 어디에 있어요? 에이, 그대로 두세요, 제발. 당신에게는 이게 할퀸 상처이지만, 내게 이건 내 전 생애가 옳았다는 걸 증명해 주는 거예요. 오, 내 가련한 수난자, 모든 범죄의 단죄자! 바로 저 여자애, 저 여자애가 쓰레기예요, 네 눈을 할퀴겠어, 파렴치한 것! 이제 저 애가 나가지 못하게 해야 해요! 무슨 말을 하실 건가요, 코마롭스키? 당신을? 저 아이가 당신을 향해 쏜 건가요? 아니, 난 견딜 수 없어. 정말 슬퍼요, 코마롭스키 씨, 정신 차리세요, 지금 농담할 기분이 아니라고요. 코카, 코코치카,[21] 넌 무슨 말을 하려고! 네 아버지한테…… 그래…… 하지만 하느님의 의로운 손이…… 코카! 코카!」

수많은 사람이 거실에서 홀로 밀려 들어왔다. 코르나코프는 홀의 한가운데서 크게 농담을 던지며 살짝 긁히는 바람에 피가 나는 왼손의 상처를 깨끗한 냅킨으로 누른 채, 자신이 전혀 다친 데가 없다는 걸 모든 이에게 확인시켜 주며 걷고 있었다. 약간 떨어져 모여 있던 몇 명의 사람들이 뒤에서 라

21 코카의 애칭이다.

라의 팔을 붙잡아 끌어오고 있었다.

유라는 그녀를 보고 어안이 벙벙해졌다. 그때 그 아이다! 또다시 이 얼마나 평범치 않은 상황인가! 그리고 또 저 머리가 희끗한 사람이군. 그러나 유라는 이제 그를 알고 있다. 그는 아버지의 유산 건과 관련이 있는, 지명도가 높은 변호사 코마롭스키다. 인사를 하지 않아도 되니, 유라는 그를 모르는 척했다. 그런데 그녀는…… 저 소녀가 총을 쏘았단 말인가? 검사에게? 아마도 정치적인 이유겠지. 가련한 소녀. 지금 저 소녀는 곤경에 빠질 것이다. 얼마나 도도하고 아름다운가! 나쁜 사람들, 마치 도둑이라도 잡은 것처럼 소녀의 팔을 뒤로 붙들어 끌고 가는군.

그러나 그는 자기가 잘못 보았다는 것을 이내 깨달았다. 라라는 다리에 힘이 풀려 제대로 서 있지도 못했다. 그녀가 넘어지지 않도록 팔을 붙잡아 지탱하며 어렵사리 가장 가까이에 있는 안락의자로 데려갔고, 그녀는 그 의자에 풀썩 주저앉았다.

유라는 그녀에게 달려가서 정신이 들게 도와주고 싶었지만, 편의상 우선은 살인 미수의 희생자에게 관심을 보이기로 했다. 그는 코르나코프에게 다가가 말했다.

「의사의 도움이 필요하시군요. 제가 도와드릴 수 있습니다. 손을 보여 주십시오……. 하늘이 도우셨군요. 이건 정말 별거 아닙니다. 저라면 붕대를 감지 않겠습니다. 하지만 약간의 요오드가 큰 해가 되지는 않을 겁니다. 저기 펠리차타 세묘노브나가 계시네요, 저분에게 요청하겠습니다.」

급하게 유라를 향해 다가오는 스벤티츠카야 부인과 토냐의 얼굴 표정이 심상치 않았다. 그들은 그에게 모든 걸 놔두고 어서 옷을 입으라고, 그들을 데리러 왔으며, 집에 뭔가 좋지 않은 일이 생겼다고 말했다. 유라는 가장 나쁜 일을 예감하고는 놀라서 모든 일을 잊고 옷을 입으러 달려갔다.

15

그들은 십체프 골목 현관에서 쏜살같이 건물 안으로 들어갔지만, 이미 살아 있는 안나 이바노브나를 볼 수 없었다. 죽음은 그들이 도착하기 10분 전에 찾아왔다. 사인은 제때 발견하지 못한 급성 폐부종으로 인한 장기간의 천식 발작이었다.

처음 몇 시간 동안 토냐는 비명을 지르며 온몸을 떨고 몸부림치느라 아무도 알아보지 못했다. 다음 날 그녀는 아버지와 유라가 그녀에게 하는 말을 참을성 있게 들을 정도로 진정되었지만, 겨우 고개를 끄덕이는 것으로만 응답할 수 있었다. 입을 열기만 하면 슬픔이 이전과 마찬가지로 그녀를 강렬하게 사로잡아, 마치 귀신 들린 여자처럼 비명이 속에서 저절로 터져 나왔던 것이다.

그녀는 추모 예배 사이사이에 몇 시간이고 고인의 옆에 무릎을 꿇고 앉아서 크고 아름다운 손으로 관이 놓인 단상 끝과 관을 덮은 꽃, 그리고 관의 모서리를 그러안고 있었다. 그녀는 주변의 아무도 알아채지 못했다. 가까운 이들과 시선이 마주치면 그녀는 황급히 바닥에서 일어나 통곡을 억제하고 빠른 걸음으로 홀에서 미끄러지듯 빠져나가 쏜살같이 계단을 타고 위층 자기 방으로 올라가서는, 침대에 엎드려 속에서 끓어올라 폭발하는 절망을 베개에 파묻었다.

슬픔 탓에, 오랫동안 서 있던 데다 잠을 자지 못한 탓에, 낮고 굵은 찬송 소리, 밤낮으로 밝혀진 눈부신 촛불, 그리고 며칠 전에 걸린 감기 탓에 유라의 머릿속은 행복한 망상 같고 슬픈 환희 같은 달콤한 혼란으로 뒤죽박죽이었다.

엄마의 장례를 치렀던 10년 전, 유라는 아주 많이 어렸다. 그는 자신이 슬픔과 공포에 압도되어 위로해도 소용없을 정도로 얼마나 많이 울었는지 지금도 기억했다. 그때는 중요한 것이 그의 내부에 없었다. 그때 그는 그 자신, 즉 독립적으로 존재하고 흥미 혹은 가치를 드러내는 유라가 존재한다는 사실조차 생각하지 못했었다. 그때 중요한 것은 주변에 외적으로 드러난 것에 있었다. 뚜렷하고 손을 댈 수 없는 엄연한 외부 현실이 숲처럼 유라를 사방에서 둘러쌌고, 그 때문인지 엄마의 죽음에 아주 큰 충격을 받아 엄마와 함께 그 숲에서 길을 잃었다가 엄마 없이 갑자기 그 숲에 홀로 남겨진 것 같았다. 그 숲은 세상에 있는 모든 대상, 그러니까 구름, 도시의 간판, 소방서의 둥근 망루, 성모 마리아 성상을 실은 마차 앞에서 성물(聖物) 때문에 벗겨진 머리에 모자 대신 귀마개를 쓰고 말을 달리는 하인들로 구성되어 있었다. 그 숲은 아케이드 안 상점들의 진열장, 별들과 하느님과 성인들이 사는 범접할 수 없이 높은 하늘로 구성되어 있었다.

유모가 하느님에 관해 뭔가 얘기해 줄 때면 이 범접할 수 없이 높은 하늘은 아이 방에 있는 그들과 유모의 치마폭으로 고개를 자꾸만 더 낮추었는데, 마치 골짜기에서 호두를 딸 때 호두나무 가지를 구부러뜨리면 호두나무 꼭대기가 휘어지듯이 그렇게 손에 닿을 듯 가까워지곤 했다. 하늘은 마치 아이 방에 있는 도금된 대야에 잠긴 것 같았고, 불과 금으로 목욕한 하늘은 유모가 데려갔던 작은 골목 교회의 아침 예배 혹은 저녁 예배로 바뀌는 것 같았다. 그곳에서 하늘의 별은 성상 앞 등불이 되었고, 하느님은 신부님이 되었으며, 모든 것이 많든 적든 능력에 따라 각자의 지위에 따라 자리를 잡았다. 그러나 중요한 것은 어른들의 현실 세계였고, 숲처럼 주변을 어둡게 만드는 도시였다. 그 무렵 유라는 반쯤은 맹목적인 믿음으로 산지기를 믿듯이 이 숲의 신을 믿었다.

그런데 지금은 사정이 전혀 달랐다. 유라는 중등과 대학 교육 12년 동안 고전과 신학, 전설과 시, 과거와 자연에 대한 학문을 마치 고향 집 가계의 연대기나 자기 집안의 족보처럼 공부했다. 이제 그는 삶도, 죽음도 두려워하지 않았고, 세상에 있는 모든 것, 모든 사물은 그의 사전에 든 단어일 뿐이었다. 그는 자신이 우주와 동등한 위치에 서 있다고 느꼈고, 과거 자신의 어머니 때와는 전혀 다르게 안나 이바노브나의 영결식을 대했다. 그때 그는 아픔으로 인해 망연자실했고 겁에 질려 기도했었다. 그런데 이제 그는 추모 예배의 설교를 직접적으로 그를 향한, 곧바로 그와 연결된 메시지인 것처럼 들었다. 그는 그 말을 귀담아들으며 매사에 그랬듯이 알기

쉽게 표현된 말의 의미를 찾았고, 위대한 선구자로 경배해온 하늘과 땅의 고원한 힘을 계승한다는 그의 감정에는 신앙심과 공통되는 것이 전혀 없었다.

16

「거룩한 주여, 거룩하고 견고하신 이여, 거룩하고 영원하신 이여, 우리를 불쌍히 여기소서.」[22] 이게 무엇인가? 그는 어디 있는가? 출관이다. 관을 내간다. 깨어나야 한다. 새벽 5시에 그는 옷을 입은 채 소파에 쓰러져 있었다. 열이 나는 것 같았다. 온 집을 뒤지면서 그를 찾고 있지만, 그가 도서관의 천장까지 닿는 높은 책장 뒤 깊은 구석에서 자느라 깨어나지 못하고 있다는 것을 짐작하는 사람은 아무도 없다.

「유라, 유라!」 어딘가 바로 옆에서 문지기 마르켈이 그를 부른다. 출관이 시작되었고, 마르켈은 화환을 아래 길거리로 끄집어내야 하는데, 유라를 도저히 찾을 수가 없는 데다가 장롱의 열린 문짝 하나가 방문을 가로막는 바람에 밖으로 나갈 수 없어 화환이 산더미처럼 쌓인 침실에 한동안 갇혀 있었다.

「마르켈! 마르켈! 유라!」 아래쪽에서 그들을 부른다. 마르켈은 방문에 일격을 가해 장애를 치우고는, 몇 개의 화환을 들고 계단 아래로 달려 내려간다.

22 세 번 반복해서 부르는 성가로 장례식이 끝나고 관을 운구할 때 부르는 찬송가이다.

「거룩하고 견고하신 이여, 거룩하고 영원하신 이여.」 가벼운 타조 깃털이 바람을 타고 공중에 흐르듯이 골목을 따라 조용히 표류하며 여운을 남기고, 모든 것이 이리저리 흔들린다. 화환, 마주치는 사람들, 군모 장식을 단 말들의 머리, 쇠사슬에 걸려 성직자의 손에서 솟아오르는 향로, 발아래 하얀 땅이.

「유라, 맙소사, 마침내 찾았네, 일어나라, 제발.」 그를 찾아낸 슈라 실레진게르가 그의 어깨를 흔든다. 「무슨 일이니? 출관을 하는데, 함께 갈 거지?」

「물론이죠.」

17

장례식이 끝났다. 거지들은 추워서 발을 동동거리며 두 줄로 더 빽빽하게 열을 지어 서 있었다. 화환으로 덮인 이륜 영구차와 크류게르의 사륜마차가 흔들리면서 조금씩 움직였다. 교회 가까이로 마부들이 모여들었다. 슈라 실레진게르가 성당에서 실컷 울고 나와 눈물에 젖은 베일을 위로 올리고는, 뭔가를 찾는 듯한 시선으로 마부들의 행렬을 훑어보았다. 그 행렬에서 장의사의 짐꾼들을 찾아내자, 그녀는 고개를 끄덕여 자기 쪽으로 그들을 불러 함께 교회 안으로 사라졌다. 교회에서 점점 더 많은 사람이 쏟아져 나왔다.

「안나 이바노브나의 차례네요. 작별 인사를 하고, 불쌍한 사람, 돌아오지 못할 길을 떠났어요.」

「맞아요, 뛰어다닐 힘을 잃었네요, 불쌍한 사람. 활발한 사람이었는데, 쉬러 갔어요.」

「마부를 부르시겠어요, 아니면 걸어가시겠어요?」

「너무 오래 서 있었네요. 잠시 걷다가 타고 갑시다.」

「폼코프가 얼마나 마음이 상했는지 보셨지요? 이제 막 고인이 된 사람을 보면서 눈물을 비같이 쏟고 코를 푸는데, 꼭 삼켜 버릴 것 같더라고요. 옆에 죽은 이의 남편이 있는데도요.」

「그 사람은 한평생 안나 이바노브나에게 눈독을 들였어요.」

이런 대화를 나누며 그들은 도시의 다른 끝에 있는 무덤을 향해 느릿느릿 걸어갔다. 극심한 혹한 이후 날씨가 많이 누그러진 날이었다. 추위도 한풀 꺾이고 한 생명이 떠나 버린 날, 그날은 움직이지 않는 무거운 공기로 가득 차, 마치 자연 스스로가 장례식을 위해 창조한 날 같았다. 지저분해진 눈이 버려진 검은 크레이프 사이로 빛났고, 거뭇하게 젖은 트리가 담장 뒤에서 검댕이 묻은 은처럼 밖을 내다보는 것이 마치 상복을 입은 것 같았다.

이곳은 바로 그 잊기 어려운 묘지, 마리야 니콜라예브나가 잠들어 있는 곳이었다. 유라는 최근 몇 년 동안 어머니의 무덤에 와본 적이 없었다. 「엄마.」 그는 멀리 그쪽을 바라보고는 거의 그 시절에 그랬던 것처럼 입술로만 속삭였다.

사람들은 깨끗하게 치워진 길을 따라 그림 같은 모습으로 엄숙하게 흩어졌다. 굽이굽이 휘도는 길들은 슬픔에 젖어 천천히 보조를 맞춰 걷는 그들의 걸음걸이와는 잘 어울리지 않았다. 알렉산드르 알렉산드로비치는 토냐의 팔을 부축하고 걸었다. 크뤼게르 가족들이 그들의 뒤를 따르고 있었다. 토냐는 상복이 아주 잘 어울렸다.

십자가가 세워진 둥근 지붕의 고리들과 수도원의 분홍색 벽들 위에는 수염같이 뻣뻣한 서리가 곰팡이처럼 덮여 있었다. 수도원 마당의 깊은 구석에는 벽과 벽 사이에 세탁한 속옷을 건조시키기 위해 걸어 놓은 끈이 길게 뻗어 있었다. 그 위에는 젖어서 무거워진 소매 달린 셔츠와 복숭아 색깔의 냅킨, 그리고 잘못 짜서 뒤틀린 침대보가 걸려 있었다. 유라는 그쪽을 뚫어지게 쳐다보고는, 그곳이 새로운 건축물을 세우는 바람에 변해 버렸지만 당시 눈보라가 울부짖던 수도원의 바로 그 땅임을 알아차렸다.

유라는 혼자 빠른 걸음걸이로 다른 사람을 앞질러 걷다가 가끔 멈춰 서서 그들을 기다리곤 했다. 죽음이 천천히 뒤에서 걸어오는 무리 안에 불러일으킨 황폐함에 응답하듯, 그는 휘돌며 깊은 곳으로 빨려 들어가는 물처럼 저항할 수 없는 심정으로 꿈꾸고 사색하고 형식을 다듬어 아름다움을 창조하고 싶었다. 예술은 언제나 멈추지 않고 두 대상에 전념한다는 것을 그는 지금 그 어느 때보다도 더 명료하게 깨달았다. 예술은 끈덕지게 죽음을 묵상하고 그럼으로써 끈덕지게 생명을 창조한다. 거대하고 진실한 예술은 「요한의 묵시록」으로 불리는 바로 그것이며, 그것을 마저 쓰는 것이다.

유라는 하루 이틀 정도 가족과 대학 친구들로부터 벗어나 안나 이바노브나의 영혼의 평안을 간구하는 시구에 그 순간 그에게 떠오른 모든 것, 삶이 그에게 가져다준 모든 우연한 것을 집어넣을 수 있기를 간절히 바랐다. 즉 고인의 가장 훌륭한 성품 두세 가지와 상복을 입은 토냐의 모습, 무덤에서 돌아오는 길에 거리에서 목격한 몇 장면, 그리고 그 옛날 눈보라가 울부짖던 밤에 어린 그가 눈물을 흘리던 장소에 걸려 있던 빨래를.

제4부

무르익은 숙명

1

라라는 펠리차타 세묘노브나의 침실 침대에 반쯤 정신을 잃고 누워 있었다. 그녀의 주변에서 스벤티츠키 부부와 의사 드로코프, 하인이 속삭이고 있었다.

스벤티츠키 가족의 텅 빈 집은 어둠에 잠겼고, 길게 연결된 방들 한가운데 작은 거실 벽면에 있는 램프 한 개만이 일직선으로 빛을 뻗으며 앞뒤로 희미하게 타오르고 있었다.

그 빈 공간을 따라 마치 손님이 아니라 자기 집인 양 빅토르 이폴리토비치가 흉포하고 단호한 발걸음으로 서성이고 있었다. 그는 침실에서 무슨 일이 일어나고 있는지 알아보기 위해 그곳을 들여다보는가 하면, 집의 반대편 끝에 있는 은구슬이 걸린 트리를 지나 식당까지 가기도 했다. 식탁 위에는 손도 대지 않은 음식들로 가득했고, 창밖 거리를 따라 마차가 지나가거나 생쥐가 냅킨 아래 그릇 사이로 뛰어다닐 때마다 녹색 포도주 잔이 쟁강 소리를 내고 있었다.

179

코마롭스키는 격노했다. 모순되는 감정들이 그의 가슴에 끓어올랐다. 이 얼마나 큰 추태이며 수치스러운 일인가! 그는 광분에 휩싸였다. 그의 지위가 위험에 빠졌다. 우연한 사건이 그의 명성을 훼손시켰다. 어떤 대가를 치른다고 해도 아직 늦지 않았을 때 유언비어를 방지하고 끊어 낼 필요가 있었다. 만일 소문이 벌써 퍼졌다면, 어서 소문을 무마하고 잠재울 필요가 있었다. 그러면서도 그는 절망에 빠진 이 미친 아가씨가 얼마나 매혹적인지를 다시 한번 깨달았다. 그녀가 다른 사람들과 같지 않다는 것이 일거에 드러났다. 그녀에게는 늘 뭔가 평범하지 않은 것이 있었다. 그러나 그가 그녀의 삶을 회복할 수 없도록 확실하게 망가뜨린 건 분명하다! 그녀가 얼마나 몸부림치고 있는가, 운명을 자기 식으로 개조하고 다시 존재하고자 하는 열망으로 얼마나 끈질기게 들고일어나 저항하고 있는가.

모든 면에서 그녀를 도와야 하고 방을 얻어 줘야 할지도 모르지만, 어떠한 경우에도 그녀를 건드려서는 안 된다, 반대로 완전히 물러나서 그림자도 비치지 않게 옆으로 비켜나야만 한다. 그렇지 않으면 저 아이가 자칫 무슨 짓을 벌일지 모른다.

앞으로 신경 써야 할 일이 얼마나 많을지! 이 일로 책임을 져야 할 수도 있다. 법이 졸고 있지는 않으니. 사건이 일어난 지 두 시간도 지나지 않아 아직 밤인데도 경찰에서 벌써 두 번이나 나타났고, 코마롭스키는 식당에 가서 경찰관에게 설명하고 모든 일을 처리해야 했다.

가면 갈수록 모든 일이 점점 더 복잡해질 것이다. 라라가 겨냥한 사람이 코르나코프가 아니라 그라는 것을 증명할 증거를 요구할 것이다. 그러나 이것으로 일이 끝나지는 않을 것이다. 라라는 책임의 일부를 면할 수 있을 테지만, 나머지 부분에 대해서는 기소를 당할 것이다.

물론 그는 온 힘을 다해 그것을 막을 테지만, 만일 기소가 되면 공격을 감행한 순간에 라라에게 스스로를 책임질 능력이 없었음을 확인해 주는 정신과적 감정서를 받아 기소 중지를 얻어 낼 것이다.

코마롭스키는 이런 생각을 하자 마음이 놓이기 시작했다. 밤이 지나갔다. 빛줄기가 방마다 들락날락하며 도둑이나 전당포 가격의 감정인처럼 탁자와 소파 아래를 들여다보았다.

침실에 들러 라라가 좋아지지 않은 것을 확인한 코마롭스키는 스벤티츠키의 집에서 나와 여성 법률가이자 정치 망명자의 아내인 자신의 지인, 루피나 오니시모브나 보이트-보잇콥스카야에게 갔다. 방이 여덟 개인 그녀의 아파트는 필요 이상으로 많아 분수에 맞지 않았다. 그녀는 방 두 개를 세주고 있었다. 코마롭스키는 얼마 전에 비워진 두 방 중 하나를 라라를 위해 빌렸다. 몇 시간 후 오한과 열에 시달리며 반쯤 실신 상태인 라라는 그곳으로 옮겨졌다. 그녀는 신경성 열병이었다.

2

루피나 오니시모브나는 진보적인 여성이자 편견의 적으로서, 그녀가 생각하고 표현한 대로 〈긍정적이고 생활력 있는〉 모든 이의 응원자였다.

그녀의 서랍장 위에는 작성자의 서명이 박힌 에르푸르트 강령[1] 한 부가 놓여 있었다. 벽에 고정된 사진들 중 하나는 그녀의 남편인 〈나의 선량한 보이트〉[2]가 스위스에서 민속 축일에 플레하노프[3]와 함께 찍은 것이었다. 둘 다 러스트린 재킷에 파나마모자를 쓰고 있었다.

루피나 오니시모브나는 처음 본 순간부터 자신의 아픈 하숙생을 좋아하지 않았다. 그녀는 라라를 고의적인 꾀병쟁이로 생각했다. 라라가 섬망으로 인해 헛소리를 하는 것이 루피나 오니시모브나에게는 순전히 가짜로 보였다. 루피나 오니시모브나는 라라가 옥에 갇힌 미친 마르가리타[4]의 흉내를 낸

---

1 에르푸르트에서 1891년에 개최된 당 대회에서 독일 사회 민주당에 의해 채택된 강령이다. 단순화된 혹은 〈조야한〉 마르크스주의적 분석에 기초하고 있다. 1년 후 이 강령의 저자들 중 한 사람이었던 카를 카우츠키(1854~1938)가 쓴 『계급 갈등』은 1917년 혁명 직전의 몇 해 동안 큰 영향력을 발휘한다.

2 남편 보잇콥스키의 애칭이다.

3 Georgii Plekhanov(1856~1918). 혁명 운동가이자 마르크스 이론가로 러시아 사회 민주 노동당의 창립자들 중 한 사람이다. 1903년에 열린 두 번째 당 대회에서 볼셰비키를 이끄는 레닌과 결별하고 보다 온건한 경향의 멘셰비키와 연합한다.

4 괴테의 『파우스트』에 나오는 여주인공이다. 파우스트는 거리에서 그레흐텐(마르가리타)을 보고 메피스토펠레스에게 그녀를 얻을 수 있게 해달라고 부탁한다. 그레흐텐의 순결함이 그 과제를 어렵게 만들지만, 결국 그레흐

다고 맹세라도 할 기세였다.

루피나 오니시모브나는 더 활기 있게 행동하는 것으로 자신의 경멸감을 라라에게 표현했다. 그녀는 문을 쾅쾅 닫거나 아파트에서 자신이 차지한 방들을 회오리바람처럼 내달리며 큰 소리로 노래를 불렀고, 며칠씩 하루 종일 방들을 환기시키기도 했다.

그녀의 아파트는 아르바트 거리에 있는 거대한 건물의 가장 위층에 있었다. 동지가 되면 2층의 창문들은 봄철 해빙기에 범람하는 강처럼 넓고 푸르고 밝은 하늘로 채워졌다. 아파트의 한겨울은 다가올 봄의 징후와 전조로 가득했다.

통풍창을 통해 남쪽의 따뜻한 바람이 불어오고, 역에서는 증기 기관차가 미친 듯이 노호하면, 병을 앓는 라라는 침대에 누워 한가로이 먼 회상에 몸을 맡겼다.

7~8년 전 잊을 수 없는 유년 시절, 우랄에서 모스크바에 도착한 첫날 저녁이 특히 자주 떠올랐다.

그들은 역에서 사륜마차를 타고 호텔을 찾아 모스크바 전역을 가로질러 반쯤 어두운 골목길을 헤매었다. 가까워졌다가 멀어지는 가로등이 등을 웅크린 마부의 그림자를 건물 벽에 드리웠다. 그림자는 자라고 또 자라 부자연스러운 크기로 커져서는 포장도로와 지붕을 덮었다가 툭 끊어졌다. 그러다가는 또다시 자라기 시작했다.

텐은 파우스트에게 넘어가 임신까지 하게 된다. 그레흐텐은 아기를 물에 빠뜨려 죽게 만들고 사형 선고를 받아 감옥에서 처형을 기다리고 있었는데, 파우스트는 그곳에서 그녀를 마지막으로 만난다.

머리 위 어둠 속에서는 모스크바의 1천6백여 개 교회의 종소리가 울려 퍼지고, 철도마차가 방울 소리를 내며 이리저리 질주하고, 화려한 쇼윈도와 조명이 마치 종소리와 마차 소리처럼 자기 소리를 내는 듯 라라의 귀를 먹먹하게 만들었다.

코마롭스키가 집들이 선물로 보내 방 안 탁자 위에 놓인 거대한 수박은 그녀의 얼을 빼놓았다. 라라에게 수박은 코마롭스키의 권력과 부의 상징으로 여겨졌다. 빅토르 이폴리토비치가 짙은 녹색의 둥근 껍질과 차갑고 당분이 많은 속을 칼로 쳐 쩍 갈라서 두 동강을 냈을 때, 라라는 공포로 인해 숨이 막혔지만 감히 거절하지는 못했다. 그녀는 향기로운 분홍빛 수박 조각을 억지로 삼켰지만, 불안감 때문에 목에 걸리고 말았다.

값비싼 먹을거리와 수도의 밤 앞에서의 이 소심함은 나중에 코마롭스키 앞에서 그녀가 느낀 소심함 속에서 반복되었고, 이 일이 일어난 모든 사건의 실마리였다. 그러나 이제 예전의 그를 알아보기는 힘들었다. 그는 아무것도 요구하지 않았고, 자신에 대해 상기시키지도 않았으며, 심지어 모습을 드러내지도 않았다. 그는 끊임없이 거리를 유지하며 가장 고결한 태도로 도움을 주었다.

콜로그리보프의 방문은 전혀 다른 문제였다. 라라는 라브렌티 미하일로비치가 온 것을 기뻐했다. 그가 키가 크고 균형 잡힌 몸매를 가졌기 때문이 아니라, 자신에게서 뿜어져 나오는 생기와 재능으로 말미암아 방의 절반을 자신과 자신의 빛나는 시선, 지혜로운 미소로 채웠기 때문이다. 방 안이 더 좁게 느껴졌다.

그는 손을 문지르며 라라의 침대 앞에 앉아 있었다. 페테르부르크 각료 회의에 나가면 그는 노(老)고관대작들과도 마치 장난꾸러기 유치원생과 얘기하듯 대화를 나누는 사람이었다. 그런데 지금 그의 앞에는 얼마 전까지만 해도 가족의 일원이었던 친딸 같은 아이가 누워 있었다. 그는 여느 집안 식구에게 하듯 지나가다가 그 아이와 시선과 생각을 슬쩍 주고받을 뿐이었다(이것이 그들의 압축적이면서도 풍부한 교류의 특별한 부분이었고, 두 사람 다 그걸 잘 이해하고 있었다). 그는 라라를 어른처럼 무겁고 냉정하게 대할 수 없었다. 그녀의 마음을 상하지 않게 하려면 어떻게 이야기해야 할지 잘 몰라서, 그는 미소를 지으며 어린애 다루듯 그녀에게 말했다.

「아가씨, 도대체 무슨 짓을 한 거지? 이런 멜로드라마가 누구에게 필요한 걸까?」 그는 입을 다물고 습기 때문에 천장과 벽지에 생긴 반점을 바라보았다. 그러고는 비난하듯 고개를 흔들고는 계속해서 말했다. 「뒤셀도르프에서 회화, 조각, 원예와 관련해 국제적인 전시회가 열리고 있어. 거기 갈 계획이야. 이 방은 눅눅하군. 하늘과 땅 사이에서 이렇게 오랫동안 뒹굴고 있을 작정인가? 여기는 정말 편히 있을 곳이 아니야. 우리끼리 하는 말이지만, 이 보이테사[5]는 제대로 된 악당이야. 난 저 여자를 잘 알지. 이사하자. 이곳에 충분히 누워 있었으니. 아팠으니까 됐어. 이제 일어날 때가 됐지. 방을 옮기고 수업을 듣고 과정을 끝내자꾸나. 내가 알고 지내는 예술가가

5 보이트에 여성형 어미 -essa를 붙여 만든 여성 이름이다.

한 명 있는데. 그 사람이 앞으로 2년 동안 투르크메니스탄으로 가 있을 거라는구나. 그 사람 작업실은 칸막이로 막아 방이 두 칸이야. 솔직히 말하면 온전한 작은 아파트라고 할 수 있지. 세간과 함께 그 방을 괜찮은 사람에게 맡기려고 한다는데. 내가 주선해 줄까? 이제 본론으로 들어가자꾸나. 난 오래전부터 이렇게 하고 싶었단다, 내 신성한 의무이니까…… 리파가 졸업한 후로…… 자, 이건 변변치 않은 액수이지만, 리파가 졸업한 것에 대한 사례금이야…… 아니, 제발, 제발…… 아니, 부탁이다, 고집 부리지 마라…… 아니, 제발, 받아 두거라.」

그녀가 반대하고 눈물을 흘리면서 거의 몸싸움을 하다시피 하는데도, 그는 떠나면서 1만 루블짜리 은행 수표를 손에 쥐어 주었다.

건강을 회복한 후 라라는 콜로그리보프가 칭찬한 새 보금자리로 이사했다. 그곳은 스몰렌스키 시장에서 아주 가까웠다. 아파트는 크지 않은 오래된 2층짜리 석조 건물의 위층에 있었다. 아래층은 매장 창고였다. 건물에는 짐마차 마부들이 살고 있었다. 율석으로 포장된 마당 주위에는 언제나 흩어진 귀리와 건초로 뒤덮여 있었다. 마당에는 비둘기들이 구구대며 거닐었다. 마당의 석조 배수관을 따라 쥐들이 떼 지어 달려가면 비둘기들도 시끄러운 소리를 내며 라라 방의 창문보다 높지 않게 떼를 지어 날아오르곤 했다.

3

파샤는 슬픔이 컸다. 라라가 심하게 앓는 동안 그가 그녀에게 가는 것은 허락되지 않았다. 그는 어떤 기분이었을까? 파샤가 이해한 바로는, 라라는 그녀와 전혀 상관없는 사람을 죽이려고 했고, 나중에는 자신이 성공하지 못한 살인의 희생자인 그 사람의 보호 아래 있었다. 그리고 모든 일이 크리스마스 밤, 타오르던 촛불 아래에서 그들이 잊지 못할 대화를 나눈 직후에 일어난 일이었다! 만일 그 사람이 아니었다면 라라는 체포되어 재판을 받았을 것이다. 그는 그녀를 위협하는 징벌에서 그녀를 빼내 주었다. 그 사람 덕분에 그녀는 해를 입지 않고 무사히 학업 과정을 밟을 수 있었다. 파샤는 괴로워하며 의혹을 품었다.

몸이 좀 회복되었을 때, 라라는 파샤를 불렀다. 그녀가 말했다.

「나는 나쁜 여자야. 당신은 나를 몰라. 언젠가는 당신에게 말해 줄게. 말하기 힘든 얘기야, 당신도 보다시피 난 눈물 때문에 목이 막혀. 나를 버려, 그리고 잊어, 난 당신에게 자격이 없는 여자야.」

가슴이 터질 것 같은 장면들이 지나갔고, 뒤로 가면 갈수록 더했다. 라라가 아르바트에 살 때 이런 일이 일어났기 때문에, 보잇콥스카야는 울음을 터뜨린 파샤를 보고 복도에서 자기 방으로 달려가 소파에 쓰러져서는, 이렇게 말하며 허리가 끊어지도록 웃어 댔다. 「아아, 참을 수 없어, 아아, 어떻게 해! 저렇게 말하는 게 정말 가능하다니…… 하하하! 영웅일세! 하하하! 예루슬란 라자레비치!⁶」

얼룩진 집착에서 파샤를 구해 내기 위해, 그리고 집착을 뿌리째 뽑아 고통을 끝내기 위해 라라는 파샤에게 사랑하지 않기 때문에 그를 단호하게 버린다고 선언했지만, 이 결별의 말을 하면서 크게 흐느껴 울자 그는 그녀의 말을 믿을 수 없었다. 파샤는 그녀가 저지를 수 있는 모든 치명적인 죄를 의심했고, 그녀의 말을 단 한마디도 믿지 않았으며, 저주하고 증오할 마음의 준비가 되어 있었지만 그녀를 끔찍하게 사랑하기 때문에 그녀 자신의 생각, 그녀가 마시는 컵, 그녀가 벤 베개에마저 질투심을 품었다. 미치지 않으려면 더 단호하게, 더 서둘러 움직여야 했다. 그들은 미루지 않고 졸업 시험이 끝나기 전에 결혼하기로 결정했다. 부활절 이후 첫 일요일에 결혼식을 올릴 계획을 세웠다. 그러나 라라의 부탁으로 결혼식은 다시 미루어졌다.

그들은 그들의 성공적인 졸업이 의심할 여지 없이 확인된 날인 성령 강림 대축일⁷ 다음 날, 즉 성삼위 주간⁸ 두 번째 날

6 소위 말하는 루복 문학의 주인공 이름이다. 루복은 삽화와 텍스트가 곁들여진 통속 소설 형식의 민속 문학인데, 나무나 철을 음각으로 파서 텍스트를 만들었다. 17세기와 18세기, 그리고 그 이후까지 생산되었다. 아름다운 여인을 얻기 위해 수많은 경쟁자들을 물리치는 영웅이다.

7 예수 그리스도가 부활한 후 50일째 되는 날 성령이 제자들에게 강림한 것을 기념하는 날이다. 성령 강림 대축일은 예수 그리스도의 부활을 기리는 부활절 후 50일째 되는 일요일이고, 월요일은 성령 강림 대축일의 첫날이라고 불린다.

8 성령 강림 대축일부터 시작되는 일주일간이다. 일요일을 한 주의 첫날

에 결혼식을 올렸다. 라라와 함께 졸업한 동급생인 투샤 체푸르코의 엄마 류드밀라 카피토노브나 체푸르코가 모든 일을 처리해 주었다. 류드밀라 카피토노브나는 가슴이 크고 목소리가 낮은 아름다운 여자로 훌륭한 가수였고, 지독한 허풍쟁이였다. 그녀가 잘 알고 있는 실제적인 예들과 미신들에 덧붙여 그녀는 아주 쉽게 즉흥적으로 자신만의 수많은 이야기들을 지어냈다.

라라를 〈황금관 아래로 데려간 날〉,[9] 집을 나서기 전 류드밀라 카피토노브나가 라라에게 신부 단장을 해주면서 집시 파니나[10]처럼 낮은 목소리로 노래를 부를 때 도시는 끔찍할 정도로 무더웠다. 교회의 황금빛 둥근 지붕과 산책길 위에 새로 깐 모래는 눈부실 정도로 노랬다. 성삼위 주일 전야에 베인 자작나무의 먼지 낀 푸른 이파리는 관처럼 돌돌 말려 마치 그을린 듯이 성당의 울타리에 축 처진 채 걸려 있었다. 숨 쉬기가 힘들었고, 햇빛으로 인해 눈이 부셨다. 모든 아가씨가 신부처럼 머리를 구불구불하게 말고 하얀 옷을 입고, 모든 젊은이가 축제일에 맞추어 머리에 기름을 바르고 검은 연미복을 몸에 착 붙게 입어서, 마치 주위에서 수천 쌍이 결혼식을 하는 것 같았다. 모두가 흥분해 있었고, 모두가 무덥다고 느꼈다.

로 보므로 두 번째 날은 월요일이다.

9 정교회 결혼식을 의미한다. 정교회에서는 수행자들이 신랑과 신부의 머리 위로 황금관을 높이 올린 상태에서 결혼식을 치른다.

10 Varvara Panina(1872~1911). 유명한 집시 가수로, 풍부한 깊이와 음악성 있는 목소리로 유명하다.

라라의 다른 여자 친구의 어머니인 라고디나는 라라가 작은 카펫에 발을 들여놓았을 때 앞으로 부자가 되리라며 은화 한 줌을 발밑에 던졌고, 류드밀라 카피토노브나는 같은 목적으로 라라가 혼례의 관 아래 서면 맨손을 그냥 내밀지 말고 망사나 레이스로 반쯤 손을 가리고 성호를 그으라고 충고해 주었다. 그다음에 그녀는 라라에게 초를 더 높이 들라고, 그러면 집에서 주도권을 잡게 될 것이라고 말해 주었다. 그러나 라라는 파샤를 위해 자신의 미래를 희생하려고 가능한 한 초를 더 낮게 내렸지만, 아무리 노력해도 그녀의 초는 파샤의 초보다 늘 더 높이 있어서 모든 게 허사가 되었다.

그들은 교회에서 곧바로 연회장인, 안티포프가 당시 새로 단장한 예술가의 작업실로 돌아왔다. 손님들이 〈술맛이 쓰다〉고 외치면,[11] 다른 쪽 끝에서 맞장구를 치며 포효하듯 응답했다. 「달콤한 게 필요해.」 그러면 두 젊은이는 당황한 듯이 웃으며 키스를 했다. 류드밀라 카피토노브나는 그들에게 결혼 축하곡 「포도나무」를 〈하느님이 여러분께 사랑과 충고를 주시기를〉이라는 후렴구를 두 번 더해서 불러 주었고, 「땋은 머리를 풀어라, 아마 빛 머리카락을 흩트리세요」라는 노래도 불러 주었다.

모두가 돌아가고 단둘이 남았을 때, 파샤는 갑작스럽게 들이닥친 정적으로 인해 마음이 무거웠다. 라라의 방 창문 밖 맞은편 마당에서 가로등이 타고 있었는데, 라라가 아무리 가

11 러시아 결혼 피로연의 특징으로, 하객들이 〈쓰다〉라고 말하면 신랑과 신부는 키스를 해야 한다.

리려고 해도 쪼개진 널빤지처럼 벌어진 커튼 사이로 좁은 빛줄기가 들어왔다. 이 환한 빛줄기가 마치 누군가가 그들을 엿보는 듯 파샤를 불안하게 만들었다. 파샤는 자신이, 자신과 라라, 라라를 향한 자신의 사랑보다 이 가로등에 마음을 더 쓰고 있음을 깨달으며 공포심을 느꼈다.

영원처럼 지속된 그날 밤, 얼마 전까지 대학생이자 친구들에게 〈스테파니다〉와 〈어여쁜 아가씨〉라고 불렸던 안티포프는 행복의 절정과 절망의 바닥을 동시에 맛보았다. 그의 의심에 찬 추측과 라라의 인정이 교대로 이어졌다. 그는 묻고 라라가 대답할 때마다 그의 심장은 마치 심연으로 떨어지듯 철렁 내려앉았다. 그의 상처받은 상상력은 새롭게 알게 된 사실을 따라잡을 수 없었다.

그들은 아침까지 이야기를 나누었다. 안티포프의 삶에서 이날보다 더 놀랍고 급격한 변화가 일어난 적은 없었다. 그가 예전 이름으로 불리는 것이 거의 놀라울 만큼 아침에 그는 전혀 다른 사람이 되어 있었다.

4

열흘 후, 친구들은 그 방에서 그들을 위해 송별회를 마련해주었다. 파샤와 라라는 둘 다 졸업을 했고, 둘 다 뛰어난 성적이었으며, 둘 다 우랄에 있는 같은 도시에서 일자리 제안을 받았다. 그들은 다음 날 아침 그곳을 향해 떠나야만 했다.

그들은 또다시 술을 마시고 노래를 부르며 소란스럽게 굴었지만, 이번에는 나이 든 사람 없이 젊은이들뿐이었다.

손님들이 모인 큰 작업실과 생활 공간인 방 한쪽을 나누는 칸막이 뒤에는 라라의 거대한 짐 보따리 하나와 중간 크기의 짐 보따리 하나, 그리고 여행 가방과 그릇이 든 상자가 놓여 있었다. 구석에 자루도 몇 개 있었다. 물건이 많았다. 그중 일부는 다음 날 아침 완행열차 편으로 보내질 예정이었다. 짐을 거의 다 쌌지만, 아직 완전히 싼 것은 아니었다. 몇몇 상자와 바구니는 다 채워지지 않은 채 열려 있었다. 라라는 이따금 뭔가를 기억해 내고는 잊어버린 물건을 칸막이 뒤로 가져가 바구니에 넣고 울퉁불퉁하게 쌓인 물건들의 높이를 평평하게 만들곤 했다.

출생증명서와 서류들을 떼기 위해 학교 사무실에 갔던 라라가 내일 이삿짐을 묶기 위해 두껍고 튼튼한 큰 노끈 뭉치와 포장지를 들고 경비원과 함께 돌아왔을 때, 파샤는 이미 손님들과 함께 집에 있었다. 라라는 경비원을 내보내고 손님들 사이를 돌며 몇몇 사람들과 악수를 하고 몇몇 사람들과는 입맞춤 인사를 한 후, 옷을 갈아입으려고 칸막이 뒤로 들어갔다. 그녀가 옷을 갈아입고 나오자, 모두가 손뼉을 치며 왁자지껄하게 떠들기 시작했고, 여기저기 자리에 앉은 후 며칠 전 결혼식 때처럼 소란스러운 잔치가 시작되었다. 가장 활달한 사람들은 옆에 앉은 사람들에게 보드카를 따라 주었고, 수많은 사람들이 포크를 들고 식탁 중간에 있는 빵과 음식, 전채 요리가 담긴 접시 쪽으로 손을 뻗었다. 친구들은 일장 연설을 하고, 목을 축이고는 〈크〉 소리를 내며 앞다퉈 재담을 던졌다. 몇 명은 이내 취해 버렸다.

「나 죽을 만큼 피곤해.」 라라가 남편 옆에 앉아서 말했다. 「하고 싶었던 일은 다 끝냈어?」

「응.」

「어쨌든 난 기분이 아주 좋아. 나 행복해, 당신은?」

「나도 그래, 나도 좋아. 하지만 그걸 말하기에는 할 말이 너무 많네.」

코마롭스키는 예외의 형태로 젊은 사람이 모인 야회에 초대를 받았다. 야회가 끝나 갈 무렵, 그는 젊은 친구들이 떠나고 나면 허전할 것이라고, 모스크바가 그에게는 사하라 사막처럼 느껴질 것이라고 말하고 싶었지만, 감정이 격해져서 흐느끼는 바람에 흥분해서 끊겼던 말을 다시 반복해야만 했다. 그는 안티포프에게 그들과 편지 교환을 할 수 있게 해달라고, 만일 그가 이별을 견디지 못한다면 그들의 새로운 거주지인 유랴틴에 그들을 보러 갈 수 있게 해달라고 부탁했다.

「정말 쓸데없는 말씀을 하시네요.」 라라가 큰 소리로 조심하지 않고 응답했다. 「편지를 쓴다느니 사하라느니, 뭐 그런 말은 모조리 말도 안 되는 말씀이세요. 그곳으로 올 생각도 하지 마세요. 우리 없이 잘살 수 있으시고요, 우리 같은 사람이 그렇게 드물지도 않아요, 그렇지, 파샤? 십중팔구 대신할 젊은 친구를 찾으실 수 있을 거예요.」

누구와 무슨 말을 하고 있는지도 완전히 잊은 채 라라는 뭔가를 떠올리고는 서둘러 일어나서 칸막이 뒤 부엌으로 갔다. 그곳에서 그녀는 고기 가는 기계의 나사를 풀어서 분해한 부품들을 건초 묶음에 끼워 넣어 가며 그릇 상자 안 구석구석에 쑤셔 넣기 시작했다. 그러다가 그녀는 구석에서 떨어져 나온 날카로운 나뭇조각 끝에 거의 손을 찔릴 뻔했다.

그 일을 하느라 그녀는 자신의 집에 손님이 있다는 것도 잊고, 그들이 하는 소리도 듣지 않았는데, 갑자기 칸막이 뒤에서 손님들이 폭발할 듯이 고함을 지르며 자신들이 존재한다는 것을 그녀에게 일깨워 주었다. 그녀는 술 취한 사람들이 언제나 정말 열심히, 또 참 서툴게 아마추어적으로 자신들이 취한 것보다 훨씬 더 강조해서 취한 척한다고 생각했다.

바로 그때 열린 창문을 통해 마당에서 들리는 전혀 색다른 소리가 그녀의 관심을 끌었다. 라라는 커튼을 젖히고 밖으로 몸을 내밀었다.

마당에는 다리가 묶인 말이 절룩거리며 펄쩍펄쩍 뛰고 있었다. 누구의 말인지는 모르겠지만, 아마도 실수로 마당에 들어온 모양이었다. 벌써 아주 환했지만, 해가 뜨기에는 아직 시간이 많이 남아 있었다. 잠들어서 완전히 죽은 것 같은 도시가 이른 시각의 희뿌연 보랏빛 냉기에 잠겨 있었다. 라라는 눈을 감았다. 이 특별하고 무엇과도 비교할 수 없는 말발굽 소리가 아름다운 시골 벽지로 그녀를 옮겨 놓았다.

계단에서 초인종 소리가 울렸다. 라라는 귀를 쫑긋 세웠다. 식탁에 있던 사람들이 문을 열어 주러 나갔다. 나댜였다! 라라는 들어오는 그녀를 맞이하러 달려갔다. 나댜는 기차역에서 곧바로 오는 길이었는데, 싱그럽고 황홀한 모습에 온통 두플랸카의 은방울꽃 냄새를 풍기고 있는 듯했다. 두 친구는 마치 할 말을 잃은 듯이 서서 요란한 소리를 내며 서로를 거의 질식시킬 것처럼 부둥켜안았다.

나댜는 라라에게 온 집안 식구의 축하와 송별 인사, 그리고 부모님의 선물인 보석을 가져왔다. 그녀는 여행용 가방에서 종이에 싼 보석함을 꺼내어 종이를 풀고는 뚜껑을 열어 보기 드물게 아름다운 목걸이를 라라에게 건네주었다.

아아, 오오 하는 탄성이 울려 퍼졌다. 취한 친구들 중에서 조금 술이 깬 누군가가 말했다.

「분홍 풍신자석이군. 맞아, 맞아, 분홍색, 어떻게 생각해요. 이 보석은 다이아몬드 못지않아.」

그러나 나댜는 노란색 사파이어라고 반박했다.

라라는 그녀를 자기 옆에 앉히고 음식을 대접하면서, 목걸이를 자신의 식기 옆에 놓은 다음 눈을 떼지 않고 그것을 바라보았다.

케이스 안 보라색 쿠션 위에 한 줌으로 모아 놓은 목걸이는 여러 색조를 띠며 반짝였는데, 이슬이 방울방울 모인 것 같기도 하고, 작은 포도송이처럼 보이기도 했다.

그러는 사이에 식탁 앞에 앉은 몇몇 사람의 정신이 돌아왔다. 술이 깬 사람들은 나댜와 어울려 다시 럼주를 한 잔씩 돌렸다. 나댜는 금방 취해 버렸다.

집은 곧 잠의 왕국이 되었다. 대부분의 사람들이 내일 역에서 배웅할 생각으로 집에 남아 하룻밤을 묵었다. 절반은 이미 오래전에 아무렇게나 구석마다 자리 잡고 누워 코를 골고 있었다. 라라는 어쩌다가 자신이 소파에서 자고 있는 이라 라고디나의 옆에 옷을 입은 채로 눕게 되었는지 기억나지 않았다.

라라는 귀 바로 위에서 시끄럽게 떠드는 소리를 듣고 잠에서 깼다. 그것은 잃어버린 말을 찾으러 거리에서 마당으로 들어온 낯선 사람들의 목소리였다. 눈을 뜬 라라는 놀랐다. 〈파샤는 정말 지치지도 않았나 봐, 방 한가운데 이정표처럼 서서 끝없이 뭔가를 뒤지네.〉 그때 파샤라고 생각했던 사람이 그녀를 향해 얼굴을 돌렸고, 그녀는 그가 파샤가 아니라 관자놀이에서 턱 쪽으로 흉터가 나 있고 얼굴이 추하게 얽은 괴물 같은 사람이라는 것을 깨달았다. 그때 그녀는 도둑이, 강도가 그녀의 집에 숨어들었다는 것을 알아채고 비명을 지르려고 했지만, 아무 소리도 낼 수 없었다. 그녀는 문득 목걸이가 기억나서 몰래 팔꿈치를 짚고 몸을 일으켜 식탁을 비스듬히 살펴보았다.

목걸이는 빵 부스러기와 캐러멜 조각들 사이에 놓여 있었고, 미련한 악당은 먹다 남은 음식 더미 속에 목걸이가 있다는 것을 알아채지 못하고, 내의류를 뒤집으며 라라가 싸놓은 짐 꾸러미를 엉망으로 만들고 있었다. 술에 취해 몽롱한 라라는 상황을 잘 깨닫지 못하고 자기가 한 일만 아까운 생각이 들었다. 그녀는 화가 나서 다시 한번 소리를 지르고 싶었지만, 역시 입을 열어 혀를 놀릴 수가 없었다. 그녀는 옆에서 자고 있는 이라 라고디나의 명치를 무릎으로 세게 쳤고, 그녀가 아파서 괴성을 지르자, 라라도 그녀와 함께 비명을 지르기 시작했다. 도둑은 훔친 꾸러미를 떨어뜨리고 쏜살같이 방에서 뛰쳐나갔다. 연달아 뛰어 일어난 남자들 중 몇 명이 가까스로 무슨 일인지를 깨닫고 뒤쫓아 갔지만, 도둑은 흔적도 보이지 않았다.

일어난 소동과 그 소동을 사이좋게 논하다 보니 모두가 일어나게 되었다. 라라도 남아 있던 취기가 사라졌다. 조금 더 자고 조금 더 누워 있게 해달라는 그들의 애원에도 불구하고, 라라는 잠자는 모든 이를 완고하게 일으켜 세워 그들에게 커피를 대접한 후, 조금 있다가 기차 출발 시간에 역에서 다시 만나자며 그들을 각자의 집으로 쫓아 보냈다.

모두가 떠나자 분주하게 일에 착수했다. 라라는 그녀 특유의 민첩함으로 대형 침구 자루 사이를 돌아다니며 베개를 쑤셔 집어넣고 가죽띠로 조이며, 가만히 있는 것이 도와주는 거라고 파샤와 경비원 아내에게 애원했다.

모든 일이 제시간에 맞추어 마무리되었다. 안티포프 부부는 늦지 않았다. 작별 인사를 하기 위해 흔드는 모자의 움직임을 따라하듯 기차는 유연하게 움직이기 시작했다. 모자 흔들기를 멈추고 멀리서 뭐라고 크게 세 번 외쳤을 때(아마도 〈만세〉였을 것이다) 기차는 더 빨리 달리기 시작했다.

5

굿은 날씨가 사흘째 계속되었다. 전쟁이 일어나고 두 번째로 맞은 가을이었다. 첫해의 승전에 뒤이어 패배가 시작되었다. 카르파티아산맥에 집결한 브루실로프의 제8군단은 고개를 내려가 헝가리로 침공할 준비를 마쳤지만, 대대적인 후퇴로 인해 그러지 못하고 뒤로 물러나 퇴각했다. 아군은 무력행사의 처음 몇 달 만에 점령한 갈리시아를 깨끗이 비워 주고 말았다.[12]

예전에 유라로 불렸고 지금은 점점 더 자주 이름과 부칭[13]으로 불리는 의사 지바고는, 방금 그가 데려와 입원시킨 아내 안토니나 알렉산드로브나의 병실 문 맞은편, 산부인과 병원 분만 병동의 복도에 서 있었다. 그는 그녀와 작별 인사를 한 후 필요할 때 산파가 그에게 어떻게 알리면 되는지, 토냐의 건강 상태를 그가 어떻게 하면 알 수 있는지 조정하려고 산파를 기다리고 있었다.

그는 자기 병원에도 서둘러 가야 하고, 그 전에 두 환자의 집에 왕진도 다녀와야 해서 시간이 없었다. 그러나 그는 귀중한 시간을 허비하며 창밖에 비스듬히 가늘게 내리는 비와, 폭풍이 들판의 이삭들을 쓰러뜨리고 헝클어 놓듯 가을의 돌풍이 빗줄기를 끊어 옆으로 기울게 하는 모습을 바라보았다.

12 알렉세이 브루실로프(1853~1926) 장군 휘하에서 제8군단은 1914년에 갈리시아를 점령했지만, 대후퇴 때 그 지역을 내주지 않을 수 없었다. 1915년에 제8군단은 카르파티아산맥으로 들어가 헝가리를 향해 진군했지만 다시 후퇴해야만 했다.

13 러시아에서는 이름이 이름, 부칭, 성으로 되어 있다. 가까운 사이는 이름과 그 이름에서 파생되는 각종 애칭으로 부르지만, 나이가 듦에 따라 연륜이 생기면, 그리고 공식적인 자리에서는 이름과 부칭으로 불린다. 부칭은 아버지의 성에 남성은 오프나 예프를, 여성은 오브나 예브나를 붙여서 만든다.

아직 많이 어둡지는 않았다. 유리 안드레예비치의 눈에 병원 뒤뜰, 데비치예 들판 위 대저택의 유리로 싸인 테라스, 병동들 중 한 병동의 뒷문까지 이어지는 전차 노선이 보였다.

바람이 광포하게 부는데도 비는 강해지지도 약해지지도 않으며 그칠 줄 모르고 계속 내렸고, 바람은 땅에 줄기차게 내리는 빗줄기로 인해 더 거세지는 것 같았다. 돌풍이 테라스 중 한 군데를 휘감고 있는 야생 포도나무 어린줄기를 괴롭히고 있었다. 바람은 마치 나무 전체를 뽑아 버릴 기세로 공중으로 들어 올려 흔들더니 구멍투성이 누더기처럼 아래로 괴팍하게 내리꽂았다.

병원 테라스 옆으로 두 대의 트레일러를 단 기동차가 다가왔다. 그 차들에서 부상병들이 내리기 시작했다.

모스크바 병동들은 손을 쓸 수 없을 정도로 미어터졌고, 특히 루츠크 작전[14] 이후로는 부상병들을 계단참과 복도에까지 눕히지 않을 수 없었다. 시내 병원 전체의 만원 사태는 부인과 병동에까지 영향을 미쳤다.

유리 안드레예비치는 창 쪽으로 등을 돌리고는 피곤한 나머지 하품을 했다. 그는 아무 생각도 하지 않았다. 느닷없이 기억이 하나 떠올랐다. 며칠 전에 그가 복무했던 성십자가 병원[15] 외과에서 한 여자 환자가 사망했다. 유리 안드레예비치

14 〈브루실로프 공격〉이라고 불리는 이 작전으로, 1916년 6월 4일에서 7일 사이에 우크라이나 북서쪽에 있는 루츠크 시가 해방되었다.
15 러시아어로 크레스토보즈드비젠스키 병원이다. 9월 14일(27일) 종교 축일에서 이름을 따왔다. 콘스탄티누스 대제의 어머니인 헬렌에 의해 326년 예루살렘에서 예수 그리스도가 못 박힌 십자가를 발견한 것을 기념하는 축일

는 그녀의 간에 포충의 유충이 있다고 주장했다. 모두가 그의 의견에 반대했다. 오늘 그녀를 부검할 것이다. 부검이 진실을 밝혀 줄 것이다. 그러나 그 병원의 부검의는 알코올 의존자이다. 그가 그 일을 어떻게 해낼지는 하느님만이 아신다.

날이 금세 어두워졌다. 창 너머로 뭔가를 식별한다는 것이 불가능해졌다. 마치 마법의 지팡이를 휘두른 듯이 모든 창에 전깃불이 밝혀지기 시작했다.

복도와 병실을 구분하는 작은 로비를 통해 이 과의 주임인 몸집이 크고 둔한 산부인과 의사가 토냐의 방에서 나왔다. 그는 모든 질문에 늘 눈을 천장으로 향한 채 어깨를 으쓱하는 것으로 답하곤 했다. 그의 모방 언어에 따르면 이 제스처는 지식의 성공이 아무리 위대하다고 할지라도, 나의 호레이쇼,[16] 과학도 어쩌지 못하는 수수께끼가 있는 거라오, 라는 뜻을 담고 있었다.

그는 유리 안드레예비치의 옆을 지나면서 미소를 지으며 인사하고, 침착하게 기다리시라는 뜻으로 손바닥이 두껍고 통통한 손을 약간 헤엄치듯 흔들고는 담배를 피우러 복도를

이다. 혁명 전 러시아에 있는 병원 명칭은 종교 축일 명칭에서 많이 따왔다.

16 셰익스피어의 「햄릿」 1막 5장에 나오는 대사에서 따온 말이다. 파스테르나크는 1923년에서 1924년 사이에 셰익스피어의 「햄릿」을 번역하다가 그만두었는데, 1939년에 유명한 연극 연출가 메이예르홀트(1874~1940)의 요청으로 다시 번역 작업에 착수한다. 메이예르홀트가 체포되어 처형당하자, 연극의 상연이 미루어진다. 그 후 이 극은 1943년에 상연될 예정이었는데, 연출가 네미로비치단첸코(1858~1943)의 사망으로 인해 또다시 상연이 취소된다. 결국 1954년에 레닌그라드의 푸시킨 극장에서 최초로 상연된다. 파스테르나크는 이 작품을 오랜 기간에 걸쳐 12개의 버전이 나올 정도로 공들여 번역했다.

따라 휴게실 쪽으로 갔다.

그때 과묵한 산부인과 의사와는 정반대로 말하기 좋아하는 그의 여자 조수가 밖으로 나왔다.

「제가 선생님이라면 집에 가 있겠습니다. 제가 내일 성십자가 병원으로 전화드리겠습니다. 더 일찍 시작되지는 않을 거예요. 인공적인 처치 없이 자연 분만하실 거라고 확신합니다. 그러나 한편으로는 약간 좁은 골반에 태아가 잡은 자리가 후두부 쪽이고, 산모에게 진통이 없고, 자궁 수축이 크지 않다는 점이 약간 걱정됩니다. 하지만 예단하기는 아직 이릅니다. 분만이 시작될 때 산모가 진통을 어떻게 이겨 내느냐에 모든 것이 달렸습니다. 그건 나중에 알게 되겠지요.」

다음 날 그의 전화를 받은 병원 수위는 수화기를 놓지 말라고 명하고는, 뭘 물어보러 가서 그를 10분이나 기다리게 한 다음, 거칠고 앞뒤도 맞지 않는 소식을 전해 주었다. 「이렇게 전하라고 말하던데요. 아내를 너무 일찍 데려왔다, 다시 데려가라고요.」 화가 잔뜩 난 유리 안드레예비치는 누구든 좀 더 상황을 잘 아는 사람을 바꿔 달라고 요구했다. 「진통이 오락가락해요.」 간호사가 그에게 말했다. 「불안해하지 마세요. 하루 이틀 정도 더 기다려야 합니다.」

사흘째 되는 날 그는 밤에 분만이 시작되었으며, 새벽녘에 양수가 터졌고 아침부터 심한 진통이 끊이지 않았다는 것을 알게 되었다.

그는 부랴부랴 병원으로 달려갔고, 복도를 걷다가 우연히 반쯤 열린 문을 통해 차량의 바퀴에 깔려 수족이 잘린 채 끄집어내진 사람이 지르는 듯한, 토냐의 찢어질 듯한 비명 소리를 들었다.

그는 그녀에게 갈 수 없었다. 손가락 관절을 굽혀 피가 날 정도로 깨문 뒤 그는 창 쪽으로 물러났는데, 그 창 뒤로는 비가 어제와 그제처럼 여전히 비스듬히 내리고 있었다.

병실에서 간병인이 나왔다. 병실로부터 새로 태어난 아기의 가냘픈 울음소리가 들렸다.

「살았구나, 살았어.」 유리 안드레예비치는 기쁜 마음에 이렇게 되뇌었다.

「아들입니다. 남자 아기요. 순산했어요.」 간병인이 노래하듯 말했다. 「지금은 들어가시면 안 돼요. 때가 되면 알려 드릴게요. 그때 산모를 위해 돈을 좀 쓰셔야 합니다. 많이 힘들었어요. 첫애니까요. 첫애를 낳을 때는 늘 힘들답니다.」

「토냐가 살았구나, 살았어.」 유리 안드레예비치는 기뻤지만, 간병인이 무슨 말을 하는지, 간병인이 그런 말로 그를 이 사건의 당사자로 만든 것도 이해하지 못했다. 그런데 그가 도대체 이 일과 무슨 상관이 있단 말인가? 아버지와 아들, 그는 이렇게 거저 얻은 아버지 칭호에 자부심을 느끼지 못했고, 하늘에서 뚝 떨어진 이 부자 관계에서 아무것도 느끼지 못했다. 그 모든 것이 그의 의식 밖에 있었다. 중요한 것은 토냐, 죽음의 위기에 빠졌다가 다행스럽게도 무사히 고비를 넘긴 토냐였다.

병원에서 멀지 않은 곳에 그의 환자가 있었다. 그는 그에게 들렀다가 30분 후에 다시 돌아왔다. 복도에서 로비로 통하는 문, 그리고 로비에서 병실로 통하는 문 두 개는 또다시 열려 있었다. 유리 안드레예비치는 자기가 무슨 짓을 하는지 의식하지 못한 채 로비 안으로 슬그머니 들어갔다.

하얀 가운을 입은 코끼리처럼 덩치가 큰 산부인과 의사가 땅에서 솟은 듯 두 팔을 활짝 벌리고 그의 앞에 나타났다.

「어디로 가시나요?」 그는 산모가 듣지 못하도록 숨죽여 속삭이며 그를 멈추어 세웠다. 「무슨 짓입니까, 정신이 나갔습니까? 정신적 충격은 차치하고라도 상처, 출혈, 소독제까지. 아실 만한 분이! 더구나 의사시면서.」

「제가 뭘…… 그냥 딱 한 번만 보려고요. 여기서. 틈새로.」

「그건 또 다른 문제죠. 그렇게 하세요. 하지만…… 조심하세요! 만일 산모가 알아채기라도 하면 가만두지 않을 겁니다. 살아 있는 데가 없게 만들 겁니다!」

병실에는 가운을 입은 두 여자, 산파와 유모가 문 쪽으로 등을 보이고 서 있었다. 유모의 품속에는 검붉은 고무 조각처럼 몸을 웅크렸다가 폈다가 하는 부드러운 인간의 어린 싹이 빽빽 울면서 용을 쓰고 있었다. 산파는 아이를 태반에서 떼어 놓으려고 탯줄에 실을 매고 있었다. 토냐는 병실 한가운데에 있는 높이 조절이 가능한 수술용 침대 위에 누워 있었다. 그녀는 꽤 높이 누워 있었다. 흥분해서 모든 것을 과장해서 보던 유리 안드레예비치는 그녀가 서서 쓸 수 있는 사무용 책상 높이에 누워 있는 것으로 보였다.

보통 환자들보다 더 높게 천장 쪽으로 올려 눕혀진 토냐는 심히 고통을 당한 후 땀에 흠뻑 젖어, 마치 기진맥진한 상태로 증기를 내뿜고 있는 것 같았다. 병실 한가운데에 높이 솟아 있는 토냐는, 어디인지 알 수 없는 곳에서 이주해 온 새로운 영혼들을 싣고 죽음의 바다를 건너 생명의 대륙으로 건너와 이제 막 정박한 후 작은 만 가운데에 짐을 푼 짐배 같았다. 그녀는 이제 막 한 영혼을 하선시키고는 닻을 내리고 짐을 풀어 몸이 빈 상태로 쉬고 있었다. 그녀와 함께 그녀의 쇠약해지고 피로해진 삭구와 선저외판, 그리고 그녀의 망각이, 그러니까 그녀가 조금 전까지 어디에 있었는지, 어디서 건너와 어떻게 정박했는지에 대한 가물가물한 기억도 쉬고 있었다.

그녀가 어느 나라의 깃발 아래 정박했는지 아는 사람이 아무도 없기 때문에 어떤 언어로 말을 걸어야 할지 알 수 없었다.

직장에서는 모두가 앞다퉈 그를 축하해 주었다. 〈정말 빨리도 알아냈군!〉 유리 안드레예비치는 놀랐다.

그는 선술집 또는 구정물 통으로 불리는 의무실로 들어갔다. 병원 만원 사태로 발생한 협소함 때문에 사람들은 이제 거리에서 덧신을 신은 채 들어와 그곳에서 옷을 벗었고, 다른 장소에서 옮겨 온 엉뚱한 물건을 잊은 채 두고 갔으며, 담배꽁초와 종이들로 그 방을 더럽혔다.

의무실 창문 옆에는 얼굴이 부석부석한 부검의가 서서 두 팔을 들어 올리고 작은 유리병 안에 든 광택 없는 어떤 액체를 안경 위로 올려 빛에 비춰 보고 있었다.

「축하합니다.」 그가 유리 안드레예비치에게 시선도 주지 않고 같은 방향을 계속 바라보면서 말했다.

「감사합니다, 감격적이군요.」

「감사할 필요는 없습니다. 저는 한 일도 없으니까요. 피추시킨이 해부했습니다. 그러나 모두가 놀랐지요. 포충의 유충입니다. 모두가 당신이 진단 전문가라고 말하더군요! 온통 그 말뿐이었어요.」

그때 병원장이 방으로 들어왔다. 그는 두 사람과 인사를 나눈 후 말했다.

「대체 이게 뭐람. 의무실이 아니라 마당 같군, 꼴불견이야! 맞소, 지바고, 생각해 보시오. 포충이랍니다! 우리가 틀렸소이다. 축하하오. 그런데 유쾌하지 않은 얘기가 있소이다. 선생에 대한 분류를 재심한답니다. 이번에는 선생을 지켜 내지 못할 것 같소. 전장에 의료 요원이 아주 모자란다는구려. 아무래도 화약 냄새를 맡아야겠소.」

6

안티포프 부부는 유랴틴에 기대 이상으로 자리를 아주 잘 잡았다. 그 지역에서는 기샤로프[17]를 좋은 사람으로 기억하고 있었다. 이것이 라라가 새로운 장소에 정착하는 어려움을 덜어 주었다.

라라는 온통 일과 살림에 둘러싸여 있었다. 그녀는 집과 그들의 세 살 난 딸 카텐카를 돌봐야 했다. 안티포프의 집에

---

17 라라 아버지의 러시아 성이다. 프랑스식 성은 기샤르이다. 기샤로프 집안은 유랴틴에서 살다가 가장의 죽음 이후 모스크바로 건너간 것이다.

서 일하는 밤색 머리의 마르풋카가 아무리 애를 써도 그녀의
도움만으로는 역부족이었다. 라리사 표도로브나는 파벨 파
블로비치의 모든 일을 도와주었다. 그녀 자신도 여자 김나지
움에서 교편을 잡았다. 라라는 쉴 틈 없이 일했고 행복했다.
이것은 그녀가 꿈꿔 왔던 바로 그런 삶이었다.

　그녀는 유랴틴에 사는 것이 마음에 들었다. 그곳은 그녀의
고향이었다. 도시는 중류와 하류로 선박이 다니는 큰 린바강
유역에 있었고, 우랄 철도의 한 지선에 위치했다.

　유랴틴에 겨울이 다가온 것은 배 소유주들이 배들을 수레
에 태워 강에서 시내로 끌어올려 옮기는 것을 보면 알 수 있
었다. 소유주들은 배들을 강에서 자기 마당으로 가져왔고, 배
들은 그 마당의 열린 하늘 아래에서 겨울을 보냈다. 유랴틴
에서 마당 구석의 맨땅 위에 하얀 바닥이 보이게 뒤집어 놓
은 배들은 가을에 기러기들의 다른 장소로의 이동이나 첫눈
과 똑같은 의미를 지녔다.

　안티포프가 임대한 집 마당에도 그런 배가 하얀 페인트칠
을 한 바닥을 위로 한 채 놓여 있었고, 카텐카는 정원의 불룩
솟은 정자 지붕 아래인 양 그 배 밑에 들어가 놀곤 했다.

　라리사 표도로브나는 벽지의 풍습도, 펠트 장화를 신고 회
색 플란넬로 만든 따뜻한 모피 조끼를 입고는 북쪽 식으로
모음 〈오〉를 강조해 발음하는 지역의 지식인들도, 사람을 잘
믿는 그들의 순박함도 마음에 들었다. 라라는 대지와 평범한
민중에게 마음이 끌렸다.

　그런데 이상하게도 모스크바 철도 노동자의 아들인 파벨

파블로비치는 구제할 수 없을 정도로 도시 남자였다. 그는 유랴틴 사람들을 아내보다 훨씬 더 엄격하게 대했다. 그들의 거침과 무지함이 그를 분노케 했다.

이제는 다 아는 사실이지만, 그에게는 속독으로 취한 지식을 습득하고 간직하는 데 특별한 재주가 있었다. 그는 예전에도 일부 라라의 도움을 받기는 했지만, 이미 아주 많은 책을 읽은 상태였다. 벽지에 고립되어 푹 박혀 있는 세월 동안 그의 박식함은 더 풍부해져서, 그가 보기에 라라마저 아는 것이 충분치 않다는 생각이 들었다. 그는 동료 교사들 사이에서 교육적으로 머리 하나는 우위에 있었으므로 그들 가운데 있으면 숨이 막힌다고 불평했다. 이 전쟁의 시기에 흔하게 돌아다니던 약간은 무조건적인 관제 애국주의가 안티포프가 품고 있는 더 복잡한 형태의 감정에 잘 맞지 않았던 것이다.

파벨 파블로비치는 고전학도로 졸업했고, 김나지움에서 라틴어와 고대사를 가르치고 있었다. 그러나 예전에 현실주의자였던 그의 내면에서 갑자기 수학과 물리학, 그리고 정확한 과학에 대한 지나치다 싶을 정도의 열정이 깨어났다. 그는 이 모든 과목을 독학으로 대학에서 배우는 수준만큼 마스터했다. 그는 기회가 생길 때마다 읍에서 이 과목들의 시험에 통과해 수학 전공으로 재배정을 받아 가족과 함께 페테르부르크로 이사 갈 수 있게 되기를 꿈꾸고 있었다. 밤에 무리하게 공부하는 바람에 파벨 파블로비치는 건강이 나빠졌고, 불면증이 생겼다.

그는 아내와 사이가 좋았지만, 지나치게 복잡한 관계를 맺고 있었다. 그녀가 그를 친절함과 보살핌으로 짓눌렀지만, 그는 그녀를 비판하는 것을 스스로에게 용납하지 않았다. 그는 전혀 악의 없는 지적도 마음속에 숨긴 비난으로, 이를테면 그녀는 귀족인데 그는 평민이라거나, 결혼하기 전에 그녀가 다른 사람의 여자였다는 것에 대한 비난으로 들리지는 않을까 조심했다. 그녀가 부당하게 모욕적이고 터무니없는 생각을 한다고 그를 의심하지 말아야 할 텐데, 라고 걱정하는 마음이 그들의 삶을 부자연스럽게 만들었다. 그들은 서로에게 지나치게 고매하게만 대하려고 애썼고, 그로 인해 모든 것이 복잡해졌다.

안티포프 부부의 집에 손님들이 찾아왔는데, 파벨 파블로비치의 친구인 동료 교사 몇 명, 라라가 근무하는 김나지움의 교장, 파벨 파블로비치가 한때 조정 위원으로 참석한 중재 재판소의 재판관 한 명, 그리고 그 밖의 다른 사람들이었다. 파벨 파블로비치의 관점에서 보자면 그들 모두는 완전히 바보들이었다. 그는 그들 모두에게 친절한 라라에게 놀랐고, 그들 중 누구든 진심으로 그녀의 마음에 드는 사람이 있을 거라고는 믿지 않았다.

손님들이 떠나자, 라라는 오랫동안 환기를 시키고 방을 치우고 마르풋카와 함께 부엌에서 설거지를 했다. 그러고 나서 그녀는 카텐카가 이불을 잘 덮고 있는지, 파벨이 잠들었는지 확인한 후, 재빨리 옷을 벗고 램프를 끈 다음 아이가 엄마의 침대로 들어갈 때처럼 자연스럽게 남편 옆에 나란히 누웠다.

그러나 안티포프는 자는 척했지, 자는 것이 아니었다. 최근에 불면증이 다시 도진 것이다. 그는 앞으로 서너 시간 정도는 더 뒤척이게 되리라는 것을 알았다. 잠을 청하고 손님들이 남긴 담배 냄새에서도 벗어날 겸 그는 조용히 일어나 속옷 위에 모자와 모피 외투를 걸치고 밖으로 나갔다.

서리가 내린 맑은 가을밤이었다. 안티포프의 발밑으로 살얼음판이 산산이 부서졌다. 별이 빛나는 하늘이 불붙은 알코올램프의 불꽃처럼 검은 대지와 얼어붙은 진흙 덩어리를 푸르게 반사시키며 비추고 있었다.

안티포프 부부가 사는 집은 부두 정반대편의 시내에 있었다. 거리의 제일 마지막 집이었다. 그 너머로 들판이 시작되었다. 철로가 그 들판을 가로지르고 있었다. 철도 근처에 감시 초소가 있었다. 철로를 가로질러 건널목이 놓여 있었다.

안티포프는 뒤집어진 배 위에 앉아서 별들을 바라보았다. 최근에 익숙해진 상념이 그를 불안한 힘으로 사로잡았다. 조만간 끝장을 내야 할 텐데, 그걸 오늘 하는 게 낫겠다고 생각했다.

〈이런 식으로 더 이상 지속할 수는 없어〉라고 그는 생각했다. 이 모든 것을 미리 예견했어야만 했는데, 그가 늦게 알아차린 것이다. 어째서 그녀는 어린아이였던 그에게 자신을 홀린 듯이 바라보도록 하고, 그에게서 원하는 것을 얻어 냈을까? 그녀 자신이 결혼 전 겨울에 헤어지자고 고집을 부렸을 때, 어째서 그는 적시에 그녀와 헤어질 생각을 하지 못했을까? 그녀가 사랑하는 것은 그가 아니라 그와의 관계에서 자신이 설정한 고결한 임무였고, 자신이 헌신의 대상이라는 것을 과연 이해하지 못했을까? 이 감동적이고 칭찬받을 만한 사명과 진정한 가정생활 간에 무슨 공통점이 있을까? 무엇보다 최악은 그가 오늘까지도 예전과 다름없이 그녀를 사랑한다는 것이다. 그녀는 혼이 나갈 정도로 아름답다. 어쩌면 그가 느끼는 것도 사랑이 아니라 그녀의 사랑과 관대함 앞에서 느끼는, 망연자실한 감사함이 아닐까? 후, 그걸 누가 알겠는가! 그건 귀신도 모를 일이다.

그렇다면 이런 경우 어떻게 해야 할까? 라라와 카텐카를 이 거짓에서 해방시켜야 한다. 이건 나 자신이 해방되는 것보다도 더 중요하다. 그렇다, 하지만 어떻게 해야 할까? 이혼을 할까? 물에 빠져 죽을까? 〈후, 정말 추악하다.〉 그는 반발했다. 〈나는 절대로 그런 짓은 하지 않을 것이다. 그렇다면 생각이라 해도 왜 이렇게 끔찍한 짓을 떠올리는 걸까?〉

그는 조언을 구하듯 별을 바라보았다. 조밀하거나 드문드문한 별, 크거나 작은 별, 푸르거나 무지갯빛을 내는 진주 같은 별들이 빛나고 있었다. 그들의 깜빡임이 급작스럽게 흐려지더니, 누군가가 불을 밝힌 횃불을 흔들며 들판에서 대문으로 달려 들어오는 것처럼 마당, 집, 배, 그 위에 앉은 안티포프가 선명하게 돌진하는 빛을 받아 환해졌다. 서부행 군용 열차가 지난해부터 밤낮으로 헤아릴 수 없이 지나갔던 것처럼 불꽃이 스며든 누런 연기를 하늘로 날리며 건널목을 지나갔다.

파벨 파블로비치는 미소를 지으며 배에서 일어나 자러 들어갔다. 그는 바라던 출구를 찾은 것이다.

7

파샤의 결정을 알게 되었을 때, 라리사 표도로브나는 어안이 벙벙하여 처음에는 자신의 귀를 의심했다. 말도 안 되는 소리. 〈일상적인 변덕일 뿐이야.〉 그녀는 이렇게 생각했다. 〈신경 쓰지 말자, 스스로 모든 걸 잊을 거야.〉

그러나 남편은 이미 2주 전부터 준비를 시작해 징병 사무소에 서류를 냈고, 김나지움에도 대체 교사가 왔으며, 옴스크에서 군사 학교 입학 통지서가 왔다는 것이 밝혀졌다. 그가 떠날 날이 다가왔다.

라라는 안티포프의 팔을 붙잡고 평범한 아낙처럼 큰 소리로 울부짖으며 그의 발밑에 주저앉았다.

「파샤, 파셴카.」 그녀가 외쳤다. 「나와 카텐카를 도대체 누구한테 맡기고 가는 거야? 이러지 마, 제발 하지 마! 아직 늦지 않았어. 내가 모든 걸 고칠게. 당신은 의사에게 가서 제대로 진찰도 받지 않았잖아. 당신 심장은 어쩔 건데? 부끄럽지도 않아? 무슨 말도 안 되는 미친 짓에 가족더러 희생을 하라니, 부끄럽지도 않아? 자원병으로 간다니? 평생 로디카[18]를 속물이라고 놀리더니 갑자기 부러워진 거구나! 자기가 칼 부딪치는 소리를 울리고 장교 노릇을 하고 싶어진 거구나. 파샤, 무슨 짓을 하는 거야, 당신을 못 알아보겠어! 사람이 바뀐 거야, 아니면 뭘 잘못 먹은 거야? 제발 설명을 좀 해봐, 그리스도를 봐서라도 정직하게 말해 봐, 틀에 박힌 말 말고, 이게

18 라라의 오빠인 로디온의 애칭이다.

정말 러시아에 필요한 일이야?」

문득 그녀는 그게 문제가 아니라는 것을 깨달았다. 세부적인 것까지는 알 수 없었지만, 그녀는 중요한 것을 눈치챘다. 그녀는 파툴랴가 두 사람의 관계에 대해 오해하고 있다고 추측했다. 그는 그녀가 그에게 품은 다정함에 평생 섞어 넣은 모성애를 제대로 평가하지 못했고, 그런 사랑이 평범한 여성의 사랑보다 더 깊은 것임을 깨닫지 못했던 것이다.

그녀는 입술을 깨물고 매 맞은 사람처럼 온통 몸을 안으로 웅크리고는 아무 말도 하지 않고 말없이 눈물을 삼키며 길 떠나는 남편의 짐을 싸기 시작했다.

그가 떠나자 온 도시가 조용해지고, 하늘에 까마귀마저 더 적게 날아다니는 것 같았다. 「마님, 마님.」 마르풋카가 그녀를 불렀지만 소용이 없었다. 「엄마, 엄마.」 카텐카는 그녀의 소맷부리를 잡아당기며 끝없이 옹알거렸다. 이것은 그녀의 인생에서 가장 심각한 충격이었다. 그녀의 가장 훌륭하고 가장 밝았던 희망이 무너져 내렸던 것이다.

라라는 시베리아에서 오는 편지를 통해 남편에 대한 모든 것을 알게 되었다. 곧 그에게 깨달음의 순간이 왔다. 그는 아내와 딸을 아주 많이 그리워했다. 몇 달 후 파벨 파블로비치는 원래보다 빨리 소위보로 임관되었고, 그만큼 급작스럽게 임무를 받아 전투 부대로 보내졌다. 그는 매우 긴급하게 유랴틴 옆을 멀리 우회하여 지나갔고, 모스크바에서는 누구와도 만날 시간이 없었다.

전선에서 그로부터 편지들이 오기 시작했는데, 옴스크 학교에서 보낸 것보다는 훨씬 생기 넘치고 그다지 슬프지 않은 내용이었다. 안티포프는 가족과 만날 수 있도록 군사적 공로에 대한 포상이나 가벼운 부상을 빌미로 휴가를 받기 위해 공훈을 세우고 싶어 했다. 진급할 기회가 왔다. 나중에 〈브루실로프 공격〉[19]이라는 이름으로 유명해진 최근의 성공적인 적진 돌파에 뒤이어 군대가 공격에 나섰던 것이다. 안티포프의 편지가 끊겼다. 처음에 라라는 그다지 걱정하지 않았다. 그녀는 파샤의 침묵을 전개되는 군사 작전과 진군 중이라 편지를 쓸 수 없기 때문이라고 생각했다.

가을에 군대 이동이 중지되었다. 부대가 참호를 파고 자리를 잡았다. 그러나 이전과는 달리 안티포프에 대한 소식이 전혀 들리지 않았다. 라리사 표도로브나는 불안해져서 처음에는 자기 지역인 유랴틴에서, 나중에는 모스크바와 전선에서 우편으로 파샤 부대의 예전 야전 주소를 따라 수소문하기 시작했다. 아무도 아는 사람이 없었고, 그 어디서도 답이 오지 않았다.

읍에서 자원봉사를 하는 수많은 부인들처럼 라리사 표도로브나는 전쟁이 시작될 때부터 유랴틴 젬스트보에서 설치한 병원을 힘닿는 대로 도와주고 있었다.

그녀는 진지하게 의학의 기초를 공부하여 병원의 간호사 자격 시험에 합격했다.

그 자격으로 그녀는 직장인 김나지움에서 반년 예정으로 휴직을 얻어 냈고, 유랴틴의 아파트 관리를 마르풋카에게 맡

19 제4부 주 14에 나온 루츠크 작전을 말한다.

긴 후 카텐카를 데리고 모스크바로 떠났다. 그곳에서 그녀는 딸을 리포치카[20]의 집에 맡겼는데, 그녀의 남편인 독일 국민 프리젠단크는 다른 시민 포로들과 함께 우파[21]에 억류되어 있었다.

멀리 떨어져서 수소문해 봐야 소용없겠다고 확신한 라리사 표도로브나는 얼마 전에 전투가 있었던 장소로 옮겨 가기로 마음을 먹었다. 그런 목적으로 그녀는 도시 리스키를 지나 헝가리 국경인 메조-라보르치로 떠나는 병원 열차에 간호사로 들어갔다. 파샤가 마지막 편지를 보내온 장소가 그곳이었다.

8

타티야나 환자 구호 위원회[22] 자선가들의 재원으로 욕실을 설치한 기차가 전선의 사령부에 도착했다. 짧고 꼴사나운 난방 화차로 구성된 긴 열차의 상급 객차를 타고 온 손님들은 모스크바에서 온 사회 활동가로, 사병들과 장교들에게 선물을 가지고 왔다. 그들 중에 고르돈이 있었다. 그는 어린 시절

20 라라가 가르쳤던 리파 콜로그리보바를 말한다.
21 러시아 바시키르 공화국의 수도로 남우랄 지역에 벨라야강과 우파강의 합류 지점에 있다.
22 전쟁 초기 전선에 있는 군인과 부상자, 혹은 사망자의 가족을 돕기 위해 세워진 자선 협회이다. 러시아 황실의 타티야나 콘스탄티노브나 로마노바가 명예 의장이었다.

친구인 지바고가 일하는 사단의 야전 병원이 가장 가까운 시골에 있다는 정보를 알아냈다.

고르돈은 최전선 지역을 다니는 데 꼭 필요한 허가서를 얻어 통행증을 손에 쥐고, 그쪽으로 가는 짐마차를 타고 친구를 만나러 갔다.

벨라루스 사람이거나 리투아니아 사람인 듯한 마부는 러시아어를 할 줄 알았다. 첩보 히스테리로 인해 그는 뭐든 정형화된 표본대로 말했다. 겉으로만 친절한 척하는 담소로 인해 대화가 잘 되지 않았다. 길을 가는 동안 손님도, 마부도 대부분 입을 다물었다.

군 전체를 이동시키는 데 익숙하고 대략 1백 킬로미터의 행군 단위로 거리를 재는 참모 사령부에서는 20~25킬로미터 정도 떨어진 어딘가 근처에 마을이 있으리라고 확신했다. 그러나 실제로는 80킬로미터 이상이나 떨어진 곳에 마을이 있었다.

그들이 움직이는 방향의 왼쪽 지평선에서 적의에 찬 포격 소리가 가는 내내 간헐적으로 들려오곤 했다. 고르돈은 살면서 단 한 번도 지진을 목격한 적이 없었다. 그러나 그는 거리가 먼 탓에 거의 들릴 듯 말 듯한 적 포병 부대의 음울한 대포 소리가 다른 무엇보다 지하의 진동과 화산에서 나는 굉음 소리와 비슷하겠다고 생각했다. 저녁이 되자 저편 하늘 아래쪽이 분홍색 불길로 타올랐고, 그 불길은 아침까지 꺼지지 않았다.

마부는 고르돈을 데리고 파괴된 시골 마을 옆을 지나갔다. 마을의 일부는 주민들에게 버려진 상태였다. 다른 마을에서

는 사람들이 깊숙한 지하 저장고에 대피해 있었다. 그런 시
골 마을들에는 이전의 집들 자리에 쓰레기와 자갈 더미가 일
렬로 늘어서 있었다. 완전히 불탄 부락들은 식물이 자라지 않
는 황무지처럼 이 끝에서 저 끝까지 한눈에 들어왔다. 그 땅
위에서는 화재를 당한 노파들이 불탄 자기 집의 잿더미에서
뭔가를 파내고, 또 어딘가에 숨기느라 꿈틀대고 있었다. 그
들은 마치 예전처럼 담장이 그들을 둘러싸고 있어 자신들이
다른 이의 눈에 띄지 않을 거라고 생각하는 것 같았다. 그들
은 곧 세상 사람들이 정신을 차리기는 할지, 삶에 평온과 질
서가 돌아오기는 할지를 묻는 듯한 시선으로 고르돈을 맞이
하고 또 배웅해 주었다.

　밤에 고르돈과 마부는 척후 부대와 마주치게 되었다. 척후
부대는 비포장도로로 빠져나가 시골의 우회로를 타고 그곳
을 돌아서 가라고 그들에게 명했다. 마부는 새 길을 알지 못
했다. 그들은 쓸데없이 두 시간을 헤맸다. 새벽이 되기 전에
야 나그네와 마부는 원하는 이름의 마을에 도착했다. 그 마을
에서는 군 진료소에 대한 얘기를 들을 수 없었다. 곧 주변에
동명의 마을이 두 군데나 있고, 그들이 찾은 마을이 그중 하
나라는 것을 알게 되었다. 아침에야 그들은 목적지에 도달할
수 있었다. 고르돈은 약용 카밀러 풀과 요오드포름 냄새가 나
는 마을 주변의 담장을 통과할 때, 지바고의 거처에서 하룻
밤을 묵지 말자고, 친구와 한나절만 보낸 뒤 저녁에 철도역
에 두고 온 동료들에게 돌아가자고 생각했다. 그러나 상황이
그를 그곳에서 일주일 이상 지체하게 만들었다.

9

이 며칠 동안 전선이 움직이기 시작했다. 전선에서 갑작스러운 변화가 일어나곤 했다. 개별 부대들을 묶은 연합군 중 하나가 고르돈이 들른 지역에서 남쪽 방향으로 공격을 감행해 적군의 방어 기지를 돌파하는 데 성공했다. 공격하는 부대는 타격을 더 전개하여 적진 속으로 점점 더 깊숙이 파고들었다. 돌파구를 넓히며 지원 부대가 그들을 뒤따랐는데, 점점 더 뒤처지면서 선두 부대에서 떨어지게 되었다. 이로 인해 선두 부대가 포로로 사로잡혔다. 이 상황에서 소위보 안티포프는 자신의 반개 중대가 항복하는 바람에 어쩔 수 없이 포로가 되고 말았다.

그에 대해 부정확한 소문들이 돌고 있었다. 사람들은 그가 죽어서 폭탄이 터진 구덩이에 파묻혔다고 생각했다. 그와 같은 부대 소속이자 지인인 육군 소위 갈리울린은, 안티포프가 병사들을 이끌고 공격하다가 죽는 모습을 감시 초소에서 망원경으로 본 것 같다고 말했는데, 그 말이 널리 퍼졌던 것이다.

갈리울린의 눈앞에는 부대가 진격하는 익숙한 광경이 펼쳐졌다. 부대는 두 군대를 갈라놓은 가을 들판, 마른 쑥이 바람에 흔들리고 가시엉겅퀴가 꼿꼿하게 비쭉 자란 들판을 빠른 걸음으로 거의 달리다시피 통과해야만 했다. 공격대는 대담무쌍한 용기로 총격을 자기 쪽으로 유인하거나 연발탄을 빗발치듯 퍼부어 반대편 참호에 잠복한 오스트리아군들을 괴멸시켜야만 했다. 달리는 군인들에게 들판은 끝이 없어 보였다. 땅은 마치 흐물흐물한 습지처럼 그들의 발밑에서 흔들리고 있었다. 그들의 소위보가 머리 위로 연발 권총을 흔들어 대며 입술이 귀까지 찢어지도록 그에게도, 주변에 달리는 군사들에게도 들리지 않는 〈만세〉 소리를 외치고 처음에는 앞에서, 나중에는 그들과 앞서거니 뒤서거니 하며 앞으로 달려 나갔다. 달리는 사람들은 규칙적인 간격으로 땅에 엎드렸다가 동시에 일어나서는 다시 소리를 지르며 앞으로 달려갔다. 그럴 때마다 그들과 함께, 그렇지만 그들과는 전혀 다른 모습으로 숲을 벨 때마다 쓰러지는 키 큰 나무처럼 온몸을 쭉 펴고 쓰러지는 사람들이 있었는데, 그렇게 개별적으로 쓰러진 이들은 더 이상 일어나지 못했다.

「너무 멀리 쏘는군. 포병 부대에 전화하게.」 불안해진 갈리울린이 옆에 서 있던 포병 장교에게 말했다. 「아니야. 괜찮아. 포를 더 깊이 쏘니 제대로 하고 있는 거야.」

그때 공격대가 적에게 가까이 다가갔다. 포격이 중단되었다. 적막이 감돌았고, 감시 초소에 있던 사람들은 안티포프의 자리에 서 있는 것처럼, 마치 부하들을 오스트리아군 참호 끝으로 인도한 즉시 기지와 용기의 기적을 발휘해야 하는 것처럼 심장이 두근두근 격렬하게 고동쳤다. 바로 그 순간 앞쪽에서 두 발의 16인치 독일산 포탄이 연달아 터졌다. 흙과 연기로 뒤엉킨 검은 기둥이 뒤에 일어난 모든 일을 가려 버렸다.

「알라여! 끝장이로군! 끝났어!」 갈리울린은 소위보와 병사들이 죽었다고 생각하고, 창백해진 입술로 속삭였다.

세 번째 포탄은 감시 초소에서 아주 가까운 곳에 떨어졌다. 모두가 땅에 몸을 낮게 숙이고 서둘러 그곳에서 좀 더 멀찍이 물러났다.

　갈리울린은 안티포프와 한 엄폐호에서 같이 잠을 잤다. 그가 죽었고, 다시는 돌아오지 못한다는 생각을 굳히자, 연대에서는 안티포프를 잘 알던 갈리울린에게 앞으로 그의 아내에게 전해 줄 유품을 보관하라고 맡겼다. 안티포프의 물건들 중에는 아내의 사진이 제일 많았다.

　얼마 전에 소위보가 된 지원병 출신 기계공 갈리울린은 티베르진의 집 마당의 경비원인 기마제트딘의 아들로서 오래전에 십장 후돌레예프에게 무자비하게 구타당했던 철공 견습공이었다. 그가 승진할 수 있었던 것은 예전 그의 학대자 덕분이었다.

　소위보가 된 갈리울린은 어찌 된 일인지 자신의 의지와는 상관없이 후방의 시골 수비대 중 하나인 따뜻하고 외딴 장소에 배치되었다. 그곳에서 그는 반은 장애인이나 다름없는 군인들을 통솔했는데, 마찬가지로 노쇠한 퇴역 군인인 교관들이 그들과 함께 아침마다 까마득히 잊어버린 사열을 하곤 했다. 그 밖에도 갈리울린은 그들이 보급 창고에 보초병을 제대로 세우는지도 확인했다. 정말 태평스러운 삶으로, 그에게 더 이상 요구하는 것도 없었다. 그런데 나이 든 예비군으로 구성되어 모스크바에서 그의 부대로 배치된 보충병들 사이에 그가 너무도 잘 아는 표트르 후돌레예프가 있었다.

　「아, 오랜 지인이군!」 갈리울린이 얼굴을 찡그리며 이렇게 비웃고는 말을 내뱉었다.

「그렇습니다, 소위님.」 후돌레예프는 이렇게 답하고 앞으로 나와 거수경례를 했다.

그렇게 간단하게 끝날 일이 아니었다. 첫 교련에서 그가 실수를 저지르자 소위보는 하급 병사에게 고래고래 소리를 질렀고, 병사가 그의 눈을 똑바로 보지 않고 어쩐지 곁눈질을 하는 것 같으면 그의 이를 세차게 때렸으며, 이틀 동안 영창에 가두고 빵과 물만 주었다.

이제 갈리울린의 행동 하나하나에는 옛일에 대한 복수의 냄새가 풍겼다. 강압적인 절대복종의 조건하에서 실패할 염려도 없이 옛 빚을 이런 식으로 갚는다는 것은 너무 비열한 짓이었다. 어떻게 해야 했을까? 두 사람이 한 장소에 있는 것은 더 이상 불가능한 일이었다. 그러나 병사를 징계에 회부하는 것 외에 장교가 무슨 구실로, 병사를 배치된 부대에서 다른 곳으로 전출시킬 수 있단 말인가? 다른 한편으로, 갈리울린이 자신의 전보를 요청하기 위해 어떤 근거를 생각해 낼 수 있겠는가? 갈리울린은 수비군 복무의 지루함과 무익함을 이유로 들어 전방으로 보내 달라고 요청했다. 이 일로 그는 좋은 평판을 얻게 되었고, 뒤이어 자신의 다른 자질을 보여 줌으로써 훌륭한 장교로 인정받아 곧 소위보에서 육군 소위로 승진했다.

갈리울린은 안티포프가 티베르진과 함께 살 때부터 그를 알았다. 1905년, 파샤 안티포프가 티베르진의 집에서 반년 동안 살았을 때 유숩카는 휴일마다 그의 집에 놀러 가 함께 놀곤 했었다. 그때 그는 그들의 집에서 라라를 한두 번 본 적이 있었다. 그 후로는 그들에 대해 아무 소식도 듣지 못했다. 파벨 파블로비치가 유랴틴에서 그들의 연대에 들어왔을 때, 갈리울린은 옛 친구에게 일어난 변화로 인해 깜짝 놀랐다. 그는 잘 웃고 계집애처럼 깔끔한 것을 좋아하던 장난꾸러기에서 세상만사를 다 아는, 신경질적이고 경멸적인 우울증 환자가 되어 있었다. 그는 똑똑하고 대단히 용감했지만 과묵하고 조소적이었다. 갈리울린은 가끔 그를 볼 때마다 창문 깊숙한 곳을 보듯 안티포프의 무거운 시선 속에서 누군가 제2의 그를, 그의 내면에 공고하게 자리 잡은 생각이나 딸에 대한 그리움 혹은 그의 아내를 보았다고 맹세할 수 있었다. 안티포프는 동화에서처럼 마법에 걸린 것 같았다. 그런데 이제 그가 사라지고 갈리울린의 손에는 안티포프의 서류들과 사진, 그의 변화의 비밀만이 남아 있었다.

조만간 라라가 갈리울린에게 문의를 해올 터였다. 그는 그녀에게 대답할 요량이었다. 그러나 너무 분주한 시기였다. 사실대로 대답할 힘이 그에게는 없었다. 그는 그녀가 받을 충격에 대해 마음의 준비를 시키고 싶었다. 그래서 그는 그녀에게 상황을 알리는 긴 편지를 보내는 것을 계속 미루다가, 그녀가 어딘가 전방에 간호사로 있는 것 같다는 소식을 접하게 되었다. 이제는 그녀에게 편지를 보내려면 어디로 부쳐야 할지 알 수 없었다.

10

「그래서 어떨까? 오늘은 말이 있을까?」 의사 지바고가 그들이 묵고 있는 갈리시아의 오두막집으로 점심을 먹으러 갈 때, 고르돈이 그에게 물었다.

「거기에 무슨 말이 있다고? 앞으로도 뒤로도 갈 수 없는데, 어디로 가겠다는 거야. 주변이 온통 무서운 혼란인데. 아무도 아무것도 알 수 없어. 우리가 남쪽을 둘러 오거나 몇 지역에서 독일군을 돌파했는데, 사람들 말이 우리의 몇몇 전투 부대가 분산되어 독 안에 든 쥐 꼴이 되었고, 북쪽에서는 독일군이 그 지역에서 난공불락이라고 여겨지던 스벤타강을 가로질렀다고 하더군. 숫자로 봤을 때 군단 규모의 기병대라는 거야. 그들이 철도를 망가뜨리고 창고들을 파괴하고 있어. 내 생각에는 우리를 포위하고 있는 것 같아. 어떤 상황인지 알겠나. 그런데 넌 말 얘기나 하고 있으니. 자, 카르펜코, 얼른 상을 차려라, 서둘러. 오늘은 뭐지? 송아지 다리로군. 훌륭해.」

진료소와 그 산하 모든 분과를 갖춘 위생 부대는 기적적으로 온전히 남은 시골 마을에 분산되어 있었다. 모든 벽면에 여러 짝의 좁은 창문을 통해 빛이 어른거리는 서유럽식 집들이 마지막 한 채까지 온전히 보존되어 있었다.

아낙의 여름,[23] 그러니까 무더운 금빛 가을 끄트머리의 화

---

23 초가을인 9월 말과 10월 초에 유럽과 북미에 2주 동안 무덥고 건조한 날씨가 지속되는 기간을 의미한다. 북미에서는 이를 〈인디언 서머〉, 러시아에서는 〈아낙의 여름〉이라고 부른다.

창한 날들이 이어지고 있었다. 낮에는 의사들과 장교들이 창을 열어 놓고 창틀과 낮은 천장의 벽지 위에 검은 열을 지어 기어다니는 파리를 잡았으며, 여름 제복과 군복 저고리를 푼 채 땀을 뻘뻘 흘리며 입을 데일 정도로 뜨거운 양배추 국이나 차를 마셨다. 그들은 밤이면 열린 벽난로 아궁이 앞에 앉아 축축해서 타오르지 않는 장작개비 밑에서 꺼져 가는 석탄에 불을 지피려고 바람을 후후 불어 댔고, 연기에 눈물지으며 사람답게 불도 피울 줄 모른다고 졸병에게 욕지거리를 퍼부어 댔다.

조용한 밤이었다. 고르돈과 지바고는 맞은편에 있는 양쪽 벽 앞 긴 의자에 서로를 마주 보고 누워 있었다. 그들 사이로 식사용 식탁과 벽에서 벽 끝까지 뻗은 길고 좁은 창문이 보였다. 방은 더울 정도로 불을 때어 연기가 자욱했다. 그들은 제일 끝에 있는 두 개의 창문을 열고 유리창에 김을 서리게 만드는 가을밤의 신선한 공기를 들이마셨다.

최근 밤낮으로 그랬듯이 그들은 다시 대화를 나누었다. 언제나 그렇듯이 전선 쪽 지평선은 분홍빛으로 타오르고 있었고, 단 한순간도 멈추지 않고 고르게 투덜거리는 포격 사이로 토양을 옆으로 약간 움직여 놓을 것 같은 특히 강하고 묵직한 폭음이 더 저음으로 터질 때면, 지바고는 그 소리에 경외감을 느끼며 대화를 끊고 잠시 쉬었다가 이렇게 말하곤 했다. 「저건 베르타, 독일군의 16인치, 938킬로그램 무게의 대포야.」 그러고는 자기가 무슨 말을 하던 중이었는지도 잊고 대화를 재개하곤 했다.

「마을에서 계속 나는 이 냄새는 뭐야?」 고르돈이 물었다. 「처음 온 날부터 냄새가 나던데. 달콤하고 기분 좋으면서도 역겨워. 쥐 냄새 같기도 하고.」

「네가 무슨 말을 하는지 알겠어. 이건 대마 냄새야. 이곳에 삼밭이 많거든. 대마는 그 자체로 짜증을 불러일으키는 끈덕진 냄새를 풍겨. 그것 말고도 군사 행동 지역 대마밭에 사망자가 쓰러지면 오래도록 발견되지 못해서 썩게 되지. 시체 냄새가 이곳에 아주 많이 퍼져 있어. 그건 자연스러운 일이야. 또 베르타네. 들리지?」

이 며칠 동안 그들은 세상의 온갖 일에 대해 논했다. 고르돈은 전쟁과 시대정신에 대한 친구의 생각을 알고 있었다. 유리 안드레예비치는 서로를 죽이기 위한 피비린내 나는 논리와 부상자의 모습, 특히 최근에 나타난 끔찍한 몇몇 부상들과 현재의 전투 기술로 인해 손상되어 고깃덩어리로 변해 버린 불구의 생존자들에게 익숙해지는 게 얼마나 어려웠는지를 그에게 이야기해 주었다.

고르돈은 매일 지바고와 함께 어디로든 갔고, 그 덕분에 무언가를 보게 되었다. 자연스레 그는 타인의 용맹과, 다른 사람이 초인적인 노력으로 죽음의 공포를 이기고서 뭔가를 희생하고 위험을 무릅쓰는 모습을 태평하게 바라본다는 것이 얼마나 부도덕한지 깨닫게 되었다. 그러나 이와 관련해 아무런 활동도 하지 않고 대책도 없이 한숨만 쉰다는 것이 그에게는 조금도 더 도덕적이라고 여겨지지 않았다. 그는 삶이 그에게 준 상황에 맞게 정직하고 자연스럽게 행동할 필요가 있다고 생각했다.

　그는 부상자를 보고 기절할 수 있다는 것을, 그들로부터 서쪽에 있는 적십자 유격대를 방문했을 때 거의 최전선에 있는 야전 응급 치료소에서 직접 확인할 수 있었다.

　그들은 대포의 포격으로 인해 반토막이 난 거대한 숲의 가장자리에 도착했다. 꺾이고 짓밟힌 수풀 안에는 부서지고 엉망이 된 대포의 포를 실은 앞차가 뒤죽박죽으로 뒹굴고 있었다. 나무에는 기마용 말이 매어져 있었다. 깊숙이 보이는 산림 관리용 목조 건물 지붕은 절반이나 날아가 있었다. 응급 치료소는 산림 관리용 사무실과 사무실 길 건너 숲 한가운데에 있는 두 개의 거대한 회색 천막에 배치되어 있었다.

　「내가 괜히 너를 여기로 데려왔나 봐.」지바고가 말했다. 「아주 가까이 1킬로미터 반이나 2킬로미터 정도 떨어진 곳에 참호가 있고, 우리 포병 중대는 바로 저기, 이 숲 너머에 있어. 무슨 일이 일어나고 있는지 들리지? 영웅인 척 굴지 마, 난 안 믿어. 지금 간이 콩알만 해졌지, 그건 자연스러운 일이야. 매 순간 전황이 바뀔 수 있어. 이곳에 포탄이 떨어질 수도 있고.」

　숲길 땅 위에는 젊은 병사들이 배와 등에 먼지를 뒤집어쓰고 군복 저고리의 가슴과 겨드랑이에 땀을 흥건히 흘리며 무거운 장화를 신은 다리를 벌린 채 지친 모습으로 누워 있었는데, 그들은 수가 아주 줄어든 부대의 생존자였다. 꼬박 나흘 동안 지속된 전투에서 그들을 빼내어 짧은 휴식을 취하도록 후방으로 보냈던 것이다. 병사들은 돌덩어리처럼 누운 채 미소를 짓거나 상스러운 소리를 내뱉을 힘마저 없었다. 숲 깊

숙한 길을 따라 두 바퀴 짐수레 몇 대가 쿵쿵 울리며 빠르게
다가오는데도 머리 하나 돌리는 사람이 없었다. 용수철 없는
기관총 끌차였는데, 그 끌차는 위로 튕겨 오르면서 불쌍한
병사들의 뼈를 마저 부수고 속을 뒤집어 놓으며 부상병들을
응급 치료소로 날라 왔고, 그곳에서는 그들에게 응급조치로
신속히 붕대를 감고, 특별히 긴급한 몇몇 경우에는 시급하게
수술도 해주었다. 30분 전 폭격이 아주 짧게나마 잦아들었을
때 참호 앞 들판에서 끔찍할 정도로 많은 수의 병사들을 날
라 왔던 것이다. 다행히도 그들의 절반은 의식이 없었다.

  사무실 현관 계단으로 그들을 태워 오면 위생병들이 들것
을 들고 내려와 기관총 끌차에서 부상병들을 내리기 시작했
다. 천막 안에서 한 간호사가 입구 천막의 아래쪽을 들어 올
려 밖을 내다보았다. 지금은 그녀의 근무 차례가 아니었다.
그녀는 비번이었다. 천막들 너머 숲에서는 두 사람이 큰 소리
로 다투고 있었다. 시원하고 높은 숲은 그들의 다툼 소리를
크게 메아리치게 했지만, 그들이 하는 말은 들리지 않았다.
부상병들을 데리고 오자, 다투던 사람들이 사무실 쪽으로 가
려고 길로 나왔다. 흥분한 장교는 예전에 이곳 숲에 주둔했
던 포병대 창고가 어디로 이전했는지 알아내려고 유격대 의
사에게 소리를 지르고 있었다. 의사는 아무것도 아는 게 없
었고, 그와 상관도 없는 일이었다. 그는 장교에게 부상자들
이 실려 와서 해야 할 일이 있으니 물러나 더 이상 소리를 지
르지 말아 달라고 요청했지만, 장교는 진정하지 않고 적십자
와 포병대 소식 등 세상의 모든 것에 대해 물으러 다녔다. 지

바고가 의사에게 다가갔다. 그들은 서로 인사를 나눈 뒤 산림 관리용 건물로 올라갔다. 장교는 약간은 타타르식 억양으로 계속 크게 욕을 하면서, 나무에 묶여 있던 말을 푼 뒤 올라타고는 길을 따라 숲 깊은 곳을 향해 달려갔다. 간호사는 이 모든 장면을 계속 보고 있었다.

갑자기 그녀의 얼굴이 공포로 일그러졌다.

「뭐 하시는 거예요? 당신들 미쳤군요.」 그녀가 다른 사람들의 도움 없이 응급 치료소를 향해 들것들 사이로 걸어오는 경상자 두 명을 보고 이렇게 외치고는, 천막에서 뛰어나와 그들을 향해 달려갔다.

그들은 들것에 무섭게 소름 끼치도록 불구가 된 불행한 병사를 나르고 있었다. 폭발한 포탄 약통 바닥이 그의 얼굴을 산산이 부수어 그의 혀와 이를 피범벅으로 만들었지만, 그를 죽이지는 못하고 떨어져 나간 뺨의 자리, 턱뼈에 박혀 있었다. 부상병은 사람의 소리 같지 않은 가느다란 목소리로 짧게 끊으며 신음 소리를 냈고, 누구라도 그 소리를, 어서 그를 죽여 달라는, 의미 없이 연장되는 그의 고통을 멈추어 달라는 소리로 이해할 수 있었다.

간호사는 그의 신음 소리에 영향을 받아 옆에서 걷고 있던 경상자들이 맨손으로 그의 뺨에서 그 무서운 철 파편을 빼내려 한다고 생각했다.

「무슨 짓이에요, 그게 가능하다고 생각하세요? 그건 외과 의사가 특별한 도구로 빼내는 거예요. 만일 하게 된다면요. (주여, 주여, 그를 거두어 가소서, 제가 하느님의 존재를 의심치 않도록 하소서!)」

다음 순간 계단을 올라가던 중에 불구가 된 사람은 비명을 지르며 온몸을 부르르 떨더니 숨을 거두었다.

망신창이가 되어 숨을 거둔 사람은 예비역 병사 기마제트 딘이었고, 숲에서 소리를 지르던 장교는 그의 아들인 육군 소위 갈리울린이었으며, 간호사는 라라였고, 고르돈과 지바고는 목격자였다. 그들 모두 함께, 바로 옆에 있었으며, 어떤 이는 서로를 알아보지 못했고, 또 어떤 이는 서로를 안 적이 아예 없었으며, 어떤 일은 영원히 모르는 것으로 남았고, 또 어떤 일은 다음 기회에 새로운 만남을 기약하게 되었다.

11

이 지역의 마을들은 기적적으로 살아남았다. 그들은 파괴적인 바다 한가운데서 불가사의하게 온전히 보존된 섬 같았다. 고르돈과 지바고는 저녁에 집으로 돌아왔다. 해가 지고 있었다. 그들이 통과해 온 마을 중 한 곳에서는 젊은 카자크 병사가 주변 사람들과 사이좋게 웃어 젖히며 5코페이카 동전을 위로 던지고는 긴 코트를 입은 유대인에게 받으라고 시키고 있었다. 노인은 번번이 동전을 놓쳤다. 동전은 가련하게 벌린 그의 손 옆으로 날아가 진창에 빠지곤 했다. 노인은 동전을 주우려고 몸을 굽혔고, 카자크 병사는 그럴 때마다 그의 엉덩이를 찼으며, 주변에 서 있던 사람들은 헉헉대며 배꼽을 잡고 웃었다. 이게 오락거리의 전부였다. 아직까지는 큰 악의가 없었지만, 이것이 더 심각한 방향으로 흐르지 않으리라고 장담할 사람은 아무도 없었다. 반대편 오두막에서는 그의 아내인 노파가 노인에게 소리를 지르며 팔을 뻗고 달려 나왔다가는 매번 다시 두려운 마음에 몸을 숨기곤 했다. 오두막 창문에서는 두 소녀가 할아버지를 바라보며 울고 있었다.

이 모든 것이 극도로 재미있다고 여긴 군용 마차의 마부가 나리들에게 즐길 시간을 줄 요량으로 말들을 천천히 몰았다. 그러나 지바고는 카자크 병사를 불러 욕을 하며 조롱을 그만두라고 명했다. 「알겠습니다, 나리.」 그는 기꺼이 대답했다. 「우린 잘 모르고서 그냥 재미삼아 한 일입니다.」

남은 길을 가는 동안 고르돈과 지바고는 내내 입을 다물었다.

「끔찍하군.」 유리 안드레예비치가 자신들이 머무는 마을이 보이자 말문을 열었다. 「이번 전쟁에서 불쌍한 유대인 주민들이 얼마나 고통을 당했는지 너는 상상도 하지 못할 거야. 전쟁은 하필 그들의 강제 거주 구역[24] 내에서 벌어지고 있어. 이미 겪으며 감당해 온 고통에 무거운 세금, 파산도 모자라 뒤이은 학살과 조롱, 게다가 애국심이 부족하다는 비난까지 퍼붓고 있으니. 적군 치하에서는 모든 권리를 누리는데 아군 치하에서는 핍박만 당하니, 어떻게 애국심이 생기겠나. 그들에 대한 증오심 자체, 그 근본부터가 모순적이야. 마음을 감

---

[24] 예카테리나 2세의 칙령으로 1791년에 유대인 강제 거주 지역이 생겼고 1917년까지 존속된다. 유대인 강제 거주 지역은 우크라이나, 러시아 남부, 백러시아, 라트비아, 폴란드 국경 지역에 분포되어 있었다.

싸며 호의를 갖게끔 해야 하는데, 오히려 분노를 일으키거든. 그들의 가난, 인구 과잉, 타격을 물리치지 못하는 약함과 무능력. 이해가 안 가. 여기에는 뭔가 숙명적인 것이 있어.」

고르돈은 그에게 아무 대답도 하지 않았다.

12

그들은 다시 길고 좁은 창을 사이에 두고 양쪽에 누웠다. 밤이었고, 그들은 대화를 나누었다.

지바고는 고르돈에게 전선에서 황제를 봤던 이야기를 해 주었다. 그는 얘기를 잘했다.

그것은 그가 전선에서 보낸 첫해 봄의 일이었다. 그가 출장을 가게 된 부대의 사령부는 카르파티아산맥 안 분지에 있었고, 헝가리 계곡 쪽에서 그 분지로 들어가는 진입로를 그 부대가 봉쇄하고 있었다.

분지 바닥에는 기차역이 있었다. 지바고는 고르돈에게 그 지역의 풍경을 묘사해 주었다. 산에는 거대한 전나무와 소나무가 자라고, 그 산들 너머에는 하얀 구름 뭉치가 걸려 있으며, 숲 한가운데에는 빼곡한 모피 안에 닳고 닳아 털이 듬성해진 자리처럼 수직의 회색 편암과 흑연 절벽이 비죽이 드러나 있었다. 그 편암처럼 축축한 잿빛 4월의 아침이었고, 여기저기 주변의 높은 산에 짓눌려 마치 정지된 듯 답답한 아침이었다. 무더웠다. 증기는 분지 위에 머물러 온통 연기를 뿜

어내고 있었다. 기차역의 증기 기관차 연기, 초원의 잿빛 수
증기, 잿빛 산, 어두운 숲, 어두운 구름, 모든 것이 연기처럼
위로 피어올랐다.

그 시기에 황제는 갈리시아 지역을 순방하고 있었다. 갑자
기 그가 자신이 명예 총사령관이기도 한 이곳 부대를 방문한
다는 사실이 전해졌다.

그는 언제든 도착할 수 있었다. 그를 맞이하기 위해 승강
장에 의장대를 배치해 놓았다. 지루하게 기다리며 한두 시간
이 흘렀다. 이후 두 대의 수행 열차가 빠른 속도로 연이어 지
나갔다. 잠시 후에 황제의 열차가 다가왔다.

황제는 니콜라이 니콜라예비치 대공[25]을 대동하고 정렬한
척탄병들을 사열했다. 그가 조용히 인사하는 말 한 음절 한
음절마다 흔들리는 통 속에서 물이 출렁대며 튀기듯이, 만세
소리가 천둥처럼 울리며 폭발했다.

어색하게 미소 짓는 황제는 루블 지폐나 상패에서 본 것보
다 훨씬 더 연로하고 맥이 풀린 듯한 인상을 주었다. 그는 기
력이 없고 얼굴은 약간 부어 있었다. 그는 주어진 상황에서 자
신에게 요구되는 것이 무엇인지 모르는지 니콜라이 니콜라
예비치에게 매 순간 미안한 듯 곁눈질했고, 니콜라이 니콜라
예비치는 그에게 공손하게 귀를 기울여 말이 아니라 눈썹이
나 어깨의 움직임으로 그를 난감함에서 벗어나게 해주었다.

25 Nikolai Romanov(1856~1923). 니콜라이 1세의 손자이고, 니콜라이
1세의 3남인 니콜라이 니콜라예비치 로마노프의 아들이다. 제1차 세계 대전
때 러시아 제국의 육군과 해군의 최고 사령관이었다.

이 따뜻한 잿빛 산지의 아침에 황제는 안쓰러워 보였고, 저렇게 겁이 많은 소심함과 수줍음이 탄압자의 본질일 수 있다고, 저 연약함으로 사람을 처형하고 사면하고 체포하고 풀어 줄 수 있다고 생각하니 소름이 끼쳤다.

「황제는 뭐 이런 종류의 말을, 그러니까 나의 검과 나의 민족이여라고, 빌헬름[26]처럼 이런 풍으로 뭐든 말을 했어야만 했어. 반드시 민족에 대해 말했어야 했어. 그런데 알겠어? 황제는 러시아식으로 자연스러웠고, 그런 속악함을 보이기에는 비극적일 정도로 고상했어. 러시아에서는 그런 연극성이 의미 없거든. 왜냐하면 그건 인위적이니까, 그렇지 않아? 나는 카이사르 시대 때 민족들이 어땠는지 알아, 뭐더라 골족,[27] 혹은 수에비족[28]이나 일리리야족[29]이 있었지. 하지만 그 이후로 민족이란 황제들, 정치가들, 왕들이 연설을 하기 위해 존재하는 허구에 불과해.

지금은 전선에 특파원과 저널리스트가 넘쳐나고 있어. 〈관찰〉이니 민중의 지혜로운 말이니 하는 것을 기록하고, 부상병들을 세밀히 조사하고, 민족정신에 대한 새로운 이론을 세

26 카이저 빌헬름 2세(1859~1941)를 말한다. 그는 독일의 마지막 황제이자 1888년부터 1918년까지 강제 퇴위를 당한 프러시아의 왕이었다.

27 기원전 5세기부터 로마 시대까지 프랑스, 벨기에, 독일, 스위스 일부, 남부 이탈리아에서 살았던 켈트족 중 하나이다. 현대 프랑스인들의 선조였다고 간주된다.

28 기원전 1세기에서 기원후 2세기에 엘바강의 분지에 살았던 고대 게르만족을 포함해 동게르만 거주민을 통칭한다.

29 고대에 발칸반도 북서부와 아펜니노반도 남동부 일부에 살았던 인도 유럽 민족과 친족 관계인 민족의 통칭이다.

우고 있지. 이건 자기들 식의 새로운 달[30]인데, 마찬가지로 허구이지, 무절제하게 터져 나오는 말을 언어학적으로 미친 듯이 기록한 거야. 이런 게 한 타입이고. 또 다른 타입도 있어. 단속적인 말, 〈메모와 스케치〉, 회의주의, 인간 혐오 같은 거지. 예를 들면 어떤 사람이 쓴 이런 문장을 읽은 적이 있어(내가 직접 읽었지). 〈어제처럼 잿빛의 날이다. 아침부터 비가 내리는 궂은 날씨이다. 창밖 길을 바라본다. 길을 따라 무한한 대오를 지어 포로들이 길게 늘어서 있다. 부상병들을 나른다. 대포를 쏜다. 또다시 총을 쏜다, 어제처럼 오늘도, 오늘처럼 내일도, 그렇게 매일, 매 시각······.〉 생각 좀 해봐, 얼마나 통렬하고 예리한 문장인지! 하지만 이 사람은 왜 대포한테 화를 내는 걸까? 대포에게 다양함을 요구하다니, 이 얼마나 이상한 주장이야! 날이면 날마다 대포 대신 열거와 쉼표와 문구들을 끊임없이 쏴대는 자기 자신에게 놀라는 게 더 낫지 않을까? 벼룩이 튀어 오르듯 성급한 저널리즘의 인간애로 총질해 대는 짓을 왜 멈추지 않는 걸까? 새로워져야 하고 반복하면 안 되는 건 대포가 아니라 자신이라는 것을, 그리고 거대한 양의 무의미한 내용을 노트에 축적하는 것으로는 아무 의미도 찾을 수 없다는 것을, 사람이 그 안에 자기 자신의 무언가를 주입하지 않는 한 제멋대로인 인간적 천재성, 혹은 뭐든 이야기를 그 안에 주입하지 않는 한 사실도 없다는 것을 그는 어째서 이해하지 못하는 걸까.」

30 Vladimir Dahl(1801~1872). 『대러시아어 주석 사전』을 엮은 유명한 러시아 사전 편찬자이다.

「놀라울 정도로 맞는 말이야.」 고르돈이 그의 말을 가로막았다. 「이제 오늘 우리가 본 장면에 대해 대답할게. 가련한 유대인 가장을 조롱한 그 카자크 사람은 수천 가지의 비슷한 경우와 마찬가지로 가장 단순한 저열함의 일례일 뿐이고, 깊이 머리 쓸 것도 없이 면상을 치면 그만이야. 그러나 전체적으로 유대인 문제에 철학이 보태지면 예기치 않은 방향으로 전환되지. 하지만 난 여기서도 네게 새로운 건 아무것도 말할 수 없어. 너와 마찬가지로 내 생각은 모두 네 삼촌으로부터 나온 거니까.

너는 묻고 있어, 민족이라는 게 뭐냐고? 민족과 씨름할 필요가 있을까? 민족에 대해 생각하지 않는 자들, 자기 일의 아름다움 자체와 승리를 통해 민족을 범민족성에 포함되도록 유도하고, 그것을 찬미하며 영구케 하는 자들이 민족을 위해 더 많은 일을 하고 있는 게 아닐까? 물론이지, 물론이고말고. 기독교 시대에 어떤 민족에 대해 얘기가 가능할까? 이건 그냥 민족들이 아니라 그리스도에게로 돌아온, 새로운 피조물로서의 민족들이야, 중요한 건 바로 그 변화에 있지 낡은 토대에 대한 충성심에 있는 게 아니야. 복음서를 상기해 봐. 복음서는 이 주제에 대해 뭐라고 말했지? 첫째, 복음은 그건 그거고 이건 이거라는 식의 주장이 아니었어. 복음은 소박하고 소심한 제안이었어. 복음은 제안하지. 이전과는 같지 않은 새로운 모습으로 존재하고 싶은가? 영혼의 더없는 행복을 원하는가? 그리고 복음에 사로잡힌 모든 사람들이 천년 동안 그 제안을 받아들였어.

복음서에 하느님의 왕국에는 헬라인도, 유대인도 없다고
했는데,[31] 그 말이 하느님 앞에서 모든 사람이 평등하다는 것
만을 말하고 싶었던 걸까? 아니야, 그것을 위해 복음서가 필
요했던 건 아니야, 복음서 전에도 그리스의 철학자들이, 로마
의 도덕가들이, 구약의 선지자들이 그걸 알고 있었어. 그러나
복음서에서 말하고 있어. 하느님의 나라라고 불리는 그 마음
에 떠오른 새로운 존재 방식과 새로운 소통의 형태 안에 민족
들은 존재하지 않고 개인만이 존재한다고.

방금 너는 의미를 부여하지 않으면 사실 자체가 무의미하
다고 말했어. 사실이 인간을 위해 의미를 〈획득〉하기 위해서
는 사실에 의미를 부여해야 하는데, 그것이 바로 기독교, 개
인의 신비야.

그리고 우리는 삶과 세상에 대해 총체적으로 말할 거리가
없는 범용한 활동가에 대해서도 이야기했는데, 편협한 문제
에만 관심을 가진 이 이류 세력은 자꾸 남달리 작은 민족에
대해 말하는 데만, 그 민족이 고통을 당하는 것에만, 연민에
기대어 평가하고 논하고 돈을 버는 일에만 관심이 있지. 이
맹목적인 세력의 완전하고 유일한 희생자가 유대인이야. 필
연적으로 민족이어야 하고 민족으로만 남아야 한다는 진저
리 나는 생각이 민족적 관념으로 수 세기 동안 그들 위에 자
리 잡고 있었는데, 언젠가 이들의 대오에서 나온 한 세력에

---

31 사도 바울의 「갈라디아인들에게 보낸 편지」 3장 28절을 말한다. 〈유
다인이나 그리스인이나 종이나 자유인이나 남자나 여자나 아무런 차별이 없
습니다. 그리스도 예수 안에서 여러분은 모두 한 몸을 이루었기 때문입니다.〉

힘입어 전 세계는 이 굴욕적인 과제에서 벗어났어. 이 얼마나 놀라운 일이야! 어떻게 그런 일이 일어날 수 있었을까? 그 축일, 귀신도 곡할 범용함으로부터의 해방, 일상의 무지로부터의 비상, 이 모든 것이 그들의 땅에서 탄생했고, 그들의 언어로 얘기되었으며, 그들의 족속에 속한 것이었어. 그들은 그것을 보고 들었지만 놓쳐 버렸지. 어떻게 그들은 그렇게 빨아들일 듯 아름답고 힘 있는 영혼이 그들을 떠나도록 그냥 내버려 둘 수 있었을까? 그 영혼의 승리와 지배를 보면서도 어떻게 그들은 자기들이 언젠가 내팽개쳤던 그 기적의 텅 빈 껍데기로만 남아 있을 생각을 했을까? 이 자발적인 고난이 누구에게 유익이 되며, 수 세기 동안 아무 죄도 짓지 않은 노인, 여인, 아이들, 그러니까 선을 행할 수 있는 능력과 진심 어린 소통을 할 능력이 있는 그토록 섬세한 사람들이 피를 흘리고 조롱을 당하는 게 누구에게 필요했던 걸까! 모든 민족을 사랑하는 문필가들은 왜 그렇게 다들 게으르고 재능이 없는 걸까? 어째서 민족 사상의 지배자들은 세계적인 비애[32]와 아이러니한 지혜의 쉽게 주어진 형식 이상으로 나아가지 못하는 걸까? 증기 보일러가 압력을 못 이겨 터지듯이 철회할 수 없는 자신의 의무와 결별하는 한이 있더라도 도대체 왜 그들은 무엇을 위해 싸우는지, 무엇을 위해 학살하는지 모르는 이 부

32 세계적인 비애는 독일 작가 장 폴(1763~1825)이 도입한 용어이다. 낭만주의 작가들의 작품에 널리 퍼진 염세주의적인 세계관을 표현하는 것이다. 바이런, 프랑수아 르네드 샤토브리앙, 알프레드 드 뮈세, 미하일 유리예비치 레르몬토프, 헨리 하이네의 작품에 널리 퍼져 있었다. 세상과 세상의 가치에 대한 실망, 그로 인한 우울증, 체념 혹은 절망이 이 비애의 특징이다.

대를 해산시키지 않은 걸까? 어째서 〈정신 차리시오. 충분하오. 더 이상 필요하지 않소. 이전처럼 부르지 마시오. 뭉쳐 있지 말고 흩어지시오. 다른 사람들과 함께하시오. 그대들이야말로 세상에서 최초이자 가장 훌륭한 기독교도요. 그대들 중에서 가장 형편없고 약한 자들이 그대들에게 맞서라고 한 대상이 바로 그대들이란 말이오……〉라고 말하지 않는 걸까.」

13

다음 날 식사를 하러 와서 지바고가 말했다.

「떠나고 싶어서 안달이었는데, 네 소원대로 되었구나. 〈너의 행운〉이라는 말은 못 하겠다, 우리를 또다시 밀어내거나 공격하고 있으니, 행운일 게 뭐 있겠니? 동쪽 길은 자유로운데, 서부 전선에서는 우리가 밀리고 있어. 모든 군 위생 시설은 이동하라는 명령이 떨어졌어. 내일이나 모레 철수할 거야. 어디로 갈지는 모르겠어. 그런데 카르펜코, 미하일 그리고리예비치의 내의는 세탁해 놓지 않았겠지. 늘 똑같은 얘기지. 아주머니가, 아주머니가, 라고 늘 얘기하는데, 그게 누구냐고 물으면 자기도 그게 누군지를 몰라, 얼간이 같으니.」

그는 변명을 늘어놓는 위생병의 소리를 듣지 않았고, 지바고의 내의를 닳게 하고 그의 셔츠를 입고 떠나게 되어 속을 태우는 고르돈에게도 주의를 기울이지 않았다. 지바고는 계속해서 말했다.

「아, 진군하는 우리네 생활은 집시들의 유랑 생활 같아. 이 곳에 들어왔을 때 모든 게 마음에 들지 않았어. 벽난로도 이상한 데 있고, 천장도 낮고 더럽고 숨이 막혔지. 그런데 이제는 죽인다 해도 여기 오기 전에 어디 있었는지 기억나지 않아. 화장벽돌 위로 반짝거리는 햇살과 이 벽난로의 모서리, 난로 위에 어른거리는 가로수의 그림자를 바라보면 여기서 한 세기는 살 수 있을 것 같아.」

그들은 서두르지 않고 짐을 싸기 시작했다.

한밤중에 시끄러운 소리, 비명 소리, 총소리와 떠들썩하게 돌아다니는 소리가 그들을 깨웠다. 마을에는 불길하게 불이 밝혀졌다. 창 옆으로 그림자가 어른거렸다. 벽 뒤에서 주인들이 잠에서 깨어 움직이기 시작했다.

「거리로 나가 봐, 카르펜코, 무슨 일로 이런 소동이 일어났는지 알아봐.」 유리 안드레예비치가 말했다.

곧 모든 일이 밝혀졌다. 얼른 옷을 입은 지바고는 소문을 확인하기 위해 진료소에 다녀왔고, 소문은 사실로 확인되었다. 독일군이 그 지역에서 저항군을 분쇄했다는 것이다. 방어선이 마을 근처로 더 가까이 이동했고, 점점 더 다가오고 있었다. 마을이 포격당하고 있었다. 철수 명령을 기다릴 것도 없이 야전 병원과 부대 시설은 서둘러 이동하기 시작했다. 모든 것이 해 뜨기 전에 완료될 예정이었다.

「너는 첫 수송 열차를 타고 떠나도록 해. 마차가 지금 출발하려 하는데, 너를 기다려 달라고 말해 놓았어. 잘 가. 너를 바래다주고 마차에 타는 걸 봐야겠어.」

그들은 부대를 무장시키고 있던 마을의 다른 쪽 끝으로 달려갔다. 그들은 집들 옆을 지나가면서 몸을 굽히고 집의 돌출부에 몸을 숨겼다. 거리에서는 총탄이 노래를 부르듯 핑핑 소리를 내고 있었다. 들판을 가로질러 난 교차로에서는 유산탄이 폭발하며 화염이 우산처럼 펼쳐졌다.

「너는 어떻게 할 건데?」고르돈이 달리면서 물었다.

「나는 나중에. 물건을 가지러 집에 가봐야겠어. 나는 이진과 함께 갈 거야.」

그들은 마을 어귀에서 헤어졌다. 수송 대열을 이루는 몇 대의 수레와 마차가 서로 부딪치다가 점차 일렬로 정렬하며 움직였다. 유리 안드레예비치는 떠나는 친구에게 손을 흔들어 주었다. 불붙은 창고의 불빛이 그들을 비추었다.

유리 안드레예비치는 다시 오두막들을 따라 걸으며 오두막 모퉁이를 방패 삼아 집을 향해 빠른 걸음으로 되돌아가기 시작했다. 숙소 현관에 이르기 전 두 집 뒤에서 일어난 폭발로 인한 공기 파동이 그를 쓰러뜨렸고, 유산탄에 부상을 입었다. 유리 안드레예비치는 피를 흘리며 길 한복판에 쓰러져 의식을 잃었다.

14

피난을 간 병원은 서쪽 지역 한 도시의 철로 옆, 사령부와 이웃해 있었다. 2월 말의 따뜻한 날들이 계속되었다. 회복기의 환자들을 위한 장교 병동, 그곳에 치료차 누워 있던 유리 안드레예비치의 요청에 따라 그의 침대 근처에 있는 창문은 열려 있었다.

점심 식사 시간이 다가오고 있었다. 환자들은 각자 할 수 있는 일들로 그때까지 남은 시간을 때우고 있었다. 병원에 새 간호사가 왔고, 오늘 처음으로 그들을 순회할 것이라는 말이 돌았다. 유리 안드레예비치의 반대편에 누워 있던 갈리울린은 이제 막 받은 신문인『말』,『러시아어』를 대강 훑어보면서 검열로 인해 인쇄되지 않은 공백을 보고 격분했다. 유리 안드레예비치는 야전 우체국에 쌓여 있다가 이제 막 배달된 토냐의 편지를 읽고 있었다. 편지지와 신문지가 바람에 살랑살랑 흔들렸다. 가벼운 발자국 소리가 들렸다. 유리 안드레예비치는 편지에서 눈을 들었다. 병실 안으로 라라가 들어왔다.

유리 안드레예비치와 육군 소위는 서로 알아채지 못한 채 각자 따로 그녀를 알아보았다. 그녀는 두 사람 다 알지 못했다. 그녀가 말했다.

「안녕하세요? 어째서 창문이 열려 있지요? 춥지 않으세요?」그녀가 갈리울린에게 다가갔다.

「어디가 불편하세요?」그녀는 이렇게 묻고 맥박을 재려고 그의 손을 잡았지만, 곧바로 손을 놓고 당황한 듯 그의 침대 옆 의자에 앉았다.

「정말 뜻밖이군요, 라리사 표도로브나.」갈리울린이 말했다.「저는 남편분과 한 연대에서 복무했고, 파벨 파블로비치와 알고 지냈습니다. 부인께 드릴 그 사람 물건이 제게 있습니다.」

「그럴 리가요, 그럴 리가 없어요.」 그녀가 되뇌었다. 「정말 놀라운 우연이군요. 그 사람을 아신다는 말씀이지요? 어서 말씀해 주세요, 다 어찌 된 일인가요? 그 사람이 죽어서 땅에 묻혔나요? 아무것도 숨기지 마세요, 걱정하지 마시고요. 저는 모든 걸 알고 있어요.」

갈리울린에게는 그녀가 소문에서 얻은 정보를 확인해 줄 용기가 부족했다. 그는 그녀를 안심시키기 위해 거짓말을 하기로 결심했다.

「안티포프는 포로로 잡혔습니다.」 그가 말했다. 「공격할 때 자기 부대와 함께 너무 멀리 앞으로 돌진해 들어가는 바람에 고립되었습니다. 그 사람을 포위했지요. 항복하지 않을 수 없었어요.」

그러나 라라는 갈리울린을 믿지 않았다. 놀라울 정도로 급작스럽게 이루어진 대화가 그녀를 흥분시켰다. 그녀는 터져 나오는 눈물을 감당할 수 없었지만, 낯선 사람들 사이에서 울고 싶지 않았다. 그녀는 얼른 일어나 복도에서 눈물을 삭이려고 병실 밖으로 나왔다.

1분 후 그녀는 겉으로 보기에 평온한 상태로 돌아왔다. 그녀는 다시 울음을 터뜨리지 않으려고 일부러 갈리울린 쪽을 보지 않았다. 그녀는 곧바로 유리 안드레예비치의 침대로 다가가 건성으로 부자연스럽게 말했다.

「안녕하세요, 어디가 불편하세요?」

유리 안드레예비치는 그녀의 흥분과 눈물을 보자, 그녀에

게 무슨 일이 있는지 묻고 평생 그녀를 두 번, 김나지움 학생
때와 대학 과정 학생일 때 본 적이 있다고 말하고 싶었지만,
그러면 너무 격의가 없어져서 그녀가 자신을 오해할 거라는
생각이 들었다. 그 후 문득 돌아가신 안나 이바노브나가 무덤
에 누운 모습과 당시 토냐가 십체프에서 비명을 지른 장면이
떠올라 그는 마음을 억누르고 그런 말을 하는 대신 이렇게 말
했다.

「감사합니다. 저는 의사라서 제 힘으로 치료하고 있습니
다. 필요한 건 아무것도 없습니다.」

〈이 사람은 왜 내게 화가 난 거지?〉 라라는 이렇게 생각하
고는 전혀 특별한 점이라고는 없는 들창코의 낯선 사나이를
바라보았다.

며칠 동안 변화무쌍하고 불안정한 날씨가 이어졌고, 밤마
다 따뜻하고 조잘대는 듯한 바람이 젖은 흙냄새를 풍기며 불
어왔다.

그 무렵 총사령부로부터 이상한 정보가 들어왔고, 국내와
집 쪽에서 불안한 소문이 들려왔다. 페테르부르크와의 전보
통신이 끊겨 버렸다. 여기저기 구석구석에서 정치적인 대화
들이 오가기 시작했다.

당직을 할 때마다 간호사 안티포바는 아침과 저녁 두 번
회진을 했고, 다른 병실 환자들과 갈리울린, 그리고 유리 안
드레예비치와 별 의미 없는 말을 주고받았다. 〈호기심을 끄
는 이상한 사람이야.〉 그녀는 생각했다. 〈젊은데 무뚝뚝해. 들
창코에 아주 잘생겼다고는 할 수 없어. 하지만 좋은 의미에서

똑똑하고 생기 있고 매력적인 지성을 지닌 사람이야. 그런데 문제는 그게 아니야. 어서 이곳에서 내 임무를 마치고 카텐카가 있는 모스크바로 가야 해. 모스크바에서 간호사직을 사임하고 유랴틴의 집으로, 김나지움 교사직으로 돌아가야 해. 가련한 파툴레치카[33]에 대해서는 모든 것이 분명해졌어, 아무 희망이 없어, 이런 마당에 그이를 찾겠다는 일념으로 더 이상 야전 여장부로 남을 이유는 없어, 그이를 찾기 위해서 했던 일이니까.〉

카텐카는 지금 어떻게 지내고 있을까? 가련한 고아 같으니(이때 그녀는 울기 시작했다). 최근 아주 급격한 변화가 눈에 띄었다. 얼마 전에는 조국에 대한 의무, 군인의 용기, 고상한 사회적 감정은 신성한 것이었다. 그러나 전쟁에서 패하자 그것이 큰 재앙이 되어, 이로 인해 나머지 모든 것이 빛을 잃고 신성한 것이라고는 없어졌다.

갑자기 어조도 공기도 모든 것이 변해 버렸다. 어떻게 생각해야 할지, 누구의 말에 귀를 기울여야 할지 모르게 되었다. 마치 어린아이처럼 평생 손을 잡고 데리고 다니다가 갑자기 손을 놓고 혼자 걷는 걸 배우라고 하는 것 같았다. 주변에는 아무도, 가까운 사람도, 권위자도 없었다. 이럴 때는 전복된 인간의 제도가 아니라 가장 중요한 것, 그러니까 생명의 힘, 아름다움 혹은 진실과 같은 것이 우리를 다스리도록 그것들에 몸을 맡기고 싶어진다. 유감없이 온전하게, 이미 끝장나고 해체된 일상적이고 평화로운 삶일 때 그랬던 것보다 더 온전

33 파벨의 애칭인 파툴랴의 지소형으로 더 애틋하게 부르는 것이다.

하게 몸을 맡기고 싶어진다. 그러나 그녀의 경우에는 — 라라는 제때 알아차렸다 — 그런 목적이자 절대적 대상은 카텐카가 되리라. 이제 파툴레치카도 없는 상황에서 라라는 어머니일 뿐이니, 가련한 고아인 카텐카에게 온 힘을 쏟을 것이다.

유리 안드레예비치는 고르돈과 두도로프가 허락 없이 출간한 그의 책이 호평을 받아 문인으로서의 앞날이 촉망된다는 평가를 받고 있고, 현재 모스크바는 아주 흥미롭고 불안하며 하층민의 소리 없는 분노가 커져서 뭔가 중요한 사건이 터지기 직전이며, 심각한 정치적 사건이 다가오고 있다는 내용의 편지를 받았다.

늦은 밤이었다. 유리 안드레예비치는 지독한 졸음에 사로잡혔다. 그는 간간이 졸면서 하루 종일 너무 흥분한 나머지 잠들 수 없는 거라고, 또 자기가 자고 있지 않다고 생각했다. 창밖에서는 잠에 취해 졸 듯 숨 쉬는 바람이 하품을 하며 뒤척이고 있었다. 바람은 울면서 웅얼거렸다. 〈토냐, 슈로치카, 내가 너희들을 얼마나 그리워하는지, 얼마나 집으로, 일터로 가고 싶은지!〉 유리 안드레예비치는 바람이 웅얼거리는 소리를 들으며 잠을 자다가, 행복과 고통의 급격하고 불안한 교차를 겪으며 자다 깨다를 반복했다. 그건 마치 그날의 변덕스러운 날씨, 그날의 변화무쌍한 밤 같았다.

라라는 생각했다. 〈그 사람은 이 기념물, 가련한 파툴레치카의 이 물건들을 간직하는 세심함을 보여 줬는데, 나는 정말 짐승처럼 누구인지, 어디서 왔는지조차 묻지 않았네.〉

다음 날 아침 회진을 돌 때 그녀는 빠뜨린 것을 채우고, 자신의 배은망덕의 흔적을 지우기 위해 갈리울린에게 모든 일을 묻고는 아아, 오오 탄식을 했다.

「주여, 당신의 뜻은 거룩하나이다! 브레스츠카야 거리 28번지, 티베르진의 집, 1905년 혁명이 일어난 겨울! 유숩카? 아니요. 유숩카는 모르는 사람이든지, 하여간 기억이 안 나요, 죄송해요. 하지만 그해, 그해와 마당은 기억나요! 그건 사실이에요, 정말로 그런 마당과 그런 해가 있었어요!」 오, 얼마나 생생하게 그녀는 그 모든 일을 느꼈던지! 당시의 충격도 (어땠더라, 주여 기억나게 하소서), 〈그리스도의 마음〉도! 오, 어린 시절에 처음 겪은 일은 얼마나 강렬하게 새겨지는가! 「죄송해요, 죄송해요, 어떻게 되신다고 했죠? 소위님이요? 네, 네, 제게 벌써 얘기하셨지요. 감사해요, 얼마나 감사한지 몰라요. 오시프 기마제트디노비치, 제게 어떤 추억과 어떤 생각을 일깨워 주셨는지 모르실 거예요!」

그날 하루 종일 그녀는 〈그 마당〉을 마음에 품고 다니며 계속 탄식했고, 거의 생각을 소리 내어 말했다.

생각해 보라, 브레스츠카야 거리 28번지라니! 또다시 충격이 오지만 이건 몇 배나 두려워! 이건 〈소년들이 총을 쏘고 있는 것〉이 아니야. 소년들이 자라서 모두 이곳에 있어, 병사가 되어 그 마당과 그 시골의 민초들이 모조리 이곳에 있는 거야. 놀라워! 놀라운 일이야!

부상병들과 들것이 필요 없는 환자들이 막대기와 목발을 두드리며 이웃 병실에서 들어와 앞다퉈 소리 지르기 시작했다.

「긴급 사태예요. 페테르부르크에서 시가전이 일어났답니

다. 페테르부르크 수비대가 봉기를 일으킨 편으로 돌아섰답
니다. 혁명이에요.」

제5부

옛일과의 결별

1

소도시는 멜류제예보라고 불렸으며, 흑토 지대[1]에 있었다.
도시로 몰려오는 부대와 수레들이 일으키는 검은 먼지가 도
시의 지붕 위에 메뚜기 떼처럼 걸려 있었다. 이들은 아침부
터 저녁까지 전선에서 오거나 전선으로 가는 양방향으로 움
직이고 있었는데, 전쟁이 계속되고 있는지 아니면 벌써 끝났
는지 제대로 파악할 수도 없었다.

매일 끝도 없이 새로운 일거리가 버섯처럼 생겨났다. 모든
일에 그들이 선택되었다. 그 자신과 중위 갈리울린, 간호사
안티포바, 그들의 동료들 중 몇 명과 경험 많고 일을 할 줄 아
는 대도시 출신 주민들 모두가 남김없이.

그들은 도시 자치 위원회의 자리를 채우고, 군대 내 말단
자리와 위생 부서에서 군사 정치 위원으로 일했는데, 이런 업
무의 교대를 야외 오락이나 술래잡기를 하는 것처럼 여겼다.

1 우크라이나 북부와 남부 러시아에 이르는 지역을 말한다.

그러나 그들은 이 놀이에서 벗어나 집으로, 그리고 자신이 늘
하던 일로 돌아가고 싶은 마음이 점점 더 간절해졌다.

일로 인해 지바고와 안티포바는 더 자주 만나게 되었다.

2

비가 내리자 도시의 검은 먼지는 커피색인 짙은 밤색 진창
으로 변해 대부분 포장되지 않은 도시의 거리를 뒤덮었다.

도시는 크지 않았다. 도시 안의 어떤 장소에서든 길모퉁이
만 돌면 바로 암울한 초원, 어두운 하늘, 전쟁의 광야, 혁명의
광야가 눈앞에 펼쳐졌다.

유리 안드레예비치는 아내에게 이렇게 썼다.

〈군대의 붕괴와 무질서가 계속되고 있어. 병사들에게서
규율과 전투 의지를 끌어 올리려는 조치를 취하고 있지. 근
처에 주둔하고 있는 부대를 돈 적이 있어.

이제 추신을 대신해서 말하자면, 이 말을 훨씬 더 일찍 당
신에게 쓸 수도 있었지만, 하여간 나는 지금 모스크바에서 온
우랄 출신 간호사인 안티포바라는 여자와 함께 일하고 있어.

당신 어머니께서 돌아가신 그 무서운 날 밤, 크리스마스 파
티에서 한 소녀가 검사에게 총을 쐈던 일 기억나? 나중에 그
소녀는 재판을 받은 것 같아. 그때 당신한테도 이야기했던
것으로 기억하는데, 미샤와 나는 당신 아버지와 함께 갔던
한 지저분한 호텔방에서 당시 김나지움에 다니던 그 여학생

을 본 적이 있어. 무슨 목적으로 갔는지는 기억나지 않지만 혹독할 정도로 추운 밤이었고, 지금 생각하니 프레스냐 무장봉기 때였던 것 같아. 그 소녀가 바로 안티포바야.

몇 번이나 집으로 가려고 노력했어. 그런데 그게 그렇게 간단하지가 않아. 주로 일 때문에 지체되는 건 아니야, 그런 일쯤이야 아무 손실 없이 다른 사람에게 넘겨줄 수 있으니까. 여행 자체가 어려워. 기차가 전혀 다니지 않고, 설사 간다고 하더라도 사람들로 꽉 차서 그 위에 도저히 탈 수가 없어.

물론 그렇다고 해서 이런 상황이 계속될 수는 없는 일이니 나와 갈리울린, 안티포바를 포함해 치료가 다 된 사람, 퇴직했거나 제대한 몇몇 사람은 무슨 일이 있어도 다음 주에는 떠나기로 결정했고, 편하게 탑승하기 위해 다른 날 따로따로 출발하기로 했어.

머리에 눈이 내리듯 어느 날 갑자기 내가 그곳에 나타날 수도 있어. 하지만 전보를 치려고 애써 볼게.〉

그러나 출발하기도 전에 유리 안드레예비치는 안토니나 알렉산드로브나의 답신을 받아 볼 수 있었다.

통곡이 복잡한 문장의 구성을 무너뜨리고 눈물 자국과 얼룩이 구두점이 되어 버린 그 편지에서 안토니나 알렉산드로브나는 모스크바로 돌아오지 말고 그 경이로운 간호사를 따라 곧장 우랄로 가라고 남편을 설득하고 있었다. 그런 징조들과 우연의 일치를 동반하는 그녀의 삶은 자신의 소박한 삶의 여정과는 비교할 수 없다는 것이었다.

〈사센카와 아이의 미래에 대해서는 걱정하지 마.〉 그녀가 썼다. 〈당신이 그 아이를 부끄럽게 여길 일은 없을 거야. 당신이 어릴 때 우리 집에서 봤던 규범대로 기르겠다고 약속할게.〉

〈미쳤구나, 토냐.〉 유리는 곧바로 답신했다. 〈무슨 의심을 하는 거야! 당신, 당신에 대한 생각, 이 무시무시하고 파괴적인 전쟁터에서 보낸 2년 동안 당신과 집에 대한 일편단심이 나를 죽음과 온갖 종류의 파멸에서 구했다는 것을 당신은 정말 모른다는 거야, 아니면 충분히 잘 모르는 거야? 하지만 말할 필요도 없겠어. 우리는 곧 볼 것이고, 예전의 삶이 시작될 거야, 그럼 모든 게 설명되겠지.

하지만 당신이 이런 답신을 할 수 있었다는 것이 전혀 다른 식으로 나를 놀라게 했어. 만일 내가 그런 답장에 빌미를 주었다면 내가 정말 모호하게 행동한 것일 수도 있고, 그녀가 그런 오해를 사도록 한 잘못도 있을 테니 그녀에게도 사죄해야겠어. 나는 그녀가 가까이에 있는 몇몇 마을을 순회하고 돌아오는 즉시 그렇게 할 거야. 예전에 주와 읍에만 있던 젬스트보가 이제는 더 작은 단위와 면에도 도입됐어. 안티포바는 마침 이 새 입법 기관에서 지도자로 일하는 지인을 도와주려고 떠났어.

안티포바와 한 건물에 살면서도 아직까지 그녀의 방이 어디에 있는지 모르고, 단 한 번도 거기에 관심을 가져 본 적이 없다는 사실이 놀랍군.〉

3

두 개의 큰 도로가 멜류제예보에서 동쪽과 서쪽으로 나 있었다. 하나는 비포장도로로 숲을 지나 곡류를 거래하는 장소인 지부시노로 이어졌는데, 그곳은 행정상으로 멜류제예보에 속했지만 모든 면에서 그곳을 앞서고 있었다. 자갈이 깔린 다른 도로는 여름에 물이 말라 버리는 늪지의 초원을 가로질러 멜류제예보에서 멀지 않은 곳에서 만나는 두 철로의 대피역인 비류치로 이어졌다.

6월, 지부시노에서는 제분공 블라제이코가 선포한 지부시노 독립 공화국이 2주 동안 지속되었다.

공화국은 대변혁의 순간에 무기를 들고 자리에서 이탈해 비류치를 통해 지부시노에 들어온 제212 보병 연대 탈영병에 의해 유지되었다.

공화국은 임시 정부[2]의 권력을 인정하지 않았고, 러시아의 나머지 지역과도 고립되어 있었다. 젊었을 때 톨스토이와 편지를 교환했던 이단 블라제이코는 지부시노를 노동과 재산을 공유하는 새로운 천년 왕국으로 선포했고, 읍 행정청을 사도국이라고 이름을 바꿔 버렸다.

지부시노는 언제나 전설과 과장의 근원지였다. 이곳은 깊

---

2 니콜라이 2세의 퇴위와 제정 러시아의 종언을 이끌어 낸 1917년 2월 혁명(2월 23일부터 27일까지 일어난) 이후, 비공산주의 자유주의자들의 당과 사회주의당들이 연합해 만든 임시 정부가 출범한다. 그 정부의 수반은 의회 민주주의자인 대공 게오르기 르보프(1861~1925)였고, 1917년 7월에 사회혁명당의 알렉산드르 케렌스키(1881~1970)가 르보프 대공을 대신하게 된다.

은 숲속에 위치한 데다 동란의 시대[3]의 기록에도 언급되어 있으며, 그 주변은 그 이후의 시기에도 도둑들이 들끓던 곳이었다. 이곳 상인들의 부유함과 환상적일 정도로 비옥한 토양은 화젯거리였다. 몇 가지 전설과 풍습, 전선 지대의 이 서부를 특징짓는 특별한 말투는 바로 지부시노에서 비롯된 것이었다.

최근에 회자되는 근거 없는 소문은 블라제이코의 주요 참모에 대한 것이었다. 그는 태어나면서부터 귀머거리인데, 영감의 영향을 받아 말하는 능력을 얻어서 청산유수로 말을 다 마친 후에는 그 능력을 다시 잃어버리는 것 같다는 소문이었다.

7월에 지부시노 공화국이 무너졌다. 그 자리에는 임시 정부에 충성하는 부대가 들어왔다. 탈영병들은 지부시노에서 쫓겨나 비류치로 물러났다.

그곳 길 너머 사방 수천 킬로미터에 걸쳐 숲이 벌채된 데다 산딸기로 뒤덮인 나무 그루터기가 솟아 있고, 내가지 못한 오래된 목재는 절반은 분실된 채 적재되어 있으며, 한때 이곳에서 계절 품팔이로 일한 벌목공들의 움막이 무너진 채 남아 있었다. 탈영병들은 그곳에 자리를 잡았다.

---

3 1598년 류리크 왕조의 마지막 황제 표도르 이바노비치의 사망 이후부터 로마노프 왕조의 미하일 로마노프가 즉위한 해인 1613년까지의 기간을 말한다. 황제 표도르 이바노비치의 사망 이후 황제의 매형이자 최측근이었던 보리스 고두노프(1551~1605)가 황위에 오르는데, 그가 이반 뇌제의 막내아들 드미트리를 어린 시절에 암살하여 왕좌를 찬탈한 것이라는 소문이 돌고, 가짜 드미트리 왕자가 등장해 외세의 힘을 등에 업고 러시아를 침략하면서 동란의 시대가 시작된다.

4

의사가 치료를 받고 나중에 복무하다가 지금은 떠나려고 하는 병원은 자브린스카야 백작 부인이 전쟁 초기에 부상자를 위해 기부한 그녀 소유의 저택 안에 있었다.

2층 저택은 멜류제예보에서 가장 훌륭한 장소 중 한 곳이었다. 저택은 이른바 연병장이라고 불리는 도시의 중앙 광장과 중심 거리가 교차하는 지점에 위치했다. 예전에는 그 광장에서 병사들이 훈련을 받았지만, 지금은 밤마다 집회가 열렸다.

여러 방향의 교차로에 위치한 까닭에 저택에서 바라보는 전망은 훌륭했다. 저택에서는 중심 거리와 광장 외에도 인접한 이웃집 마당도 보였는데, 그 집은 농촌과 전혀 다를 바 없는 가난한 시골 살림살이였다. 또한 그 집 뒷담을 통하면 백작 부인의 오랜 정원도 펼쳐졌다.

이 저택은 자브린스카야 부인에게 그 자체로 가치 있다고 여겨진 적이 단 한 번도 없었다. 읍에 있는 커다란 영지 〈라즈돌노예〉[4]가 그녀의 소유였고, 시내에 있는 집은 볼일을 보러 나올 때의 거점으로, 그리고 여름에 사방에서 영지로 찾아오는 손님들을 위한 장소로 쓰였다.

이제 이 집에 병원이 들어섰고, 소유주는 자신의 주 거주지인 페테르부르크에서 체포되었다.

이전의 노복들 중에서 저택에 남은 사람은 호기심이 많은 두 여자, 즉 지금은 결혼한 백작 영애들의 나이 든 가정 교사

---

4 러시아어로 〈광활한〉이라는 뜻이다.

마드무아젤 플레리와 백작 부인의 수석 요리사 우스티니야였다.

머리가 희끗하고 볼이 불그스레한 노파인 마드무아젤 플레리는 낡고 풍덩한 재킷을 입고 지저분하고 흐트러진 모습으로 슬리퍼를 끌면서 자브린스카야 가족과 살던 그 언젠가처럼 아주 친숙해진 병원을 누비며 돌아다녔고, 러시아어 어미를 프랑스식으로 얼버무리며 뭔가를 어눌한 언어로 얘기하곤 했다. 그녀는 허세를 부리면서 팔을 흔들었고, 수다 말미에는 갈라진 소리로 웃음을 터뜨리다가 사레들려 길게 기침을 하는 것으로 끝을 맺었다.

마드무아젤은 간호사 안티포바의 은폐된 진실을 알고 있었다. 그녀가 보기에 의사와 간호사는 서로에게 마음이 있어야만 했다. 프랑스적 기질에 깊이 뿌리를 둔 뚜쟁이 노릇을 하고자 하는 열정에 굴복하여 마드무아젤은 두 사람이 함께 있는 것을 보면 기뻐하며, 의미심장하게 손가락을 올려 그들을 위협하고 장난스럽게 눈을 깜박거렸다. 안티포바는 의아하게 생각했고 의사는 분노했지만, 마드무아젤은 모든 괴짜들처럼 자신의 오해를 무엇보다도 높게 평가하여 결단코 그 오해에서 벗어나려 들지 않았다.

우스티니야는 훨씬 더 호기심이 많은 기질을 가지고 있었다. 그녀는 위로 올라갈수록 흉하게 좁아지는 체형이라 알을 품은 암탉을 닮았다는 느낌을 주었다. 우스티니야는 빼빼 마르고 간교할 정도로 냉철했지만, 그 분별력이 미신 영역에서는 걷잡을 수 없는 환상과 결합되었다.

우스티니야는 민간에 떠도는 수많은 주문을 알고 있었고, 집에서 나갈 때면 부정 타지 않으려고 난롯불에서 귀신을 내쫓지 않고서는, 또 자물쇠 구멍에 대고 중얼거리지 않고서는 한 발자국도 떼지 않았다. 그녀는 태생적으로 지부시노 사람이었다. 그녀가 지역 마법사의 딸이라는 말도 있었다.

우스티니야는 일단 발작이 일어나 폭발하기 전까지는 몇 년이라도 침묵할 수 있었다. 그러나 일단 폭발하면 그녀를 멈출 방법이 없었다. 그녀는 진실을 수호하는 데 열을 올렸다.

지부시노 공화국의 몰락 이후 멜류제예보 소비에트 집행위원회는 그 지역에서 불어오는 무정부주의적 분위기와 싸우기 위해 캠페인을 벌이기 시작했다. 매일 저녁 연병장에서는 자연스럽게 인원수가 많지 않은 평화 집회가 열렸고, 예전에 여름마다 한가한 멜류제예보 주민들이 소방서 입구 앞 열린 하늘 아래서 한담을 나누듯이 그곳으로 모여들었다. 멜류제예보의 문화 계몽 사업부는 이 모임을 권장했고, 이곳에 대담의 지도자 격으로 자신들이 데리고 있거나 타지에서 온 활동가들을 보내곤 했다. 이들은 지부시노에 말하는 벙어리가 있다는 이야기를 가장 용인할 수 없는 어리석은 소리라고 간주했기 때문에 성토 시 특히 자주 그를 화두에 올렸다. 그러나 멜류제예보의 수공업자와 병사들, 지주의 옛 하인들의 견해는 달랐다. 그들은 말하는 벙어리를 아주 허황된 얘기로 생각하지 않았다. 사람들은 그의 편을 들었다.

그를 변호하는 군중의 갈라진 함성 소리 사이로 자주 우스티니야의 목소리가 들렸다. 처음에 그녀는 여자다운 수줍음 때문에 표면에 나설 생각이 없었다. 그러나 점차 용기를 낸 그녀는 멜류제예보에서 마음에 들지 않는 견해를 표명한 연설가에게 점점 더 용감하게 대들기 시작했다. 그렇게 눈에 띄지 않게 그녀는 연단의 진짜배기 이야기꾼이 되었다.

저택의 열린 창문으로 여러 목소리가 한데 뒤섞여 울리는 소리가 들려왔고, 특히 조용한 저녁에는 개별적인 연설 소리가 단발마로 날아들었다. 우스티니야가 말할 때는 마드무아젤이 방 안으로 자주 뛰어 들어와 그 자리에 있는 사람들에게 귀를 기울이라고 설득했고, 단어를 묘하게 발음하면서 선량하게 흉내를 냈다.

「라스푸! 라스푸![5] 사로크 브리만! 지부시노! 벙어리! 배신! 배신!」

마드무아젤은 혀에 날이 선 이 시원시원한 여자를 남몰래 자랑스러워하고 있었다. 두 여자는 서로에게 부드러운 애착을 느꼈지만, 또 끊임없이 서로에게 으르렁거렸다.

5

유리 안드레예비치는 점차 떠날 준비를 시작하며 작별 인사를 나눌 필요가 있는 집이나 기관들을 돌고 필요한 서류를 챙겼다.

5 니콜라이 2세의 가족이 애착을 갖고 의지했던 괴승 그리고리 라스푸틴(1869~1916)의 이름의 끝을 끊고 발음한 것이다.

그때 전선의 이쪽 지역을 맡은 새 군사 정치 위원이 군대로 가는 도중에 이 도시에 머물게 되었다. 사람들은 그에 대해 아직 완전히 애송이인 것 같다고 얘기했다.

거대한 진군이 새롭게 준비되고 있었다. 다수의 병사가 심기일전하려고 애를 썼다. 부대들이 집결했다. 군사 혁명 재판소가 마련되었고, 얼마 전에 폐지되었던 사형 제도가 부활했다.[6]

떠나기 전에 의사는 사령관에게 보고를 해야 했는데, 멜류제예보에서는 짤막하게 〈읍장〉이라고 불리는 군(軍)의 수장[7]이 관련 직무를 보았다.

그의 집은 늘 끔찍할 정도로 사람들로 붐볐다. 현관 로비와 마당에 다 들어가지 못해 관청의 창문 바로 앞에 있는 거리의 절반까지 혼잡을 이루었다. 탁자까지 비집고 들어간다는 것은 불가능한 일이었다. 수백 명의 사람들이 아우성치는 소리에 어느 누구도 아무것도 알아들을 수 없었다.

그날은 접수가 없는 날이었다. 텅 빈 조용한 사무실에서 온통 복잡해진 사무 처리에 불만이 쌓인 서기들이 말없이 비웃듯 시선을 주고받으며 서류를 작성하고 있었다. 읍장의 집무실에서 명랑한 목소리가 들려왔다. 그곳에서는 여름 제복

6 임시 정부가 시행했던 첫 조치는 사형 제도의 폐지였다. 그러나 1917년 7월에 독일과 전쟁을 지속하기가 어렵고 대규모 탈영 문제가 발생하자 특별 군사 법정이 설치되고, 사형 제도가 부활되었다. 볼셰비키에 의해 다시 폐지되었다가 또다시 부활되는 과정을 겪는다.
7 제정 러시아 시대 때 지역 군 행정국에서 비전투 참모 장교의 직위를 말한다.

을 풀어 헤치고 분명 뭔가 시원한 것을 마시며 기분 전환을 하고 있는 것 같았다.

그곳에서 공용 공간으로 나온 갈리울린은 지바고를 보자, 거기에 가득한 생기를 공유하기 위해 마치 달리기를 시작하려는 듯 온몸을 움직여 의사를 손짓해 불렀다.

의사는 수장의 서명을 받기 위해 어쨌든 집무실로 들어가야 했다. 그는 그곳에서 모든 것이 예술적인 무질서 가운데에 놓여 있는 것을 보았다.

도시의 놀라운 사건이자 그날의 주인공인 신임 군사 정치 위원이 자신이 임무를 수행하는 대신 그곳, 즉 참모부의 긴요한 분과나 작전상의 문제와는 전혀 상관없는 그 집무실에 와서 전시-관료주의 왕국의 행정관들 앞에 서서 일장 연설을 하고 있었다.

「여기 또 우리의 스타 한 분이 오셨군요.」 읍장이 의사를 인민 위원에게 소개시켜 주며 말했지만, 그는 자신에게 한껏 도취되어 그를 쳐다보지도 않았다. 그러자 읍장은 의사가 내민 서류에 사인하기 위해 자세를 바꾸고는, 상냥하게 팔을 움직여 지바고에게 방 한가운데에 있는 등받이 없는 낮고 폭신한 의자 쪽을 가리켰다.

집무실에 있는 사람들 중에서 사람답게 앉아 있는 사람은 의사 한 명뿐이었다. 나머지 사람들은 서로 경쟁이라도 하듯 더 신기하고 더 풀어진 모습으로 앉아 있었다. 읍장은 손으로 머리를 괴고 페초린[8]처럼 책상 옆에 반쯤 누워 있었고, 그 반

8 러시아의 낭만주의 시인이자 소설가인 미하일 레르몬토프(1814~1841)

대편에는 그의 비서가 여성용 말안장에 앉듯 다리를 한쪽으로 모은 채 소파 팔걸이 쿠션 위에 앉아 있었으며, 갈리울린은 뒤쪽을 앞으로 오게 놓은 의자에 올라타 등받이를 안고 머리를 그 위에 얹고 앉아 있었다. 젊디젊은 군사 정치 위원은 야생 늑대처럼 창문턱에 손으로 매달려 몸을 올렸다가 거기서 뛰어 내려오기도 하면서, 단 한순간도 가만히 있지 못하고 계속 몸을 움직이며 잰걸음으로 집무실을 돌아다녔다. 그는 멈추지 않고 계속 이야기를 했다. 비류치의 탈영병에 대한 이야기가 오가고 있었다.

군사 정치 위원에 대한 소문은 사실이었다. 그는 날씬하고 균형 잡힌 몸에 아직 사회 초년생인 청년으로, 가장 고상한 이상에 젖어 작은 촛불처럼 타오르고 있었다. 사람들 말로는 그가 거의 원로원[9] 위원 아들급의 좋은 집안 출신이고, 2월에 자기 중대를 국가 두마[10]로 끌고 간 최초의 사람들 중 한 명이라고 했다. 그의 성은 긴체 아니면 긴츠였는데, 의사에게 소개시켜 줄 때 그의 성을 알아듣기 어렵게 발음했다. 군사 정

의 소설 『우리 시대의 영웅』에 나오는 낭만주의적인 주인공의 이름이다. 삶에 지쳐 시니컬하고 무정하지만, 용감하고 감수성이 예민하며 우울한 기질의 군 장교이다.

9 황제에게 복종하고 황제에 의해 임명되는 국가 최고 입법, 행정, 사법 기구였다. 표트르 대제에 의해 1711년 2월 19일에 제정되었으며, 1917년 10월 혁명 이후 폐지되었다.

10 전 러시아 법률 심의 기관으로, 훗날에는 입법 기관으로 탄생했다. 러시아 제국의 국가 두마는 1917년까지 존속했다. 제4차 두마는 1912년부터 1917년까지 열렸다. 이 두마는 2월 혁명 동안에 임시 정부의 조각을 위해 제정 시대의 장관들을 대신할 대표 위원회를 파견했다.

치 위원의 발음은 정확한 페테르부르크식으로 아주 또렷했고, 거기에 살짝 발트해 연안의 발음이 섞여 있었다.

그는 몸에 꼭 끼는 군복을 입고 있었다. 아마도 자신이 너무 젊은 것이 불편한지, 그는 나이가 더 들어 보이게 하려고 얼굴을 까다롭게 찡그리며 부자연스럽게 등이 구부정한 흉내를 내고 있었다. 그러기 위해 손을 승마 바지 호주머니에 깊숙이 찔러 넣고 빳빳한 새 견장을 단 어깨 끝을 치켜올리는 바람에, 그의 모습은 기병처럼 단순해져서 어깨에서 발까지 내려오는 두 개의 선으로 스케치할 수 있을 정도였다.

「여기서부터 철도 몇 구간 안에 카자크들의 연대가 있습니다. 적군(赤軍)으로서 헌신적인 연대지요. 그들을 불러서 폭도를 포위하면 일은 끝납니다. 군단의 사령관은 그들을 어서 무장 해제시키라고 고집을 피우고 있습니다.」 읍장이 인민 위원에게 보고했다.

「카자크들이라고요? 절대로 안 됩니다!」 군사 정치 위원이 얼굴을 붉혔다. 「이 무슨 1905년, 혁명 이전에 대한 추억입니까! 이 점에서 저와 여러분은 상극에 서 있습니다. 이 지점에서 여러분의 장군들은 얄팍한 수를 쓰신 겁니다.」

「아직 아무 일도 하지 않았습니다. 모든 게 아직은 계획일 뿐이고 구상 중에 있습니다.」

「작전 명령에 개입하지 않는다고 군 지휘부와 합의가 되어 있습니다. 저는 카자크들 안을 폐기하지는 않을 겁니다. 그냥 두죠. 하지만 저도 신중한 조치를 취하겠습니다. 저쪽에 저들의 야영지가 있나요?」

「뭐라 해야 하나요. 어쨌거나 진영입니다. 방어 시설이 된.」

「멋지군요. 저들에게 가고 싶습니다. 제게 그 위협적인 존재, 숲속의 도둑들을 보여 주십시오. 폭도들, 심지어 탈영병이라고 해도, 여러분, 그들은 민중입니다, 여러분은 바로 그걸 잊고 계세요. 민중은 어린아이 같으니 민중을 알아야 하고, 그 심리를 알아야 하는데, 그러기 위해서는 특별한 접근이 필요합니다. 민중을 움직이기 위해서는 그들의 심금을 울려야 합니다. 저는 숲속 빈터에 가서 그들과 흉금을 터놓고 이야기를 나눌 겁니다. 여러분은 그들이 얼마나 모범적으로 질서 있게 자신들이 버렸던 위치로 돌아오는지 보게 될 겁니다. 내기를 할까요? 믿지 못하시겠습니까?」

「의심스럽군요. 제발 그러면 좋을 텐데요!」

「저는 저들에게 말할 겁니다. 〈형제들이여, 나를 보십시오. 저는 가족의 희망인 독자(獨子)이지만, 아무것도 아끼지 않고 여러분에게 세상에 있는 그 어떤 민족도 향유하지 못한 자유를 쟁취해 주기 위해 이름, 지위, 부모님의 사랑을 버리고 희생했습니다. 영광스러운 선각자들의 오랜 근위대, 유형수-인민주의자, 인민 의지당원들-실리셸부르크[11]에 갇힌 사람들은 말할 것도 없이 제가, 그리고 저와 비슷한 수많은 젊은이들이 이 일을 해냈습니다. 우리가 우리 자신들만을 위해

---

11 인민 의지당은 19세기 말의 혁명적인 테러 조직으로, 1881년에 알렉산드르 2세의 암살에 책임이 있다. 자본주의 단계를 뛰어넘는 농민 혁명을 목적으로 하는 비마르크스주의 계열 혁명 운동이었다. 20세기 초에 감옥에서 풀려난 이들은 사회 혁명당의 형성에 도움을 준다. 실리셸부르크 요새는 정치범을 가두는 네바강 유역 라도가 호수 근처에 있는 감옥이다.

애를 쓴 걸까요? 우리에게 이게 필요한 일이었을까요? 이제 여러분은 더 이상 예전 같은 병졸이 아니라 세계 최초인 혁명 군대의 용사들입니다. 여러분이 이렇게 고원한 명칭을 받을 만한 자격이 있는지 정직하게 스스로에게 물어보십시오. 조국이 피를 강같이 흘리며 마지막 힘을 다해 히드라처럼 휘감아 오는 적들을 물리치려 할 때, 여러분은 알 수 없는 협잡꾼 도당이 여러분을 얼빠지게 만들도록 방치하고 분별없는 불량배, 자유를 남용하는 고삐 풀린 불한당 무리로 변했습니다. 아무리 줘도 부족하다고만 하니, 참말로 돼지를 식탁으로 풀어 보십시오, 다리를 식탁 위에 올릴 테지요.〉오, 이렇게 파고들어 저들로 하여금 부끄러움을 느끼게 할 겁니다!」

「아니요, 아니요, 그건 위험합니다.」읍장이 몰래 비서와 의미심장한 시선을 교환하면서 반박하려고 했다.

갈리울린은 정신 나간 시도를 하지 말라고 군사 정치 위원을 설득했다. 그는 연대가 들어간 제212 연대에 무모한 사람들이 있다는 것을 알았다. 예전에 그곳에 근무한 적이 있었던 것이다. 그러나 군사 정치 위원은 그의 말을 듣지 않았다.

유리 안드레예비치는 있는 내내 벌떡 일어나서 나가려고 했다. 군사 정치 위원의 순진함이 그를 당혹스럽게 했다. 비웃기 좋아하는 두 명의 은밀한 수완가, 읍장과 비서의 교활한 노련함이 그에 못지않았다. 그 어리석음과 교활함은 서로 잘 어울렸다. 그리고 이 모든 것이 말의 홍수가 되어 분출되었는데, 삶이 그것 없이 지나가기를 갈망하는 불필요한 허구의 분명하지 않은 말이었다.

오, 가끔은 서투르게 고양된 암담한 인간적인 웅변에서 벗어나 침묵하는 듯한 자연 속으로, 꾸준하고 오랜 강제 노역의 정적 속으로, 무언의 깊은 잠과 진실한 음악, 영혼의 충만함으로 인해 말을 잊게 되는 진심 어린 고요한 만남 속으로 얼마나 들어가고 싶은지!

의사는 안티포바에게 아무래도 불쾌할 수밖에 없는 해명을 해야 한다는 게 기억났다. 그는 그런 대가를 치르더라도 그녀를 꼭 봐야 한다는 것이 기뻤다. 그러나 그녀가 돌아왔을 리 없었다. 적당한 기회에 의사는 일어나 눈에 띄지 않게 서재에서 나왔다.

6

알고 보니 그녀는 벌써 집에 와 있었다. 그녀가 돌아왔다고 의사에게 알려 준 마드무아젤은 라리사 표도로브나가 지친 모습으로 돌아와 서둘러 저녁 식사를 한 후 방해하지 말아 달라고 부탁하고는 자기 방으로 갔다고 덧붙였다.

「하지만 방문을 두드려 보세요.」 마드무아젤이 충고했다. 「아마도 잠들지 않았을 거예요.」

「방에 가려면 어디로 가야 하죠?」 의사는 이렇게 물었고, 마드무아젤은 이 질문에 말할 수 없이 놀라워했다.

안티포바는 위층 복도 끝, 자브린스카야 집안의 비품 일체를 옮겨 놓고 자물쇠를 채워 둔 방들 옆에 살고 있었고, 의사는 그 방들에 얼굴을 디밀어 본 적이 없었다.

그사이 날이 급속도로 어두워졌다. 거리는 점점 더 좁아졌다. 집과 울타리가 저녁의 어스름 속에서 한 덩어리로 뭉쳐졌다. 나무들이 마당 깊숙한 곳에서 창문 쪽의 타오르는 램프 불빛 아래로 다가왔다. 무덥고 후텁지근한 밤이었다. 움직일 때마다 땀에 젖었다. 마당에 떨어지는 석유등의 빛줄기가 나무줄기를 타고 지저분한 식은땀처럼 흘러내렸다.

의사는 마지막 계단에 멈추어 섰다. 그는 여행으로 지친 사람의 방문을 노크하려니 어색하고 성가시게 하는 일이라는 생각이 들었다. 대화를 내일로 미루는 것이 더 나을 것 같았다. 결정을 바꾸었을 때 늘 동반되는 산란한 마음으로 그는 복도의 다른 쪽 끝까지 걸어갔다. 그곳 벽에는 이웃 집 마당으로 난 창문이 있었다. 의사는 창밖으로 몸을 내밀었다.

밤은 조용하고 신비한 소리로 가득했다. 복도 가까이에 있는 세면대에서 물방울이 규칙적으로 똑똑 떨어지고 있었다. 사람들이 창밖 어디에서인가 속삭이고 있었다. 텃밭이 시작되는 어디쯤에서 작은 이랑에 맺힌 오이에 물을 주는지, 물통에서 물통으로 물을 옮겨 붓고 우물에서 물을 긷느라 쇠사슬이 절그럭거리는 소리가 들려왔다.

세상의 모든 꽃이 동시에 향기를 내뿜었고, 낮에 정신을 잃고 누워 있던 땅이 이제야 그 향기를 맡고 의식을 되찾은 것 같았다. 쓰러진 나뭇가지들이 지나갈 수 없을 정도로 어지럽게 널브러진 오래된 백작 부인의 정원에서는, 꽃을 피우기 시작한 나이 든 보리수나무가 큰 건물의 벽처럼 거대하고 판자촌 먼지 냄새 같은 향기를 나무 높이에서 풍기며 헤엄치고 있었다.

오른쪽 울타리 너머 거리에서 고함 소리가 울려 퍼졌다. 휴가 나온 병사가 소란을 피우는지, 문을 탕탕 닫고 노래를 한 토막씩 부르는 소리가 날아들었다.

백작 부인의 정원에 있는 까마귀 둥지 너머로는 기괴할 정도로 크고 검붉은 달이 모습을 드러냈다. 처음에 달은 지부시노의 증기 방앗간의 벽돌색과 비슷하다가 나중에는 비류치 철도의 급수탑처럼 노래졌다.

창문 아래쪽 마당에서는 꽃차처럼 신선한 건초의 달콤한 향기가 분꽃 향기와 뒤섞여 풍겨 왔다. 얼마 전 먼 시골에서 사 온 암소가 이곳으로 옮겨졌다. 하루 종일 끌려온 암소는 지쳐 있었고, 남겨 두고 온 소 떼를 그리워하는지 아직 낯선 새 여주인의 손에서 여물을 받아먹으려 하지 않았다.

「자, 자, 어리광 부리지 말고, 악마 같으니, 내가 뿔로 받는 법을 가르쳐 주마.」여주인이 속삭이며 암소를 달랬지만, 암소는 화가 나서 머리를 이리저리 흔드는가 하면, 목을 길게 빼고 찢어질 듯 애처롭게 음매음매 울어 댔다. 멜류제예보의 검은 창고 뒤에서는 마치 암소를 가여워했던 다른 세계의 외양간인 듯 별들이 반짝이며 암소에게 보이지 않는 공감대의 실을 내뻗었다.

주변의 모든 것이 존재의 신비한 누룩 위에서 서성이고 자라나며 부풀어 올랐다. 생명의 환희가 길에서 만나는 모든 것을 전율시키며 벽과 울타리, 수목과 육체를 지나 어디든 상관없이 넓은 파고를 이루며 땅과 도시를 조용한 바람처럼 지나갔다. 이 전류의 작용을 억누르기 위해 의사는 집회에서 나누는 대화를 들으러 연병장으로 갔다.

7

달은 이미 하늘 높이 걸려 있었다. 모든 것이 백분을 뿌린 듯 짙은 달빛에 잠겨 있었다.

광장을 둘러싼 기둥 달린 석조 관청 건물은 문턱 옆 땅에 검은 양탄자처럼 넓은 그림자를 드리우고 있었다.

집회는 광장의 맞은편에서 열리곤 했다. 마음만 먹으면 귀를 기울여 연병장 너머 저쪽에서 하는 말을 다 들을 수 있었다. 그러나 멋진 광경이 의사의 마음을 사로잡았다. 그는 소방서 대문 옆에 있는 벤치에 앉아 길 건너에서 들려오는 목소리에 주의를 기울이지 않고 주변을 둘러보기 시작했다.

광장 양쪽에서 인기척이 드문 좁고 막다른 골목길들이 광장으로 흘러들었다. 그 길들 안쪽으로 낡고 기울어진 작은 집들이 보였다. 이들 거리는 시골길처럼 발을 옮겨 놓을 수 없을 정도로 진창이었다. 진창 밖으로는 버들가지로 엮은 긴 울타리들이 삐죽 튀어나와 있었는데, 그 모습은 마치 연못에 던진 통발이나 가재를 잡으려고 놓은 바구니 같았다.

자그마한 집들에서는 열어 놓은 창문의 유리가 흐릿하게 빛나고 있었다. 마치 기름에 젖은 듯이 번들거리는 금작화와 술을 단 아마색의 젖은 옥수수가 작은 정원에서 방 안쪽으로 몸을 뻗었다. 무더위로 인해 시원한 공기를 마시려고 셔츠만 입고 무더운 오두막에서 뛰쳐나온 농부 아낙처럼 초췌하고 창백한 아욱이 휘어진 바자울 너머에서 홀로 먼 곳을 바라보고 있었다.

보름달이 비치는 밤은 자비 혹은 투시의 은사처럼 경이로 웠는데, 이처럼 밝게 가물거리는 동화의 정적 속으로, 지금 막 들은 듯한 누군가의 낯익은 목소리가 툭툭 끊기며 규칙적으로 떨어지기 시작했다. 목소리는 아름답고 뜨거웠으며 확신으로 숨 쉬고 있었다. 의사는 귀를 기울이자마자 그가 누구인지 알아차렸다. 군사 정치 위원 긴츠였다. 그가 광장에서 말하고 있었다.

아마도 당국이 그의 권위로 자신들을 지지해 달라고 그에게 부탁한 것 같았다. 그는 무질서에 빠진 멜류제예보 사람들에게 맹비난을 퍼부었다. 그의 확신에 따르면 그들은 지부시노 사건의 진정한 장본인인 볼셰비키의 부패한 영향에 너무 쉽게 빠졌던 것이다. 군 집무실에서 말할 때와 같은 기세로 그는 잔혹하고 강력한 적을, 그리고 조국을 위해 뚫고 이겨야 할 시련의 시간을 상기시켰다. 사람들이 그가 말하는 중간중간에 끼어들기 시작했다.

연설자의 말을 끊지 말라는 요구와 동의하지 않는다는 외침 소리가 번갈아 가며 울렸다. 항의하는 발언 소리가 더 자주 들리고 더 커지기 시작했다. 긴츠를 수행하고 와서 그 시간에 의장의 임무를 수행하던 누군가가 자리에 앉아 발언하는 것은 허락할 수 없다고 외치며, 질서를 지키라고 호소했다.

어떤 이는 군중 속의 한 여성 시민에게 발언권을 주라고 요구했고, 다른 이는 소리를 지르며 방해하지 말라고 요청했다.

단상으로 사용되던, 바닥이 위로 뒤집힌 상자 쪽으로 한 여자가 군중을 뚫고 나갔다. 그녀는 상자 위로 기어오를 의도는 없었지만, 상자 쪽으로 헤치고 나가 옆에 나란히 섰다. 사람들은 이 여자를 알고 있었다. 정적이 흘렀다. 여자는 모인 사람들의 관심을 사로잡았다. 그녀는 우스티니야였다.

「군사 정치 위원 동지, 당신은 지부시노를 말하고, 나중에는 눈에 대해, 안목을 가져야 한다고, 속임수에 빠지면 안 된다고 말하지만, 말을 듣자 하니 본인 자신이 볼셰비키, 멘셰비키[12]라고 욕만 할 줄 알았지, 볼셰비키와 멘셰비키는 동지 말은 하나도 듣지 않을 겁니다. 형제끼리 서로 싸우지 말자는 건 멘셰비키가 아니라 하느님 말씀대로 하자는 거고, 공장과 기업을 가난한 사람에게 주자는 것도 볼셰비키가 아니라 인간적 연민 때문에 그런 거예요. 당신이 아니더라도 농아 얘기를 어찌나 하든지 듣는 게 신물이 날 정도라오. 그 사람이 엄청 동지의 관심을 끄는가 보오, 정말! 뭐가 당신 마음에 들지 않은 거요? 벙어리로 다니고 또 다니다가 갑자기 허락도 받지 않고 말을 시작했다는 거요? 있을 수 없는 일이라고 생

---

12 러시아 사회 민주 노동당에서 레닌이 이끌던 급진적인 노선의 당원들이다. 실상은 당내에서 소수였는데, 자신들의 이름을 〈다수자〉라는 뜻의 볼셰비키라고 지었다. 볼셰비키는 전문적인 혁명가들의 당을 만들고자 했고, 멘셰비키는 당이 범법 집단이 되는 것을 우려하여 전제정과의 합법적인 투쟁을 주장했다. 당내 다수였는데도 볼셰비키라는 이름을 레닌이 선점하는 바람에 자연스럽게 멘셰비키라는 이름으로 불리게 되었다.

각하겠죠. 그런 일이 종종 있다오! 예를 들면 유명한 나귀 얘기 있잖소. 나귀가 〈발람, 발람, 명예를 걸고 말하는데, 거기로 가지 마세요. 후회하게 될 겁니다〉[13]라고 했지요. 유명한 얘기예요, 그런데 그가 말을 듣지 않고 갔어요. 당신이 〈농아〉라고 하는 것과 똑같아요. 당나귀 말을 들을 게 뭐가 있겠나 했지요, 짐승에 불과한데요. 짐승이라고 멸시한 거죠. 그러고는 나중에 얼마나 후회했게요. 십중팔구 동지 자신도 어찌 끝날지 알고 있을 겁니다.」

「어떻게 되는데요?」 청중들 중에서 호기심을 드러내는 사람들이 있었다.

「됐고.」 우스티니야가 퉁명스럽게 대답했다. 「너무 많이 알면 일찍 늙어.」

「아니, 그거로는 안 돼. 어찌 되었는지 얘기해 봐.」 똑같은 목소리가 고집을 피웠다.

「뭐가 뭐로 끝나겠어, 고집쟁이 순무 같으니! 소금 기둥으로 변했지.」[14]

13 『구약 성경』, 「민수기」 22장 21~35절에 나오는 내용이다. 모압 사람인 예언자 발람은 이스라엘을 저주하라는 모압 족장 발락의 부탁을 받고 거절하지만, 결국은 종용에 못 이겨 이스라엘에 대해 예언하러 가기를 수락한다. 집을 나서기 전에 그의 나귀가 집 앞에 칼을 든 천사가 있는 것을 보고 두려워서 발을 떼지 못하자, 발람은 나귀를 채찍질하고 지팡이로 때린다. 말을 못 하던 나귀가 입을 열어 왜 때리느냐고 사람의 말로 항의하고, 발람의 눈이 열리면서 칼을 든 천사의 모습을 보게 된다는 내용이다. 모압 종족의 부탁과는 다르게 발람은 이스라엘에 대한 저주 대신 축복의 예언을 한다.

14 우스티니야는 발람의 이야기와 롯의 아내 이야기를 혼동하고 있다. 「창세기」 19장 1~26절에 나오는 내용으로, 소돔의 심판이 있기 전에 천사의 손에 이끌려 산으로 도망갈 수 있도록 구원을 받은 롯의 가족 중 롯의 아내가

「장난을 치는군, 아줌마! 그건 롯이야, 롯의 아내.」고함 소리가 울려 퍼졌다.

모두가 웃음을 터뜨렸다. 의장은 질서를 지키라고 집회에 호소했다. 의사는 자러 들어갔다.

8

다음 날 저녁에 그는 안티포바와 만났다. 그는 식기실에서 그녀를 발견했다. 라리사 표도로브나 앞에는 빨래가 잔뜩 놓여 있었다. 그녀는 다림질을 하고 있었다.

식기실은 위층 뒷방들 중 하나였고, 정원을 향해 나 있었다. 식기실에 사모바르가 놓여 있었고, 수동식 승강기로 부엌에서 올라오는 음식을 접시에 담거나 더러워진 그릇을 설거지 방으로 내려보냈다. 식기실에서는 병원의 명확한 물품 목록이 보관되어 있었다. 사람들은 그곳에서 목록에 맞춰 그릇과 빨래를 점검했고, 한가한 시간에 쉬기도 했으며, 만남의 장소로 이용하기도 했다.

정원을 향해 난 창문들은 열려 있었다. 식기실에서는 오래된 정원처럼 마른 가지의 쓴 냄새가 밴 피나무 꽃향기와, 라리사 표도로브나가 끊임없이 다리고 있는 두 대의 증기다리미에서 나는 가벼운 탄내가 진동하고 있었다. 그녀는 다리미

뒤를 돌아보지 말라는 명령을 어기고 돌아보았다가 소금 기둥으로 변했다는 이야기이다.

들이 데워지도록 다리미 하나를 배기통에 놓는가 하면, 또 다른 하나를 번갈아 놓곤 했다.

「어제 왜 제 방문을 두드리지 않으셨어요? 제게 마드무아젤이 말씀해 주셨어요. 하지만 제대로 행동하신 게 맞아요. 전 이미 자리에 누웠기 때문에 선생님을 방에 들이지 않았을 거예요. 자, 안녕하세요. 옷을 더럽히지 않도록 조심하세요. 이곳에 숯불이 튀거든요.」

「보아하니 병원 빨래를 죄다 다리고 계시는군요?」

「아니요, 여기 제 것도 많아요. 자, 여기서 절대로 빠져나가지 못할 거라고 계속 제 약을 올리셨지요. 이번에는 진심이에요. 보세요, 이렇게 채비를 하고 짐을 싸고 있잖아요. 짐을 다 싸면 휙 떠날 거예요! 저는 우랄로, 선생님은 모스크바로. 나중에 언젠가 사람들이 유리 안드레예비치에게 묻겠지요. 〈멜류제예보라는 도시 이름을 들어 본 적이 있습니까?〉〈기억이 잘 나지 않는군요.〉〈안티포바라는 여자는요?〉〈전혀 모르겠는데요.〉」

「맞아요, 그럴 수도 있겠죠. 읍들을 돌아다닌 것은 어땠습니까? 시골은 상황이 좋던가요?」

「한두 마디로는 말할 수 없어요. 다리미가 얼마나 빨리 식는지! 어렵지 않으시면 새것을 제게 주세요. 저기 배기통에 삐죽 나와 있는 거요. 이건 다시 배기통으로 넣어 주시고요. 그렇게요. 고마워요. 시골마다 달라요. 모든 게 주민들에게 달렸죠. 어떤 곳은 주민들이 부지런하고 성실해요. 그런 곳은 괜찮아요. 몇 군데는 하나같이 술주정뱅이들뿐이고요. 그런

곳은 황폐해요. 그런 곳을 보는 게 무섭죠.」

「어리석은 말이군요. 무슨 술주정뱅이요? 참 많이도 이해
하시는군요. 그냥 아무도 없는 겁니다. 남자들은 모두 병사
로 징집되었으니까요. 좋아요. 새 혁명적인 젬스트보는요?」

「술주정뱅이에 관한 선생님의 말씀은 맞지 않아요, 동의하
지 못하겠어요. 그런데 젬스트보라고 하셨나요? 젬스트보는
오랫동안 어려운 일이 많을 거예요. 지시가 적용되지 않아요,
읍에는 함께 일할 사람이 없거든요. 이 순간 농부는 땅 문제[15]
에만 관심이 있으니까요. 라즈돌노예에도 잠시 들렀어요. 얼
마나 아름답던지! 선생님도 한번 가보세요. 봄에 조금 불에
타고, 약탈도 당했어요. 창고가 불에 소실되었고, 과실나무도
탔고, 건물 정면의 일부도 그을음으로 손상을 입었더군요. 지
부시노에는 못 들어갔어요, 가지 못한 거죠. 하지만 곳곳에서
농아는 꾸며 낸 얘기가 아니라고들 단언하던데요. 외모를 말
해 주더군요. 사람들 말로는 젊고 교육을 받은 사람이라고요.」

「어제 우스티니야가 연병장에서 그 사람 편을 드느라 애
를 쓰더군요.」

「막 도착해 보니, 라즈돌노예에서 또 쓰레기 한 차를 보내
왔더군요. 좀 가만두라고 몇 번이나 부탁했는데도요. 우린 자
기 물건만으로도 머리가 복잡해요! 오늘 아침에 위수 사령부
에서 읍장의 쪽지를 들고 감시병이 왔어요. 백작 부인의 은 찻

---

15 임시 정부가 직면한 가장 중요한 문제 중 하나가 땅의 재분배와 이전
지주로부터 몰수한 땅의 지속적인 경작 문제였다. 특히 전쟁 기간 동안 농작
물 생산의 급감이 큰 문제였다. 페트로그라드 소비에트의 기관지 『이스베스
티야』 1917년 5월 신문의 헤드라인 사설 제목이 〈인민에게 땅을〉이었다.

잔 세트와 크리스털 포도주 잔 세트가 꼭 필요하다고요. 하루 저녁만 쓰고 돌려주겠다고요. 우린 그 돌려주겠다는 말이 무슨 뜻인지 알지요. 물건의 반은 찾을 수 없을 거예요. 사람들 말로 야회가 있을 거라더군요. 어떤 사람이 왔다고요.」

「아, 짐작 가는 게 있습니다. 전선의 새 군사 정치 위원이 왔어요. 우연히 그 사람을 봤죠. 탈영병을 포위해서 붙잡아 무장 해제시키려고 합니다. 군사 정치 위원은 아직 업무에서 아주 새파란 애송이예요. 이곳 사람들은 카자크들의 도움을 받자고 하는데, 그 사람은 눈물로 호소할 생각이에요. 그 사람 말이 민중은 어린아이들이라나, 하여간 이 모든 게 어린애 장난이라고 생각한다니까요. 갈리울린이 잠자는 사자를 건드리지 말라고, 우리에게 그 일을 맡기라고 설득했지만, 그 생각이 그 사람 머리에서 떠나지 않는데 과연 설득할 수 있겠어요? 들어 보세요. 잠시만 다리미를 놓고 들어 보세요. 곧 이곳에서 상상할 수 없는 난투극이 벌어질 겁니다. 우리에게는 그걸 막을 힘이 없어요. 그런 난장판이 벌어지기 전에 당신이 떠나기를 내가 얼마나 바랐는지!」

「절대 그런 일은 없을 거예요. 과장하고 계시는 거예요. 그리고 어차피 저는 떠날 거예요. 하지만 안녕 한마디만 하고 획 떠날 수는 없잖아요. 목록에 따라 비품을 인계해 줘야 하는데, 그렇게 하지 않으면 마치 뭔가를 훔친 것처럼 되잖아요. 그런데 누구에게 인계해야 할까요? 그게 문제네요. 이 비품 때문에 얼마나 고생을 했는데, 돌아오는 거라곤 비난뿐이에요. 저는 자브린스카야의 재산을 병원 것이라고 기록했어요, 법령의 의미가 그랬으니까요. 그런데 이제 와서 제가 그런 방식으로 소유주에게 물건을 보존해 주려고 거짓으로 그랬다는 거예요. 얼마나 추악한지!」

「에이, 양탄자니 도자기니 하는 것이 없어져도 개의치 마세요. 낙담할 필요 없습니다! 그래요, 맞아요, 어제 당신을 보지 못한 것이 아주 원통하네요. 저는 기분이 상승되어 있었습니다! 하늘의 모든 역학을 설명해 주고, 모든 저주스러운 질문[16]에 답해 줄 수 있었을 텐데요! 아니요, 진심으로 모든 걸 털어놓고 싶은 마음이 굴뚝같았다니까요. 내 아내에 대해, 아들에 대해, 내 삶에 대해 말하고 싶었어요. 제기랄, 무슨 〈속내〉를 의심하지 않고서는 성인 남자가 성인 여자와는 얘기를 나눌 수 없는 건가요? 아! 악마가 그 모든 구설수와 속내를 가져갔으면 좋겠군요!

다리미질을 하세요, 어서요, 빨래를 다리세요. 저는 개의치 마시고요, 전 얘기를 할 테니까요. 오래도록 얘기할 겁니다.

지금이 어떤 시대인지 한번 생각해 보세요! 우리는 이런 시대에 살고 있는 겁니다! 영원의 세월 속에서 딱 한 번 있을까 말까 한 일이 벌어지고 있는 겁니다! 생각해 보세요, 전 러시아의 지붕이 뜯겨져 나갔고, 전 러시아의 민중과 우리는 열린 하늘 아래 놓이게 된 겁니다. 우리를 감시할 사람이 아무도 없어요! 자유! 말이나 요구뿐이 아닌 진짜 자유, 기대 이상으로 하늘에서 뚝 떨어진 자유죠. 오해로 인해 뜻밖에

16 도스토옙스키가 만든 말이다. 인간 존재의 궁극적인 문제로 인간의 본성, 신의 존재, 악의 문제, 삶의 의미, 죽음의 수수께끼와 같은 문제들이다.

찾아온 자유요.

이 모든 게 어안이 벙벙할 정도로 얼마나 거대한지! 알아차리셨습니까? 각 사람이 자기 자신에게, 드러난 자신의 영웅성에 압도된 것 같아요.

다리미질을 하세요, 말은 제가 할 테니. 아무 말 하지 마시고요. 지루하지는 않으세요? 다리미를 바꿔 드리죠.

어젯밤에 집회를 봤습니다. 놀랄 만한 광경이더군요. 어머니 루시[17]가 움직였어요. 한 자리에 있을 수 없어 다니지만 자리를 찾지 못하고, 아무리 말해도 시원하지가 않은 것 같습니다. 사람들만 말하고 싶어 한다고 할 수도 없죠. 별과 나무가 모여 담소를 나누고, 밤에 핀 꽃이 공론을 늘어놓고, 석조 건물이 집회를 열더군요. 뭔가 복음적인 게 있습니다, 그렇지 않나요? 마치 사도들의 시대 같아요. 사도 바울이 쓴 글이 기억나십니까? 〈방언을 말하고 예언하십시오. 통역의 은사를 구하십시오.〉[18]」

「시위하는 나무와 별에 대해서는 이해가 가네요. 무슨 말씀을 하고 싶으신 건지 알겠어요. 저도 그런 생각이 들곤 했

17 러시아를 의미한다. 러시아의 시조가 키예프 공국인데, 이를 키예프 루시라고 부른다.
18 「고린토인들에게 보낸 첫째 편지」14장 5절(〈나는 여러분이 모두 이상한 언어로 말할 수 있었으면 합니다. 그러나 그보다는 하느님의 말씀을 받아 전할 수 있으면 더 좋겠습니다. 만일 이상한 언어를 해석해 주는 사람이 있어서 그것이 교회의 이익이 된다면 몰라도 그렇지 않다면 이상한 언어로 말하는 사람보다는 하느님의 말씀을 받아 전하는 사람이 더 위대합니다〉)과 13절(〈그러므로 이상한 언어로 말하는 사람은 그것을 해석하는 능력까지 얻으려고 기도하십시오〉) 참조.

거든요.」

「전쟁이 일의 절반을 했고, 나머지는 혁명이 했어요. 마치 존재하기를 당분간 미룰 수 있다는 듯(이 얼마나 허황된 착각인가요!) 전쟁이 삶을 인공적으로 잠시 중단시켰지요. 지나치게 오랫동안 호흡을 참았던 것처럼 혁명이 의지에 반해 분출되었습니다. 모두 되살아나고 다시 태어났습니다, 모든 이에게 변화와 대변혁이 일어났죠. 이렇게 말할 수 있어요. 각자에게 두 가지 혁명이 일어났는데, 하나는 자신의 개인적인 혁명이고, 다른 하나는 공동의 혁명이라고요. 제 생각에 사회주의, 이것은 모든 개별적인 혁명이 강줄기가 되어 흘러 들어가는 바다, 삶의 바다, 자주성의 바다예요. 제가 생명의 바다라고 말했는데, 그건 그림들에서 볼 수 있는 삶, 천재들의 손을 거친 삶, 창조적으로 부요해진 삶의 바다예요. 하지만 이제 사람들은 책이 아니라 자신이 직접 몸으로, 추상적으로가 아니라 실제 삶에서 그 혁명을 겪기로 결정을 내린 거죠.」

예기치 못한 목소리의 떨림으로 의사가 흥분했음을 알 수 있었다. 라리사 표도로브나는 잠시 다리미질을 멈추고 놀란 마음으로 진지하게 그를 쳐다보았다. 그는 갈피를 잡지 못하고 자기가 무슨 말을 했는지 잊어버렸다. 그는 잠시 중단했다가 다시 입을 열었다. 그는 앞뒤를 생각하지 않고 아무 말이나 내키는 대로 하기 시작했다. 그가 말했다.

「요즘에는 너무나도 정직하게 생산적으로 살고 싶습니다! 모두가 공유하는 이 생기의 일부가 되고 싶은 거죠! 그리고 이렇게 모든 이를 사로잡는 기쁨 속에서 저는 어딘지 모르게 저 멀리 천상에서 헤매는 당신의 수수께끼처럼 즐겁지 않은 시선을 봅니다. 그 시선이 사라질 수 있다면, 당신이 운명에 만족한다고, 그리고 아무에게도 아무것도 바라는 게 없다는 표정이 당신의 얼굴에 나타날 수 있다면 전 무엇이든 할 겁니다. 당신에게 가까운 사람, 당신의 친구나 남편이(만일 그 사람이 군인이라면 더 좋겠지요) 제 손을 붙잡고 당신의 운명을 걱정하지 말라고, 그 관심으로 당신에게 폐를 끼치지 말라고 부탁한다면…… 저는 손을 빼고 두 손을 털 겁니다, 그리고…… 아, 제가 너무 몰입했군요! 용서하십시오.」

그러나 목소리가 또다시 의사를 배신했다. 그는 손을 한 번 휘젓고는 돌이킬 수 없는 불편한 감정을 품은 채 일어나서 창가로 물러났다. 그는 방 쪽으로 등을 돌리고 서서 창틀에 팔꿈치를 대고 손바닥으로 뺨을 괴고는, 어둠에 뒤덮인 정원 깊숙한 쪽으로 마음의 평정을 갈구하는 산란한, 아무것도 보지 않는 시선을 던졌다.

라리사 표도로브나는 다른 창문의 끝에서 식탁까지 걸쳐 놓은 다림질 판을 돌아 의사의 등 뒤에서 몇 걸음 떨어진 방 한가운데에 멈추어 섰다.

「아, 이렇게 될까 봐 늘 얼마나 두려웠는지 몰라요!」 그녀는 혼잣말을 하듯 조용히 말했다. 「이 무슨 숙명적인 망상이에요! 그만두세요, 유리 안드레예비치, 이러지 마세요. 아, 내가 당신 때문에 무슨 짓을 저질렀는지 보세요!」 그녀는 이렇게 크게 외치더니, 다림질 판으로 달려갔다. 깜빡 잊고 빨래 위에 놓은 다리미 밑에서 재킷이 눌어 뚫어진 채로 코를 찌르는 가느다란 연기 한 줄기가 피어오르고 있었다. 「유리 안드레예비치.」 그녀는 화가 난 듯 다리미를 화로에 세게 내려놓으며 이어 말했다. 「유리 안드레예비치, 영리해지세요, 잠시 마드무아젤에게로 가서 차를 마시고 오세요, 귀여운 분, 그리고 제게 익숙한, 제가 보고 싶어 하는 모습으로 다시 오세요. 듣고 계시지요, 유리 안드레예비치? 그렇게 하실 수 있다는 걸 알아요. 그렇게 하세요, 부탁드려요.」

그들 사이에 이런 대화는 더 이상 반복되지 않았다. 일주일 후에 라리사 표도로브나는 그곳을 떠났다.

9

얼마 후 의사 지바고는 떠날 채비를 했다. 그가 떠나기 전날 밤, 멜류제예보에는 무서운 폭풍이 불었다.

폭풍 소리는 폭우 소리와 하나로 뒤섞였고, 폭우는 지붕에 수직으로 쏟아지는가 하면, 방향을 바꾸는 바람의 압력을 받아 채찍처럼 휘몰아치는 듯한 격류를 이루며 거리를 한 걸음씩 정복하듯 휩쓸었다.

천둥소리가 끊임없이 연이어 울리더니 규칙적인 우르릉 소리로 바뀌었다. 번개가 연달아 번쩍일 때마다 깊숙한 곳으로 도망가는 거리와 몸을 굽히고 같은 방향으로 달려가는 나무들이 드러나곤 했다.

한밤중에 마드무아젤 플레리는 현관문을 두드리는 불안

한 소리에 잠에서 깼다. 그녀는 놀라며 침대에서 일어나 앉아 귀를 기울였다. 두드리는 소리가 멈추지 않았다.

병원 전체에서 나가 문을 열 만한 사람이 정말 단 한 명도 없단 말인가, 라고 그녀는 생각했다. 가련한 노파인 그녀 혼자, 정직하고 책임감이 강한 성격을 타고났다는 이유 하나만으로 모든 이의 일을 도맡아 해야 한다는 말인가?

그래, 좋다. 자브린스카야 집안은 부자에 귀족이었다고 치자. 그러나 병원은 그들 자신의 것, 민중의 것이 아닌가. 그런데 그들은 이 병원을 누구한테 팽개쳐 버린 건가? 예를 들면 위생병들은 어디로 사라진 건지 궁금하다. 모두가 달아나서 지도부도, 간호사도, 의사도 없다. 집에는 아직 부상병들이 있다. 예전에는 거실이었던 2층 수술실에 다리 없는 부상병이 둘이나 있고, 아래층 세탁실 옆 창고에는 설사병 환자들이 가득하다. 요녀 우스티니야는 어딘가로 놀러 갔다. 바보같으니, 뇌우가 오려는 걸 보면서도, 아니지, 더 좋다고 홀린 듯 나가 버렸어. 지금쯤 다른 사람 집에 묵을 좋은 핑계가 생겼다고 생각하겠지.

맙소사, 이제 그쳤군, 조용해졌어. 문을 열지 않는 것을 보고 떠났어. 포기했구나. 이런 날씨에 돌아다니다니. 혹시 우스티니야가 아닐까? 아니야, 그 여자한테는 열쇠가 있잖아. 주여, 너무 무섭네, 또 두드리잖아!

그런데 어쨌든 이 무슨 짐승 같은 짓이람! 그렇다고 지바고한테 기대할 거라곤 없지. 내일 떠날 테니 그 사람은 벌써 머리로는 모스크바나 여행길 위에 있겠지. 하지만 갈리울린은 또 뭐람! 어떻게 저렇게 문 두드리는 소리를 들으면서도 이 무서운 나라에서 이 무서운 밤에 결국에는 내가, 결국에는 몸도 약하고 의지가지없는 노파인 내가 일어나서 누군지도 알 수 없는 사람에게 문을 열어 주러 나갈 거라는 계산에 자거나 조용히 누워 있을 수 있담.

〈갈리울린!〉 그녀는 문득 정신을 차렸다. 무슨 갈리울린? 아니야, 잠결이라 이렇게 어리석은 생각이 떠오른 거야! 사람이 흔적도 없이 사라졌는데, 무슨 갈리울린이란 말이야? 역에서 그 무서운 린치가 일어나 사람들이 군사 정치 위원 긴츠를 죽이고 갈리울린을 뒤쫓으며 총을 쏘고, 비류치에서 멜류제예보까지 갈리울린을 찾아 전 도시를 샅샅이 뒤질 때, 그녀가 지바고와 함께 그를 숨겨 주고 민간인 옷으로 갈아입힌 후 어디로 도망가야 할지 관구 내의 길과 마을을 설명해 주지 않았던가. 갈리울린이라니!

만일 그때 장갑 부대원들이 아니었더라면 도시에는 돌멩이 하나 남아나지 않았을 것이다. 장갑 부대가 우연히 도시를 지나게 되었다. 그들이 주민들의 편을 들어서 불한당들을 진압했다.

뇌우가 약해지면서 물러났다. 천둥소리가 점점 뜨문뜨문, 멀리서 희미하게 울리고 있었다. 비는 시간이 흘러도 멈추지 않았고, 빗물은 조용히 물 튀는 소리를 내며 잎사귀와 홈통을 타고 아래로 흘러내렸다. 소리 없는 번개의 반사광이 마드무아젤의 방 안에 떨어져, 마치 무언가를 찾기라도 하는 듯 그 안에 더 머무르곤 했다.

한참 동안 멈췄던 문 두드리는 소리가 갑자기 다시 시작되었다. 누군가 도움이 필요한 듯 필사적으로 문을 마구 두드리고 있었다. 다시 바람이 일었다. 또다시 비가 세차게 쏟아졌다.

「지금 나가요!」마드무아젤은 누구한테 하는 건지 모르지만, 이렇게 소리를 지르고는 자기 목소리에 자기가 놀랐다.

뜻밖의 추측이 그녀를 사로잡았다. 침대에서 발을 내려 슬리퍼에 집어넣고 가운을 걸친 후, 그녀는 혼자서는 너무 무서워 지바고를 깨우러 달려갔다. 그러나 그 역시 문 두드리는 소리를 듣고 초를 들고 내려오던 참이었다. 그들은 똑같은 추측을 하고 있었다.

「지바고, 지바고! 바깥문을 두드리고 있는데, 혼자서 문 열기가 무서워요.」그녀가 프랑스어로 말하고 러시아어로 덧붙였다. 「라르인지 가이울 소위인지[19] 당신이 한번 보세요.」

유리 안드레예비치 역시 문 두드리는 소리에 잠을 깼고, 그는 그게 누구든 틀림없이 자기 사람일 거라고, 어떤 장애를 만나 멈추고는 숨겨 줄 수 있는 피난처로 돌아온 갈리울린이거나 어떤 어려움 때문에 여행에서 돌아온 간호사 안티포바일 거라고 생각했다.

의사는 현관에서 마드무아젤에게 초를 주고 문 열쇠를 돌려 빗장을 열었다. 돌풍이 그의 손에서 문을 낚아챘고, 촛불이 꺼지면서 거리의 차가운 빗방울이 그들을 덮쳤다.

「거기 누구세요? 누구세요? 거기 누구 있어요?」마드무아젤과 의사는 어둠을 뚫고 앞다퉈 외쳤지만, 아무도 대답하는

19 라르는 라라를, 가이울 소위는 갈리울린을 의미한다.

사람이 없었다.

그들은 문득 좀 전에 들렸던 노크 소리를 다른 곳에서도 들었는데, 검은 통로 측이나 정원으로 난 창문 쪽인 것 같았다.

「아마도 바람이었나 봐요.」 의사가 말했다. 「어쨌든 꺼림칙하지 않게 뒷문에 가서 확인해 보세요, 저는 다른 이유가 아니라, 정말로 누군가 온 것이라면 길이 어긋나지 않도록 여기서 기다리겠습니다.」

마드무아젤은 집 깊숙한 곳으로 멀어져 갔고, 의사는 출입구 바깥쪽 처마로 나갔다. 눈이 어둠에 익숙해지자 먼동이 터오는 조짐을 알아차릴 수 있었다.

마치 추격에서 벗어나기라도 하듯 먹구름이 도시 위를 미친 듯이 빠르게 내달리고 있었다. 먹구름이 아주 낮게 내려앉아 같은 방향으로 고개를 숙인 나무들에 거의 걸리다시피 했고, 그건 마치 나무들이 휘어진 빗자루처럼 하늘을 쓰는 것 같았다. 빗방울이 집의 목조 벽을 때렸고, 목조 벽은 회색에서 검은색으로 변했다.

「어떻든가요?」 의사가 돌아온 마드무아젤에게 물었다.

「선생님 말이 맞았어요. 아무도 없었어요.」 그녀는 온 집을 다 돌아봤다고 얘기했다. 식기실에서 보리수나무 가지 하나가 유리창에 부딪혀 창이 깨졌고, 바닥에는 거대한 웅덩이가 생겼는데, 라라가 남긴 방에도 똑같은 바다, 진짜 바다, 온전한 대양이 생겼다는 것이었다.

「이곳 덧창문이 떨어져 나가 창틀에 부딪친 거네요, 보이세요? 이제 모든 게 설명되네요.」

그들은 조금 더 이야기를 나눈 후, 문을 잠그고 각자 잠을 자러 갔다. 두 사람 다 이 소동이 괜한 것이었음이 안타까웠다.

그들은 현관문을 열면 그들이 너무 잘 알고 있는 여자가 실한 올까지 쫄딱 젖은 모습으로 부들부들 떨면서 집 안으로 들어올 것이라고, 그러면 그들은 그녀가 몸에서 물을 다 털어낼 때까지 온갖 질문을 퍼부어 댈 것이라고 확신했었다. 그후 그녀는 들어와 옷을 갈아입고 부엌 벽난로의 채 식지 않은 어제의 온기 옆에서 몸을 말리며, 자신에게 일어난 셀 수 없이 많은 불운에 대해 그들에게 얘기하고 머리매무새를 고치면서 웃을 거라고 생각했던 것이다.

그걸 어찌나 굳게 확신했던지, 그들이 문을 잠근 후에도 그 확신의 흔적은 거리의 집 모퉁이에 그 여인의 젖은 흔적 혹은 그 여인의 이미지로 남아 복도를 돌 때마다 그들의 눈에 어른거렸다.

10

사람들은 비류치의 전신 기사인 콜랴 프롤렌코가 역에서 일어난 병사들 소요의 간접적인 원인 제공자라고 보았다.

콜랴는 멜류제예보의 유명한 시계 수리공의 아들이었다. 멜류제예보 사람들은 그를 어릴 때부터 잘 알았다. 꼬마일 때 그는 라즈돌노예 집안 하인들 중 누군가의 집에서 지내며 마드무아젤의 감독하에 그녀의 제자인 백작 부인의 두 딸과 함께 뛰놀며 자랐다. 마드무아젤은 콜랴를 잘 알았다. 당시 그는 프랑스어를 조금 알아듣게 되었다.

멜류제예보 사람들은 콜랴가 날씨에 상관없이 가벼운 옷차림에 모자도 쓰지 않고 여름용 삼베 덧신을 신은 채 짐 없이 자전거를 타고 다니는 모습을 보는 데 익숙했다. 그는 핸들을 잡지 않고 몸을 뒤로 젖힌 채 가슴에 팔짱을 끼고 포장도로를 따라 시내를 달리며 전신주와 전선을 살펴보았고 전선 망을 점검했다.

시내의 몇 집은 철도 전화의 지선으로 역과 연결되어 있었다. 지선의 관리는 역의 기계실에 있는 콜랴의 손에 맡겨졌다.

그곳에서 그가 할 일은 숨이 턱에 찰 정도로 많았다. 철도 전신과 전화, 그리고 가끔 역장인 포바리힌이 잠시 자리를 비울 때면 신호 장치, 철도 폐색 신호 장치, 기계실에 위치한 장치들 역시 그의 몫이었다.

기계 장치 몇 개의 작동을 연달아 살펴야 하는 필요성 때문에 콜랴에게 특별한 말투, 즉 이해할 수 없이 단속적이고 수수께끼로 가득한 말투가 생겼는데, 그는 아무도 자기에게 대답하기를 원하지 않을 때, 혹은 누구와도 대화하고 싶지 않을 때면 자주 그 말투를 사용했다. 모든 게 엉망진창이었던 날, 사람들은 그가 이 권리를 지나치게 폭넓게 사용했다고 말했다.

사실 그는 침묵함으로써 시내에서 전화를 걸어온 갈리울린의 모든 선량한 의도를 무효로 만들었고, 본의 아니게 뒤이은 사건들이 치명적으로 진행되도록 만든 사람이었다.

갈리울린은 군사 정치 위원에게 자기가 이제 곧 벌목장으로 나갈 테니까 잠시 기다려 달라고, 자기 없이는 아무 짓도 하지 말아 달라고 말하려고, 역 어딘가에 혹은 가까이에 있는 군사 정치 위원을 전화기 쪽으로 불러 달라고 콜랴에게 부탁했다. 콜랴는 그의 회선이 비류치행 기차에 신호를 전달하느라 바쁘다는 구실로 긴츠를 불러 달라는 갈리울린의 부탁을 거절했고, 정작 그 자신은 갖은 방법으로 그 시간에 비류치로 호출된 카자크들을 실은 기차를 이웃 대피역에 붙잡아 두었다.

마침내 수송 열차가 들어왔을 때 콜랴는 불만을 감출 수 없었다.

기관차는 천천히 플랫폼의 어두운 차양 밑으로 들어와 때마침 기계실의 거대한 창문 맞은편에 멈추어 섰다. 콜랴는 가장자리에 철도청의 머리글자가 수놓아진 무거운 짙푸른 색 모직 커튼을 활짝 젖혔다. 석조 창턱에는 단순하게 세공된 두꺼운 유리컵과 물이 든 거대한 물병이 큰 쟁반 위에 놓여 있었다. 콜랴는 컵에 물을 따라 몇 모금 마시고는 창밖을 내다보았다.

기관사는 콜랴를 알아보고 운전석에서 그에게 다정하게 고개를 숙였다. 〈우, 악취 나는 쓰레기, 나무 빈대 같으니!〉 콜랴는 증오심을 품고 이렇게 생각하고는, 기관사에게 혀를 내밀고 주먹으로 위협했다. 기관사는 콜랴의 몸짓을 이해했을뿐더러 그 자신도 어깨를 으쓱이고는 머리를 객차들 쪽으로 돌려 〈어쩌라고? 네가 한번 해봐, 네 일이잖아〉라는 뜻을 알아듣도록 전했다. 〈아무튼 쓰레기에 악당이야.〉 콜랴가 표정으로 답했다.

객차에서 말들을 내리기 시작했다. 말들은 고집을 피우며 걷지 않았다. 목제로 포장된 발판에 부딪치던 둔탁한 말발굽 소리가 플랫폼의 돌을 디디는 편자의 딸깍거리는 소리로 바뀌었다. 뒷발로 서는 말들을 여러 갈래의 철로 너머로 데리고 갔다.

철로는 잡초로 덮인 두 개의 녹슨 궤도 위에 있는 두 줄의 폐기 객차로 끝났다. 빗물에 페인트가 씻겨 나가고 벌레와 습기에 쓸려 엉망이 된 목재, 차량 저쪽에서 시작되고, 자작나무를 병들게 하는 영지버섯과 그 위에 구름이 첩첩이 쌓인 축축한 숲과 비슷했던 모습을 부서진 난방 화차에 되돌려 주었다.

숲의 가장자리에서 카자크들은 명령에 따라 안장에 올라 벌목장으로 달려갔다.

그들은 제212 연대의 반란자들을 포위했다. 말에 탄 사람들은 탁 트인 장소보다 나무들 사이에 있을 때 언제나 더 크고 위협적으로 보인다. 토굴에 있는 병사들도 소총을 가지고 있었지만, 그들의 모습에 기가 질렸다. 카자크들이 장검을 빼들었다.

사슬처럼 늘어선 말들 안쪽에 탄탄하게 쌓아 평평하게 올린 장작더미 위로 긴츠가 뛰어올라 주변 사람들에게 연설을 시작했다.

또다시 그는 자기 습관대로 군인의 의무, 조국의 의미와 수많은 다른 고상한 주제에 대해 이야기했다. 그러나 여기서는 그런 개념들이 공감을 얻지 못했다. 군집한 인원이 지나치게 많았다. 무리를 이룬 사람들은 전쟁을 위해 참을 만큼 참았고 거칠어질 대로 거칠어진 데다 지쳐 있었다. 긴츠가 내뱉은 말은 오래전부터 귀에 못이 박히도록 들은 것이었다. 넉 달에 걸친 좌우의 아첨 어린 말은 군중을 타락시켰다. 이들을 구성하는 평범한 민중은 러시아와 상관없는 연설자의 성(姓)과 그의 발트해 연안식 사투리에 마음이 싸늘해졌다.

긴츠는 자신의 말이 길어진다고 느끼며 그런 자신이 불만스러웠지만, 청중이 알아듣게 하려면 어쩔 수 없다고 생각했는데, 그들은 감사 대신 무관심과 적의에 찬 따분함으로 그에게 응답했다. 그는 점점 더 분노를 느끼며 이런 청중에게는 더 확고한 언어로 말하기로, 비축한 협박의 말을 가동하기로 결심했다. 곳곳에서 들려오는 불평 소리에 귀를 기울이지 않고 그는 병사들에게 군사 혁명 재판이 도입되어 작동 중이라고 상기시켰고, 죽는 게 두려우면 무기를 내려놓고 주동자들을 내놓으라고 요구했다. 긴츠는 만일 그렇게 하지 않으면 그들이 비열한 배신자이며, 썩어빠진 개망나니들이고, 우쭐대는 상놈들인 것을 증명하겠노라고 말했다. 그들은 이미 이런 말투에서 멀어진 지 한참되었다.

수백 명의 노호 소리가 들고일어났다. 「드디어 말했군. 그러라지. 알았어.」 일군의 사람들이 낮은 저음으로 거의 적의 없이 이렇게 외쳤다. 그러나 증오로 인해 성이 난 높은 목소리가 히스테리 가득한 외침을 터뜨렸다. 사람들은 그 소리에 귀를 기울였다. 그들이 외쳤다.

「들었나, 동지들, 뭐라고 욕을 하는지? 옛날식이지! 장교

근성을 버리지 못한 거야! 그래서 우리가 배신자란 말인가? 너는 어디 소속인데, 나리? 뭐 때문에 저자랑 상대하는데. 독일군 스파이 아닌가. 에이, 너, 신분증 내봐, 애송이야! 너희들은 왜 입을 벌리고 있는 거야, 진압군들아? 자, 우리를 묶어, 잡아 잡숴!」

그러나 카자크들도 긴츠의 부적절한 연설이 점점 마음에 들지 않았다. 「모두가 상놈에 개망나니라니, 저런 도련님 같으니!」 그들은 서로 속삭였다. 처음에는 한 사람씩 그러다가 나중에는 대다수의 병사가 칼집에 장검을 집어넣었다. 그들은 하나씩 연달아 말에서 내렸다. 말에서 내린 수가 충분히 많아지자, 그들은 제212 연대가 있는 빈터 한가운데로 무질서하게 들어갔다. 모두가 섞여 버렸다. 우호적인 관계가 맺어지기 시작했다. 「당신은 어떻게든 눈에 띄지 않게 사라지셔야 합니다.」 불안해진 카자크의 장교들이 긴츠에게 말했다. 「건널목 옆에 나리 차가 있습니다. 그 차를 더 가까이 대라고 사람을 보내겠습니다. 어서 떠나세요.」

긴츠는 그렇게 했지만, 몰래 급하게 도망치는 것이 수치스럽다고 여겨 그럴 때 필요한 조심성을 내버리고 거의 공개적으로 역을 향해 걷기 시작했다. 그는 무섭게 흥분한 상태였지만, 자존심 때문에 서두르지 않고 억지로 평온하게 걸으려고 했다.

역이 벌써 가까워졌고, 그 옆에 숲이 있었다. 이미 철로의 갈래들이 보이는 숲의 가장자리에서 그는 처음으로 뒤를 돌아보았다. 그의 뒤로 병사들이 소총을 들고 따라오고 있었다. 〈원하는 게 뭐지?〉 긴츠는 이렇게 생각하며 발걸음을 재촉했다.

그를 추격하는 자들도 똑같이 행동했다. 그와 추격대 사이의 간격은 변하지 않았다. 앞에 망가진 객차들의 이중벽이 늘어선 게 보였다. 객차들 뒤로 들어가자 긴츠는 달리기 시작했다. 카자크들을 태우고 온 기차는 격납고로 보내진 상태였다. 철로는 비어 있었다. 긴츠는 철길을 가로질러 달렸다.

그러다가 그는 높은 플랫폼으로 뛰어올랐다. 그때 그를 뒤쫓던 병사들이 파손된 객차들 뒤에서 뛰어나왔다. 포바리힌과 콜랴는 긴츠에게 뭐라고 소리를 지르며, 그를 구할 수 있도록 역 안으로 들어오라고 신호를 보냈다.

그러나 또다시 세대를 거쳐 양육된 도시적이고 희생적인, 그러나 지금은 전혀 적용될 수 없는 명예심이 그가 구원의 길로 가는 것을 가로막았다. 그는 초인적인 의지를 발휘하여 널뛰는 심장의 떨림을 제지하려고 안간힘을 썼다. 〈저들에게 외쳐야만 해, 《형제들이여, 정신을 차리시게, 내가 스파이라도 된단 말인가?》〉라고 그는 생각했다. 〈저들을 막을 수 있는, 뭔가 정신을 차리게 만들 진심 어린 말이 있을 텐데.〉

최근 몇 달 동안 영웅심, 즉 영혼의 외침은 그의 내면에서 무의식적으로, 뛰어올라 운집한 사람들에게 뭔가를 호소하고 선동적인 말을 던질 수 있는 연단과 설교단과 연결되어 있었다.

역사의 문 옆 대합실 종 아래에는 소방용 물이 담긴 깊은 나무 물통이 있었다. 나무 물통은 꽉 닫혀 있었다. 긴츠는 그

뚜껑에 뛰어올라 다가오는 사람들에게 가슴을 쥐어뜯는 비인간적이고 앞뒤가 연결되지 않는 몇 마디 말을 던졌다. 활짝 열려 있어서 쉽게 도망칠 수 있었던 그가 그 역사의 문으로부터 바로 두 발짝 떨어진 곳에서 호소하는 정신 나간 용기에 사람들은 어안이 벙벙해져 그 자리에 우뚝 서버렸다. 병사들은 소총을 내려놓았다.

그런데 긴츠가 뚜껑 끝에 서는 바람에 뚜껑이 뒤집히고 말았다. 그의 다리 한쪽이 물에 빠지고, 다른 한쪽은 물통 가장자리에 걸리고 말았다. 그는 물통 가장자리에 말을 탄 것처럼 앉은 자세가 되었다.

병사들은 이 거북한 모습을 보고 폭발적인 웃음을 터뜨렸고, 맨 앞에 서 있던 사람이 한 발의 사격으로 불행한 이를 단번에 죽이자, 나머지 병사들이 달려들어 총검으로 죽은 이를 마저 난도질했다.

11

마드무아젤은 콜랴에게 전화를 걸어 의사가 좀 더 편안하게 기차에 자리를 잡을 수 있도록 도와달라고, 그렇지 않을 시에는 콜랴가 불쾌해할 일을 폭로하겠다고 위협했다.

콜랴는 마드무아젤에게 대답하면서 여느 때처럼 다른 사람과 전화 통화를 하는 중이었다. 그의 말 여기저기에 불쑥 튀어나오는 소수로 미루어 보아, 그는 제3의 장소에 전보로

암호를 보내는 것 같았다.

「프스코프, 코모세프, 제 말 들립니까? 무슨 반란군이요? 무슨 손이요? 무슨 말씀이세요, 맘젤? 거짓말에 엉뚱한 소리예요. 이제 그만하시고 전화기를 놓으세요, 방해하고 계시잖아요. 프스코프, 코모세프, 프스코프. 삼십육 점 영 영 십오. 아, 개들이 당신을 다 먹어 버렸으면, 선이 끊어졌군. 네? 네? 안 들려요. 또 맘젤이세요? 제가 러시아어로 말했잖아요, 안 돼요, 할 수 없어요. 포바리힌에게 말해 보세요. 거짓말에 엉뚱한 소리예요. 삼십육…… 제기랄…… 그만두세요, 방해하지 마세요, 맘젤.」

그러나 마드무아젤이 말했다.

「나를 감히 속이려 하다니, 프스코프, 프스코프, 엉뚱한 소리, 내가 네 속을 손바닥 보듯 꿰뚫어 보고 있어. 너는 내일 의사를 객차에 앉혀라, 나는 살인자에 작은 배신자인 유다[20]하고는 더 이상 얘기하지 않을 거다.」

12

유리 안드레예비치가 떠나던 날은 찌는 듯이 무더웠다. 사흘 전처럼 또다시 뇌우가 몰려왔다.

내뱉은 해바라기씨로 지저분한 역 근처 촌락의 토담집과 거위들은 검은 뇌우의 묵직한 시선을 받아 놀란 듯이 새하얗

---

20 스승인 예수 그리스도를 30세겔의 돈에 배반한 제자 가룟 유다를 말한다.

게 질려 있었다.

역사 건물 쪽으로 넓은 초지가 양옆으로 멀리 펼쳐져 있었다. 초지의 풀들은 사람들의 발에 짓밟혔고, 각자 필요한 방향의 기차를 수 주일씩 기다리는 헤아릴 수 없이 많은 군중들로 온통 뒤덮여 있었다.

군중들 속에는 이글거리는 태양 아래서 거친 회색 농민 외투를 입은 노인들이 소문과 정보를 들으려고 이 무리에서 저 무리로 전전하고 있었다. 열네 살 정도 되어 보이는 과묵한 청소년들이 가축을 치는 것처럼 손에 이파리를 깨끗이 털어낸 나뭇가지를 들고 비스듬히 누워 있었다. 그들의 발밑으로 어린 남동생과 여동생들이 상의를 들어 올려 분홍 엉덩이를 내놓은 채 이리저리 돌아다니고 있었다. 그들의 어머니가 젖먹이 아기들을 비뚤게 말아 올린 밤색의 깃 없는 농민 외투로 단단히 가슴에 싸매어 안고 다리를 쭉 뻗은 채 땅에 앉아 있었다.

「포격이 시작되자 양들처럼 사방으로 달아났어요. 마뜩잖았습니다!」 역장 포바리힌은 반감을 품고 이렇게 말하며, 의사와 함께 역의 바깥쪽 문 앞과 역 안쪽 바닥에 아무렇게나 누운 사람들의 열을 이리저리 헤치며 지나갔다.

「갑자기 잔디가 비어 버렸죠! 땅이 어떻게 생겼는지 다시 보게 된 겁니다. 다들 기뻐했죠! 넉 달이나 그 무리들 밑에서 보이지 않아서 잊었거든요. 바로 여기에서 그 사람이 쓰러졌습니다. 놀라운 일입니다. 전쟁 통에 온갖 끔찍한 일을 신물이 나게 봐왔으니 익숙해질 때도 되었지요. 그런데 얼마나

294

불쌍하던지! 중요한 건 의미가 없다는 거예요. 뭘 위한 겁니까? 그 사람이 그자들에게 무슨 나쁜 짓을 저질렀나요? 그자들이 사람이 맞나요? 가족의 사랑을 듬뿍 받은 사람이었다죠. 이제 오른쪽으로, 그렇게, 그렇게, 이쪽으로, 제 집무실로 들어오세요. 그 기차는 생각도 하지 마세요, 떨어져서 죽고 말 겁니다. 제가 다른 기차, 지역 열차에 자리를 만들어 드리겠습니다. 우리가 그 열차를 편성 중이니 곧 만들어질 겁니다, 이제 서류를 만듭시다. 다만 기차에 탈 때까지 입을 다무세요, 아무한테도 얘기하지 마시고! 그렇지 않고 말실수를 했다가는 차량이 연결되기도 전에 산산조각 날 겁니다. 밤에 수히니치에서 갈아타시면 됩니다.」

13

비밀에 부쳐졌던 열차가 마련되어 차고 건물 뒤에서 후진하며 역 쪽으로 나오자, 숲속 빈터에 있던 사람들 모두가 떼를 지어 천천히 뒷걸음치는 차량을 향해 달려들었다. 사람들이 완두콩처럼 작은 언덕에서 데굴데굴 굴러 내려와 철도 노반으로 뛰어올랐다. 서로를 밀치며 달리다가 어떤 이는 완충기와 객차 발판에 뛰어올랐고, 어떤 이는 창 안과 객차 지붕으로 기어올랐다. 아직 움직이고 있는데도 기차는 순식간에 벌써 태울 수 없을 정도로 사람들로 꽉 찼고, 플랫폼에 기차가 들어섰을 때는 입추의 여지 없이 들어차서 꼭대기부터 밑

바닥까지 사람들이 매달려 있었다.

의사는 기적적으로 승강구로 비집고 들어갔고, 나중에는 더 설명하기 어려운 방법으로 객차의 통로로 파고들었다.

길을 가는 내내 그는 통로에 있었고, 물건을 바닥에 놓고 그 위에 앉아 수히니치까지의 여정을 마쳤다.

뇌우를 머금은 먹구름은 흩어진 지 오래였다. 찌르는 듯한 햇빛이 쏟아지는 들판을 따라 귀뚜라미 소리가 그칠 줄 모르고 이 끝에서 저 끝까지 울려 퍼지며 열차 소리를 잠재웠다.

창가에 선 승객들이 다른 사람들에게 햇빛이 가는 것을 가로막았다. 두 배, 세 배로 길게 자란 승객의 그림자가 바닥, 선반, 칸막이 위로 드리워졌다. 객차는 이 그림자들을 다 담아내지 못했다. 그림자는 반대편 창문 너머 저 멀리로 쫓겨나 계속 달리는 기차의 그림자와 함께 다른 쪽 경사면 위를 껑충껑충 뛰며 달렸다.

주변에서 사람들이 고래고래 소리를 지르고, 노래를 부르고, 욕을 했으며, 카드놀이에 정신이 없었다. 역에 설 때마다 내부의 고함 소리와 바깥에서 기차를 에워싼 군중의 소리가 합쳐졌다. 그 굉음은 귀를 먹먹하게 만드는 파도 소리에 버금갔다. 바다에서처럼 정차 도중에 갑자기 설명할 수 없는 정적이 도래하곤 했다. 기차 전체를 따라 플랫폼을 서둘러 걷는 발자국 소리, 달리는 소리, 소하물 객차 옆에서 나는 다툼 소리, 멀리서 배웅하는 산발적인 말소리, 암탉이 조용히 꼬꼬댁거리는 소리, 역사 정원에서 나무들이 사각대는 소리만이 들리곤 했다.

그때 길에서 받은 전보나 멜류제예보에서 보내온 인사말처럼 낯익은, 그리고 정확히 유리 안드레예비치를 겨냥한 향기가 창 안으로 흘러 들어왔다. 그 향기는 어딘가 한쪽에서 조용히 자신의 뛰어남을 드러내며 들판과 화단의 꽃에는 흔하지 않은 높이에서 풍겨 왔다.

의사는 북새통에 창가로 다가갈 수 없었다. 그러나 그는 보지 않아도 그 나무를 상상 속에서 그릴 수 있었다. 그 나무들은 아마도 아주 가까이에서 자라며 철길의 혼잡함으로 인해 먼지를 뒤집어쓴 가지를 객차 지붕 쪽으로 고요히 뻗고 있고, 밤처럼 짙은 이파리에는 촛농 같은 별들이 총상 화서[21]처럼 자잘하게 뿌려져 있을 터였다.

이런 일은 여정 내내 반복되었다. 어디서나 군중들로 북적였다. 어디서나 보리수가 꽃을 피웠다.

어디나 배어 있는 이 향기는 마치 북쪽으로 가는 기차를 앞지르는 것 같았고, 그것은 마치 모든 대피역, 초소, 작은 철도역을 돌고 돌아 승객이 도착한 장소 모든 곳에 확산되어 확실한 정보처럼 만나게 되는 소문 같았다.

14

밤에 수히니치에서는 옛날처럼 친절한 짐꾼이 의사를 데

---

21 무한 화서의 하나로, 긴 꽃대에 꽃자루가 있는 여러 개의 꽃이 어긋나게 붙어서 밑에서부터 피기 시작하여 끝까지 핀다.

리고 불이 밝혀지지 않은 길을 지나 이제 막 도착한, 시간표에 예고되지 않은 기차의 이등 객차 뒤편으로 들어가게 했다.

짐꾼이 차장의 열쇠로 뒷문을 열고 의사의 물건을 객차 입구에 올리자마자 승무원이 순식간에 그것을 하차시키려고 해서 잠시 실랑이를 벌여야 했지만, 유리 안드레예비치의 통사정에 마음이 누그러진 승무원은 곧 슬그머니 땅으로 꺼진 듯 사라져 버렸다.

특별한 임무를 띤 비밀 열차는 정차도 짧게 하면서 일종의 호위를 받으며 상당히 빠른 속도로 달렸다. 객차는 텅 비어 있었다.

지바고가 들어간 4인용 침대칸은 작은 탁자 위에서 녹아내리는 양초의 빛을 받아 환했고, 낮게 내린 창에서 유입되는 공기의 흐름에 따라 촛불이 이리저리 흔들리고 있었다.

양초는 침대칸에 탄 유일한 승객의 것이었다. 긴 팔다리로 미루어 보아 그는 아마도 키가 아주 큰 듯한 금발 청년이었다. 그의 팔과 다리는 후리후리한 사지의 구성 요소가 잘못 고정된 것처럼 관절들에서 지나치게 가볍게 흔들리고 있었다. 젊은이는 창가 침대에 스스럼없이 몸을 기댄 채 앉아 있었다. 지바고가 나타나자 그는 공손하게 자리에서 일어나 반쯤 누웠던 자세를 좀 더 점잖게 앉은 자세로 바꾸었다.

그의 침대 밑에는 뭔가 바닥을 닦는 걸레 같은 것이 널브러져 있었다. 갑자기 누더기의 끝이 흔들리더니, 침대에서 분주한 소란을 일으키며 귀가 축 늘어진 사냥개가 기어 나왔다. 사냥개는 유리 안드레예비치의 냄새를 맡으며 그를 쳐다보고는, 팔다리가 길쭉한 주인이 다리를 포개듯이 앞발을 아주 유연하게 내뻗으며 침대칸 이 구석 저 구석을 달리기 시작했다. 그러나 곧 주인이 명령하자 사냥개는 분주하게 침대 밑으로 기어 들어가 이전처럼 마루 닦는 구겨진 걸레 같은 모습이 되었다.

그제야 유리 안드레예비치는 케이스에 있는 쌍발 총, 가죽 탄띠, 총으로 잡은 새를 팽팽하게 쑤셔 넣은 사냥용 자루가 침대칸 고리에 걸려 있는 것을 알아차렸다.

젊은이는 사냥꾼이었다.

그는 극도로 수다스러웠고, 상냥한 미소를 지으며 서둘러 의사와 담소를 나누려고 했다. 이때 그는 비유적인 의미가 아니라 그냥 직접적인 의미에서 의사의 입술을 내내 쳐다보고 있었다.

젊은이는 고조되면 금속성의 가성으로 변하는 불쾌할 정도로 높은 음성을 가지고 있었다. 또 다른 이상한 점이 있었다. 머리끝부터 발끝까지 러시아인인 그는 모음 하나, 바로 〈우〉를 아주 이상하게 발음했다. 그는 그 모음을 프랑스의 〈위〉나 독일어의 〈우믈라우트〉와 비슷하게 부드럽게 굴렸다. 그 밖에도 이 망가진 〈우〉 발음을 내는 데 많은 노력을 기울여 무서울 정도로 긴장해서는 약간은 쇳소리를 내며 다른 나머지 발음보다 이 소리를 더 크게 내는 것이었다. 그는 거의 아주 처음부터 이런 말로 유리 안드레예비치를 당황하게 만들었다.

「바로 어제 아아침에[22] 오오리들[23]을 사냥했습니다.」

22 러시아어로 〈아침에〉는 〈우트럼〉이다. 〈우〉 발음이 이상했다는 말이다.

간혹 신경을 많이 쓰면 그 정확하지 않은 발음이 극복되었지만, 잠시 잊으면 다시 튀어나오곤 했다.

〈이 무슨 도깨비장난인가?〉 지바고는 생각했다. 〈어디선가 읽은 것 같은 낯익은 현상인데. 의사로서 마땅히 알아야 하는 것인데, 기억이 나지 않는군. 조음의 결함을 일으키는 무슨 뇌의 현상인데. 이 울부짖는 소리가 너무 우스워서 진지한 모습으로 있기가 힘드네. 대화를 나눌 수가 없어. 위로 올라가서 눕는 게 낫겠다.〉

의사는 그렇게 했다. 그가 위쪽 침대에 눕자, 젊은이는 유리 안드레예비치에게 방해가 되니 양초를 끄는 게 좋을지 물었다. 의사는 감사하다는 말로 그 제안을 받아들였다. 이웃은 불을 껐다. 어두워졌다.

침대칸의 창이 반 정도 내려져 있었다.

「창은 닫지 않아도 될까요?」 유리 안드레예비치가 물었다. 「도둑이 두렵지 않으세요?」

이웃은 아무 대답도 하지 않았다. 유리 안드레예비치는 아주 큰 소리로 질문을 반복했지만, 그는 또다시 응답하지 않았다.

유리 안드레예비치는 그의 이웃에게 무슨 일이 일어난 것은 아닌지, 그가 그 짧은 순간에 객차에서 나간 것은 아닌지, 더욱 일어날 수 없는 일이긴 하지만 잠든 것은 아닌지 보려고 성냥을 켰다.

하지만 아니었다, 그는 자기 자리에 눈을 뜨고 앉아서 위에

23 러시아어로 〈오리를〉은 〈우턱〉이다.

서 몸을 굽힌 의사에게 미소를 지어 보였다.

성냥불이 꺼졌다. 유리 안드레예비치는 새 성냥을 켜고 그 빛을 비추면서 세 번째로 그가 확인하고 싶었던 말을 반복해서 물었다.

「좋을 대로 하세요.」 사냥꾼은 지체 없이 대답했다. 「저한 테는 훔쳐 갈 게 없습니다. 하지만 문을 닫지 않는 게 더 좋겠 는데요. 후텁지근해서요.」

〈놀랍군!〉 지바고가 생각했다. 〈기인이야, 아마도 불이 환할 때만 얘기를 하는 데 익숙한 모양이야. 지금은 잘못 발음하는 거 없이 깨끗하게 발음하네! 머리로는 이해할 수 없는 일이야!〉

15

의사는 지난주의 사건들, 떠나기 전의 흥분, 여행 준비, 아침에 기차를 탄 탓에 몹시 지쳤다고 느꼈다. 그는 편안한 자리에 몸을 뻗기만 하면 잠이 들 것이라고 생각했다. 하지만 그렇지 않았다. 극도의 피로감에 잠이 오지 않았다. 그는 새벽녘에야 잠이 들었다.

그 긴 시간 동안 그의 머리를 파고드는 회오리 같은 생각은 아무리 혼란스러워도 엄밀히 말해 두 개의 원, 얽히는가 하면 풀리기도 하며 뇌리를 떠나지 않는 두 개의 실타래로 모아졌다.

하나의 원은 토냐와 집, 예전에 자리 잡은 삶에 대한 생각이었는데, 그 안의 모든 것은 가장 사소한 부분까지 시로 가득하고 상냥함과 순수함으로 충만했다. 의사는 그 삶이 잘못될까 봐 걱정했고, 그 삶이 온전히 보호되기를 바랐으며, 야간 급행열차를 타고 가면서도 2년 이상 떨어진 끝에 그 삶으로 되돌아가고 싶어 마음 졸이고 있었다.

혁명에 충성하고 환호하는 것 역시 이 영역에 속했다. 그것은 중산 계급이 수용했던 그런 의미에서의 혁명이었고, 블로크를 숭배한 1905년의 젊은 학생들이 이해했던 그런 혁명이었다.

이 친근하고 익숙한 원에는 전쟁 전, 1912년과 1914년 사이에 러시아의 사상과 러시아의 예술, 러시아의 운명, 러시아전체의 운명과 그 자신의 운명의 지평선에 나타났던 새로운것의 징후와 약속, 전조 또한 포함되어 있었다.

오랜 이별 끝에 집으로 돌아가고 싶은 것처럼 전쟁 후에도 그를 소생시키고 지속하기 위해 그 조류로 다시 돌아가고 싶었다.

새로운 것은 또 하나의 원에 속한 사유 대상이었지만, 너무나 다르고 너무나 상이하게 새로운 것이었다! 그것은 자신에게 익숙한 것, 옛것에 의해 준비된 새로운 것이 아니라 무의식적으로 생겨나 파기될 수 없는, 현실의 명령을 받은 새로운충격처럼 급작스러운 것이었다.

새로운 것은 전쟁, 전쟁의 피와 잔혹함, 전쟁으로 인한 집의 파괴와 야만이 된 삶이었다. 이 새로운 것은 전쟁의 시련,

전쟁이 가르친 생활의 지혜였다. 이 새로운 것에는 전쟁이 데려다준 한 벽지의 도시들과 전쟁이 마주치게 한 사람들도 있었다. 혁명도 그 새로운 것이었는데, 1905년에 대학생답게 이상화한 혁명이 아니라 전쟁에서 탄생한 현재의 피비린내 나는 혁명, 그 파괴력에 정통한 볼셰비키에 의해 조종되는, 그 무엇과도 비교될 수 없는 병사들의 혁명이었다.

이 새로운 것에는 전쟁에 의해 어딘지 모르는 곳으로 던져진 간호사 안티포바도 있었다. 그녀는 그가 전혀 알 수 없는 삶을 살지만, 그 누구도 비난하지 않으며 말없이 호소하고, 수수께끼처럼 말을 아끼며, 그 침묵으로 진정 강함을 보여 주는 여자였다. 평생 가족과 가까운 이웃은 물론이요 모든 사람을 사랑으로 대하려고 했던 만큼, 유리 안드레예비치가 그녀를 사랑하지 않으려고 온 힘을 다해 기울인 진지한 노력도 그 새로운 것에 속했다.

기차는 전속력으로 달렸다. 내린 창을 통해 불어오는 바람이 유리 안드레예비치의 머리카락을 흩날렸고, 먼지투성이로 만들었다. 밤의 정거장에서도 낮의 정거장에서와 마찬가지로 똑같은 일이 벌어졌다. 군중들이 들끓었고 보리수나무가 살랑거렸다.

간혹 밤의 깊은 어둠 속에서 사륜 짐마차와 이륜 짐마차가 덜거덕거리며 역 쪽으로 굴러갔다. 사람 소리와 바퀴 구르는 굉음이 나무가 내는 소음과 뒤섞였다.

그 순간에 무엇이 이 밤의 그림자를 살랑거리게 하고 서로를 향해 고개를 숙이게 하는지, 그 그림자들이 알아듣지 못하게 쉬쉬대는 혀처럼 조느라고 무거워진 이파리들을 겨우 돌리며 서로에게 뭐라고 속삭이는지 이해가 될 듯했다. 그것은 상단 침대에서 몸을 뒤척이며 유리 안드레예비치가 생각한 것과 똑같은 것으로, 점점 더 넓게 퍼지는 소요에 사로잡힌 러시아, 혁명, 숙명적이고 힘겨운 시간, 혁명의 궁극적 거대함에 대한 소식이었다.

16

다음 날 의사는 늦게 일어났다. 11시였다. 「마르키스, 마르키스!」 이웃이 투덜대는 자신의 개를 작은 소리로 제지하고 있었다. 유리 안드레예비치는 오는 길에 탄 사람이 더 이상 없고 4인용 객차에 그와 사냥꾼 둘만 있다는 것이 놀라웠다. 어린 시절부터 익숙한 역들의 이름이 들리기 시작했다. 칼루가 주를 떠난 후, 기차는 모스크바 지역 깊숙이 파고들었다.

전쟁 전에 편의 시설을 갖춘 기차 화장실에서 세수를 한 후 의사는 그의 호기심을 불러일으키는 동반자가 그에게 청한 아침 식사 시간에 맞춰 객차로 돌아왔다. 이제 유리 안드레예비치는 그를 더 주의 깊게 관찰할 수 있었다.

이 사람의 두드러진 특징은 극도로 말이 많고 잠시도 가만히 있지 않는다는 것이었다. 미지의 사람은 말하는 것을 좋아했는데, 이때 그에게 중요한 것은 소통과 생각의 교류가 아니라 말하는 행위 자체, 단어의 발음과 소리의 발성이었다. 대화를 나눌 때 그는 마치 용수철에 앉은 것처럼 침대 소파에서 들썩거렸고, 귀청이 떨어지도록 이유도 없이 웃어 젖혔으며, 만족스러운 마음에 손을 마구 비비댔는데, 환희를 표현하는 데 그것만으로 부족하다고 느꼈을 때는 눈물이 날 정도로 웃으며 두 손바닥으로 무릎을 치곤 했다.

어제처럼 기이한 대화가 재개되었다. 미지의 사람은 놀라울 정도로 일관성이 없었다. 그는 부추기지도 않는데 자기 고백을 하는가 하면, 가장 악의 없는 질문에 귀도 기울이지 않고 대답도 하지 않았다.

그는 자신에 대한 가장 환상적이고 앞뒤가 맞지 않는 정보를 산더미처럼 쏟아 냈다. 미안한 말이지만, 아마도 그는 거짓말을 보탰을 것이다. 그는 틀림없이 극단적 시각을 드러내고 모든 통념을 부정함으로써 효과를 보려고 하는 것 같았다.

이 모든 것이 오래전부터 낯익은 무언가를 상기시켰다. 지난 세기의 니힐리스트들이 그런 극단주의 정신으로 말했고, 시간이 조금 흘러 도스토옙스키의 주인공들이, 그 후에는 바로 얼마 전에 이들의 직속 계승자인 러시아 지방에서 교육받은 모든 사람들이 그렇게 말했다. 이들은 두 수도에서는 낡아서 유행이 지났지만, 벽지에서는 간직된 철두철미함 덕분에 두 수도보다 앞서가고 있었다.

젊은이는 자신이 한 유명한 혁명가의 조카이고, 부모는 그와는 반대로 반동분자로, 그가 표현하는 바에 따르면 고집불통이라고 했다. 그들은 전선의 한 지역에 괜찮은 영지를 가지고 있었다. 젊은이는 그곳에서 자랐다. 그의 부모는 삼촌을 불구대천의 원수처럼 대했지만, 삼촌은 앙심을 품지 않고 지금은 자신의 영향력으로 그들을 모든 불쾌한 일에서 건져 주고 있다고 했다.

이 말하기 좋아하는 인간은 그 자신이 신념에서 삼촌 편이 며, 삶과 정치, 예술의 문제 등 모든 점에서 극단주의자이자 극좌주의자라고 밝혔다. 좌파가 아니라 타락과 허풍에 빠져 있다는 의미에서, 또다시 페텐카 베르호벤스키[24]의 냄새가 났다. 〈이제 저 사람은 자기를 미래파[25]라고 소개할 거야.〉 유리 안드레예비치가 이런 생각을 하자마자, 정말로 미래파가 화제로 떠올랐다. 〈이제 스포츠 이야기를 하겠군.〉 의사는 계속 앞질러 예측했다. 〈경주마나 스케이트장, 아니면 프랑스 레슬링 얘기를 하겠군.〉 화제는 정말로 사냥으로 옮겨 갔다.

젊은이는 고향에서 사냥을 했고, 자신이 대단한 총잡이라고, 만일 병사로 들어가지 못하게 한 자신의 육체적 결함이 아니었다면 전쟁터에서 백발백중으로 이름을 날렸을 것이라고 자랑했다.

의아해하는 지바고의 시선을 알아채고는 그가 외쳤다.

「설마? 정말 아무것도 알아차리지 못하신 겁니까? 저는 제

24 도스토옙스키의 『악령』에 나오는 인물이다. 주인공 스타브로긴을 자신의 혁명 운동의 우두머리로 만들기 위해 슬라브주의자 샤토프의 살해 계획을 비롯해 여러 음모를 꾸미는 혁명 운동가이자 선동가, 이론가, 더 나아가 그냥 악당이다.
25 이탈리아의 작가 마리네티(1876~1944)가 1908년에 선포한 미래주의 선언문의 사상을 러시아에 수용한 일련의 시인과 예술가 그룹이다. 1912년에 다비드 브를류크, 벨레미르 흘레브니코프, 알렉세이 크루초니흐, 블라디미르 마야콥스키가 자신들의 선언문 「대중의 취향에 뺨 때리기」를 발표한다.

결함을 알아채셨을 거라고 생각했는데요.」

그는 주머니에서 두 개의 카드를 꺼내어 유리 안드레예비치에게 내밀었다. 하나는 그의 명함이었다. 그에게는 두 개의 성이 있었다. 그의 이름은 막심 아리스타르호비치 클린초프-포고렙시호 혹은 그냥 포고렙시호였다. 그는 스스로를 포고렙시호라고 불렀던 삼촌을 기리기 위해 자신을 그렇게 불러 달라고 요청했다.

다른 카드에는 다양하게 접힌 손가락과 다양하게 결합된 손이 그려져 있는 바둑판 표가 있었다. 그것은 농아의 수화 알파벳이었다. 이제 모든 것이 설명되었다.

포고렙시호는 가르트만 혹은 오스트로그라츠키 학교의 능력이 비범한 학생이었다. 즉 그는 믿을 수 없을 정도로 완벽하게 소리가 아니라 눈으로, 그러니까 교사의 인후 근육의 움직임을 보고 말하는 것을 배우고, 또 그런 식으로 대화 상대자의 말을 알아듣는 농아였던 것이다.

그가 어디 출신이고 어느 지역에서 사냥했는지를 머릿속에 그린 후 의사는 물었다.

「무례함을 용서하세요, 하지만 대답하지 않으셔도 됩니다. 말씀해 보세요, 혹시 지부시노 공화국이나 그 공화국의 창설과 관련이 없으십니까?」

「어디서 그런 말을…… 죄송합니다만…… 그렇다면 블라제이코를 아신다는 거군요……? 관련이 있지요, 있고말고요! 물론, 있지요.」 포고렙시호는 기쁜 마음으로 온몸을 이리저리 흔들고 격렬하게 자기 무릎을 치며 웃으면서 지껄였다. 또

다시 황당무계한 얘기들이 전개되었다.

포고렙시흐는 자기에게 블라제이코는 구실에 지나지 않았으며, 지부시노가 그 자신의 사상의 냉정한 적용 지점이었다고 말했다. 유리 안드레예비치는 그 진술을 따라가기가 힘들었다. 포고렙시흐의 철학은 절반은 무정부주의적 입장이고, 절반은 순수하게 사냥꾼들의 허풍이었다.

포고렙시흐는 신탁을 받은 자의 태연자약한 톤으로 가장 가까운 시일 안에 치명적인 격동이 일어날 것이라고 예언했다. 유리 안드레예비치는 속으로 어쩌면 그 격동은 불가피하다는 데 동의했지만, 이 불쾌한 소년이 무심하게 자신의 예언을 내뱉을 때 보이는 위압적인 평온함이 그를 폭발하게 만들었다.

「잠깐만, 잠깐만요.」 그가 소심하게 반박했다. 「어쩌면 그렇게 될 수도 있겠죠. 하지만 내 생각에는 혼돈과 혼란을 겪는 중에 공격하는 적의 눈앞에서 그렇게 위험한 실험을 할 때는 아닌 것 같은데요. 다른 혁명을 감행하기에 앞서 지금 일어난 혁명에서 나라가 정신을 차리고 숨을 좀 돌리게 해야 합니다. 어떤 종류든 상대적이라 할지라도 평온과 질서가 잡히기를 기다려야지요.」

「그건 순진한 생각이세요.」 포고렙시흐가 말했다. 「지금 와해라고 부르신 것은 선생이 칭송하고 사랑하는 질서와 꼭 마찬가지로 정상적인 현상입니다. 이 파괴들은 보다 폭넓은 건설적인 계획을 위해 응당 필연적으로 미리 선행되어야 하는 부분입니다. 사회는 아직 충분히 파괴되지 않았습니다. 사회가 완전히 붕괴될 필요가 있고, 그때서야 진정으로 혁명적인 권력이 분야별로 사회를 전혀 다른 기초 위에 세워 갈 겁니다.」

유리 안드레예비치는 마음이 불편했다. 그는 복도로 나갔다.

기차는 속력을 더 내며 모스크바 근교를 질주했다. 별장들이 다닥다닥 붙어 있는 자작나무 숲이 매 순간 창가로 달려와서는 옆을 스치고 지나갔다. 처마가 없는 좁은 플랫폼과 별장에 사는 남녀들이 휙휙 지나가면서 기차가 일으킨 먼지구름에 휩싸여 저편으로 멀리 물러나 회전목마를 탄 것처럼 빙빙 돌았다. 기차는 경적을 연이어 울렸고, 그 경적 소리에 숨이 막힌 듯 숲의 메아리는 벌레 먹어 구멍 나고 속이 빈 나팔처럼 그 소리를 멀리까지 날라 주었다.

이 며칠 만에 유리 안드레예비치는 처음으로 문득 자신이 어디에 있는지, 자신에게 무슨 일이 일어났는지, 한두 시간만 지나면 자기가 어떤 일과 마주치게 될지를 아주 또렷이 깨달을 수 있었다.

3년 동안 일어난 변화, 알 수 없는 일들, 이동, 전쟁, 혁명, 파란, 포격, 파멸의 광경, 죽음의 광경, 끊어진 다리, 파괴, 화재와 같은 일들이 갑자기 한꺼번에 내용 없는 거대하고 공허한 장소로 변해 버렸다. 오랜 휴지기 이후에 제일 먼저 찾아온 진정한 사건은 기차를 타고 아직 온전한 채로 세상에 존재하는 집, 작은 돌 하나하나가 귀한 집을 향해 현기증이 날 정도로 빠르게 다가가고 있다는 것이었다. 바로 이것이 삶이고, 바로 이것이 체험이며, 바로 이것이 모험을 찾는 사람들이 그렇게도 쫓아다니는 것이고, 바로 이것이 예술이 염두에 두는 것이다. 즉 친지에게 가는 것, 자신에게 돌아가는 것, 존재를 새롭게 하는 것 말이다.

숲이 끝났다. 기차는 이파리들의 협로를 빠져나와 질주했다. 비탈진 초지는 협곡을 나와 위로 높아지며 넓은 언덕이되어 멀리 사라졌다. 초지는 온통 짙은 녹색 감자의 세로줄 이랑으로 뒤덮여 있었다. 초지 꼭대기, 감자밭 끝에는 온실에서 꺼낸 유리 틀들이 땅에 누워 있었다. 달리는 기차 꼬리 뒤편 초지의 맞은편에는 거대한 검보라색 먹구름이 하늘의 절반을 가리고 있었다. 그 구름 사이로 햇빛이 빠져나와 사방으로 둥그렇게 흩어졌고, 가는 길에 온실 유리 틀에 부딪히며 그 유리를 눈이 부시도록 빛나게 했다.

갑자기 먹구름 뒤에서 굵은 여우비가 햇빛을 받아 반짝이며 비스듬히 쏟아졌다. 여우비는 바퀴를 두드리고 나사를 덜컹거리며 돌진하는 기차와 같은 속력으로, 마치 기차를 따라잡으려는 듯이 혹은 뒤처질까 봐 염려하는 듯이 조급하게 빗방울을 떨어뜨렸다.

의사가 미처 주의를 기울일 사이도 없이 산 뒤에서 구세주 그리스도 성당이 나타났고, 그다음 순간에 둥근 지붕, 지붕, 건물, 전 도시의 굴뚝이 나타났다.

「모스크바입니다.」 그는 객차로 돌아가 말했다. 「나갈 채비를 해야죠.」

포고렙시흐는 벌떡 일어나 사냥 자루를 뒤지더니, 거기서 좀 큼지막한 오리를 꺼냈다.

「받으십시오.」그가 말했다. 「기념으로요. 덕분에 하루 종일 유쾌한 시간을 보냈습니다.」

의사가 아무리 거절해도 소용없었다.

「좋습니다.」그는 어쩔 수 없이 동의했다. 「아내에게 주는 선물로 받겠습니다.」

「아내에게! 아내에게! 아내에게 주는 선물이라.」포고렙시흐는 그 단어를 마치 처음 듣기라도 하는 듯 기뻐하며 되풀이했고, 온몸을 비틀며 호탕하게 웃었다. 그 바람에 마르키스도 펄쩍 뛰며 그의 기쁨에 동참했다.

기차는 플랫폼에 들어섰다. 객차 안은 밤처럼 어두웠다. 농아는 의사에게 인쇄된 격문 조각에 싸인 야생 오리를 내밀었다.

제6부

모스크바 임시 숙영지

1

여행 중에는 비좁은 침대칸 안에 꼼짝도 못 하고 앉아 있었기 때문에 기차만 가고 시간은 멈춰 있는 듯, 계속 한낮인 것처럼 느껴졌다.

그러나 마부가 의사와 함께 그의 짐을 싣고 어렵사리 스몰렌스키 시장에 운집한 많은 사람들 사이를 간신히 빠져나왔을 때는 벌써 저녁이었다.

어쩌면 정말 그랬을 수도 있고, 어쩌면 당시 의사의 인상에 가장 최근의 경험이 쌓인 결과일 수도 있겠지만, 나중에 당시를 회상하면 의사는 벌써 그때도 그렇게 운집할 이유가 없는데 사람들이 습관적으로 시장에 무리 지어 있었던 것처럼 느꼈다. 왜냐하면 텅 빈 노점은 차양을 내리고, 심지어 자물쇠도 잠그지 않았으며, 오물과 쓰레기를 치우지 않은 더러워진 광장에는 사고팔 물건이 전혀 없었기 때문이다.

그는 이미 당시에도 잘 차려입은 남녀 노인들이 보도에 웅

크리고 서서 책망하는 듯한 눈초리로 지나가는 사람들을 말없이 바라보며 조화며, 끓으면 삑 소리를 내는 유리 뚜껑이 달린 커피포트며, 검은 비단 이브닝드레스며, 해체된 기관의 제복 같은 아무도 사가지 않고 누구에게도 필요하지 않은 물건들을 팔기 위해 내놓은 것을 봤던 듯했다.

서민들은 보다 긴요한 물건, 예를 들면 거칠고 빨리 딱딱해지는 배급용 검은 빵 조각, 눅눅하고 더러워진 설탕 조각, 포장지째로 반을 자른 싸구려 담뱃갑 같은 것들을 더 간편하게 사고팔았다.

시장 전체에서 온갖 불가해한 잡동사니들이 유통되었는데, 그것들은 손에서 손을 거칠수록 가격이 더 올랐다.

마부는 광장에 면한 골목 중 하나로 방향을 틀었다. 뒤에서 해가 지며 그들의 등을 비췄다. 그들 앞에서는 짐 없는 수레를 단 짐마차가 덜컹거리며 달려가고 있었다. 짐마차는 석양빛을 받아 구릿빛으로 보이는 먼지기둥을 일으켰다.

마침내 그들은 길을 가로막던 짐마차를 추월할 수 있었다. 그들은 속력을 더 올렸다. 다리와 보도 여기저기에 건물들과 울타리에서 뜯어진 낡은 신문과 광고 더미들이 나뒹구는 것을 보고 의사는 놀랐다. 바람이 그것들을 한 방향으로 끌고 가면, 마주쳐 오가는 말발굽과 마차 바퀴, 행인들의 발길이 다른 방향으로 밀어냈다.

곧 몇 군데의 교차로를 지나 두 골목길 모퉁이에서 고향 집이 보였다. 마부가 멈춰 섰다.

마차에서 내려 정면 현관으로 다가가 초인종을 누르자, 유리 안드레예비치는 숨이 막히며 심장이 크게 고동치기 시작했다. 응답이 없었다. 유리 안드레예비치는 다시 초인종을 눌렀다. 이번에도 아무 소용이 없자, 그는 점점 더 불안에 휩싸여 짧은 간격을 두고 연달아 초인종을 눌렀다. 네 번을 울린 후에야 안에서 걸쇠와 고리가 절그럭거리는 소리가 들렸고, 그는 옆으로 열린 문과 문손잡이를 잡고 떨어져 서 있는 안토니나 알렉산드로브나의 모습을 볼 수 있었다. 너무 갑작스러운 일이라 첫 순간 두 사람은 얼어붙어 서로 비명 지르는 소리도 듣지 못했다. 안토니나 알렉산드로브나가 손으로 밀어 문이 활짝 열리고 포옹이 가능해지자, 그들은 멍한 상태에서 벗어나 미친 듯이 서로의 목에 엉겨 붙었다. 잠시 후 그들은 서로의 말을 가로채며 동시에 말하기 시작했다.

「제일 먼저, 모두 건강한 거야?」

「응, 그래, 안심해. 모두 잘 있어. 내가 정말 어리석은 편지를 썼어. 용서해 줘. 하지만 나중에 얘기해. 왜 전보를 치지 않았어? 마르켈이 곧 당신 물건을 옮길 거야. 아, 예고로브나가 문을 열지 않아서 불안했지? 그 마음 이해해. 예고로브나는 시골에 있어.」

「당신 말랐어. 하지만 참 젊고 아름답네! 이제 마부를 보내야겠어.」

「예고로브나는 밀가루를 구하러 갔어. 나머지 사람들은 다 내보냈고, 이제 새로 온 아이 하나만 있어. 당신은 모르는 아이야. 뉴샤인데 사셴카를 돌보고 있어, 그 애 말고는 아무도 없어. 당신이 올 거라고 모두에게 미리 말해 두었어. 모두 조바심을 내면서 기다리고 있어. 고르돈도 그렇고, 두도로프도 그렇고, 모두가.」

「사센카는 어때?」

「괜찮아, 하느님 덕분에. 이제 막 잠에서 깼어. 당신이 이제 막 여행에서 돌아온 게 아니라면 지금이라도 가서 볼 수 있을 텐데.」

「아버님은 집에 계셔?」

「당신한테 편지로 쓰지 않았나? 아침부터 늦은 밤까지 지역 의회에 가 계셔. 의장으로. 맞아, 상상이 되겠지. 마부에게 돈을 지불했어? 마르켈! 마르켈!」

그들은 바구니와 여행용 가방을 늘어놓은 채 보도 한가운데에 길을 막고 서 있었기 때문에, 행인들은 그들을 피해 돌아가며 두 사람을 머리부터 발끝까지 유심히 훑어보았고, 떠나려는 마부와 활짝 열린 문을 오랫동안 주시하며 앞으로 무슨 일이 일어날지 기다렸다.

그러는 동안 벌써 젊은 주인들 쪽으로 사라사 셔츠 위에 조끼를 입고 한 손에 수위 모자를 든 마르켈이 달려오면서 외쳤다.

「하느님이 도우셨네, 정말 유로치카 맞소? 정말 맞구려! 바로 맞아, 서방님, 우리 멋쟁이 서방님! 유리 안드레예비치, 우리 집 기둥, 우리 기도하는 사람들을 잊지 않고 고향 방구들로 돌아오셨네! 당신들 뭐요? 뭐? 뭐가 궁금한 거요?」 그가 호기심이 발동한 사람들에게 거칠게 물었다. 「그냥 지나가쇼, 존경하옵는 나리들. 눈들이 번들번들하네!」

「잘 있었나, 마르켈, 한번 안아 보세. 괴짜 같으니, 모자를 썼네. 무슨 새로운 일은 없나? 좋은 일은? 아내는 어떤가? 딸들은?」

「무슨 일이 있겠어요. 잘 자라고 있죠. 고맙습니다. 새로운 소식이라면, 서방님이 전장에서 영웅 노릇할 때 우리도 보시다시피 졸지는 않았다는 겁니다. 무슨 선술집에 여관처럼 되었어요, 마귀들도 역겨울 지경인데, 뭐가 뭔지 아무것도 모르겠어요! 거리를 치우지도 않고, 집들과 지붕도 수리하지 않고, 뱃속도 금식일처럼 깨끗하고, 아넥티야도, 콘트리부티야[1]도 없어요.」

「마르켈, 유리 안드레예비치한테 다 일러바칠 거예요. 유로치카, 저 사람은 항상 저래. 이젠 저 바보 같은 말투를 참을 수 없어. 아마 당신을 위해서 애쓰고 있는 걸 거야, 당신 마음에 들려고. 하지만 자기 계산은 분명한 사람이지. 그만둬요, 그만둬, 마르켈, 변명하지 말고. 당신은 음흉한 사람이잖아, 마르켈. 이젠 좀 더 영리해질 때도 됐는데. 이제 당신은 곡물상 집에서 사는 게 아니잖아.」

마르켈은 짐을 현관 입구 안으로 들여놓고 대문을 닫은 뒤

---

1 마르켈은 러시아 혁명으로 일어난 사회적 변화를 거리에서 주워들은 외래어로 표현하고 있다. 1918년 3월에 새로운 러시아 소비에트 연방 사회주의 공화국과 독일, 오스트리아, 터키 사이에 맺어진 브레스트-리톱스크 조약을 논의할 때 나온 논란이 많은 용어이다. 이 조약은 제1차 세계 대전에서 러시아의 참여를 종식시켰다. 레온 트로츠키(1879~1940)가 수반이 된 러시아의 협상가들은 러시아 영토의 합병(아넥티야)과 전쟁 배상금 지불(콘트리부티야)이 모두 없기를 원했지만, 결국에는 양자에 모두 동의했다. 조약은 여덟 달 반 만에 깨졌다.

계속 조용히 터놓고 말했다.

「안토니나 알렉산드로브나는 화가 나 있어요, 방금 들었죠. 언제나 저래요. 마르켈, 당신은 온통 속이 검은 사람이야, 꼭 굴뚝에 앉은 사람 같아, 라고 말씀하시죠. 이제 어린아이뿐만 아니라 퍼그도, 집에서 키우는 발발이도 알아듣는다고 말씀하시죠. 물론 그 말이 맞지만, 다만 유로치카, 믿든 말든 알 만한 사람들은 책을 봤죠, 다가올 프리메이슨이요, 140년간 돌 밑에 누워 있었는데, 이건 제 의견인데요, 우리를 판 거라고요. 유로치카, 알겠어요? 팔았어요, 동전 한 닢도 아니고 반의 반 푼도, 담배 한 모금 값도 안 주고 팔았다니까요. 안토니나 알렉산드로브나는 내가 말을 하지 못하게 해요, 보세요, 또 보세요, 손을 흔들지요.」

「어떻게 손을 흔들지 않겠어. 자, 이제 됐어. 물건을 바닥에 놓고, 고마워요, 마르켈, 이제 가봐요. 필요하면 유리 안드레예비치가 부를 거예요.」

2

「마침내 물러갔네, 벗어났어. 당신은 저 사람 말을 믿어, 믿겠지. 순전히 쇼일 뿐이야. 다른 사람들이 있는 데서는 바보 노릇을 하고 또 하는데, 본인은 비밀스레 온갖 경우를 대비해 칼을 갈고 있으니까. 다만 아직 누구를 찌를지 결정하지 못했을 뿐이야, 카잔 출신 고아 같으니.」

「당신 너무 지나친데! 내 생각에 마르켈은 그냥 취한 것뿐이야, 주정하고 있는 거지, 그 이상은 아니야.」

「언제 저 사람이 술 취하지 않은 적 있었어? 말해 봐. 악마나 데려가라고 해. 사셴카가 다시 잠들었을까 봐 걱정되네. 그 철도를 따라 도는 티푸스만 아니라면…… 당신한테 이는 없지?」

「없는 것 같은데. 전쟁 전처럼 편의 시설이 있는 기차를 타긴 했는데. 조금 씻을 수 있을까? 어떻게 대충이라도. 나중에 더 깨끗하게 씻기로 하고. 그런데 어디로 가는 거야? 어째서 거실을 통해 가지 않는 거지? 지금 다른 길로 2층으로 올라가는 것 같은데?」

「그래, 맞아! 당신은 아무것도 모르는구나. 아빠와 생각하고 또 생각하다가, 아래층 일부를 농업 아카데미에 내주었어. 그렇지 않으면 겨울에 불을 때지도 못할 거야. 2층도 지나치게 크잖아. 그 사람들에게 쓰라고 우리가 제안했는데. 아직 쓰지를 않네. 여기에 학술용 사무실, 식물 표본실, 종자 표본실이 있어. 쥐들이 생기지 말아야 할 텐데. 어쨌든 곡물이니까. 하지만 아직 방들이 깨끗하게 유지되고 있어. 여기가 이른바 살림 구역이야. 이리로, 이리로. 참 눈치도 없네! 뒷계단으로 돌아가야 해! 이제 이해가 가? 내 뒤를 따라와, 길을 알려 줄게.」

「방들을 내준 건 정말 잘한 일이야. 나도 지주의 저택에 자리 잡은 병원에서 일했어. 끝없이 방들이 이어져 있는데, 그래도 쪽마루가 성한 데가 있더라고. 밤마다 나무 화분에 심은 종려나무가 귀신처럼 침대들 위로 팔을 벌렸어. 전쟁터에서 온 부상병들이 자다가 놀라서 비명을 질러 댔지. 하지만 완전히 정상인 사람들은 아니었어, 정신적 외상을 입은 사람들이었지. 종려나무들을 다른 곳으로 내가야만 했어. 내가 하고 싶은 말은, 부유한 사람들의 삶에는 사실 뭔가 건강하지 못한 것이 있다는 거야. 불필요한 것이 너무 많아. 집에 불필요한 가구, 불필요한 방, 불필요하게 섬세한 감정, 불필요한 표정. 좁게 살기로 한 건 아주 잘한 일이야. 이것으로도 부족해. 더 많이 내줘야 해.」

「당신 꾸러미에서 뭐가 자꾸 비죽 나오는데? 새 주둥이네, 오리 머리야. 너무 예쁘다! 야생 오리네! 어디서 난 거야? 내 눈을 믿을 수가 없네! 요즘 시대에 이렇게 온전한 상태의 새라니!」

「객차에서 선물로 받았어. 말하려면 길어, 나중에 얘기해 줄게. 어디다 둘까? 풀어서 부엌에 둘까?」

「그럼, 물론이지. 이제 뉴샤를 보내서 털을 뽑고 내장을 꺼내야지. 겨울이 되면 온갖 끔찍한 일이 일어날 거래, 기아에, 추위에.」

「그래, 여기저기서 그렇게들 말하더군. 오면서 창밖을 내다보며 생각했어. 가정과 일터에서 평화보다 더 중요한 게 뭘까? 나머지는 우리 권한 밖이지. 아마도 많은 사람이 불행을 겪을 거야. 어떤 이들은 남쪽 캅카스로 가서 목숨을 건질까 생각하더라고, 어딘가 멀리 떠나려는 거지. 그건 내 원칙이 아니야. 성인 남자라면 이를 악물고 조국의 운명과 함께해야

해. 내 생각에 그건 자명한 일이야. 당신은 다른 문제지. 우리 가족을 이 재난에서 얼마나 보호하고 싶은지 몰라, 어디든 좀 더 안전한 곳, 핀란드라도 보내고 싶어. 그런데 이렇게 한 계단에 30분씩 서 있다가는 영원히 위층까지 가지 못하겠다.」

「잠깐만, 들어 봐. 새로운 소식이야. 어떤 소식인지 알아? 내가 말하는 걸 잊었네. 니콜라이 니콜라예비치가 오셨어.」

「무슨 니콜라이 니콜라예비치?」

「콜랴[2] 외삼촌.」

「토냐! 있을 수 없는 일이야! 도대체 어떻게 된 일이야?」

「보다시피 그렇게 됐어. 스위스에서 오셨어. 런던으로 우회해서. 핀란드를 통해 들어오셨어.」

「토냐, 농담하고 있는 거 아니지? 외삼촌을 뵈었어? 어디 계셔? 지금 당장 뵐 수 있을까?」

「좀 참아 봐! 누군가를 만나러 교외 별장에 가 계셔. 내일모레 돌아오신다고 했어. 얼마나 변하셨던지, 당신 실망할 거야. 오는 길에 페테르부르크에 오래 머물렀는데, 볼셰비키가 되셨어. 아빠는 목이 쉬도록 외삼촌과 싸우고 있다니까. 그런데 우리는 왜 정말 이렇게 한 발자국을 뗄 때마다 멈추지? 가자. 그러니까 당신 역시 앞으로 좋을 일은 없고, 고생과 위험, 불확실한 일만 있으리라는 말을 들었다는 거지?」

「나도 그렇게 생각해. 어쩔 수 없지. 맞서 봐야지. 모든 게 반드시 끝장나는 건 아닐 테니. 다른 사람들처럼 상황을 좀 지켜보자고.」

2 니콜라이의 애칭이다.

「사람들 말로 장작도, 물도, 불도 없이 살아야 할 거래. 화폐를 없앤대. 수송도 끊어질 거고. 우리가 또 섰네. 가자. 들어 봐. 아르바트 거리에 있는 제작소에서 나온 납작한 철제 난로를 사람들이 칭송하더라고. 신문을 태워 음식을 만들 수 있어. 주소를 받았어. 다 팔리기 전에 사야 해.」

「맞는 말이야. 사도록 해. 토냐, 당신은 똑똑한 사람이야! 그런데 콜랴 외삼촌이라니, 콜랴 외삼촌이라니! 생각 좀 해 봐! 정신을 차릴 수가 없네!」

「나한테 계획이 있어. 위층 한구석을 분리시켜서 2층 끝에 반드시 연결되는 두세 개의 방에 아빠, 사셴카, 뉴샤와 함께 자리를 잡고 나머지는 완전히 내주려고. 거리에 치는 것처럼 칸막이로 막고. 작은 철제 난로를 중간 방에 하나 놓고 환기창으로 연통을 빼고, 거기서 빨래도 하고, 음식도 끓이고, 식사도 하고, 손님도 맞이하고, 난로를 제대로 기능하도록 모든 걸 갖다 놓으면, 혹시 모르잖아, 어쩌면 하느님께서 겨울을 나게 해주실지.」

「그렇지 않으면 어떻게 하겠어? 물론 겨울을 무사히 날 수 있을 거야. 전혀 의심할 여지가 없지. 당신 정말 훌륭한 생각을 했어. 멋쟁이야. 그런데 이러면 어떨까? 당신 계획을 따르는 걸 축하하자고. 내가 가져온 오리를 튀기고 집들이에 콜랴 외삼촌을 부르자.」

「아주 좋은 생각이야. 고르돈에게 술을 좀 가져다달라고 부탁해야지. 그 사람은 어딘가 실험실에서 일하고 있어. 지금은 좀 봐. 내가 말했던 바로 그 방이야. 바로 이 방이 내가 고른 방이야. 괜찮아? 여행 가방을 바닥에 놓고 바구니를 가지러 내려가 봐. 외삼촌과 고르돈 말고도 인노켄티와 슈라 실레진게르도 초청할 수 있어. 반대하지 않지? 우리 집 목욕탕이 어디 있는지 아직 잊지 않았지? 저쪽에서 뭐든 소독약을 뿌려 봐. 나는 사셴카에게 가서 뉴샤를 아래층으로 보내고 괜찮을 때 당신을 부를게.」

3

모스크바에서 그에게 가장 중요한 새 소식은 바로 이 소년이었다. 유리 안드레예비치는 사셴카가 태어나자마자 징집되었다. 그러니 그가 아들에 대해 무엇을 알고 있겠는가?

이미 동원령을 받고 떠나기 전 어느 날, 유리 안드레예비치는 토냐를 보러 병원에 갔다. 그가 도착했을 때는 때마침 아이들의 수유 시간이었다. 그래서 그를 들여보내 주지 않았다.

그는 대기실에 앉아서 기다렸다. 산모들이 누워 있는 산부인과 쪽 모퉁이에서 꺾여 멀리까지 이어지는 소아과 병동 복도는 그 시간에 열네 명 내지 열다섯 명 정도의 아기 울음소리로 떠들썩했고, 간호사들은 감기에 걸리지 않도록 포대기에 싼 신생아들을 마치 구입한 물품 꾸러미인 양 양팔로 둘씩 안아 젖을 먹이게끔 산모들에게 서둘러 데려가고 있었다.

「응애, 응애.」신생아들은 업무를 수행하듯 한목소리로 거의 감정도 없이 빽빽 울어 댔는데, 그 합창 가운데서 유달리한 목소리만이 도드라졌다. 그 아이 역시 〈응애, 응애〉 하고 괴로운 기색 없이 울었지만, 의무감이 아니라 어쩐지 저음으로 내리깔아 고의적이고 음울한 적의를 품은 것 같았다.

유리 안드레예비치는 그때 이미 장인을 기리기 위해 아들에게 알렉산드르라는 이름을 줄 작정이었다. 이유는 알 수 없지만 그는 그렇게 우는 아이가 자기 아들이라고 상상했는데, 왜냐하면 그것은 생김새가 있고 이미 미래의 성격과 운명을 담은 울음소리, 유리 안드레예비치가 상상했던 대로 알렉산드르라는 이름에 어울리는 음색의 울음소리였기 때문이다.

유리 안드레예비치의 생각은 잘못되지 않았다. 나중에 밝혀졌지만 그것은 정말로 사셴카의 울음소리였다. 이것이 그가 아들에 대해 처음 알게 된 사실이었다.

그다음으로 유리 안드레예비치가 아들을 알게 된 것은 전선으로 그에게 편지와 함께 보내온 사진을 통해서였다. 사진속에는 머리가 크고 입술이 작은 잘생기고 포동포동하고 명랑한 아기가 깔아 놓은 담요 위에 다리를 벌린 채 두 팔을 위로 올리고 서 있었는데, 마치 무릎을 구부리며 춤을 추는 것 같았다. 당시 그는 한 돌이 되어 걷는 걸 배우고 있었고, 지금은 두 돌이 되어 말을 하기 시작했다.

유리 안드레예비치는 바닥에서 여행 가방을 들어 올려 가죽띠를 풀고 창가의 카드놀이용 탁자 위에 펼쳐 놓았다. 옛날에는 이 방이 어떤 방이었지? 의사는 그 방을 알아볼 수 없었다. 아마도 토냐가 그 방에서 가구를 끄집어내거나 방을 새로 도배한 것 같았다.

의사는 면도 도구를 꺼내기 위해 여행 가방을 열었다. 때마침 창문 맞은편에 우뚝 솟은 교회 종탑의 기둥 사이로 선명한 보름달이 떠올랐다. 그 달빛이 여행 가방 안에 떨어져 위에 놓은 속옷, 책, 몸단장에 필요한 도구를 비추자, 방이 어쩐지 다른 식으로 밝아지면서 의사는 그 방을 알아보았다.

그 방은 돌아가신 안나 이바노브나가 쓰던 창고를 깨끗하게 치운 방이었다. 옛날에 그곳에는 망가진 탁자와 의자, 불필요한 사무용품들이 가득 쌓여 있었다. 그곳에 그녀 가족의 오랜 기록물이 있었고, 또 여름 동안 겨울 물건들을 넣어 놓는 궤짝이 있었다. 고인이 살아 있을 때는 방의 사방 구석의 천장까지 물건이 쌓여 있어서 보통은 그곳으로 들어가지 못하게 했다. 그러나 큰 명절 때면 많이 모인 아이들이 소란을 떨며 2층의 모든 방을 뛰어다닐 수 있도록 이 방도 열어 놓았고, 아이들은 이 방에서 탁자 밑으로 숨어 술래잡기를 하거나 불에 탄 코르크로 얼굴을 더럽히며 가장무도회식으로 변장놀이를 하곤 했다.

의사는 이 모든 것을 상기하며 잠시 서 있다가, 현관에 놓아둔 바구니를 가지러 아래층으로 내려갔다.

소심하고 부끄럼을 많이 타는 뉴샤는 아래층 부엌에 쪼그리고 앉아 스토브 앞에 신문지를 펼쳐 놓고 오리털을 뽑고 있었다. 두 손에 무거운 것을 든 유리 안드레예비치를 보자, 그녀는 양귀비처럼 얼굴이 빨개져서 앞치마에 붙은 깃털들을 털며 유연한 동작으로 몸을 펴 인사를 하고는 돕겠다고 했다. 그러나 의사는 고맙다고 말하고, 자기가 바구니를 옮기겠다고 했다.

안나 이바노브나의 예전 창고에 들어서자마자, 두 번째 혹은 세 번째 방 깊숙이에서 아내가 그를 불렀다.

「들어와도 돼, 유라!」

그는 사셴카에게 갔다.

지금의 아이 방은 예전에 토냐와 그가 공부방으로 쓰던 곳이었다. 작은 침대에 누운 소년은 사진에 찍혔던 모습만큼 그렇게 잘생기지는 않았지만, 유리 안드레예비치의 돌아가신 어머니인 마리야 니콜라예브나 지바고를 빼닮았는데, 그녀가 죽은 뒤 그가 간직한 그 어떤 사진보다도 더 놀라울 정도로 그녀의 복사판이었다.

「아빠야, 네 아빠, 아빠에게 손을 드리럼.」 안토니나 알렉산드로브나는 아빠가 소년을 더 편한 자세로 안고 손을 잡을 수 있게 침대의 망을 내리면서 되풀이해 말했다.

사셴카는 면도도 하지 않은 낯선 사나이가 가까이 다가갈 때까지 가만히 있다가, 그 사나이가 몸을 굽히자 놀라고 싫은 마음이 들었는지 벌떡 일어나 엄마의 카디건에 매달려서는 팔을 휘둘러 매섭게 그의 얼굴을 쳤다. 사셴카는 자신의 용감한 행동에 스스로 놀란 나머지 어머니의 품에 뛰어들어 얼굴을 파묻고는 달랠 길 없을 정도로 아이답게 서러운 울음을 터뜨렸다.

「이런, 이런.」 안토니나 알렉산드로브나가 그를 나무랐다. 「그러면 못써, 사셴카. 아빠가 사샤는 착하지 않다, 나쁜 애다, 라고 생각하실 거야. 뽀뽀하는 걸 보여 드리럼, 아빠에게 뽀뽀해 드리렴. 울지 말고, 울 필요 없단다, 왜 울어, 바보같이?」

「내버려 둬, 토냐.」의사가 부탁했다. 「애를 괴롭히지 마, 당신도 낙담하지 말고. 머릿속에 무슨 바보 같은 생각이 드는지 나도 알아. 이게 우연한 일이 아니라 나쁜 징조라 싶을 테지. 정말 사소한 일이야. 아주 자연스러운 일이기도 하고. 아이는 나를 한 번도 본 적이 없잖아. 내일 눈에 익으면 친해질 거야.」

그러나 그 자신도 물에 빠진 사람처럼 좋지 못한 예감을 느끼며 방에서 나갔다.

4

그 후 며칠이 지나는 동안 그는 자신이 어느 정도로 고독한지가 드러났다. 그렇다고 누구를 탓할 생각은 없었다. 그 자신이 원해서 그것을 얻어 낸 게 분명했으므로.

친구들은 이상하게도 빛을 잃고 개성을 잃어버렸다. 어느 누구에게도 자신의 세계, 자신의 견해가 남아 있지 않았다. 그들은 그의 기억 속에서 훨씬 더 밝게 빛났다. 아마도 그가 예전에 그들을 과대평가한 모양이었다.

사물의 질서가 물질적으로 보장된 사람들로 하여금 보장받지 못한 사람들을 희생해서 제멋대로 이상한 짓을 하며 살도록 내버려 두는 사이에, 얼마나 쉽게 다수가 고난을 당하는 동안 소수만 누리던 그 기행과 나태의 권리를 진정한 개성이자 독특함이라고 받아들였던가!

사회 하층민이 들고일어나고 상류층의 특권이 폐지되자마자 모두가 얼마나 빨리 퇴색되어 버리는지, 미련도 없이 독창적인 생각과 헤어지는 걸 보니, 분명 그런 것 따위는 아무에게도 없었던 모양이다!

이제 유리 안드레예비치가 가깝게 느끼는 사람은 과장된 미사여구가 없는 사람들, 즉 아내와 장인, 두세 명의 동료 의사, 소박한 근로자, 평범한 일꾼들뿐이었다.

오리고기와 술이 있는 저녁 잔치는 예정대로 그가 도착한 지 2~3일째 되는 날 열렸는데, 그사이 그는 초대받은 모든 사람과 미리 만날 수 있었기 때문에 이날 처음 만나는 것은 아니었다.

기름진 오리고기는 그 배고픈 시기에 보기 드문 사치스러운 음식이었지만, 곁들여 먹을 빵이 부족해서 훌륭한 요리를 무의미하게 만들다 못 해 짜증나게도 했다.

고르돈은 코르크 마개로 밀폐된 유리 약병에 술을 담아 가지고 왔다. 술은 암거래 장사꾼들이 교환하기 좋아하는 물건이었다. 안토니나 알렉산드로브나는 병을 손에서 놓지 않고 필요에 따라 작은 양의 술을 즉흥적으로 어떤 때는 좀 독하게, 어떤 때는 지나치게 약하게 희석시켰다. 그러자 도수가 변해 취기도 고르지 않게 오르자, 많은 이들이 더 세고 일정한 취기보다 더 힘겨워했다. 이것 역시 화를 돋우었다.

무엇보다 더 슬픈 것은 그들의 작은 저녁 잔치가 시대의 조건에서 한참 벗어나 있다는 점이었다. 바로 그 시간에 맞은편 골목에 있는 집들에서 사람들이 그들처럼 먹고 마시리라고는 상상할 수 없었다. 창밖에는 말없고 어둡고 배고픈 모스크바가 누워 있었다. 상점들은 텅 비었고, 들새와 보드카 같은 물건에 대해서는 생각하는 것조차 잊은 상태였다.

그러므로 주변 사람의 삶과 비슷해 그 가운데 흔적 없이 가라앉는 삶만이 진정한 삶이고 동떨어진 행복은 행복이 아니며, 그 도시에서 유일한 듯한 오리와 술은 심지어 오리도 술도 아니었다. 이것이 무엇보다도 슬픈 일이었다.

손님들 역시 즐겁지 않은 상념에 휩싸였다. 고르돈은 진지하게 사유하며 갈피를 잡지 못하고 음울하게 자신의 생각을 밝히던 시기에는 좋은 사람이었다. 그는 유리 안드레예비치의 가장 좋은 친구였다. 김나지움에서는 다들 그를 좋아했다.

하지만 그는 그런 자신이 마음에 들지 않아 정신적인 풍모에 수정을 가하기 시작했고, 그다지 성공적이지는 못했다. 그는 활기를 띠고 명랑한 척 재치 있는 말인 양 뭔가를 끊임없이 말하며, 자주 〈바쁘다〉, 〈재미있다〉라고 했지만, 고르돈은 삶을 오락으로 이해한 적이 없었으므로 이 단어들은 그의 사전에서 나온 것이 아니었다.

두도로프가 오기 전에 고르돈은 그가 보기에 우스웠는지 친구들 사이에서 떠도는 두도로프의 결혼 이야기를 했다. 유리 안드레예비치는 모르는 이야기였다.

알고 보니 두도로프는 결혼한 지 1년 정도 후에 아내와 헤어진 상태였다. 믿기 힘든 이 모험의 핵심적인 내용은 다음과 같았다.

두도로프는 실수로 병사로 징집되었다. 오해가 밝혀지기

를 기다리며 복무하는 동안 그는 부주의로 인해 거리에서 상
관에게 경례를 붙이지 않았다는 이유로 징계 명령을 받기도
했다. 군에서 풀려났을 때, 그는 장교를 보기만 해도 오랫동
안 손이 저절로 올라가고 눈앞이 어지러워지며 사방에 견장
이 어른거렸다.

그 시기에 그는 계속 적절치 못한 행동을 하고 온갖 실수와
과오를 저질렀다. 바로 그 무렵, 그는 볼가강의 한 선착장에
서 같은 증기선을 기다리던 두 자매를 알게 되었는데, 주변
에 많은 군인들이 어른거리는 데다가 군대 시절 경례 사건의
잔상에서 생긴 멍함 때문인지 잘 보지도, 제대로 살펴보지도
않은 채 사랑에 빠져 엉겁결에 동생에게 청혼을 했다. 「재미
있지 않아?」 고르돈이 물었다. 그러나 그는 이야기를 얼른 마
무리해야만 했다. 문 뒤에서 이야기 속 주인공의 목소리가 들
려왔기 때문이다. 방 안으로 두도로프가 들어왔다.

그는 정반대의 모습으로 변해 있었다. 예전의 불안정하고
변덕스럽던 촐랑이가 진중한 학자가 되어 있었던 것이다.

정치범의 탈옥 준비에 가담했다는 이유로 어릴 때 김나지
움에서 퇴학당한 이후 그는 얼마 동안 여러 예술 학교를 전전
했지만, 결국에는 고전이라는 기슭에 안착했다. 친구들과는
달리 전쟁 중에 뒤늦게 대학을 졸업한 두도로프는 두 학과,
즉 러시아 역사와 세계 역사학과에 자리를 잡았다. 전자 쪽으
로 그는 이반 그로즈니의 토지 정책에 대해 뭔가를 썼고, 후
자 쪽으로는 생쥐스트[3]에 대해 연구했다.

3 Louis Antoine de Saint-Just(1767~1794). 프랑스 혁명가이자 로베스

그는 이제 감기에 걸린 듯한 작은 목소리로 눈을 내리깔지도 치켜뜨지도 않은 채 한 지점만 꿈꾸듯이 바라보며, 마치 강의를 하듯 모든 것을 상냥하게 설명했다.

잔치가 끝날 무렵 슈라 실레진게르가 자신의 시빗거리를 가지고 뛰어 들어왔고, 그렇지 않아도 흥분해 있던 사람들이 모두 앞다퉈 소리를 지를 때, 유리 안드레예비치와 학창 시절부터 존칭을 썼던 인노켄티가 그에게 몇 번이나 물었다.

「『전쟁과 평화』와 『척추 플루트』를 읽어 봤습니까?」

유리 안드레예비치는 진작에 이와 관련해 어떻게 생각하는지 그에게 말했지만, 모두 달아올라 논쟁을 하는 통에 그는 그 소리를 듣지 못하고 조금 지나서 다시 한번 물었다.

「『척추 플루트』와 『인간』[4]을 읽어 봤습니까?」

「이미 대답했는데요, 인노켄티, 듣지 못한 건 당신 탓이에요. 하는 수 없지. 다시 말할게요. 마야콥스키는 언제나 마음에 들어요. 이 사람은 어떤 면에서는 도스토옙스키를 계승하고 있어요. 혹은 더 정확히 말해 이폴리트나 라스콜니코프, 『미성년』[5]의 주인공 같은 반항하는 젊은 인물들 중 누군가가 쓴 서정시예요. 모든 것을 집어삼키는 재능의 힘은 얼마나 대

피에르의 가까운 동지였다. 1794년 7월 17일에 테러 통치의 종언을 가져온 테르미도르 때 처형당했다.
4 『전쟁과 평화』, 『척추 플루트』, 『인간』 등은 블라디미르 마야콥스키 (1893~1930)가 혁명기에 출판한 시집 제목이다. 파스테르나크는 이 초기 시들과 시인들을 높이 평가하며 칭송했다.
5 이폴리트는 도스토옙스키의 장편소설 『백치』의 등장인물이다. 라스콜니코프는 『죄와 벌』의 주인공이다. 『미성년』은 도스토옙스키의 장편소설이다. 이들은 모두 불안하고 내적인 고뇌를 지닌 젊은 지성인들이다.

단한지! 단번에 확실하게 타협할 여지 없이 직선적으로 말을 해버리지요! 중요한 건 얼마나 대담하게 팔을 휘둘러 사회의 얼굴을 내리치고 공간의 어딘가를 향해 더 나아가고 있느냐 는 거죠!」

그러나 그날 저녁 잔치의 중심인물은 당연히 외삼촌이었 다. 니콜라이 니콜라예비치가 별장에 있다고 한 건 안토니나 알렉산드로브나가 잘못 안 것이었다. 그는 조카가 도착한 날 돌아와 시내에 있었다. 유리 안드레예비치는 그를 이미 두세 번 만났고, 그와 실컷 이야기를 나누면서 아아, 오오 탄식하 며 함께 실컷 웃었다.

그들이 처음 만난 것은 회색의 음산한 날 저녁이었다. 이슬 비가 가느다란 물 먼지처럼 내리고 있었다. 유리 안드레예비 치는 니콜라이 니콜라예비치가 묵고 있는 호텔방으로 갔다. 당시에는 시 당국의 강력한 요청이 있을 때만 호텔에 묵을 수 있었다. 그러나 니콜라이 니콜라예비치는 어디에서나 잘 알 려진 인물이었다. 그에게는 옛 인맥이 남아 있었다.

호텔은 도망간 기관에 의해 버려진 정신 병동 같다는 인상 을 주었다. 계단과 복도는 텅 비어 무질서했고, 우연의 지배 를 받고 있었다.

정돈되지 않은 호텔방의 거대한 창문을 통해서 광란에 빠 진 나날로 인해 인적이 드문 광활한 광장이 보였다. 이 광장 은 눈앞 호텔의 창문 아래에 실제로 있는 것이 아니라, 마치 밤에 꿈속에 보이는 광경 같아서 어쩐지 사람을 놀라게 했다.

그것은 잊을 수 없을 정도로 감격스럽고 의미심장한 만남이었다! 어린 시절의 우상, 청소년기의 모든 생각을 지배했던 사람이 다시 육체적으로 살아 있는 모습으로 그 앞에 서 있었다.

백발은 니콜라이 니콜라예비치에게 아주 잘 어울렸다. 폭이 넓은 외국 양복이 그의 몸에 잘 맞았다. 그는 나이에 비해 아주 젊어 보였고 미남이었다.

물론 거대한 일을 옆에서 겪으며 그는 빛을 잃었다. 사건들이 그를 가려 버렸던 것이다. 그러나 유리 안드레예비치는 그런 잣대로 그를 측량할 생각이 전혀 없었다.

그는 니콜라이 니콜라예비치가 정치적인 주제에 대해 말할 때 보이는 냉정하게 조롱하는 듯한 어조와 평온함에 놀랐다. 그의 처신 능력은 현재 러시아인의 가능성을 뛰어넘는 것이었다. 그러한 특징이 그가 외국에서 온 사람임을 보여 주었다. 이 특징이 두드러지면서 유행에 뒤처진 느낌을 주었고, 거북한 마음을 불러일으켰다.

아, 그러나 그런 것만이 그들이 처음 만난 시간을 채운 것은 아니었다. 그들은 서로의 목을 껴안으며 울음을 터뜨렸고, 흥분하여 숨을 헐떡이느라 빠르고 뜨거운 첫 대화를 자주 멈추지 않을 수 없었다. 혈연으로 묶인 두 창조적인 인물이 만났고, 지난 일이 되살아나 두 번째 인생을 시작하고 기억이 밀려 들어와 이별한 사이에 일어났던 상황들이 표면 위로 떠올랐다고 해도, 창조적인 기질의 사람들이 잘 아는 중요한 사안이 화제에 오르자마자 그 기질 하나를 제외한 모든 관계가 사라지고, 외삼촌도, 조카도, 연령 차이도 없어지고, 오직 본

능과 본능, 에너지와 에너지, 원리와 원리 사이의 유사성만
남게 되었다.

최근 10년 동안 니콜라이 니콜라예비치는 문필 활동의 매
력과 창조적 소명의 본질에 대해 지금처럼 자신의 생각에 잘
맞게 또 적절하게 말할 기회를 가져 본 적이 없었다. 한편, 유
리 안드레예비치도 그의 분석처럼 그렇게 통찰력 있고 적확
하고 영감을 주듯 매력적인 비평을 들어 본 적이 없었다.

두 사람 다 서로의 추론에 오류가 없다며 머리를 감싸고
끊임없이 탄성을 지르며 호텔방 여기저기를 뛰어다니거나,
창으로 물러나 서로를 완벽하게 이해했다는 사실에 감탄하
며 말없이 손가락으로 유리창을 두드리기도 했다.

그들의 첫 만남은 그러했지만, 나중에 의사는 니콜라이 니
콜라예비치를 모임에서 몇 번 보았는데, 사람들 사이에 있을
때면 그는 못 알아볼 정도로 다른 사람이었다.

모스크바에서 그는 자신을 손님이라고 생각했고, 그런 의
식을 바꾸려 하지 않았다. 그런 생각을 품은 그가 페테르부르
크를 자신의 집으로 생각했는지, 아니면 다른 어떤 장소를 그
렇게 생각했는지는 분명치 않았다. 그는 정치적인 재담가이
자 사회적으로 매력적인 사람의 역할에 만족감을 느꼈다. 어
쩌면 그는 프랑스 국민 의회[6] 전에 파리의 마담 롤랑[7]의 집에

6 1792년에서 1795년까지 이어진 프랑스의 국민 의회를 말한다.

7 Manon Roland(1754~1793). 열렬한 공화주의자에 플루타르크 숭배
자로, 파리에서 정치적인 영향력이 상당했던 살롱을 열었다. 이 살롱에는 산
악파의 폭력적인 방법에 반대한 지롱드당이 주로 방문했다. 그녀는 1793년
10월 31일에 다른 지롱드 당원들과 함께 처형당했다.

서처럼 모스크바에서도 정치적인 살롱이 열릴 것이라고 상상했는지도 모른다.

그는 자신의 여자 친구들, 그러니까 조용한 모스크바 골목에 사는 손님을 좋아하는 여자 주민들을 자주 찾아가 그들과 그들의 남편을 일관성이 없고 뒤떨어져 있다고, 모든 걸 우물 안 개구리 식으로 판단하는 버릇이 있다고 아주 정겹게 비웃어 주곤 했다. 그리고 그는 언젠가 외경[8]과 오르페우스 텍스트[9]에 대해 그랬던 것처럼 이제는 신문에 박학한 것을 뽐냈다.

사람들 사이에는 그의 젊은 새 연인이 스위스에 남아 있고 끝내지 못한 일과 다 쓰지 못한 책이 있다고, 그래서 그가 폭풍 같은 조국의 혼란에 지금은 푹 잠겨 있지만 나중에 다치지 않고 빠져나가게 되면 자기가 사는 알프스산맥으로 떠나 갑자기 사라져 버릴 것이라는 말이 떠돌았다.

그는 볼셰비키 편이었고, 자기와 같은 생각을 가진 사람으로 두 명의 좌익 사회 혁명당[10] 소속 인물의 이름을 자주 들

8 『성경』의 정경 선정 과정에서 제외된 문서들을 말한다. 러시아에는 11세기에 비잔틴으로부터 전해졌다.

9 고대 그리스에서 기원전 8세기부터 기원후 1세기까지 전해진 종교적 흐름의 추종자들의 텍스트를 말한다. 오르페우스주의는 디오니시우스와 데메테르 숭배와 관련이 있다. 오르페우스주의의 기반에는 반전설적인 시인 오르페우스가 연루되어 있다. 오르페우스주의는 죽음 이후의 삶을 지복으로, 지상의 삶을 고통과 연관시켜서 생각하며, 육체 안에 영혼이 거하는 것은 내세로부터의 추락이라고 여긴다.

10 1917년 2월 혁명 이후 잡지 『토지와 의지』의 주변에 모인 사회 혁명당 일원을 말한다. 종전을 주장하고, 사회 혁명당이 임시 정부와 연합하는 것을 반대하며, 농민에게 신속히 토지를 배분할 것을 요구했다. 10월 혁명 당시 볼

먹였다. 한 사람은 미로시카 포모르라는 필명으로 글을 쓰는 저널리스트였고, 다른 한 사람은 시사 평론가 실비야 코테리였다.

알렉산드르 알렉산드로비치는 투덜거리면서 그를 비난했다.

「당신이 얼마나 밑바닥까지 전락했는지 그저 두려울 따름이군요, 니콜라이 니콜라예비치! 당신의 그 미로시카라는 사람 말이오. 그야말로 저 바닥이란 말이오! 당신의 리디야 포코리도 그렇고.」

「코테리요.」 니콜라이 니콜라예비치가 고쳐 주었다. 「그리고 실비야이고.」

「아무려면 어떻소, 포코리나 포푸리나, 이거나 저거나.」

「아무리 그래도 틀린 건 틀린 거죠, 코테리요.」 니콜라이 니콜라예비치가 끈질기게 주장했다. 그와 알렉산드르 알렉산드로비치는 이런 말을 주고받았다.

「우리가 무엇에 대해 논쟁을 하고 있는 거요? 그런 진리는 증명하는 것조차 수치스러운 일이오. 그건 알파벳에 해당되는 사항이오. 대다수의 민중은 수 세기 동안 상상할 수 없는 삶을 영위해 왔소. 아무 역사 교과서나 들춰 보시오. 봉건주의든 농노제든, 혹은 자본주의든 제조 산업이든, 그 질서의 부자연스러움과 부당함은 마찬가지로 오래전부터 지적되어 왔소. 민중을 빛으로 인도하고 모두를 자기 자리에 세우게 될 변혁이 이미 오래전부터 준비되어 있었던 거요.

셰비키를 도와 페트로그라드 군사 혁명 소비에트에 들어가 10월 무장봉기에 참여한다.

338

아시다시피 옛것의 부분적인 수리는 여기서 적합하지 않소, 근본적인 변혁이 요구된단 말이오. 어쩌면 그것에 뒤이어 건물 전체의 붕괴가 따라올 수도 있소. 그래서 어떻다는 말이오? 무시무시하다는 이유로 그런 일이 일어나서는 안 된다고 하는 건 아니지 않소? 이건 시간문제요. 어떻게 그것에 대해 왈가왈부할 수 있겠소?」

「에이, 지금 그 얘기를 하고 있는 게 아니지 않소. 내가 그 얘기를 하고 있는 거요, 지금? 내가 무슨 말을 하고 있는 거요?」 알렉산드르 알렉산드로비치는 화를 냈고, 논쟁은 가열되었다.

「댁의 포푸리와 미로시카라는 사람들은 양심이 없소. 앞에서는 이 얘기를 하고 뒤에서는 딴짓을 하니까. 그렇다면 거기에 무슨 논리가 있다는 말이오? 일관성이 전혀 없단 말이오. 아니, 잠깐, 지금 이걸 보여 주지요.」

그는 탕탕 소리를 내며 책상 서랍을 넣었다 뺐다 하며 모순 가득한 기사가 실린 어떤 잡지를 찾았는데, 그 소란스러운 소리로 자신의 능변을 일깨우는 것이었다.

알렉산드르 알렉산드로비치는 대화를 나눌 때 뭔가가 그를 방해하면 좋아했는데, 그 방해는 그가 웅얼거리며 쉬었다가 말하거나 〈에, 에〉 〈음, 음〉 하며 말하는 것을 정당화해 주었던 것이다. 그는 뭔가 잃어버린 물건을 찾을 때 말이 많아졌는데, 예를 들면 어둑한 현관에서 덧신을 찾을 때나, 수건을 어깨에 두르고 목욕탕 문지방에 서 있을 때나, 식탁 앞에서 무거운 음식을 전달할 때나, 손님들 잔에 포도주를 따라 줄 때도 그랬다.

유리 안드레예비치는 도취되어 장인의 말을 듣곤 했다. 그는 고양이가 그르렁거리듯 ⟨r⟩와 ⟨l⟩ 발음을 분명치 않게 부드럽게 굴리는 그로메코식 발음과, 노래를 부르듯 말끝을 길게 늘이는 옛 모스크바식의 아주 낯익은 말투를 숭배했다.

알렉산드르 알렉산드로비치의 윗입술과 면도한 콧수염은 아랫입술 위에 약간 돌출되어 있었다. 그의 가슴에 맨 나비넥타이도 똑같이 비죽 나와 있었다. 그 입술과 나비넥타이 사이에는 어떤 공통점이 있었고, 그 공통점은 알렉산드르 알렉산드로비치에게 뭔가 마음을 울리는, 순진하게 어린아이 같은 풍모를 더해 주었다.

늦은 밤, 손님들이 거의 떠나기 직전에 슈라 실레진게르가 나타났다. 그녀는 재킷을 입고 노동자들의 모자를 쓴 채 어떤 모임에서 곧장 이곳으로 와서는, 확고한 발걸음으로 방으로 들어와 차례로 모두와 악수를 나누었는데, 그 와중에도 비난과 책망을 쏟아 냈다.

「안녕, 토냐, 안녕, 사녜치카.[11] 어쨌든 야비해요, 동의하세요. 사방에서 그가 왔다는 말을 들었고, 모스크바 전체가 그 말을 하는데, 나는 여러분한테서는 제일 마지막으로 그걸 알게 되네요. 자, 모두들 지옥으로나 가세요. 아마 나도 이런 대접을 받을 만한 짓을 했겠죠. 그런데 오래 기다려 왔던 그 사람은 어디 있죠? 좀 지나가게 해주세요. 벽처럼 둘러싸고 있네. 자, 잘 있었어! 멋진 젊은이야, 멋진 젊은이. 네 글을 읽었단다. 아무것도 이해하지 못했지만 천재적이야. 금방 알겠더

11 알렉산드르의 애칭으로, 알렉산드르 알렉산드로비치 그로메코를 말한다.

라. 안녕하세요, 니콜라이 니콜라예비치. 조금 있다가 네게 돌아올게, 유로치카. 너하고는 특별히 할 얘기가 아주 많단다. 안녕하세요, 젊은 분들. 너도 여기 있었구나, 고고치카? 거위들, 거위들, 꿱-꿱-꿱, 먹고 싶어요? 그러세요, 그러세요, 그러세요?」

마지막 외침은 그로메코의 먼 친척인 고고치카에게 한 말이었는데, 그는 떠오르는 온갖 권력을 숭배하는 사람으로 어리석고 우스꽝스러워서 아쿨카[12]라는 별명으로 불렸고, 또 큰 키와 마른 몸매 때문에 촌충이라고도 불렸다.

「여러분은 여기서 먹고 마시고 있군요? 내가 곧 따라잡겠어요. 아, 여러분, 여러분. 여러분은 정말 아무것도 몰라요, 아무것도 알지 못해요! 세상에서 무슨 일이 벌어지고 있는지! 지금 어떤 일이 일어나고 있는지! 책에서 나온 게 아니라, 어디든 진짜 노동자, 진짜 병사가 있는 진짜 하층민 집회에 가보세요. 가서 완전히 승리할 때까지라는 둥 전쟁에 대해 뭐든 한마디라도 해보세요. 최종 승리할 때까지[13]라는 말이 여러분에게 본때를 보일 겁니다! 이제 막 수병 얘기를 듣고 왔어요! 유로치카, 너라면 돌아 버렸을 거야! 얼마나 열정적이던지! 얼마나 완전무결하던지!」

사람들이 슈라 실레진게르의 말을 가로막았다. 모두 각자 자기 할 말만 했다. 그녀는 유리 안드레예비치의 옆에 앉아

---

12 여자 이름 아쿨리나의 비칭이며, 아주 단순한 규칙이 적용되는 어린이용 카드놀이 이름이기도 하다.
13 2월 혁명 이후 독일과의 전쟁을 맹세하는 케렌스키와 임시 정부의 표어였다. 보다 급진적인 노동자와 군대는 전쟁에 반대하는 볼셰비키를 지지했다.

그의 손을 붙잡고 다른 사람들의 소리보다 더 크게 들리도록 그에게 얼굴을 가까이 대고는, 수화기에 대고 말하듯 높지도 낮지도 않게 외쳤다.

「언제 한번 나와 함께 가보자, 유로치카. 사람들을 보여 주마. 너는, 알겠니, 안타이오스[14]처럼 땅에 발을 디디고 있어야만 해, 반드시. 왜 눈을 그렇게 휘둥그렇게 뜨니? 내가 너를 놀라게 했나 보구나? 너는 내가 늙은 군마에 늙은 베스투제프 학교[15] 출신이라는 걸 몰랐단 말이야, 유로치카? 구치소에도 가봤고, 바리케이드에서도 싸워 봤단다. 물론이야! 너는 무슨 생각을 한 거냐? 오, 우리는 민중을 몰라! 난 이제 막 거기에서 왔어, 그들 한복판에서. 나는 그들을 위해 도서관을 만들고 있단다.」

그녀는 이미 술을 쭉 들이켰고 취한 게 분명했다. 그러나 유리 안드레예비치도 정신이 혼미했다. 그는 어쩌다 슈라 실레진게르가 방의 한쪽 구석에, 자기는 다른 쪽 구석 탁자 끝에 있게 되었는지 알 수 없었다. 그는 서 있었고, 모든 징조로 보아 본인도 예기치 못하는 사이에 말을 하고 있었다. 그는 사람들이 곧바로 조용해지게 만들지는 못했다.

「여러분…… 저는…… 미샤! 고고치카……! 저 사람들이 내 말을 듣지 않으니, 토냐, 어떻게 하지? 여러분, 두 마디만 할 수 있게 해주십시오. 전대미문의 전례 없는 일이 밀어닥치고 있습니다. 그 일이 우리를 덮치기 전에 제가 여러분에게 바라는 게 있습니다. 그 일이 도래하면 하느님께서 우리가 서로를 잃어버리지 않도록, 넋을 잃지 않도록 해주시기를. 고고치카, 자네는 나중에 만세를 외치게. 아직 말이 다 안 끝났다네. 구석구석에서 얘기 나누시는 걸 그만두고 제 이야기에 귀를 기울여 주세요.

전쟁이 3년째로 접어들었을 때 민중 사이에서는 조만간 전선과 후방 간의 경계가 사라지고 피바다가 각 사람에게 밀려와 몸을 숨기고 참호로 피한 사람들까지도 뒤덮을 것이라는 확신이 생겼습니다. 혁명은 바로 그 홍수입니다.

혁명이 진행되는 동안 우리가 전시에 그랬던 것처럼 여러분은 삶이 멈춰졌고, 모든 개인적인 것이 끝났다고, 세상에 더 이상 아무 일도 일어나지 않고 죽고 죽이기만 할 거라고 느끼게 될 것입니다. 만일 우리가 이 시대에 대한 기록과 회고록이 나올 때까지 살아서 그 회고록을 읽게 된다면, 우리는 다른 이들이 백 년 동안 꼬박 겪은 것보다 지금의 5년 혹은 10년 동안 겪은 일이 더 많다고 확신하게 될 겁니다.

민중 스스로 들고일어나 물밀듯이 나아갈지, 아니면 모든 것이 민중의 이름으로 행해질지 저는 모릅니다. 이렇게 거대한 사건에는 극적인 증명이 요구되지 않습니다. 저는 그런 것 없이도 믿을 겁니다. 거대한 사건의 원인을 파헤치는 건

저급한 일입니다. 그런 건 있지도 않고요. 부부 싸움과도 같은 건데, 원인이 있기는 하지만 서로 머리를 잡아 뜯고 접시를 깨부순 후에는 누가 먼저 시작했는지 알 수가 없거든요. 진정으로 위대한 모든 일은 우주처럼 시작이 없는 법입니다. 그것은 언제나 있었던 것처럼, 혹은 하늘에서 뚝 떨어진 것처럼 일어날 새도 없이 갑자기 눈앞에 닥치는 것이니까요.

저 또한 러시아가 세계의 생존을 위해 최초로 사회주의 왕국이 될 운명이라고 생각합니다. 이 일이 일어나면 우리는 오랫동안 정신이 멍해질 것이고, 정신을 차렸을 때는 이미 잃어버린 기억을 더 이상 되돌릴 수 없을 겁니다. 우리는 과거의 일부를 잃고 전례 없는 일에 설명을 구하지 않을 겁니다. 도래한 질서는 지평선 위에 있는 숲 혹은 머리 위의 구름처럼 익숙하게 우리를 둘러쌀 겁니다. 그것이 우리를 사방에서 에워싸겠지요. 다른 것이라곤 아무것도 없겠지요.」

그는 무슨 말인가를 더 했고, 그러는 사이에 차츰 술에서 완전히 깨어났다. 그러나 그는 이전처럼 주변에서 무슨 말을 하는지 잘 알아들을 수가 없어서 엉뚱한 답변을 하곤 했다. 그는 모두가 한마음으로 그에게 애정을 품고 있다는 것을 알았지만, 슬픔을 쫓아낼 수 없어서 마음이 편치 않았다. 그래서 그는 이렇게 말했다.

「감사합니다, 감사합니다. 여러분의 마음을 잘 압니다. 저는 그 마음을 받을 자격이 없는 사람입니다. 나중에 더 깊이 사랑하지 못할까 봐 두려운 듯 이렇게 미리 저축하듯 허겁지겁 사랑할 필요는 없는데요.」

모두가 이 말을 의식적으로 내뱉은 재담이라고 받아들이고 웃음을 터뜨리며 손뼉을 치기 시작했지만, 그는 자신이 선(善)을 그토록 갈망하고 행복해질 수 있는 능력이 있는데도 불구하고 불행이 임박했다는 느낌 때문에, 자신이 미래에 대해 무기력하다는 의식으로 인해 어찌할 바를 몰랐다.

손님들이 흩어졌다. 모두들 피곤해서 얼굴이 해쓱했다. 하품을 하느라 턱뼈가 열렸다 닫혔다 하는데, 그 모습이 꼭 말 같았다.

작별 인사를 하며 그들은 창문 커튼을 걷었다. 창문도 활짝 열었다. 누런 새벽노을, 더러운 녹황색 구름에 덮인 젖은 하늘이 드러났다.

「우리가 잡담을 하는 동안 아마도 소낙비가 내렸나 봐.」 누군가가 말했다.

「여기로 오는 길에 비가 덮치더라고요. 겨우 왔네요.」 슈라 실레진게르가 확인해 주었다.

텅 비어 있는, 아직 어두운 골목길에서는 빗방울이 나무에서 떨어지는 소리와 흠뻑 젖은 참새들이 고집스럽게 지저귀는 소리들이 번갈아 울리고 있었다.

이랑을 따라 쟁기질을 하듯 번개가 하늘 전체를 훑고 지나가더니 잠잠해졌다. 이후 가을에 삽으로 뒤집어 놓은 부드러운 이랑에서 커다란 감자알이 굴러 나오듯 뒤늦은 천둥소리가 크게 네 번 울렸다.

천둥은 담배 연기로 자욱하던 방 안 공기를 깨끗하게 쓸어 갔다. 갑자기 존재의 구성 성분들이, 그러니까 물과 공기, 기

쓰고자 하는 열망, 하늘과 땅이 전기처럼 감촉되었다.

골목길은 헤어지는 사람들의 목소리로 가득 찼다. 그들은 지금 막 집에서 갑론을박했던 것처럼 거리에서도 뭔가를 계속해서 논했다. 목소리들이 멀어지면서 점차로 조용해지다가는 완전히 잠잠해졌다.

「너무 늦었군.」 유리 안드레예비치가 말했다. 「자러 갑시다. 이 세상에서 내가 제일 좋아하는 사람은 당신과 아버님뿐이야.」

5

8월이 지나고, 9월도 끝나 가고 있었다. 피할 수 없는 일이 임박해 있었다. 겨울이 다가왔고, 인간의 세계에는 겨울의 마비를 닮은 무언가 미리 결정된 것이 대기 중에 감돌며 모두의 입에 회자되고 있었다.

추위를 대비하고 식량과 장작을 비축해야만 했다. 유물론의 승리기에 물질은 관념으로 변했고, 식량 문제와 연료 문제가 먹을 것과 땔감을 대신했다.

도시 사람들은 다가오는 미지의 것 앞에 선 아이들처럼 무기력했는데, 그 자체가 도시의 산물이고 도시민의 창조물인데도 불구하고, 그것은 도중에 만나는 모든 기존의 습성을 뒤집어엎고 자기 뒤에 황폐함만을 남겨 놓았다.

주변 사람들은 헛된 희망에 빠져 헛소리를 해대고 있었다.

매일의 범속한 일상은 여전히 절뚝거리고 버둥거리며 옛 버릇에 따라 절름발이처럼 어딘가를 향해 겨우 끌려가고 있었다. 그러나 의사는 삶을 있는 그대로 보았다. 삶이 유죄 판결을 받았다는 것이 그의 눈길에서 벗어날 수 없었다. 그는 자신과 자신이 속한 사회 계층이 파멸할 운명이라고 생각했다. 시련들이, 어쩌면 죽음마저 임박한지 몰랐다. 이들에게 얼마 남지 않은 나날들이 그의 눈앞에서 눈 녹듯이 사라지고 있었다.

일상의 사소한 일과 노동, 염려가 없었다면 그는 미쳐 버렸을지도 모른다. 아내, 아이, 돈을 벌어야 할 필요성이 그를 구원해 주었다. 긴요한 일, 소박한 일, 일상, 근무, 환자 왕진이 말이다.

그는 자신이 미래의 거대한 괴물 앞에 선 피그미에 불과하다는 것을 이해했고, 그것을 두려워하면서도 그 미래를 사랑하며 남몰래 자랑스러워했으며, 마지막 작별 인사를 하는 마음으로 영감(靈感)의 탐욕스러운 시선으로 구름과 나무, 거리를 걷는 사람들, 불행을 이겨 내려고 애쓰는 거대한 러시아 도시를 바라보며 더 나아지도록 자신을 희생할 각오가 되어 있었지만, 아무것도 할 수 없었다.

그는 스타로코뉴센니 모퉁이에 있는 러시아 의사 협회 부속 약국 옆에서 아르바트 거리를 가로지를 때 포장도로 한가운데에서 제일 자주 이 하늘과 통행인을 보았다.

그는 자신이 예전에 근무하던 병원으로 다시 나갔다. 병원은 동명의 협회가 해체되었는데도 옛 기억에 따라 성십자가 병원이라고 불렸다. 아직 병원에 마땅한 이름을 지어 주지 못했던 것이다.

병원 안에서는 이미 분열이 시작되고 있었다. 온건한 사람들이 보기에 그는 위험해 보였고, 의사는 그들의 어리석음에 당혹감을 느꼈으며, 정치적으로 한참 나간 사람들이 보기에는 충분히 붉어 보이지 않았다. 그렇게 그는 이쪽에도 저쪽에도 속하지 못한 채 한쪽 연안에서 떨어지지도 못하고, 다른 연안에 닻을 내리지도 못했다.

병원 원장은 그의 직접적인 책무 말고도 일반적인 통계 보고를 관할하는 업무도 그에게 맡겼다. 그가 살피지 않은 설문지, 조사서, 서식 용지가 어디 있으며, 그가 기입하지 않은 청구서가 어디 있겠는가! 사망률, 발병률 증가, 근로자의 재산 상태, 그들의 시민 의식의 성장, 선거의 참여 정도, 충족되지 않은 연료와 식료품과 의료품의 수요, 중앙의 통계 부서는 이 모든 것에 관심을 보였고, 모든 것에 답변을 요구했다.

의사는 진료실 창문 옆에 놓인 자신의 낡은 책상 앞에 앉아 이 모든 일을 했다. 다양한 형태와 유형의 괘선지가 한옆으로 밀쳐져 그의 앞에 산더미처럼 쌓여 있었다. 그는 자신의 의료 활동에 필요한 정기적인 기록 말고도 당대에 대한 암울한 일기 내지 잡지인 자신의 「역할 놀이」를 이곳에서 집필하고 있었는데, 그것은 절반의 사람들이 자기 자신이 되기를 멈추고 무엇인지 알 수 없는 역할을 연기하고 있다는 의식에 고무된 산문과 시 등 온갖 종류의 글로 구성된 것이었다.

벽에 하얀색으로 페인트칠이 된 데다 햇빛이 잘 들어 밝은 의무실은 성모 승천 대축일[16] 이후 금빛 가을 햇살이 대낮을 밝히며 크림색으로 가득 채워져 있었다. 아침에 첫서리가 내리고 겨울 박새와 까치 떼가 알록달록하고 선명하며 듬성해진 숲속으로 날아들었다. 이런 날에 하늘은 극도로 높이 올라가 하늘과 땅 사이의 투명한 공기층을 뚫고 검푸르고 차가운 청명함으로 북쪽에서부터 몸을 뻗는다. 이때는 누가 뭐래도 세상의 모든 것이 더 선명하게 보이고 들린다. 먼 거리는 소리를 얼음장 같은 울림으로 명료하게 끊어서 전해 준다. 마치 평생에 걸쳐 몇 년 앞 미래의 모습이 활짝 열린 듯 먼 곳도 깨끗하게 보인다. 이러한 희박함은 그렇게 시간이 짧지 않았더라면, 그리고 이제 막 땅거미가 지려는 짧은 가을 낮 끄트머리에 찾아들지 않았더라면 결코 견딜 수 없었을 것이다.

그런 빛이 진료실을 비추었는데, 그것은 일찍 지는 가을 햇살, 잘 익은 하얀 사과처럼 즙이 많고 투명하고 촉촉한 빛이었다.

의사는 책상 옆에 앉아 생각에 잠겼다가는 잉크에 펜을 적셔 글을 쓰곤 했다. 어떤 조용한 새가 진료실의 커다란 창 옆으로 그림자를 던지며 소리 없이 날아갔고, 그 그림자는 의사의 움직이는 팔, 용지들이 놓인 책상, 바닥, 진료실의 벽을 덮었다가 역시나 소리 없이 사라졌다.

「단풍잎이 떨어지는군요.」 예전에는 통통한 남자였지만,

---

16 성모 마리아의 죽음을 기념하는 동방 정교회, 러시아 정교회, 로마 가톨릭의 축일이다. 전승에 따르면 이날 여러 지역에서 복음을 전하던 사도들이 기적적으로 예루살렘에 모여 성모 마리아와 작별 인사를 하고 장례에 참여할 수 있었다고 한다. 구력으로 8월 15일(28일)이다.

지금은 살이 빠진 바람에 자루처럼 피부가 늘어진 부검의가 들어와 말했다. 「소낙비가 쏟아지고 바람이 흔들어 대니 견딜 수 없었던 게지요. 한 번의 아침 서리에 저렇게 되다니!」

의사는 고개를 들었다. 창 옆을 왔다 갔다 하던 수수께끼 같은 새는 알고 보니 정말 포도주색처럼 붉은 단풍잎들이었다. 단풍잎은 공기 중에 유유히 머물다가 멀리 날아가서는 오렌지 빛깔의 휘어진 별들처럼 나무들 한옆 병원 잔디밭에 떨어졌다.

「창문 틈을 봉했나요?」 부검의가 물었다.

「아니요.」 유리 안드레예비치가 이렇게 말하고는 쓰는 일을 계속했다.

「왜 그러셨어요? 할 때가 되었는데요.」

유리 안드레예비치는 쓰는 데 몰두하여 아무 대꾸도 하지 않았다.

「에이, 타라슈크가 없으니.」 부검의가 계속해서 말했다. 「정말 솜씨가 좋은 사람이었는데. 장화도 고쳤지요. 시계도요. 뭐든지 다 할 줄 알았어요. 세상에서 못 구할 게 없는 사람이었는데요. 창문 틈을 봉할 때가 되었어요. 우리라도 해야죠.」

「봉할 재료가 없어요.」

「스스로 만들어 보세요. 만드는 방법을 가르쳐 드리죠.」 부검의는 봉할 재료를 올리브유와 백묵으로 어떻게 만드는지 설명해 주었다. 「하지만 그만두죠. 제가 방해를 했군요.」

그는 다른 창문 쪽으로 물러나 자신의 약병과 약품 작업에 몰두했다. 어두워졌다. 잠시 후 그가 말했다.

「눈을 버리겠습니다. 어두워요. 불이 들어오지 않으니. 집에 갑시다.」

「아직 일을 조금 더 할 겁니다. 20분 정도 더.」

「그 사람 부인이 이곳 병원 간호사실에 있어요.」

「누구 부인이요?」

「타라슈크 부인이요.」

「알고 있습니다.」

「그런데 그 사람은 어디에 있는지 아무도 몰라요. 온 땅을 헤매고 있겠지요. 여름에 두 번 왔었어요. 병원에 들렀었죠. 지금은 시골 어딘가에 있습니다. 새로운 삶을 시작하고 있지요. 그 사람은 선생이 대로변과 기차에서 본 볼셰비키 병사들 중 한 명이에요. 풀이를 해볼까요? 예를 들어 타라슈크 얘기를 해볼까요? 들어 보십시오. 그 사람은 만능이에요. 못 하는 게 하나도 없어요. 손에 뭐를 잡든 능숙하게 해내죠. 전쟁터에서도 그 사람한테 똑같은 일이 벌어진 겁니다. 다른 온갖 기술처럼 전쟁을 가르친 겁니다. 그러니 명사수가 되었죠. 숨겨진 참호에서요. 눈과 손이 최상급이니까요! 모든 훈장은 용맹이 아니라 실수 없는 전투로 인해 받은 겁니다. 자, 이제 모든 일이 그의 열정이 됩니다. 군인의 일도 좋아하게 되었죠. 무기가 힘이라는 것과 자기가 그걸 이용할 수 있다는 걸 알게 됩니다. 그 자신이 힘이 되고 싶어지죠. 무장한 사람은 이제 그냥 사람이 아닙니다. 옛날에는 그런 사람들이 명사수에서 도둑이 되었습니다. 이제 그 사람에게서 총을 빼앗으려고 해보세요. 그런데 갑자기 〈총부리를 다른 방향으로 돌려라)라는 등등의 외침 소리가 울려 퍼진 겁니다. 당연히 그는 총부리를 돌렸고요. 이게 얘기의 전부예요. 그리고 이게 마르크스주의의 모든 것이죠.」

「게다가 삶 자체에서 나오는 진짜 마르크스주의죠. 이걸 어떻게 생각하시나요?」

부검의는 자기 쪽 창문턱으로 물러나 시험관을 휘젓기 시작했다. 그러고는 물었다.

「난로 수리공은 어떻든가요?」

「그 사람을 알려 줘서 고맙습니다. 정말 흥미로운 사람이에요. 한 시간가량 헤겔과 베네데토 크로체[17]에 대한 대화를 나누었습니다.」

「그럴 겁니다! 하이델베르크 대학 철학 박사인데요. 난로는요?」

「말도 마세요.」

「연기가 납니까?」

「문제투성이에요.」

「연통을 잘못 뺀 거예요. 벽난로 안으로 넣고 봉했어야 하는데 틀림없이 통풍창으로 뺐을 겁니다.」

「네덜란드식 벽난로 안으로 넣었어요. 그런데도 연기가 납니다.」

「연기 분출구를 잘못 찾아 통풍관으로 연결해서 그래요. 아니면 바람갈이 구멍으로 넣은 거죠. 에이, 타라슈크가 없으

---

17 Benedetto Croce(1866~1952). 헤겔의 영향을 많이 받은 이탈리아 관념주의 철학자이자 비평가로, 정치적으로는 자유주의자였다.

니! 조금만 참으십시오. 모스크바가 단 하루 만에 세워진 건 아니니까요. 난로를 때는 게 피아노 치는 것하고 같진 않죠. 배울 필요가 있어요. 장작은 모아 두셨습니까?」

「장작을 어디서 구하나요?」

「제가 교회 문지기를 보내 드리겠습니다. 장작 도둑이거든요. 땔감으로 울타리를 뜯습니다. 하지만 미리 알려 드리죠. 흥정을 해야 합니다. 가격을 비싸게 불러요. 아니면 해충 잡는 아주머니를 알려 드릴까요?」

그들은 문지기 방으로 내려와 옷을 입고 거리로 나왔다.

「왜 해충 잡는 아주머니를?」 의사가 물었다. 「저희 집에는 빈대가 없는데요.」

「지금 무슨 빈대 얘기를 하십니까? 난 장작 얘기를 하는데, 선생은 다른 얘기를 하는군요. 빈대가 아니라 장작이요. 이 아주머니는 모든 게 거래 대상입니다. 집과 울타리를 땔감으로 사들이고 있어요. 대단한 납품업자예요. 발을 헛디디지 않게 조심하세요, 정말 어둡군요. 이 구역을 눈을 가리고도 다닐 수 있을 때가 있었죠. 돌 하나하나를 알았어요. 전 진정한 이곳 토박이입니다. 그런데 울타리들이 무너지기 시작했고, 이 제는 눈을 뜨고도 다른 도시에 있는 것처럼 이곳을 알아볼 수가 없어요. 반면에 어떤 구석진 곳들이 다 드러나게 되었는지 보세요! 관목 숲에 가려져 있던 앙피르 양식[18]의 집들, 정원

---

18 고전주의 완성기인 19세기 초반의 건축 양식이다. 러시아에서는 알렉산드르 1세 때 유행하기 시작해 니콜라이 1세 때 만개한다. 로마 시대를 상기시키는 원기둥과 사각기둥, 그리스 신화와 관련된 부각 조상이 이 양식의 특징이다.

의 둥근 탁자들, 반쯤 썩은 벤치들. 며칠 전에는 세 개의 골목이 만나는 어떤 공터를 지나게 되었습니다. 보니 백 세쯤 되어 보이는 한 노파가 지팡이로 땅을 후벼 파고 있는 겁니다. 제가 말했죠. 〈신의 가호가 있기를, 할머니. 구더기를 파세요? 낚싯밥으로요?〉 물론 농담이었죠. 그런데 할머니는 아주 진지하신 거예요. 〈절대로 아니라오, 들버섯을 캔다오.〉 정말로 도시가 숲처럼 되었어요. 썩은 나뭇잎, 버섯 냄새가 납니다.」

「그 장소를 압니다. 세레브랴니와 몰차놉카 사이에 있는 거 맞죠? 저한테도 그 옆을 지날 때 예기치 못한 일이 언제나 일어납니다. 20년 동안 보지 못했던 누군가를 만나는가 하면, 뭔가를 찾게 되죠. 골목 구석에서 강도 짓을 한다고들 하더군요. 놀랄 일도 아니에요. 여러 거리가 교차하는 곳이에요. 여러 통로 망이 스몰렌스키에 아직 보존되어 있는 은신처와 연결되어 있죠. 몽땅 갈취하고 완전히 벗겨서는 순식간에 사라져 들판에 바람만 분다고 하더라고요.」

「가로등이 저렇게 흐리게 비춰서야. 오죽하면 멍을 가로등이라고 부를까요. 까딱하면 넘어져 멍들겠어요.」

6

정말로 온갖 우연한 일들이 앞서 말한 그 장소에서 의사의 뒤를 따라다녔다. 10월 전투[19]가 있기 얼마 전 늦은 가을, 춥

19 1917년 10월 혁명의 발발을 의미한다.

고 어두운 저녁에 그는 의식을 잃고 보도에 가로누운 사람과 부딪친 적이 있었다. 그 사람은 팔을 활짝 펼치고 고개를 연석에 기댄 채 다리를 포장도로에 내려뜨리고 누워 있었다. 그는 가끔씩 띄엄띄엄 신음을 가늘게 내뱉었다. 의사가 의식을 되돌리려고 크게 질문하는 소리에 그는 뭔가 연결되지 않는 말로 중얼중얼 대꾸했지만, 또다시 잠깐씩 의식을 잃었다. 머리가 깨져 피가 흘렀으나 언뜻 봐도 머리뼈는 이상이 없어 보였다. 누워 있는 사람은 의심할 여지 없이 무장 강도의 희생자였다. 「서류 가방, 서류 가방.」 그가 두세 번 속삭였다.

의사는 가까이에 있는 아르바트 약국에서 전화를 걸어 성 십자가 병원에 파견된 노인 마부를 불러다가 미지의 사람을 병원으로 데려갔다.

부상당한 사람은 유력한 정치 인사였다. 의사는 그를 치료해 주었고, 그는 오랫동안 많은 오해로 인해 의심이 가득했던 그 불신의 시기에 그를 구해 준 후원자가 되었다.

7

일요일이었다. 의사는 휴무였다. 그는 근무하러 갈 필요가 없었다. 십체프에서는 안토니나 알렉산드로브나가 계획했던 대로 식구들이 겨울을 나기 위해 벌써 방 세 칸에 자리를 잡았다.

눈이 내릴 것처럼 구름이 낮게 내려앉아 춥고 바람이 많이 부는 어두운, 정말로 어두운 날이었다.

아침부터 불을 땠다. 연기가 나기 시작했다. 난로에 불 피우는 일에 대해 아무것도 모르는 안토니나 알렉산드로브나가 축축해서 타지 않는 장작과 씨름하는 뉴샤에게 말도 되지 않는 해로운 충고만 하고 있었다. 의사가 그것을 보고 어떻게 해야 할지 깨닫고 개입하려고 했지만, 아내는 그의 어깨를 조용히 붙잡고 다음과 같이 말하며 방에서 내쫓았다.

「당신 방으로 가. 그렇지 않아도 머리가 복잡하고 모든 게 뒤죽박죽인데, 당신은 꼭 방해하는 버릇이 있더라. 당신 지적은 불에 기름을 붓는 격이라는 걸 왜 이해하지 못하는 건지.」

「오, 기름, 토네치카, 그러면 정말 아주 좋을 텐데! 난로가 순식간에 타오를 텐데. 기름도 불도 보이지 않는 게 안타깝네.」

「지금 말장난할 시간 없어. 그런 농담할 때가 아니라는 것도 좀 알아야지.」

불을 제대로 피우지 못한 것이 일요일의 계획을 망쳐 놓았다. 모두들 해가 지기 전까지 꼭 해야 할 일들을 마치고 저녁에는 해방되기를 기대했지만, 이제 모든 것이 빗나갔다. 점심 식사, 뜨거운 물에 머리를 감으려던 누군가의 바람, 다른 여러 계획이 미루어졌다.

곧 연기가 자욱해져서 숨 쉬기가 어려울 정도였다. 강한 바람이 연기를 도로 방 안으로 몰아넣었다. 검은 연기 구름이 동화 속 침엽수림 한가운데에 사는 괴물처럼 방 안에 버티고 있었다.

유리 안드레예비치는 모두를 옆방으로 내쫓고 통풍창을

열었다. 그는 벽난로에 있는 장작을 절반 정도 치우고 남은 장작 사이의 틈을 잔가지들과 느릅나무 껍질 불쏘시개로 채워 넣었다.

통풍창으로 신선한 공기가 몰려 들어왔다. 흔들리던 창문 커튼이 위로 날아올랐다. 책상에서 종이 몇 장이 날아갔다. 바람은 멀리 있는 어떤 방문을 쾅 닫았고, 구석구석을 돌며 쥐를 쫓는 고양이처럼 연기의 잔재들을 내몰기 시작했다.

불붙은 장작들이 확 타오르더니 탁탁 소리를 냈다. 난로는 화염을 날름거리기 시작했다. 철제 몸통은 결핵 환자 뺨의 붉은 반점처럼 여기저기서 붉게 피어올랐다. 방 안에 있던 연기는 점점 옅어지더니 나중에는 완전히 사라져 버렸다.

방 안이 더 밝아졌다. 얼마 전에 부검의의 가르침대로 유리 안드레예비치가 봉한 창문들이 울부짖기 시작했다. 봉한 재료들에서 나는 따뜻한 기름 냄새가 파도처럼 퍼져 나갔다. 벽난로 옆에서 말리고 있던 얇게 톱질된 장작에서 목을 메케하게 만드는 독한 전나무 껍질 그을음 냄새와 화장수처럼 향기롭고 촉촉하고 신선한 사시나무 냄새가 났다.

그때 통풍창으로 밀려 들어온 공기처럼 니콜라이 니콜라예비치가 소식을 들고 쏜살같이 방 안으로 들이닥쳤다.

「거리에서 전투가 벌어졌다. 임시 정부를 지지하는 경기병들과 볼셰비키 편에 선 경비대 병사들 사이에 군사 행동이 일어났어. 충돌이 거의 한 걸음 뗄 때마다 일어나고 있고, 봉기의 발원지가 셀 수 없이 많아. 이 집에 오는 길에 두세 번 곤경에 처했는데, 한 번은 드미트롭카 대로였고, 또 한 번은 니키츠키예 대문에서였어. 직선로는 이미 없고 돌아오지 않을 수 없었어. 자, 어서, 유라! 옷을 입고 나가자. 봐야만 한다. 이 건 역사다. 이건 인생에 단 한 번뿐인 사건이야.」

그러나 그 자신이 두 시간 정도 수다를 떨다가 나중에는 식 사하려고 자리에 앉았고, 집으로 돌아가는 김에 의사를 데리 고 나가려고 하는데 고르돈의 도착이 그들을 앞질렀다. 그도 니콜라이 니콜라이예비치와 똑같은 소식을 들고 날아오듯이 들어왔다.

하지만 그사이 사건은 더 진척되어 있었다. 새로운 세부 사항이 있었다. 고르돈은 더 격화된 총격과 죽은 통행인들, 미친 듯이 뿜어 대는 총탄에 맞아 우연히 다친 사람들에 대 해 얘기했다. 그의 말에 따르면 도시 안의 이동이 멈췄다는 것이다. 그는 그들의 집으로 오는 골목을 기적적으로 뚫었지 만, 그의 등 뒤에서 돌아가는 길이 닫히고 말았다.

니콜라이 니콜라예비치는 그의 말을 듣지 않고 거리에 코 빼기를 내밀어 보려다가 1분도 지나지 않아 되돌아왔다. 그 는 골목 밖으로 나갈 수가 없고 총탄들이 건물 구석의 벽돌 과 시멘트들을 조각내며 날아다닌다고 말했다. 거리에는 사 람 한 명 없었고, 보도의 통행은 끊겨 버렸다.

그즈음 사셴카는 감기에 걸렸다.

「불을 때고 있는 벽난로 가까이로 아이를 데려가지 말라 고 수백 번은 말했건만.」 유리 안드레예비치가 화를 냈다. 「너무 더운 것은 너무 추운 것보다 훨씬 더 해로워.」

사셴카는 목이 아프고 고열이 났다. 아이는 이 병의 특별한 증상인 메스꺼움과 구역질에 대해 초자연적이고 신비한 공포를 느꼈는데, 매 순간 그게 시작될 것 같다는 생각이 들었던 것이다.

그는 후두경(喉頭鏡)을 든 유리 안드레예비치의 손을 밀쳐 냈고, 그것을 목 안에 넣지 못하게 입을 꼭 다문 채 숨이 넘어갈 정도로 소리를 질렀다. 그 어떠한 설득도 위협도 소용이 없었다. 문득 사센카가 달콤하게 큰 하품을 하느라 방심한 사이, 의사는 그 틈을 이용해 전광석화와 같은 몸놀림으로 아들의 입에 수저를 집어넣어 혀의 움직임을 제어하고, 사센카의 딸기처럼 빨간 후두와 설태(舌苔)가 끼어 부은 편도를 들여다보았다. 그 모습이 유리 안드레예비치를 불안하게 만들었다.

잠시 후 의사는 같은 방법을 써서 사센카에게서 도포 표본을 얻어 낼 수 있었다. 알렉산드르 알렉산드로비치에게는 자기 현미경이 있었다. 유리 안드레예비치는 그 현미경을 가져다가 간신히 검사를 할 수 있었다. 다행히 디프테리아는 아니었다.

사흘째 되는 날 밤, 사센카는 가성 후두염으로 인해 발작을 일으켰다. 그는 열이 나서 숨을 헐떡이기 시작했다. 유리 안드레예비치는 고통에서 아이를 건질 수 없다는 무력감에 가련한 소년을 쳐다볼 수 없었다. 안토니나 알렉산드로브나는 아이가 죽을 것만 같았다. 아이를 팔에 안고 방을 이리저리 돌아다니자, 아이는 훨씬 편해졌다.

아이에게 수분을 충분히 보충해 주기 위해 의사는 우유나

광천수, 혹은 소다를 구해야만 했다. 그러나 시가전이 한창 치열할 때였다. 충격 소리와 포격 소리 또한 한순간도 그치지 않았다. 설사 유리 안드레예비치가 생명의 위협을 무릅쓰고 총격 지대 너머로 나간다고 할지라도 화염 너머에서 어떤 생명과 마주치지 못할지도 몰랐다. 승패가 최종적으로 결정되기 전까지는 전 도시의 삶이 얼어붙어 있을 것이기 때문이다.

그러나 승패는 이미 분명했다. 사방에서 노동자들이 우세하다는 소문이 들려왔다. 개별 사관생도 무리들이 자기들끼리도 흩어져 아직 싸우고 있었지만, 지휘관과도 연락이 끊긴 상태였다.

십체프 지역은 도로고밀로프에서 도심 쪽으로 조여 온 부대들의 활동 범위 안에 들어왔다. 독일 전쟁에 참전했던 병사들과 청소년 노동자들이 골목에 판 참호에 있었는데, 이들은 이미 주변 가옥의 주민들과 안면을 트고 문밖으로 내다보거나 거리로 나온 거주자들과 사이좋게 농담을 주고받았다. 도시의 이 지역에서 움직임이 다시 회복되었다.

그때서야 사흘 밤낮을 지바고 집에 머물러 있던 고르돈과 니콜라이 니콜라예비치가 포로 생활에서 벗어날 수 있었다. 유리 안드레예비치는 사셴카가 아픈 힘든 시기에 그들이 있어서 기뻤고, 안토니나 알렉산드로브나는 그렇지 않아도 정신이 하나도 없는데 거기에 그들이 보탠 혼란을 너그럽게 봐주었다. 그러나 두 사람 모두 환대에 대한 보답으로 주인들에게 끊임없이 이야기를 시키는 게 의무라고 생각했고, 유리 안드레예비치는 사흘 동안 나눈 쓸데없는 말들에 지친 나머지 그들과 헤어질 수 있어 행복했다.

8

그들이 무사히 집으로 돌아갔다는 소식을 전해 왔지만, 그것을 확인하는 와중에 모두 진압되었다는 소문은 시기상조였음이 드러났다. 어쨌든 여러 지역에서 군사 행동이 아직 지속되고 있었고, 몇몇 지역은 다닐 수 없었기에 의사는 여전히 병원으로 출근할 수 없었다. 그는 진료실 책상 서랍 안에 놓인 그의 「역할 놀이」와 학술 기록이 있는 병원이 그리워졌다.

사람들은 개별 구역 안에서만 아침마다 집에서 그다지 멀지 않은 거리까지 빵을 구하러 나갔다가, 병에 우유를 담아 가는 사람들을 보면 멈춰 세워 우르르 몰려들어서는 그걸 어디서 구했느냐고 묻곤 했다.

가끔씩 온 도시에 총격전이 재개되어 사람들을 다시 흩어 놓았다. 다들 양측 사이에 무슨 협상이 진행 중이고, 그 협상의 성공과 실패 여부에 따라 유산탄 총격이 강화되거나 약화될 것이라고 추측하고 있었다.

구력 10월 말의 어느 날 밤 10시경, 유리 안드레예비치는 특별한 용무는 없었지만 가까이 사는 한 여자 동료의 집에 가기 위해 빠른 걸음으로 거리를 걷고 있었다. 평소 번잡했던 장소들인데 인적이 드물었다. 마주치는 사람이 거의 없었다.

유리 안드레예비치는 걸음을 재촉했다. 점점 더 거세지는 바람과 함께 첫눈이 드문드문 흩뿌리더니 유리 안드레예비치의 눈앞에서 폭설로 변했다.

유리 안드레예비치는 한 골목에서 다른 골목길로 접어들었는데, 갑자기 눈이 펑펑 더 쏟아지며 눈보라가 몰아치자 모퉁이를 몇 번 돌았는지 감각을 잃어버렸다. 허허벌판에서 쉿소리를 내며 땅바닥에 떨어지던 눈보라가 도심에서는 마치 길을 잃은 것처럼 좁고 막다른 골목에서 몸부림을 치고 있었다.

뭔가 그와 비슷한 일이 정신적인 세계와 육체적인 세계, 가까이와 멀리, 땅과 허공에서 일어나고 있었다. 작은 섬에 고립된 듯 어디에서인가 좌절된 저항의 마지막 총격 소리가 울려 퍼졌다. 지평선 어디에서인가는 진압된 화재의 약한 불빛이 거품처럼 일더니 터져 버렸다. 유리 안드레예비치의 발밑 젖은 포장도로와 인도에서는 눈보라가 연기를 내뿜으며 고리와 깔때기 모양으로 휘돌고 있었다.

한 교차로에서 신문팔이 소년이 이제 막 인쇄된 큰 종이 다발을 겨드랑이에 낀 채 〈호외요!〉라고 외치며 그의 옆을 지나 앞질러 갔다.

「잔돈은 필요 없다.」 의사가 말했다. 소년은 종이 다발에 들러붙은 축축한 인쇄물을 겨우 빼내어 의사의 손에 찔러 주고는 불쑥 나타났던 것처럼 그렇게 순식간에 눈보라 속으로 자취를 감추었다.

의사는 지체하지 않고 얼른 주요 뉴스를 읽으려고 두 걸음쯤 떨어진 곳에 불이 밝혀진 가로등 쪽으로 다가갔다.

한 면만 인쇄된 호외는 군사 정치 위원들의 소비에트 창립,

러시아의 소비에트 권력의 수립, 프롤레타리아트 독재의 도입을 알리는 페테르부르크에서 온 정부의 발표를 담고 있었다. 이어 새 권력의 첫 법령들이 뒤따랐고, 전보와 전화로 전달된 여러 통지가 인쇄되어 있었다.

눈보라가 의사의 눈을 때리고 회색 눈발이 바스락대며 신문에 인쇄된 글자들을 뒤덮었다. 그러나 그것이 신문을 읽는 데 방해가 되지는 않았다. 그 순간의 위대함과 영구성은 그를 전율케 했고, 정신을 차릴 수 없게 만들었다.

소식을 마저 읽기 위해 그는 눈발을 피해 불이 밝혀진 장소를 찾으려고 이리저리 둘러보았다. 정신을 차리고 보니 그는 다시 그 마법에 걸린 듯한 교차로, 세레브랴니와 몰차놉카 모퉁이, 유리로 된 입구와 전깃불을 환하게 밝힌 넓은 정문이 있는 5층짜리 높은 건물의 출입구 옆에 서 있는 자신을 발견했다.

의사는 그 안으로 들어가 현관 깊숙이 있는 전깃불 아래에서 호외 속 전보를 읽는 데 몰두했다.

그의 머리 위에서 발자국 소리가 들렸다. 누군가가 우물쭈물 자주 멈춰 서면서 계단을 내려왔다. 그 사람은 실제로 내려오다가 갑자기 마음을 바꾸어 몸을 뒤로 돌려서는 위로 올라가기 시작했다. 어디서인가 문이 열렸고, 남자 목소리인지 여자 목소리인지 전혀 분간이 되지 않는 두 사람의 목소리가 파도처럼 울려 퍼졌다. 그 후 문이 쾅 닫혔고, 아까 계단을 내려왔던 사람이 훨씬 더 단호하게 아래로 뛰어 내려왔다.

읽기에 열중하느라 유리 안드레예비치의 머리와 눈은 신

문에 박혀 있었다. 그는 머리와 눈을 들어 낯선 사람을 쳐다볼 생각도 하지 않았다. 그러나 그 사람이 아래까지 다 내려와 달리는 것을 멈추었다. 유리 안드레예비치는 고개를 들어 내려온 사람을 쳐다보았다.

그의 앞에는 시베리아에서 입는 것처럼 빳빳한 사슴 가죽 외투 위에 모피를 걸치고 같은 모피 모자를 쓴 열여덟 살가량의 소년이 서 있었다. 소년은 가느다란 키르기스인의 눈과 가무잡잡한 얼굴을 하고 있었다. 어딘가 귀티가 나는 얼굴에서는 예의 번뜩임과 감춰 둔 섬세함이 어른거렸는데, 이는 멀리서 흘러 들어온 듯한, 그리고 복잡한 혼혈인들에게서 흔히 보이는 것이었다.

소년은 분명 유리 안드레예비치를 누군가 다른 사람으로 착각한 듯한 눈치였다. 그는 그가 누구인지 알지만 선뜻 말을 꺼내지 못하겠다는 듯 수줍어하고 당황해하며 의사를 바라보았다. 유리 안드레예비치는 그 오해에 종지부를 찍기 위해 그를 아래위로 훑어보고는, 가까이 오려고 하는 마음을 꺾어 버리듯 냉랭한 눈빛을 발사했다.

소년은 당황해서 한마디도 못 하고 출구 쪽으로 갔다. 그곳에서 그는 다시 한번 뒤를 돌아본 후 흔들리는 무거운 문을 열어 절거덩 닫고는 거리로 나갔다.

10분 후 유리 안드레예비치도 그의 뒤를 따랐다. 그는 소년과 그가 방문하려고 했던 여자 동료에 대해서는 잊어버렸다. 그는 방금 읽은 내용에 완전히 사로잡혀 집을 향해 발걸음을 옮겼다. 가는 길에 다른 사정이, 그러니까 그 시기에 무한한 의미를 지녔던 사소한 일이 그의 주의를 사로잡아 삼켜 버렸다.

집에 조금 못미쳐 그는 어둠 속에서 포장도로 끝 인도를 가로질러 널브러진 나무판자와 통나무의 거대한 무더기와 마주쳤다. 그곳에 어떤 기관이 있었는데, 아마도 변두리에서 한 통나무집을 분해하여 국고 연료용으로 그 기관에 가져오는 모양이었다. 통나무가 마당에 다 들어가지 않자, 면해 있는 거리에 쌓아 두었던 것이다. 소총을 든 보초가 마당 안을 돌다가 이따금 골목으로 나와 이 무더기를 지키고 있었다.

유리 안드레예비치는 깊이 생각할 것도 없이 보초가 마당으로 들어가고 회오리바람이 들이닥쳐 공기 중에 더 굵은 눈발을 휘돌게 할 틈을 엿보았다. 그는 그림자가 져서 가로등 불빛이 닿지 않는 쪽에서 대들보 더미 쪽으로 다가가 제일 밑에서 가장 무거운 통나무를 천천히 움직여 빼냈다. 그는 어렵사리 무더기에서 통나무를 꺼내 어깨에 메고는 그 무게를 느끼지도 못하고(자기 짐은 무겁지 않은 법이다) 그림자가 드리워진 벽을 따라 십체프의 자기 집까지 몰래 끌고 갔다.

마침 집에 장작이 떨어진 상태였다. 통나무를 켜서 작은 나무토막으로 쪼개어 산더미처럼 쌓아 놓았다. 유리 안드레예비치는 벽난로를 피우려고 쪼그리고 앉았다. 그는 떨면서 덜컹거리는 작은 벽난로 문 앞에 말없이 앉아 있었다. 알렉산드르 알렉산드로비치가 안락의자를 벽난로 쪽으로 끌고 와 몸을 데우기 위해 앉았다. 유리 안드레예비치는 재킷 옆 주머니에서 신문을 꺼내 이렇게 말하며 장인에게 내밀었다.

「보셨어요? 감상하세요. 읽어 보세요.」

유리 안드레예비치는 쪼그린 자세에서 일어나지 않고 벽난로 안의 장작들을 작은 부지깽이로 뒤적이며 큰 소리로 혼잣말을 했다.

「정말 훌륭한 외과 수술이로군! 악취 나는 오랜 염증을 단번에 예술적으로 도려냈으니! 절하고 경의를 표하고 무릎을 꿇는 데 익숙했던 수 세기에 걸친 불공정함에 솔직하고 단순한 판결을 내린 거지.

두려움 없이 끝까지 오게 된 데는 뭔가 민족적으로 가깝고 오래전부터 낯익은 점이 있군. 푸시킨의 말할 나위 없는 찬란함, 톨스토이의 사실에 대한 올곧은 충실함에서 온 무언가.」

「푸시킨이라고? 무슨 말을 하는 건가? 잠깐. 다 읽어 가네. 읽으면서 동시에 들을 수는 없으니.」 알렉산드르 알렉산드로비치는 유리 안드레예비치가 한 혼잣말을 자신에게 했다고 오해하고 사위의 말을 가로막았다.

「무엇보다 뭐가 천재적이라는 건가? 만일 누군가가 새로운 세계를 창조하고 새로운 기원을 시작하라는 과제를 받는다면, 그는 틀림없이 먼저 그것에 맞는 장소를 치울 필요가 있다고 생각할 텐데. 그는 새로운 시대의 건설에 돌입하기 전에 제일 먼저 옛 시대가 끝나기를 기다리겠지, 그에게는 우수리 없는 수, 새 단락의 들여쓰기, 쓰이지 않은 페이지가 필요할 테고.

그런데 지금 이건 그냥 〈옜다, 여기 있다〉야. 이 전무후무한 일, 역사의 기적, 이 계시가 그 진행에 관심도 기울이지 않고 계속되는 범속한 일상의 한복판에 딱 나타난 거야. 이 일은 처음부터가 아니라 중간에서부터, 미리 차곡차곡 쌓인 기간도 없이, 우연히 만난 첫 평일에, 도시의 전차 운행이 한창 절정일 때 일어난 거야. 그게 무엇보다 가장 천재적인 일이지. 가장 위대한 것만이 그렇게 때와 장소를 가리지 않는 법이네.」

9

예측했던 그런 겨울이 도래했다. 겨울은 아직 뒤이어 오게 될 두 해의 겨울만큼 그렇게 위협적이지는 않았지만, 이미 같은 유형에 속해 암울하고 배고프고 추웠으며, 익숙한 모든 것이 해체되고, 존재의 모든 기반이 재건되며, 빠져나가는 삶을 붙잡으려는 비인간적인 노력으로 점철된 계절이었다.

그렇게 무시무시한 겨울이 한 해 한 해 이어져 3년 연속 지속되다 보니, 1917년과 1918년에 일어난 듯한 모든 일이 실은 그때가 아니라, 어쩌면 더 늦게 일어난 건지도 모른다는 생각이 들었다. 잇따른 이 겨울들이 함께 뒤섞여서 따로 분간하기 어려웠다.

낡은 삶과 새로운 질서는 아직 화합이 되지 않았다. 둘 사이에는 1년 후에 일어난 내전[20] 때만큼의 선명한 적대감도 없

20 러시아 내전(1918~1923)은 볼셰비키가 권력을 장악하고 제1차 세계대전에서 동맹국과의 동맹을 파기했을 때 일어난다. 적군은 백군이라고 통칭되는 옛 러시아 제국으로부터 생긴 여러 세력, 군 장교, 입헌 민주 당원, 지주, 혁명에 반대하는 외국의 세력과 전쟁을 벌인다. 백군의 장군은 유제니치, 브

었지만, 연관성도 부족했다. 이들은 서로 마주 보도록 따로 떼어졌지만, 서로를 감싸 주지 못했다.

가옥 소유, 여러 조직, 관청, 공공 기관 등 여기저기서 수뇌부가 다시 선출되었다. 그들의 구성원이 교체되었다. 모든 자리에 무한대의 전권을 지닌 군사 정치 위원이 임명되었는데, 이들은 검은 가죽 재킷에 위협 수단들과 연발 권총으로 무장하고 면도도 거의 하지 않으며 잠은 그보다 훨씬 덜 자는 강철 같은 의지의 소유자들이었다.

이들은 소시민, 소규모 국채의 평균적인 소유자들, 굽실거리는 속물의 속성을 아주 잘 알았기 때문에 메피스토펠레스[21]처럼 빈정거리며 조금도 봐주지 않고 마치 붙잡힌 좀도둑을 대하듯 그들과 얘기했다.

이 사람들은 프로그램이 명령하는 대로 모든 것을 제어했고, 기획에 이은 기획, 통폐합에 이은 통폐합은 볼셰비키식이 되었다.

성십자가 병원은 이제 제2 개혁 병원이라고 불렸다. 병원에서도 변화가 일어났다. 직원의 일부가 해고되었는데, 대부분 이곳에서 일하는 것이 유리하지 않다고 판단하여 스스로 물러난 것이었다. 그들은 유행하는 기술로 돈을 잘 벌던 의

랑겔, 콜차크였다. 이들은 적군과만 싸운 것이 아니라, 우크라이나 민족주의자인 녹색 군대와도, 마흐노 장군이 이끄는 우크라이나 무정부주의 흑색 군대와도 맞서 싸워야 했다. 백군은 모든 전선에서 패배했으며, 주요 전투는 적군이 1922년에 블라디보스토크를 점령하는 것으로 끝난다. 극동 지역에서 1923년 6월에 백군이 항복하면서 모든 내전은 끝나게 된다.

21 괴테의 『파우스트』에 나오는 악마로, 파우스트 박사와 계약을 맺는다.

사, 사교계의 총아, 허풍쟁이와 말 많은 사람들이었다. 그들은 사리사욕에 눈이 어두워 나가면서도 시민 의식의 동기로 나가는 척 과시하는 걸 잊지 않았고, 남은 사람들을 아무렇게나 대하며 거의 배척하다시피 했다. 남아서 무시당하는 사람들 중에는 지바고도 있었다.

저녁마다 남편과 아내 사이에 이런 대화가 오갔다.

「수요일에 의사 협회 지하실로 언 감자를 가지러 가는 거 잊지 마. 거기에 자루 두 개가 있어. 도울 수 있게 내가 몇 시에 일이 끝나는지 정확하게 알려 줄게. 작은 썰매를 타고 둘이 가야 해.」

「알았어. 아직 시간이 있어, 유로치카. 얼른 자러 가면 좋겠어. 늦었잖아. 당신은 일을 너무 많이 해. 당신은 좀 쉬어야 해.」

「전염병이 돌고 있어. 전반적인 영양실조가 면역력을 떨어뜨리지. 당신과 장인어른을 보는 게 두렵군. 뭔가 방도를 생각해야 하는데. 도대체 어떻게 해야 하지? 우리 식구는 조심성이 부족해. 더 조심해야 해. 들어 봐. 당신 아직 안 자?」

「응.」

「나는 내 걱정은 하지 않아, 튼튼하니까. 하지만 뜻밖에 내가 쓰러지면 어리석게 굴지 말고 제발 나를 집에 두지 마. 곧장 병원으로 옮기라고.」

「무슨 말이야, 유로치카! 주님이 당신과 함께 있어. 왜 미리부터 좋지 않은 소리를 하는 거야?」

「기억해 둬, 더 이상 정직한 사람도, 친구도 없어. 게다가 아는 사람은 더더욱 없고. 만일 무슨 일이든 생기면 피추시킨만 믿으라고. 물론 그 사람 자신이 무사히 살아남는다면. 당신 안 자?」

「응.」

「빌어먹을, 자기들은 더 나은 배급 식량을 받으러 나갔으면서 이제 와서 그게 시민적 감정과 원칙이었던 것처럼 하니. 만나면 손을 내밀까 말까 하면서 〈그 사람들 밑에서 근무합니까?〉 그러면서 눈썹을 치켜뜨지. 난 〈그렇습니다〉라고 답하지, 〈화내지 마세요. 나는 우리의 궁핍이 자랑스럽고 궁핍을 겪게끔 해서 우리를 명예롭게 해준 사람들을 존경합니다〉라고.」

10

오랫동안 대부분의 사람들이 주식으로 먹은 음식은 물에 불린 수수와 청어 대가리로 끓인 수프였다. 청어 몸통은 구워서 주요리로 나왔다. 사람들은 빻지 않은 호밀과 알곡 상태의 밀을 섭취했다. 죽으로 끓여 먹었다.

아는 교수 부인이 안토니나 알렉산드로브나에게 네덜란드식 난로의 바닥을 이용해 익반죽으로 빵 굽는 법을 가르쳐주었다. 일부는 내다 팔 생각이었는데, 온기와 수익금이 옛날처럼 타일 붙인 벽난로를 사용할 구실을 주었다. 그렇게 하면 연기만 나고 잘 덥혀지지 않을뿐더러 온기를 유지시키지도 못하는 고통스러운 임시 철제 난로를 쓰지 않아도 될 것 같았다.

안토니나 알렉산드로브나는 빵은 잘 구웠지만, 장사는 잘 되지 않았다. 실현 불가능한 계획을 포기하고 버려 두었던 임시 철제 난로를 다시 쓰지 않을 수 없었다. 지바고 가족은 궁핍하게 살았다.

어느 날 아침, 유리 안드레예비치는 평상시대로 직장에 나갔다. 집에 남은 장작은 두 쪽뿐이었다. 안토니나는 몸이 약해져서 따뜻한 날씨에 외투를 입고도 추위에 떨었는데, 그녀는 그 외투를 입고 〈사냥감〉을 구하러 집을 나섰다.

그녀는 교외 지역 시골에서 농부들이 가끔 야채와 감자를 들고 나탔기 때문에 가장 가까운 골목을 30분가량 배회했다. 그들을 붙잡아야만 했다. 사람들은 짐을 진 농부들을 붙잡아 세우곤 했다.

그녀는 곧 자신의 수색 목표를 발견할 수 있었다. 긴 농부 외투를 입은 건강하고 젊은 장정이 장난감처럼 가벼운 썰매와 나란히 걸으며 안토니나 알렉산드로브나의 인도를 받아 조심스럽게 그로메코 집 마당의 한구석으로 들어왔다.

썰매 안 나무껍질로 만든 바구니의 거적 아래에는 자작나무 더미가 조금 쌓여 있었는데, 지난 세기의 사진에서나 볼 법한 유행에 뒤처진 저택의 난간 두께보다 더 가는 나뭇가지들이었다. 안토니나 알렉산드로브나는 이들의 가치를 알고 있었다. 말만 자작나무일 뿐 사실은 불을 때기에도 적합하지 않은, 절단한 후 가공하지 않은 아주 형편없는 품질의 원자재였다. 그러나 선택의 여지가 없었고, 이리저리 따질 계제도 아니었다.

젊은 농부는 대여섯 번에 걸쳐 장작들을 살림방이 있는 2층으로 옮겨 주었고, 자신의 부인에게 주려고 맞바꾼 안토니나 알렉산드로브나의 거울 달린 서랍장을 아래로 끌고 내려가 썰매에 실었다. 지나가다가 그는 나중에 감자를 갖고 오겠다고 약속하며 문 옆에 있는 피아노 값을 흥정했다.

돌아온 유리 안드레예비치는 아내의 구매에 대해 이러쿵저러쿵 말하지 않았다. 내준 서랍장을 작은 조각으로 쪼개는 것이 더 이익이 되고 합리적이었을 테지만, 그들은 아마도 그 일에 손을 대지 못했을 것이다.

「책상 위에 있는 쪽지 봤어?」 아내가 물었다.

「병원장한테 온 거? 나한테 말하더군, 알아. 환자에게 다녀오라는 거야. 반드시 가야지. 조금 쉬었다가 나갈게. 그런데 상당히 멀어. 트리움팔녜 대문 옆 어딘가던데. 나한테 메모해 둔 주소가 있어.」

「왕진비로 이상한 걸 제안하던데. 당신 봤어? 어쨌든 읽어봐. 방문 대가로 독일제 코냑 한 병, 아니면 부인용 양말 한 켤레였어. 이런 것으로 유혹하다니. 어떤 사람인 것 같아? 뭔가 불쾌한 어조에 현재 우리의 생활 형편을 전혀 모르는 것 같은 말투야. 벼락부자인가 봐.」

「맞아, 어떤 조달업자야.」

특허권 소유자와 권한 대행 업자들, 그리고 개인적인 소상공인들이 이런 명칭으로 불렸는데, 국가 권력은 개인 상업을 말살한 후 경제가 악화되자 그들과 다양한 납품 계약을 체결

하고 거래를 했던 것이다.

거대한 규모의 회사 소유주인 몰락한 옛 회사의 수장은 이미 이들 그룹에 속하지 않았다. 그들은 타격을 받은 상태에서 아직 회복하지 못했다. 이 범주에 속한 사람들은 전쟁과 혁명 덕분에 바닥에서 일어나 하루 벌어 하루 먹고사는 사업자들과 뿌리 없이 새로 유입된 사람들이었다.

끓는 물에 우유와 사카린을 타서 마신 후 의사는 환자를 보러 출발했다.

보도와 포장도로는 한 열의 건물과 다른 열의 건물까지 거리를 뒤덮은 깊은 눈 아래에 파묻혀 있었다. 눈 더미는 군데군데 1층 창문 높이까지 쌓여 있었다. 그 넓은 공간에 기진맥진한 그림자들이 빈약한 식료품을 등에 지거나 작은 썰매에 끌고 가며 움직이고 있었다. 마차를 타고 다니는 사람은 거의 보이지 않았다.

건물에는 군데군데 아직 예전의 간판들이 남아 있었다. 내용이 상응하지 않는 간판 아래에 위치한 소비조합 매점과 협동조합은 창에 철창을 달고 닫혀 있거나 못이 박혀 텅 비어 있었다.

상점 문이 닫히고 텅 빈 것은 상품이 없기 때문이기도 했으나, 상업을 포함한 삶의 전반적인 개편이 아직 가장 일반적인 차원으로만 실행되어 문 닫힌 상점들처럼 자잘한 부분까지 미치지 못했기 때문이다.

의사가 왕진을 간 집은 브레스츠카야 끝 트베르스카야 관문 근처에 있었다.

그곳은 벽돌로 지어진 아주 고색창연한 병영 건물이었는데, 안마당과 건물의 뒷마당 쪽 벽을 따라 3층으로 된 목조 회랑이 있었다.

주민들은 지역 소비에트의 여성 대표자가 참석한 가운데 미리 예정되었던 총회를 열고 있었는데, 갑자기 무기 소지 허가증을 점검하고 허가되지 않은 무기를 몰수하며 순찰을 돌던 군사 위원회가 들이닥쳤다. 순찰을 지휘하던 대장은 여성 대표자에게 수색이 오래 걸리지 않을 것이고, 조사받은 주민들이 모이면 중단되었던 회의도 곧 재개할 수 있을 테니 떠나지 말라고 말했다.

순찰이 막바지에 다다랐고, 의사가 건물 대문에 이르렀을 때는 마침 의사를 기다리던 그 아파트 차례였다. 탄창 총을 두르고 회랑으로 통하는 계단 한 곳에서 보초를 서던 병사가 유리 안드레예비치를 들여보내지 못하겠다고 단호하게 거절했지만, 부대의 대장이 이들의 다툼에 끼어들었다. 그는 의사를 막지 말라고 명했고, 그가 환자를 보는 동안 아파트 수색을 잠시 미루는 데 동의했다.

의사를 맞이한 집주인은 가무잡잡하고 윤기 없는 얼굴에 우울한 검은 눈동자를 지닌 예의 바른 젊은이였다. 그는 아내의 병, 곧 받을 수색, 의학과 그 대표자들에게 품은 초자연적인 존경심 등 여러 상황으로 인해 들떠 있었다.

의사의 수고와 시간을 덜어 주려고 주인은 가능한 한 짧게 말하려고 애썼지만, 그렇게 서두르는 바람에 그의 말은 더 장황하고 두서가 없었다.

아파트는 사치품과 싸구려가 한데 뒤섞여 있었는데, 그것은 뭐든 안전한 것에 투자할 목적으로 급하게 사들인 물건들이었다. 2인조 세트가 되기에는 짝이 없는 개별 가구들이 구성이 맞지 않는 한 벌 가구를 보충하고 있었다.

아파트의 주인은 그의 아내가 너무 놀란 나머지 일종의 신경병에 걸렸다고 생각했다. 핵심에서 벗어난 딴소리를 잔뜩 늘어놓으며, 그는 망가져서 이미 오래전에 멈춘 낡은 음악 시계를 헐값에 샀다고 말했다. 그 시계를 산 이유는 희귀한 물건이고, 시계를 만든 솜씨가 볼 만했기 때문이었다(환자의 남편은 그 시계를 보여 주기 위해 의사를 옆방으로 데리고 갔다). 시계는 수리할 수 있을지조차 의심스러운 물건이었다. 그런데 수년간 태엽 감는 것이라곤 모르던 시계가 갑자기 저절로 가기 시작하더니, 복잡한 미뉴에트를 울리고는 멎어 버렸다. 젊은이가 말하기를, 아내는 이것이 자신의 마지막 시간을 알리는 것이라고 단정 짓고는 공포에 휩싸여 이제는 자리에 누워 헛소리를 하고, 먹지도 마시지도 않은 채 그를 알아보지도 못한다는 것이었다.

「신경성 충격이라고 생각하시는 건가요?」 유리 안드레예비치가 의혹을 품은 목소리로 물었다. 「환자에게 좀 가보죠.」

그들은 도자기 샹들리에와 넓은 2인용 침대 양옆에 작은 마호가니 서랍장 두 개가 놓여 있는 옆방으로 들어갔다. 그 침대 끝에 검고 큰 눈동자의 키 작은 여인이 담요를 턱까지 끌어 올린 채 누워 있었다. 방 안으로 들어서는 사람을 보자, 그녀는 담요에서 팔을 꺼내 손을 내저으며 그들을 내쫓았고, 그 바람에 가운의 넓은 소매가 겨드랑이까지 미끄러져 내려갔다. 그녀는 남편을 알아보지 못하고, 마치 방 안에 아무도 없는 듯 어떤 슬픈 곡조를 조용한 목소리로 읊기 시작했는데, 그 곡조가 매우 슬프게 했는지 그녀는 울음을 터뜨리며 어린아이처럼 흐느껴 울면서 어딘가 집으로 가고 싶다고 떼를 썼다. 의사가 어느 쪽으로 다가가든 그녀는 매번 그에게 등을 돌리며 진찰을 거부했다.

「진찰을 해봐야 알겠지만……」 유리 안드레예비치가 말했다. 「하지만 마찬가지일 겁니다, 제겐 아주 분명해 보이는군요. 발진 티푸스인데 상당히 위중한 상태입니다. 가엾은 분, 매우 고통스러울 겁니다. 병원에 입원시키라고 충고하고 싶군요. 선생이 부인에게 편의 시설을 제공하는 것보다 발병 첫 몇 주 동안 반드시 의사의 지속적인 치료를 받게 하는 게 중요합니다. 어떻게든 이송 수단을 준비해야 할 텐데, 환자를 옮길 수 있도록 마차나, 최소한 짐 운반용 썰매라도 구하실 수 있겠습니까? 물론 환자를 미리 잘 감싼 후에요. 제가 치료 의뢰서를 써드리겠습니다.」

「할 수 있습니다. 노력해 보겠습니다. 하지만 잠깐만요. 정말로 티푸스입니까? 정말 끔찍하군요!」

「안타깝게도 그렇습니다.」

「제 곁에서 내보내면 아내를 잃을까 두렵습니다. 아내를 가능한 한 자주 방문해 주셔서 집에서 치료할 수는 없을까요? 원하시는 대로 보상은 해드리겠습니다.」

「제가 설명해 드렸는데요. 부인을 지속적으로 관찰하는 것이 중요합니다. 들어 보세요. 좋은 충고를 하나 해드리죠. 무슨 수를 써서라도 마차를 구해 보세요, 저는 필요한 동봉 서류를 작성할 테니까요. 이걸 이곳 주택 위원회에서 하는 게 더 낫겠습니다. 치료 의뢰서에는 가옥의 인장과 또 몇 가지 서류가 필요하니까요.」

12

조사와 수색을 통과한 주민들이 따뜻한 숄을 두르거나 털 외투를 입고 예전에는 달걀 창고로 쓰이다가 지금은 주택 위원회가 차지하고 있는, 불 때지 않은 방으로 하나둘씩 돌아왔다.

방의 한쪽 끝에 사무용 책상과 의자 몇 개가 있었는데, 많은 사람이 앉기에는 그 수가 충분치 않았다. 그래서 달걀 넣는 텅 빈 긴 상자들을 바닥이 위로 오게끔 뒤집어 벤치처럼 길게 원형으로 배열해 놓았다. 장소의 반대편 끝에는 그런 상자들이 천장까지 산더미처럼 쌓여 있었다. 그곳 한구석에는 깨진 달걀에서 흘러나온 노른자가 덕지덕지 붙은 언 톱밥이 벽에 무더기로 엉겨 있었다. 그 무더기 안에서는 쥐들이 시끄

럽게 들끓었고, 가끔 돌바닥의 자유로운 공간으로 튀어나왔
다가 다시 톱밥 안으로 숨어들곤 했다.

그럴 때마다 한 비대한 여자가 매번 귀청을 찢을 듯이 쇳소
리를 내며 상자 위로 뛰어올랐다. 그녀는 교태를 부리듯 비죽
나온 손가락으로 치맛자락 한 끝을 들어 올리고는 최신 유행
의 목이 높은 부인용 구두를 신은 발을 동동 구르면서 의도적
으로 취한 사람처럼 쉰 소리로 비명을 질렀다.

「올카, 올카, 당신 집에 쥐가 있네요. 우, 저리 가, 더러운
것! 아이고, 아이고, 아이고, 말귀를 알아듣네! 성을 내네. 아
이고머니나, 상자로 기어오르네! 치마 속으로 들어오면 안
되는데. 아이고, 무서워라, 아이고, 무서워라! 고개를 돌리세
요, 남성 여러분. 내가 잘못 말했어요, 지금은 남성이 아니라
시민 동지지요.」

시끄럽게 구는 아주머니는 양털 부인용 외투 단추를 풀어
헤치고 있었다. 그녀의 이중 턱, 풍만한 가슴, 비단옷이 달라
붙어 배가 외투 밑에서 세 겹의 흐물흐물한 젤리처럼 출렁이
고 있었다. 그녀는 분명 한때 삼류 상인들과 그들의 점원들
사이에서 여왕으로 이름을 날렸을 것이다. 부은 눈꺼풀과 돼
지같이 작은 눈구멍은 거의 떠 있지 않았다. 언젠가 까마득한
옛날에 어떤 경쟁자가 산이 든 유리병을 그녀에게 휘둘렀는
데, 빗맞아서 두세 방울이 왼쪽 뺨에 튀겨 왼쪽 입술 구석에
약한 흔적을 남겼고, 그 흔적은 거의 눈에 띄지 않아 매혹적
으로 보였다.

「소리 좀 지르지 마, 흐라푸기나. 일을 할 수 없잖아.」총회

에서 의장으로 선출된 지역 소비에트의 여성 대표가 책상 앞에 앉아서 말했다.

오래전부터 이 집에 살던 사람들은 그녀를 잘 알았고, 그녀도 그들을 잘 알았다. 그녀는 총회가 시작되기 전에 건물의 옛 관리인이었던 파티마 이모와 비공식적으로 속닥속닥 대화를 나누었다. 파티마 이모는 한때 남편과 아이들과 함께 더러운 지하실에서 살았는데, 지금은 2층에 있는 밝은 두 칸짜리 방으로 딸과 단둘이 이주해 있었다.

「자, 그럼 어떻게 해요, 파티마?」 대표가 물었다.

파티마는 혼자서 이렇게 크고 사람이 많은 건물을 관리할 수 없다고, 호수별로 할당된 마당과 거리 청소 의무를 아무도 준수하지 않기 때문에 도움도 받을 수가 없다고 불평했다.

「걱정하지 마세요, 파티마, 저 사람들의 콧대를 꺾어 놓읍시다, 마음 편히 가지세요. 위원회가 뭔가요? 이게 생각이나 할 수 있는 일인가요? 범죄적 요소가 감춰지고, 도덕성이 의심스러운 사람들이 거주 등록증도 없이 살고 있어요. 우리가 이들을 내쫓고 다른 사람들을 뽑읍시다. 내가 이모를 건물 관리자로 만들어 줄 테니, 이모는 고집만 부리지 마세요.」

관리인 여자는 그러지 말라고 애원했지만, 대표는 들으려고 하지 않았다. 그녀는 방 안을 둘러보고 사람들이 충분히 모인 것을 보자, 조용히 해달라고 요청하고는 짤막한 인사말로 회의를 열었다. 이전 주택 위원회의 나태함을 비판한 후, 그녀는 새로운 위원회를 다시 선출하기 위해 후보들을 지명해 달라고 제안하고 다른 문제로 넘어갔다. 그런데 그녀는 일을 마치자 말이 나온 김에 다음과 같이 말했다.

「그런데 말이에요, 동지 여러분. 솔직하게 터놓고 얘기해 봅시다. 여러분의 건물은 기숙사에 어울릴 정도로 크고 넓어요. 대표 위원들이 협의회에 참석하러 오곤 하는데, 사람들을 투숙하게 할 데가 없어요. 이 건물을 지역 소비에트가 방문자를 위한 집으로 관리하기로 결정했고, 유형을 가기 전까지 이 집에 살았던 티베르진 동지의 이름을 붙이기로 했습니다. 그가 여기 살았다는 건 모두가 아는 사실이에요. 이의 없으시지요? 이제 집을 비울 순서를 얘기하겠습니다. 곧 취해질 조치는 아니고 여러분에게는 아직 1년의 시간이 남아 있습니다. 노동자 주민은 거주 공간을 제공받아 이주하고, 노동자가 아닌 주민은 스스로 찾아보시라고 미리 경고합니다. 열두 달의 기간을 드리겠습니다.」

「우리 중 노동자가 아닌 사람이 누가 있어요? 우리 중에는 노동자가 아닌 사람이 없어요! 모두가 노동자예요.」여기저기서 외쳐 대기 시작했고, 한 목소리가 찢어질 듯이 소리쳤다.「정말 대단한 배타주의네! 이제는 모든 민족이 동등해요. 당신이 무슨 말을 암시하는지 나는 알고 있어요!」

「모두 한꺼번에 말하지 마세요! 누구에게 대답해야 할지 모르겠네. 무슨 민족이요? 여기서 민족 얘기가 왜 나옵니까, 발디르킨 시민? 예를 들어 흐라푸기나는 민족이랑 전혀 상관없지만 역시 이주시킬 겁니다.」

「나가라고! 네가 나를 어떻게 내쫓는지 한번 보자. 찌그러진 소파 같은 년! 감투가 열이나 되고!」흐라푸기나는 논쟁이 한창일 때 자신이 대표에게 붙인 몰상식한 별명을 고래고래 소리쳐 불러 댔다.

「정말 뱀이야! 사탄이야! 너는 부끄럼도 몰라!」관리인 여자가 격분했다.

「상관하지 마, 파티마. 내 일은 내가 알아서 해요. 그만둬, 흐라푸기나. 좀 봐줬더니 머리 꼭대기까지 기어오르는군! 밀주를 만들고 매음굴로 만들었다는 이유로 체포되기를 기다리기 전에 너를 즉시 기관에 넘겨 버리겠어.」

소란이 극에 달했다. 누구의 말도 들리지 않을 정도였다. 그럴 때 의사가 창고에 들어섰다. 그는 문에서 처음 마주친 사람에게 주택 위원회 관계자가 누구냐고 물어보았다. 그 사람은 손을 메가폰처럼 모아 왁자지껄한 소음을 가르며 음절을 하나씩 끊어 또박또박 크게 소리쳤다.

「갈-리-울-리-나! 이리로 와봐요. 여기 당신을 찾는 사람이 있어요.」

의사는 자신의 귀를 믿을 수 없었다. 삐쩍 말라 거의 곱사등처럼 등이 굽은 관리인 여자가 다가왔다. 의사는 어머니와 아들이 닮은 것에 깜짝 놀랐다. 그러나 그는 자기가 누구인지 밝히지 않았다. 그가 말했다.「이 건물에 사는 한 여자가 티푸스에 걸렸습니다(그는 그녀의 성을 댔다). 전염병에 감염되지 않으려면 조심해야 합니다. 게다가 환자를 병원으로 옮겨야 할 겁니다. 주택 위원회가 확인해야 할 서류를 환자를 위해 써주겠습니다. 어디서 어떻게 쓰면 될까요?」

관리인 여자는 첨부 서류의 작성이 아니라 환자의 이송 얘기를 하고 있다고 생각했다.「지역 소비에트에서 데미나 동지를 데리러 마차가 올 거요.」갈리울리나가 말했다.「데미나 동지는 선량한 사람이니까, 마차를 양보해 달라고 하리다. 걱정하지 마시오, 의사 동지, 당신 환자를 이송할 수 있을 거요.」

「오, 그 이야기가 아닙니다! 다만 신청서를 쓸 수 있을 만한 데를 묻고 있는 겁니다. 하지만 마차도 올 거라면…… 죄송합니다만, 혹시 갈리울린 중위, 오시프 기마제트디노비치의 어머니 아니신가요? 저는 중위와 함께 전선에서 복무했습니다.」

관리인 여자는 온몸을 떨더니 창백해졌다. 의사의 손을 잡고 그녀가 말했다.

「바깥으로 나가죠. 마당에서 얘기합시다.」

문지방을 넘자마자 그녀는 빠르게 말하기 시작했다.

「조용히, 아무도 듣지 않게 조심해요. 나를 파멸시키지 마쇼. 유숩카는 길을 잘못 들어섰어요. 한번 스스로 판단해 봐요, 유숩카가 누구요? 유숩카는 견습공 중 하나이고, 직공일 뿐이오. 유숩카는 알아야 해요, 이제 평범한 사람들이 살기가 훨씬 좋아졌다는 걸. 장님도 그걸 아는데, 무슨 할 말이 있겠소. 댁이 어떻게 생각하는지 모르고, 또 댁은 어쩌면 그럴 수 있을지 모르지만, 유숩카가 그러는 건 죄요. 하느님이 용서하지 않을 거요. 유숩카의 아버지는 병사들 안에서 사라졌소, 살해당했는데, 어떤지 아쇼, 얼굴도, 손도, 발도 남겨 두지 않았다오.」

그녀는 더 말할 기운을 잃고 손사래를 치고는 흥분이 가라앉을 때까지 기다렸다. 그리고 계속해서 말했다.

「갑시다, 내 이제 마차를 주선해 줄 테니. 난 댁이 누군지 알아요. 아들이 이곳에 이틀 동안 있으면서 얘기해 줬으니까. 그 애 말이 댁이 라라 기샤로바를 안다고 하던데. 좋은 아가씨였지. 이곳 우리 집에 왔던 기억이 나요. 하지만 이제 어떤 여자가 됐을지 누가 알겠소. 주인들이 주인들하고 다툰다는 게 가능한 일이오? 하지만 유슙카는 죄를 지었소. 갑시다, 마차를 부탁해 봅시다. 데미나 동지가 내줄 거요. 그런데 데미나 동지가 누구인지 아오? 올랴 데미나는 라라 기샤로바 엄마의 양장점에서 일했다오. 바로 그 애라오. 역시 이곳 출신이지. 이 마당 출신. 갑시다.」

<h1 style="text-align:center">13</h1>

벌써 완전히 어두워졌다. 주변은 밤이었다. 데미나의 회중전등에서 나오는 하얗고 둥근 빛만이 그들보다 다섯 걸음 앞의 눈 더미를 비춰 주었는데, 하도 이리저리 어른거리는 바람에 걸어가는 사람들의 길을 비추면 비출수록 더 혼란이 가중되었다. 주변은 밤이었고, 그렇게 많은 사람이 그녀를 알았고, 그녀가 소녀 시절에 자주 왔던 집, 훗날 그녀의 남편이 된 안티포프가 소년일 때 양육을 받았다고 하는 집은 뒤에 남았다.

데미나는 비호하듯 농조로 그에게 말을 걸었다.

「정말로 등 없이 더 갈 수 있으시겠어요? 네? 안 그러면 제가 드릴 텐데요, 의사 선생님. 우리가 어렸을 때 저는 정말로 라라한테 홀딱 반해서 미칠 듯이 좋아했었어요. 그 집에는 재봉 시설이 있었어요, 양장점이었지요. 저는 그 집에서 견습공으로 살았어요. 올해 라라와 만났어요. 라라가 들렀거든요. 지나다가 모스크바에 들른 거예요. 어디로 가니, 바보야, 라고 제가 라라에게 물었어요. 여기 남았더라면 좋았을 텐데. 함께 살면서 일도 찾아 주었을 텐데. 거기 뭐가 있다고 가나요! 그런데 원하지 않더라고요. 그 애 일이지요. 라라는 머리로 파샤에게 시집갔어요, 마음이 아니라, 그때부터 정신이 나갔어요. 결국 떠났답니다.」

「라라에 대해 어떻게 생각하시나요?」

「조심하세요. 여기 미끄러워요. 문 앞에 구정물을 버리지 말라고 몇 번이나 말했건만 계란으로 바위 치기지. 라라에 대해 어떻게 생각하느냐고요? 생각할 게 뭐 있어요. 생각할 시간도 없죠. 저는 여기 살아요. 군인이었던 라라의 오빠가 총살당한 것 같다는 얘기를 라라에게 숨겼어요. 제 전 주인이었던 라라의 어머니를 찾아서 돌봐 드릴 거예요. 자, 저는 이리로 가야 해요. 안녕히 가세요.」

그렇게 그들은 헤어졌다. 데미나의 회중전등 불빛이 좁은 석조 계단 안쪽과 지저분한 부조가 붙은 더러운 벽들을 비추며 앞으로 달려가자, 어둠이 의사를 에워쌌다. 오른쪽은 사도바야-트리움팔나야 거리였고, 왼쪽은 사도바야-카레트나야 거리였다. 검은 눈 위로 멀리 검게 뻗은 거리는 이미 평범한 의미에서의 거리가 아니라, 우랄이나 시베리아의 통행할 수 없는 밀림처럼 쭉 뻗은 석조 건물의 짙은 타이가 사이로 난 두 개의 숲길 같았다.

집은 밝고 따뜻했다.

「왜 이렇게 늦었어?」 안토니나 알렉산드로브나는 이렇게 물었지만, 그에게 대답할 시간도 주지 않고 말을 이었다.

「그런데 당신이 없을 때 신기한 일이 일어났었어. 설명할 수 없이 이상한 일이야. 말하는 걸 잊었는데. 어제 아빠가 자명종을 망가뜨려서 실망이 크셨어. 집에 남은 마지막 시계였거든. 수리를 하려고 계속 만지작만지작했지만, 아무 소용이 없었어. 골목에 있는 시계공은 빵 1킬로그램 반을 달라고 하더라고, 듣도 보도 못한 가격이야. 그러니 어떻게 하겠어. 아빠는 완전히 좌절하셨지. 그런데 생각해 봐, 갑자기 한 시간 전쯤에 시계가 귀가 먹먹할 정도로 날카롭게 울렸어. 자명종이! 이해가 가? 저절로 가기 시작했다니까!」

「그건 내 티푸스 시계가 울린 거야.」 유리 안드레예비치가 이렇게 농담을 하며 음악 시계를 가지고 있던 여자 환자의 이야기를 식구들에게 해주었다.

14

그러나 그가 티푸스에 걸린 건 훨씬 나중의 일이었다. 그 사이에 지바고 가정의 궁핍은 극에 달했다. 그들은 가난에 시달려 죽어 가고 있었다. 유리 안드레예비치는 언젠가 강도를 당해 자기가 구해 주었던 당원을 찾아갔다. 그 당원은 의사를 위해 할 수 있는 일을 해주었다. 그러나 내전이 시작되었다. 그의 후원자는 늘 사방으로 돌아다녔다. 게다가 이 사람은 자신의 신념에 따라 당시의 어려움을 자연스러운 일로 간주했고, 그 자신도 굶주리고 있다는 것을 숨겼다.

유리 안드레예비치는 트베르스카야 관문 근처에 있는 조달업자에게도 도움을 요청해 볼 생각이었다. 그러나 몇 달이 흐르는 사이에 그 사람도 흔적 없이 사라졌고, 그의 건강해진 아내에 대한 소식도 전혀 알 수 없었다. 건물 안 주민의 구성원도 바뀌었다. 데미나는 전선에 있었고, 유리 안드레예비치는 관리자 갈리울리나를 찾아내지 못했다.

어느 날 그는 배급 명령서에 따라 공시 가격으로 장작을 받았고, 그 장작을 빈답스키 역에서 옮겨야만 했다. 그는 끝이 보이지 않는 메샨스카야 거리를 따라 이 예기치 못한 자원을 끄는 짐 마차꾼과 늙은 말을 데려가고 있었다. 문득 의사는 메샨스카야 거리가 좀 메샨스카야 거리 같지 않다고, 자기가 비틀거리고 다리가 지탱이 안 된다고 느꼈다. 그는 자신이 아슬아슬한 상태이고, 일이 잘못되었다는 것을 깨달았다. 그것은 티푸스였다. 짐 마차꾼이 쓰러진 그를 일으켰다. 의사는 사람들이 자기를 어떻게 장작 위에 앉힌 뒤 집으로 데려다주었는지 기억하지 못했다.

15

그는 2주일 동안 간헐적으로 섬망에 시달렸다. 그는 토냐가 그의 책상 위에 두 개의 사도바야 거리를, 왼쪽에는 사도바야-카레트나야 거리, 오른쪽에는 사도바야-트리움팔나야 거리를 놓고, 그의 뜨겁고 파고드는 듯한 오렌지색 탁상용 램프를 책상 가까이로 옮겨 놓는 환상을 보았다. 바깥이 밝아졌다. 일을 할 수 있었다. 그래서 그는 글을 썼다.

그는 늘 쓰고 싶었고, 또 오래전에 써야 했지만 결코 쓰지 못했던 글을 열정을 가지고 썼는데, 평상시와는 달리 매끄럽게 아주 잘 써졌다. 다만 시베리아나 우랄 사람들이 입고 다니는 사슴 털외투 옷자락을 열어젖힌 키르기스인의 눈을 가진 소년이 가끔 그를 방해했다.

그 소년이 그의 죽음의 혼이거나, 간단히 말해 그의 죽음임에 틀림없다. 서사시 쓰는 것을 도와주는데, 어떻게 그가 그의 죽음이라는 것이 가능할까? 과연 죽음에서 유익한 것이 나올 수 있단 말인가? 과연 죽음이 도움을 줄 수 있단 말인가?

그는 부활과 무덤에 대해서가 아니라, 부활과 무덤 사이에서 흘러간 나날들에 대해 서사시를 썼다. 그는 「혼란」이라는 서사시를 쓰고 있었다.

그는 그 사흘 동안 벌레 먹은 검은 땅의 폭풍우가, 마치 밀려드는 파도가 전속력으로 내달려 바닷가를 자기 밑에 묻어 버리듯, 불멸의 사랑의 화신에게 흙뭉치와 흙덩어리를 던지며 그 화신을 에워싸며 습격하는 모습을 쓰고 싶었다. 사흘 동안 검은 땅의 폭풍우가 울부짖으며 밀려오고 밀려 나간다. 압운이 있는 두 행이 그를 따라다녔다.

닿으니 기쁘다,
그리고
깨어나야만 한다.

지옥도, 분해도, 부패도, 죽음도 닿으니 기쁘지만 그들과 함께 봄도, 막달레나[22]도, 생명도 닿으니 기쁘다. 그리고 깨어나야만 한다. 깨어 일어나야만 한다. 부활해야만 한다.

16

그는 건강을 회복하기 시작했다. 처음에 그는 마치 백치처럼 사물들의 연관 관계를 찾지 못하고 모든 것을 허용하고, 아무것도 기억하지 못하며, 아무것에도 놀라지 않았다. 아내는 그에게 하얀 빵에 버터를 발라 먹이고, 설탕을 탄 차를 마시게 하고, 커피를 주었다. 그는 현재 이런 일이 불가능하다는 것을 잊은 채 건강 회복을 위해 마땅히 있어야 할 것인 양 시와 동화처럼 맛난 음식에 기뻐했다. 그러나 판단력이 생기

22 막달라 마리아를 말한다. 예수 그리스도의 추종자로 4복음서에 따르면 부활한 예수 그리스도를 처음 만난 사람이 막달라 마리아라고 한다(「마태오의 복음서」28장 1~10절, 「마르코의 복음서」16장 1~16절, 「요한의 복음서」20장 1~18절).

자마자 그는 제일 먼저 아내에게 물었다.

「이것들은 다 어디서 난 거야?」

「전부 당신의 그라냐[23]가 준 거야.」

「그라냐라니?」

「그라냐 지바고.」

「그라냐 지바고?」

「맞아, 옴스크에 사는 당신 동생 옙그라프. 당신의 이복동생 말이야. 당신이 정신을 잃고 누워 있는 동안 우리를 계속 찾아왔었어.」

「사슴 털외투를 입은 사람?」

「응, 맞아. 의식을 잃고 있었는데도 알아챘다는 말이네? 그라냐는 어떤 집 계단에서 당신과 마주쳤다던데, 나도 알아, 그라냐가 말해 줬어. 그라냐는 당신인 걸 알고 인사하려고 했는데, 당신이 그 사람을 아주 무섭게 대했다던데! 그는 당신을 숭배하고 당신 글에 깊이 빠져 있어. 땅에서 파오는지 상상할 수도 없는 물건을 가져오네! 쌀, 건포도, 설탕. 지금은 자기가 있던 곳으로 다시 떠났어. 그리고 우리더러 같이 가자고 하네. 정말 신비하고 수수께끼 같은 사람이야. 내 생각에 권력자들과 무슨 연줄이 있는 것 같던데. 자기 말로 1~2년 정도는 대도시를 떠나 〈땅을 일궈야〉 한다고 하던데. 나는 그라냐에게 크류게르 지역은 어떨지 조언을 구했어. 적극 추천하던데. 채소밭을 가꿀 수도 있고, 숲도 바로 옆에 있으니까. 이렇게 양처럼 순순히 죽을 수는 없잖아.」

23 옙그라프의 애칭이다.

그해 4월, 지바고는 온 식구와 함께 먼 우랄, 즉 유랴틴 근처에 있는 옛 영지 바리키노를 향해 길을 떠났다.

제7부

여로

1

1년 중 처음으로 온기가 도는 3월의 마지막 날들, 봄의 거짓된 전조가 도래했지만 해마다 그 후에는 심한 추위가 엄습했다.

그로메코 일가는 여행 준비로 분주했다. 거리의 참새보다 훨씬 더 많아져서 비좁아진 집의 수많은 주민들에게 부산스러움은 부활절 전의 대청소라고 둘러댔다.

유리 안드레예비치는 여행에 반대했다. 그는 이 계획이 실현 불가능하다고 생각했고, 결정적인 순간에 와해될 것이라고 기대했기 때문에 준비를 방해하지는 않았다. 그러나 일은 계속 진척되어 마무리 단계에 가까워졌다. 진지하게 말해 볼 시간이 되었다.

그는 이 일로 모인 가족회의 때 아내와 장인에게 다시 한 번 자신의 의구심을 토로했다.

「두 사람은 제가 옳지 않다고 생각하시는군요, 결국 우리는 떠나는 건가요?」그는 반대 의견을 끝맺었다. 아내가 말을 받았다.

「당신은 1~2년 버텨 보자고, 시간이 지나 새로운 토지 제도가 자리 잡으면 모스크바 근교 한 구역을 청구해서 채소밭을 가꿀 수 있을 거라고 말하지. 하지만 그사이에 어떻게 버틸지는 얘기하지 않잖아. 그런데 가장 흥미롭고 또 꼭 듣고 싶은 얘기가 바로 그 부분이거든.」

「완전히 헛소리지.」알렉산드르 알렉산드로비치가 딸의 편을 들었다.

「좋습니다, 항복하죠.」유리 안드레예비치가 동의했다.「전혀 아무것도 알 수 없으니 망설이게 되네요. 우리는 눈을 질끈 감고 그 지역에 대한 개념 하나 없이 어떤 곳인지도 모르고 떠나는 겁니다. 바리키노에서 살았던 세 분 중 두 분, 어머니와 할머니는 이미 돌아가셨고, 나머지 크류게르 할아버지는 살아 계신다 해도 철창 감옥 안에 계시겠죠.

전쟁 마지막 해에 할아버지는 숲과 공장을 가지고 뭔가 술수를 썼는데, 어떤 가공의 인물 아니면 은행에 그것들을 팔았거나 조건부로 명의를 바꾸어 놓은 것 같아요. 그 거래에 대해 우리가 아는 게 있나요? 재산이라는 의미에서가 아니라, 지금 그 토지는 누구의 것인가요? 그거야 아무려면 어떻습니까만, 누가 그 토지를 책임지고 있나요? 어떤 기관의 소관 하에 있을까요? 숲은 벌목을 하고 있나요? 공장들은 돌아가고 있나요? 마지막으로, 그곳에 어떤 정권이 들어서 있나요, 그리고 우리가 가는 사이에 어떤 정권이 들어설까요?

두 분은 구원의 닻이 미쿨리친이라고 생각해서 계속 좋아라고 그 이름을 들먹이시는군요. 그러나 그 나이 든 관리인이 살아서 예전처럼 바리키노에 있다고 누가 말해 주던가요? 할아버지께서 그 성을 어렵사리 발음했고, 그래서 우리가 그 이름을 기억하고 있다는 것 말고 그 사람에 대해 우리가 무엇을 알고 있나요?

하지만 논쟁할 게 뭐가 있겠습니까? 이미 가기로 결정한 것을. 저도 합류하겠습니다. 이제 어떻게 이 일을 진행할지 알아봐야겠군요. 미룰 이유가 없어요.」

2

이 일을 처리하기 위해 유리 안드레예비치는 야로슬랍스키 역으로 갔다.

여러 홀을 가로지르는 작은 다리들이 떠나는 사람들의 흐름을 가로막고, 홀의 석조 바닥에는 회색 외투를 입은 사람들이 누워 몸을 이리저리 뒤척이면서 기침을 하고 침을 내뱉었으며, 울림이 큰 둥근 천장 아래서 서로 이야기를 할 때마다 힘을 조절할 생각을 하기는커녕 오히려 큰 소리를 냈다.

이들 대부분은 티푸스를 전염시키는 환자들이었다. 병원이 가득 차자 고비만 넘기면 바로 다음 날 퇴원시켰다. 의사로서 유리 안드레예비치 자신도 그렇게 하지 않을 수 없는 상황에 부딪치곤 했지만, 그런 불행한 사람들이 이렇게나 많고,

역이 그들의 피난처로 쓰이고 있는 줄은 몰랐다.

「출장 증명서를 얻어 내세요.」하얀 앞치마를 입은 짐꾼이 말했다.「매일 들러 봐야 합니다. 요즘 기차가 드물어요, 운이 따라야 해요. 당연히…… (짐꾼은 엄지손가락을 검지와 중지에 문질러 댔다)[1]…… 밀이든 뭐든 그런 거요. 기름칠을 하지 않으면 못 떠나요. 그리고 또 이것도…… (그는 자기 목을 손가락으로 톡 쳤다)[2]…… 이게 제일이죠.」

3

그 무렵 알렉산드르 알렉산드로비치는 인민 경제 최고 위원회에서 자문 요청을 받아 몇 차례 불려 갔고, 유리 안드레예비치도 위중한 병에 걸린 정부 요인에게 불려 갔다. 두 사람은 당시로서는 최고 형태의 보수로 그 무렵 처음 개설된 비공개 배급소용 배급표[3]를 받았다.

배급소는 시모노프 수도원 옆 어떤 수비대 창고에 있었다. 의사는 장인과 함께 교회와 병영의 통로 마당 두 개를 가로지른 후 문턱 없이 땅에서 곧바로 점차 낮아지는 깊은 지하실의

---

1 뇌물이 필요하다는 의미이다.
2 술을 의미한다.
3 전쟁과 혁명 이후에 닥친 급격한 물자 부족으로 인해 첫 사회주의 공화국의 권력자들은 폐쇄된 가게를 만들어 그곳에서 물품과 교환할 수 있도록 특권 계층 사람들에게 배급표를 나누어 주었다. 이는 이후 소비에트 시기에도 줄곧 지속되었다.

석조 아치형 천장 밑으로 들어갔다. 넓어지는 지하실 끝은 긴 횡단 버팀목으로 구획이 지어졌고, 그 옆에서는 창고지기가 물품의 중량을 잰 후 그것을 내주고 있었다. 그는 가끔 창고로 물품을 가지러 가기 위해 자리를 비웠다가 돌아와 그것을 내줄 때마다 연필을 크게 휘둘러 목록에서 지워 나가며 서둘지 않고 평온하게 일하고 있었다.

배급을 받는 사람은 많지 않았다.

「자루는요.」 창고지기가 그들의 배급표를 힐끗 보고 교수와 의사에게 말했다. 둠카라고 불리는 부인용 방석 커버와 보다 큰 베갯잇 안으로 밀가루, 곡물, 마카로니, 설탕을 쏟아붓고, 돼지비계, 비누, 성냥을 밀어 넣고, 뭔가 종이로 싼 것을 한 덩어리씩 넣어 주자, 두 사람의 눈은 이마 위로 튀어 오를 지경이었다. 나중에 집으로 돌아와서 보니 종이에 싼 덩어리는 캅카스 치즈였다.

장인과 사위는 고마운 줄 모르고 쓸데없이 소란을 피워서 통이 큰 것으로 그들을 압도한 창고지기의 눈에 밉보이지 않으려는 마음에, 여러 개의 작은 보퉁이들을 어깨에 멜 큰 자루 두 개에 부랴부랴 집어넣어 묶었다.

그들은 들뜬 마음으로 지하실에서 바깥으로 나왔는데, 그 마음은 동물적인 기쁨이 아니라 세상에 그냥 살고 있지 않다는, 그러니까 무위도식하지 않고 집에 있는 젊은 여주인 토냐의 칭찬과 인정을 받을 만한 일을 했다는 의식에서 비롯된 것이었다.

4

남자들이 출장 증명서와 비워질 방에 대한 권리 보장 증서를 받아 내기 위해 분주히 관청을 뛰어다니는 동안, 안토니나 알렉산드로브나는 짐에 집어넣을 물건들을 선별했다.

그녀는 건물에서 그로메코 가정에 할당된 방 세 칸을 걱정스러운 마음으로 돌아다녔고, 여행 짐 안에 들어갈 물건 더미에 떼어 놓기 전에 사소한 물건 하나하나를 손에 들고 무게를 끝없이 달아 보았다.

재산의 일부분만 여행자들의 개인용 짐이었고, 나머지는 가는 길이나 도착한 후 물물 교환에 사용할 여분의 물건들이었다.

열어 놓은 통풍창으로 들어온 봄 공기가 갓 베어 문 프랑스 빵 향기를 풍겼다. 마당에서는 수탉이 울고, 뛰노는 아이들의 목소리가 울려 퍼졌다. 방을 환기시키면 시킬수록 방 안에는 궤짝에서 꺼낸 겨울 옷가지에서 나는 나프탈렌 냄새가 더욱 진동했다.

무엇을 가져가야 하고 무엇을 가져가지 말아야 할지에 대해서는 먼저 떠난 사람들이 완벽한 이론을 만들어 놓았고, 그것의 준수는 남은 지인들 사이에 널리 퍼져 있었다.

반박할 여지 없는 짤막한 지침으로 주조된 이 가르침은 안토니나 알렉산드로브나의 뇌리에 아주 선명하게 박혀서 마당에서 참새들의 짹짹 소리와 노는 아이들의 소음 사이로 들리는 듯했고, 어떤 비밀스러운 목소리가 거리에서 그녀에게 속삭여 주는 것 같았다.

〈옷감, 옷감.〉 그 생각이 말했다. 〈자른 것이 제일 낫다, 하지만 가는 도중에 검문을 받으면 위험하다. 더 합리적인 방법은 조각들을 가봉해서 꿰매 놓은 것처럼 하는 것이다. 어쨌든 천, 직물, 옷도 가능한데, 윗옷이 더 낫고, 아주 낡지 않은 것이 더 좋다. 잡동사니는 적게 싸서 전혀 무겁지 않아야 한다. 자주 쓸 물건은 몸에 지니고 다니기, 바구니와 여행용 가방에 대해서는 잊기. 수백 번 생각해서 결정한 많지 않은 물건을 아이와 여자가 들기 쉬운 보따리로 묶기. 경험이 보여 준 바에 따르면 소금과 담배는 적합한데, 상당히 위험하기도 하다. 돈은 케렌카 지폐[4]로. 가장 어려운 게 서류이다〉 등등.

5

떠나기 전날 밤 눈보라가 몰아쳤다. 휘몰아치는 눈송이의 회색 먹구름이 바람에 날려 하늘 높이 솟구치더니 하얀 회오리가 되어 땅으로 돌아왔고, 어두운 거리 깊숙이 날아가 거리를 하얀 장막으로 뒤덮었다.

집에 있는 모든 것이 정리되었다. 방들과 방 안에 남은 가재도구는 예고로브나의 친척인 모스크바 태생 중년 부부에게 관리를 맡겼다. 안토니나 알렉산드로브나는 지난겨울에

4 1917년에 임시 정부가, 1919년까지 러시아 국립 은행이 발행한 지폐의 별명이다. 이 별명은 알렉산드르 케렌스키의 이름에서 딴 것이다.

그들을 통해 고물과 헌 옷가지, 불필요한 가구를 팔아 장작과 감자와 바꾸면서 두 부부를 알게 되었다.

마르켈은 믿을 수가 없었다. 자신의 정치 클럽으로 선택한 민경(民警)에서 예전 가옥 소유자였던 그로메코가 그의 고혈을 빨아먹었다고 불평하지는 않았지만, 지난 세월 내내 인류의 기원이 원숭이에서 비롯되었다는 것을 일부러 그에게 숨겨 그를 무지몽매함에 방치했다고 나중에 그들을 비난했던 것이다.

안토니나 알렉산드로브나는 마지막으로 예전에 상점 종사자였던 예고로브나의 친척 내외를 방마다 데리고 다니며 어떤 자물쇠에 어떤 열쇠가 맞는지, 무엇을 어디에 두었는지 보여 주었고, 그들과 함께 장롱 문을 열었다 닫고 서랍을 뺐다 집어넣으며 모든 것을 가르쳐 주고 또 설명해 주었다.

방 안에 있는 탁자와 의자는 벽에 붙여 놓고, 여행용 꾸러미들은 한쪽으로 밀어 놓고, 창문에서 커튼을 모조리 떼어놓았다. 눈보라는 겨울의 안락한 틀 안에 있을 때보다 더 거침없이 벌거벗은 창을 통해 황량한 방 안을 들여다보았다. 눈보라는 각자에게 뭔가를 떠올렸다. 유리 안드레예비치에게는 어린 시절과 어머니의 죽음을, 안토니나 알렉산드로브나와 알렉산드르 알렉산드로비치에게는 안나 이바노브나의 임종과 장례식을. 그들 모두 더 이상 이 집을 보지 못할 것 같았고, 이날이 이 집에서 보내는 마지막 밤인 것만 같았다. 이 점에서 그들은 실수한 것이었지만, 미혹에 사로잡힌 그들은 상대방을 슬프게 하지 않으려고 그걸 서로에게 토로하지 않은 채 각자 이 지붕 아래서 흘러간 삶을 속으로 되돌아보며 두 눈에서 솟구치는 눈물과 싸우고 있었다.

그 와중에도 안토니나 알렉산드로브나는 타인들 앞에서 예의범절을 잊지 않았다. 그녀는 모든 관리를 맡긴 여자와 끝없이 대화를 이어 갔다. 안토니나 알렉산드로브나는 그녀에게 보여 주는 친절의 의미를 과장하고 있었다. 은혜에 배은망덕하지 않으려고 그녀는 매 순간 미안한 마음에 옆방으로 잠시 가서 거기서 그 부인에게 선물로 줄 드레스나 블라우스, 목면 천이나 반 모슬린 조각을 가지고 나왔다. 그 천들은 모두 어두운 색깔에 하얀 바둑판무늬 혹은 물방울무늬였는데, 마치 커튼 없이 벌거벗은 창으로 이 작별의 밤을 들여다보는 눈 내리는 어두운 거리도 그처럼 흰 반점이 찍힌 것 같았다.

6

그들은 이른 새벽에 역으로 나갔다. 그 시간에 가옥의 거주민들은 아직 일어나 있지 않았다. 친목 활동이라면 그것이 무엇이든 앞장서는 여자 거주민 제보롯키나가 집집마다 돌아다니며 문을 두드려 외치면서 잠자는 주택 이용자들을 깨웠다.

「일어나요, 동지들! 작별 인사를 해야죠! 더 명랑하게, 더 명랑하게! 예전 가루메코프[5] 가족이 떠나고 있어요.」

사람들이 작별 인사를 하기 위해 현관과 하인용 계단 쪽

5 그로메코라는 우크라이나 성을 러시아식으로 잘못 알고 고쳐 부른 것이다.

출입구로 쏟아져 나와(정문 현관은 지금 꼬박 1년째 못질이 되어 있었다), 마치 단체 사진을 찍으려는 듯 반원형으로 계단을 채웠다.

거주민들은 몸을 웅크려 어깨에 걸친 빈약한 외투가 미끄러지지 않도록 허리를 숙인 채 하품을 했고, 큼직한 방한화에 맨발을 급하게 쑤셔 넣고 나와서는 발을 동동 굴렀다.

마르켈은 술이 없던 이 시기에 용케 뭔가 치명적으로 독한 것을 마셨는지 떡이 되도록 취해 난간 위에 다리가 꺾인 듯 널브러져 그걸 부서뜨리겠다고 위협했다. 그는 역까지 물건을 옮겨 주겠노라고 자원했지만, 도움을 거절하자 성을 냈다. 사람들이 그를 억지로 떼어 냈다.

바깥은 아직 어두웠다. 바람기 없는 공기 사이로 눈은 어젯밤보다 더 많이 내렸다. 솜털 같은 굵은 눈송이가 떨어지다가 땅에 닿기 전에 마치 떨어질까 말까 망설이듯 게으름을 피우며 머뭇거리는 것 같았다.

그들이 골목에서 아르바트로 나왔을 때는 날이 조금 밝아졌다. 눈발은 흘러내리는 하얀 휘장처럼 바닥까지 드리워졌고, 그 휘장의 술 장식이 달린 끝자락이 보행자들의 다리 밑을 휘돌며 이리저리 감기는 통에 그들은 움직인다는 감각을 잃고 제자리에서 계속 맴맴 돌고 있는 것만 같았다.

거리에는 사람이 한 명도 없었다. 십체프의 여행자들과 마주친 사람은 아무도 없었다. 꼭 걸쭉한 반죽을 뒤집어쓴 것처럼 눈을 온통 뒤집어쓴 마부가 눈으로 하얗게 덮인 여윈 말에 빈 마차를 달고 곧 그들을 앞질렀고, 1코페이카의 가치도 안 되지만 당시엔 황당무계한 가격에 유리 안드레예비치를 제외한 사람 모두와 물건을 무개 이륜마차에 실어 주었다. 그의 요청에 따라 식구들은 짐 없이 역으로 걸어오라고 그를 놓아 주었다.

7

역에서 안토니나 알렉산드로브나는 아버지와 함께 목재 울타리 장벽에 짓눌린 헤아릴 수 없이 긴 줄에 자리를 잡고 서 있었다. 현재 승차는 승강장이 아니라, 승강장에서 족히 반 킬로미터는 떨어진 출구 신호기 옆 길 깊숙한 곳에서 이루어지고 있었다. 승강장으로 가는 접근로를 청소하기에는 손이 모자랐고, 역 구내의 절반이 얼음과 쓰레기로 뒤덮여서 기관차가 그 구역까지 올 수 없었던 것이다.

뉴샤와 슈로치카는 어머니와 외할아버지와 함께 사람들 무리 가운데에 있지 않았다. 그들은 바깥 입구의 커다란 처마 밑에서 자유롭게 뛰놀다가 어른들에게 합류할 때가 되었는지 확인하기 위해 가끔씩 대합실에 들러 보곤 했다. 티푸스를 옮기는 이들로부터 보호하기 위해 복사뼈, 팔꿈치, 목에 등유를 잔뜩 발랐기 때문에 그들에게서는 등유 냄새가 아주 강하게 났다.

때맞춰 온 남편을 보고 안토니나 알렉산드로브나가 그에게 손을 흔들었지만, 더 다가오지 못하도록 멀리서 출장 증명서에 소인을 찍어 주는 매표구가 어디에 있는지 그에게 소리쳐 알려 주었다. 그는 그곳을 향해 갔다.

「어떤 소인을 찍어 주었는지 보여 줘.」 그녀는 남편이 돌아오자 물었다. 의사는 칸막이 너머로 접은 종이 다발을 내밀었다.

「이건 대의원용 무임승차권인데요.」 안토니나 알렉산드로브나의 뒷사람이 어깨 너머로 증명서에 찍힌 소인을 보고 말했다. 어떤 상황에서든 세상에 있는 온갖 규칙을 아는, 형식에 통달하고 법률 준수를 중시하는 사람인 그녀의 앞사람이 보다 자세히 설명해 주었다.

「이 소인으로는 일등급 자리를, 달리 말하자면 만일 열차에 객차가 포함되어 있다면, 그 객차에 자리를 요구할 권리가 있습니다.」

이 사건은 모든 줄에 논란을 불러일으켰다. 여기저기서 목소리들이 울려 퍼졌다. 「앞으로 가서 그 일등급 자리를 찾아봐요. 대단히 번지르르하겠네. 지금은 화물칸 완충기에라도 타면 감지덕지할 때지.」

「저 사람들의 말은 듣지 마세요, 출장 가시는 분. 내가 설명하는 말을 들으세요. 현재 개별 열차들은 폐지되었고, 오직 혼성 열차만 있습니다. 열차는 군용이기도 하고, 죄수용이기도 하고, 가축용이기도 하고, 사람용이기도 합니다. 사람 혀가 부드러우니 무슨 말이든 할 수 있겠지만, 뭐 하러 사람을 혼란스럽게 하는 건지, 사람이 알아듣게 설명을 해야죠.」

「자기가 설명을 다 했네. 참 똑똑한 사람 하나 나왔군. 대의원용 무임승차권이 있다는 것만으로는 아무것도 할 수 없어. 우선 저 사람들을 좀 보고 논하든가 하지. 저렇게 눈에 띄는 얼굴을 하고 대의원 열차에 탈 수 있을까? 대의원 객실은 형제들로 가득 차 있어. 수병 눈이 얼마나 매서운데, 더구나 연발 단총을 메고 있잖아. 금방 유산 계급인 걸 알아볼걸, 더구나 예전의 주인 나리들 중 하나인 의사인데. 수병이 연발 단총을 들고 탕 파리처럼 쏴버릴 거야.」

새로운 상황이 펼쳐지지 않았다면 의사와 그 가족들에 대한 동정심이 어디로 갔을지 알 수 없었을 것이다.

군중들은 오래전부터 두꺼운 거울 유리로 만든 넓은 역사의 창문 너머 먼 곳으로 시선을 돌리고 있었다. 멀리까지 뻗은 플랫폼의 긴 처마들은 선로 위로 눈 내리는 광경을 더 아득하게 했다. 그렇게 멀리에서 눈송이는 마치 물고기에게 던져 준 빵 부스러기가 물에 부풀며 가라앉듯이 공기 중에 움직이지 않고 오래 머물다가 천천히 내려앉는 것 같았다.

이 깊은 곳으로 아까부터 사람들이 몇 명씩 함께, 혹은 한 사람씩 가고 있었다. 그 수가 그다지 많지 않을 때는 흔들리는 눈송이의 그물 너머로 분명치 않게 보이던 그들의 모습을 직무상 침목을 따라 이리저리 다니는 철도 직원이라고 생각했다. 그런데 이제 그들이 무리 지어 쏟아져 나갔다. 증기 기관차가 그들이 향한 저 먼 곳에서 연기를 내기 시작했다.

「문을 열어라, 사기꾼들아!」 줄에 선 사람들이 고함을 지르기 시작했다. 군중은 동요하며 문 쪽으로 내달리기 시작했다. 뒤에 서 있던 사람들이 앞에 선 사람들을 밀기 시작했다.

「무슨 일이 벌어지는지 봐라! 여기는 벽을 치더니만, 저쪽에서는 줄도 없이 우회해서 들어가는구나! 차량 꼭대기까지 사람들이 미어터지는데, 우리는 양처럼 여기 서 있으니! 문을 열어라, 악마들아, 부숴 버리겠다! 어이, 여러분, 밀고 들어갑시다, 밀어요!」

「바보들 같으니, 누구를 부러워하는 거야.」 모르는 게 없는 법률가가 말했다. 「페트로그라드에서 노역을 위해 동원된 사람들이오.[6] 북쪽 전선인 볼로그다로 갈 거였는데, 동부 전선으로 내쫓고 있는 거요. 가고 싶어 가는 게 아니오. 호송대 감시를 받고 있소. 참호를 파러 가는 거요.」

8

기차를 탄 지 벌써 사흘이 지났지만, 아직 모스크바에서 멀리 가지는 못했다. 길가의 풍경은 겨울이었다. 철도길, 들판, 숲, 시골 마을의 지붕, 모든 것이 눈에 덮여 있었다.

지바고 가족은 다행스럽게도 상단 전면 침상의 왼쪽 구석, 천장 바로 밑 타원형의 희미한 창문 옆쪽으로 들어가 그곳에

---

6 1918년 12월 칙령에 따르면 러시아 소비에트 연방 사회주의 공화국의 모든 건강한 시민은 국가 건설 프로젝트를 위해 일해야 할 의무가 있었다. 페트로그라드는 상트페테르부르크를 가리키는 것으로, 1914년에 상트페테르부르크라는 이름에서 페트로그라드로 변경되었다. 1924년부터는 레닌그라드라는 이름으로 불리다가 1991년에 다시 상트페테르부르크라는 이름을 되찾았다.

서 흩어지지 않고 자기 식구들끼리만 모여 있을 수 있었다.

안토니나 알렉산드로브나는 화물칸을 타고 여행하는 것이 처음이었다. 모스크바에서 차를 탈 때 유리 안드레예비치는 끝에 무거운 미닫이문이 달린 높은 화물칸 바닥 위로 여자들을 올려 주었다. 이후 여행하는 동안 여자들도 익숙해져 난방 화차 위로 스스로 기어 올라갔다.

처음 얼마 동안 객차는 안토니나 알렉산드로브나에게 바퀴 달린 외양간처럼 느껴졌다. 그녀의 생각에 이 작은 외양간들은 첫 충격이나 흔들림에 부서져야만 했다. 그러나 벌써 사흘째 기차는 속력이 변하고 방향이 바뀔 때마다 앞뒤 좌우로 흔들렸고, 태엽 장치가 달린 장난감 북채처럼 바퀴 축이 바닥 밑에서 빈번히 쿵쾅댔어도 기차는 무사히 달려 안토니나 알렉산드로브나의 걱정을 기우로 만들었다.

스물세 칸의 객차(지바고 식구들은 열네 번째 칸에 타고 있었다)로 이루어진 긴 수송 열차는 플랫폼이 짧은 역에서 한 부분만, 그러니까 머리나 꼬리나 중간 부분만 플랫폼에 대곤 했다.

앞쪽 차량은 군용이었고, 중간 차량에는 자유민이 탔으며, 뒤쪽 차량에는 강제 노역에 동원된 사람들이 타고 있었다.

이 범주에 속하는 승객들은 5백 명가량으로 연령도, 직함도, 직업도 각양각색이었다.

이 무리들이 차지한 여덟 개의 차량은 다양한 광경을 연출했다. 잘 차려입은 부호들, 페테르부르크의 증권 거래인들, 변호사들과 나란히 피착취 계급이라고 여겨진 만용을 부리는 마부, 청소부, 목욕탕 위생 관리사, 타타르인 고물상, 정신 병동에서 도망친 정신병자, 소상공인과 수도사를 볼 수 있었다.

첫 번째 부류의 사람들은 새빨갛게 달아오른 작은 난로 주변, 짧게 자른 나무토막 위에 재킷도 벗은 채 앉아서 서로 앞다퉈 뭔가 이야기를 하며 큰 소리로 웃곤 했다. 그들은 연줄이 있는 사람들이었다. 그들은 낙담해 있지 않았다. 그들을 위해 고향에서는 영향력 있는 친척들이 애를 쓰고 있었다. 최악의 상황이 오면 그들은 더 여행을 하다가 몸값을 치르고 자유의 몸이 될 수도 있었다.

두 번째 부류의 사람들은 장화를 신고 단추를 푼 채 농민 외투를 입고 있든, 아니면 허리띠를 맨 긴 셔츠를 바지 위에 늘어뜨린 채 맨발로 있든, 수염이 있든 없든 간에 모두 무더워서 열어 놓은 난방 화차의 문 옆 문설주와 걸침을 가로질러 놓은 횡목을 붙잡고 있었고, 노변에 있는 마을과 그곳 주민들을 음울한 눈으로 바라보며 아무하고도 이야기를 나누지 않았다. 그들에게는 꼭 필요한 지인도, 기댈 곳도 없었다.

이 모든 사람들이 각자 배정된 객차에 다 자리를 잡은 것은 아니었다. 일부는 편성 차량의 중간 부분 여기저기에 자유민들과 뒤섞여 있었다. 그런 사람들이 열네 번째 난방 화차에도 있었다.

9

기차가 어느 역이든 다가가면 위쪽에 누워 있던 안토니나 알렉산드로브나는 몸을 펼 수 없을 정도로 낮은 천장으로 인해 불편한 자세로 자리에서 일어나 천장 밑 잠자리에서 약간 밀어젖힌 문틈으로 고개를 내밀고, 물품 교환의 관점에서 그곳이 흥미 있는 장소인지 아닌지, 판자 침대에서 내려와 바깥으로 나갈 가치가 있는지 없는지를 언제나 판단했다.

지금도 그랬다. 느려지는 기차의 움직임이 그녀의 잠을 확 달아나게 해주었다. 난방 화차를 더 자주 덜커덩거리게 만드는 수많은 철도 전환기는 역이 상당히 크다는 것과 이번에는 정거 시간이 길어지리라는 것을 말해 주었다.

안토니나 알렉산드로브나는 몸을 구부리고 눈을 비빈 후 머리매무새를 가다듬고 물건을 담은 자루 깊숙이 손을 넣어 바닥을 뒤져서는 수탉과 청년과 멍에와 바퀴를 수놓은 수건을 한 장 꺼냈다.

그러는 사이에 의사가 일어나 제일 먼저 천장 밑 잠자리에서 아래로 뛰어내려서는 아내가 바닥으로 내려오는 것을 도와주었다.

그동안 열어젖힌 객차의 문 옆으로 초소와 가로등에 뒤이어 벌써 거대한 눈덩이로 인해 무거워진 역의 나무들이 지나갔는데, 기차를 맞이하여 곧게 뻗은 나뭇가지 위의 눈덩이를 쟁반 위의 빵과 소금인[7] 양 내밀고 있는 것 같았다. 빠른 걸음

7 러시아에서 명절과 잔치에 내놓는 쟁반 위의 빵과 소금은 참석자에 대

으로 기차에서 아무도 밟지 않은 플랫폼의 눈 위로 제일 먼저 뛰어내린 사람은 수병들이었다. 그들은 모두를 앞질러, 보통 측면 벽을 방패 삼아 금지된 음식을 파는 여자들이 숨어 있는 역 건물 모퉁이 뒤로 달려갔다.

수병들의 검은 제복, 그들의 해병 모자에 달려 펄럭이는 리본, 깔때기처럼 밑에서 넓어지는 바지가 그들의 발걸음에 맹렬함과 속력을 더해 주었고, 사람들은 사방으로 내달리는 스키 선수나 전속력으로 돌진하는 스케이트 선수를 피하듯 그들 앞에서 길을 비켜 주었다.

역의 모퉁이 뒤에는 서로 눈을 피해 가며 점을 볼 때처럼 흥분한 모습으로 인근 마을의 농부 아낙들이 오이와 트보록,[8] 익힌 고기, 호밀 치즈케이크를 들고 일렬로 죽 늘어서 있었다. 추위에도 불구하고 음식들은 그들이 내올 때 덮어 둔 누빈 덮개 아래에서 향내와 온기를 그대로 간직하고 있었다. 머리에 쓴 스카프를 양가죽 반코트 밑으로 집어넣은 아낙과 처녀들은 수병들의 농담에 양귀비처럼 얼굴을 붉혔지만, 그러면서도 그들을 불보다 더 무서워했는데, 투기와 금지된 암거래를 단속하는 온갖 종류의 부대가 주로 수병들로 구성되었기 때문이다.

농부 아낙들의 당혹스러움은 오래 지속되지 않았다. 기차가 멈추었다. 나머지 승객들도 그들에게 다가왔다. 사람들이 이리저리 뒤섞였다. 거래가 활기를 띠기 시작했다.

한 환대를 의미한다.
8 응고 우유 혹은 우유 비지로 러시아 특유의 우유 발효 음식이다.

안토니나 알렉산드로브나는 눈으로 세수를 하기 위해 역의 뒤뜰로 가는 것처럼 어깨에 수건을 걸치고 상인들 옆을 빙 둘러 지나갔다. 벌써 열에서 몇 번이나 그녀를 불렀다.

「어이, 이보시오, 수건을 뭐로 바꾸실 거요?」

그러나 안토니나 알렉산드로브나는 멈추지 않고 남편과 함께 앞으로 더 걸어갔다.

진홍색 문양이 있는 검은 스카프를 두른 여자가 열의 끝에 서 있었다. 그녀는 자수가 있는 수건에 눈독을 들였다. 그녀의 대담한 눈동자가 불타올랐다. 그녀는 좌우를 둘러보고 아무 위험이 도사리고 있지 않다는 것을 확인한 후, 재빨리 안토니나 알렉산드로브나에게 바짝 다가와 자기 물건에서 두터운 덮개를 걷어 내고는 열띠게 빠른 말씨로 속삭였다.

「뭔지 봐요. 아마 이런 건 본 적 없을걸요? 갖고 싶지 않아요? 자, 오래 생각할 거 없어요, 빼앗겨요. 이거 절반에 수건을 줘요.」

안토니나 알렉산드로브나는 마지막 말을 잘 듣지 못했다. 그녀는 무슨 천에 대해 말하는 줄 알았다. 그녀가 다시 물었다.

「아주머니, 무슨 말을 하는 거예요?」

농부 아낙이 절반이라고 한 것은 그녀의 손에 들고 있는, 머리부터 꼬리까지 통째로 구워 반으로 가른 토끼 고기였다. 그녀는 되풀이해 말했다.

「절반에 수건을 달라고 했어요. 뭘를 봐요? 개고기가 아니에요. 우리 남편이 사냥꾼이에요. 이건 토끼예요, 토끼.」

교환이 성사되었다. 이들은 각자 자기들이 큰 이득을 얻었고, 상대방이 큰 손실을 입었다고 느꼈다. 안토니나 알렉산드로브나는 가련한 농부 아낙을 그렇게 부정직하게 속인 것이 부끄러웠다. 거래에 만족한 아낙은 서둘러 죄에서 멀리 벗어나려고 물건을 다 팔아치운 이웃 여자를 불러 그녀와 함께 많이 밟혀 눈 위로 멀리까지 난 오솔길을 따라 집을 향해 발걸음을 옮기기 시작했다.

그 시간에 군중들 사이에서 소동이 일었다. 어디에서인가 한 노파가 소리를 지르기 시작했다.

「어디로 가는 게야, 기병? 돈은? 언제 나한테 돈을 주었다고 그래, 이 양심도 없는 놈아? 에이, 녀석, 도둑놈 심보 같으니, 사람들이 소리를 지르는데, 돌아보지도 않고 가네, 서라, 서라고 했잖아. 동지들! 경비병! 도둑이야! 훔쳐갔다! 저기 저놈, 저놈, 저놈 잡아라!」

「누구를 말하는 거요?」

「저기, 수염이 없는 녀석, 웃으면서 가고 있어.」

「팔꿈치가 해진 사람?」

「그래, 맞아, 맞아, 저놈 좀 잡아라, 저 무슬림!」

「저기 소매를 기운 사람?」

「그래, 맞아, 맞아. 아휴, 여러분, 훔쳐 갔소!」

「여기 무슨 일이야?」

「저 할머니가 파이하고 우유를 팔고 있었는데, 배만 채우고 튀었지. 그래서 울고불고 괴로워하고 있어.」

「저런 놈은 내버려 두면 안 돼. 잡아야 해.」

「가서 한번 잡아 봐. 온몸에 탄대를 감고 있구먼. 저 사람이 너를 잡겠다.」

<h1 style="text-align:center">10</h1>

열네 번째 난방 화차에도 당연히 노역 부대로 차출된 사람들이 있었다. 호송병 보로뉴크가 그들을 감시했다. 여러 이유로 그들 중 세 명이 눈에 띄었다. 그들은 이러했다. 한 명은 국영 주류(酒類) 판매 주점의 계산원이었던 프로호르 하리토노비치 프리튤리예프로 난방 화차에서는 그를 계산원이라고 불렀다. 다른 한 명은 철물점 출신의 열여섯 살짜리 소년 바샤 브리킨이었고, 또 다른 한 명은 옛 시대에 온갖 감옥에서 살다가 새 시대에도 이들의 새로운 감옥을 개척한 머리가 희끗한 혁명가이자 협동조합원 코스토예트-아무스르키였다.

이 징집된 사람들은 서로 모르는 사람들로, 피상적으로만 알다가 여행 중에 서로를 점차 깊이 알게 되었다. 객차 안에서의 대화를 통해 계산원 프리튤리예프와 상점의 견습 직원 바샤 브리킨은 동향인으로 둘 다 뱟카 강변 사람들이었을 뿐 아니라, 기차가 조금 있으면 지나가게 될 지역 태생이라는 것이 드러났다.

말미시의 평민인 프리튤리예프는 땅딸막하고 상고머리에 얼굴이 얽은 볼썽사나운 사나이였다. 겨드랑이 밑이 거뭇해질 정도로 땀에 흠뻑 젖은 회색 여름 제복은 풍만한 여자의 가슴을 조이는 사라판의 이은 천처럼 그의 몸에 딱 달라붙어 있었다. 그는 신상(神像)처럼 말이 없었고, 몇 시간씩 뭔가 골똘히 생각하며 주근깨투성이의 손에 난 사마귀를 피가 날 정도로 후벼 팠고, 그 바람에 상처들이 곪기 시작했다.

1년 전 가을 어느 날, 그는 넵스키 거리를 걷다가 리테이니 모퉁이에서 불심 검문에 걸렸다. 신분증 제시를 요구받았다. 그는 비노동자 계급에게 발급되는 제4종 식료품 배급표를 갖고 있었고, 그것으로는 결단코 아무 물건도 받을 수 없었다. 그는 이를 빌미로 검거되었고, 같은 이유로 거리에서 제지를 받은 많은 사람과 함께 감시병의 감시하에 병영으로 보내졌다. 같은 방식으로 모집된 부대는, 예전에 구성되어 아르한겔스크 전선에서 참호를 팠던 부대의 선례를 따라 애초에는 볼로그다로 보내질 계획이었지만, 도중에 길을 돌려 모스크바를 경유해 동부 전선으로 보내지게 되었다.

프리툴리예프에게는 그가 페테르부르크에서 근무하기 전, 그러니까 전쟁 전에 일했던 루가에 아내가 있었다. 그의 불운을 여러 경로를 통해 알아낸 아내는 그를 찾아 노역 부대에서 빼내기 위해 볼로그다로 달려갔다. 그러나 부대의 경로는 그녀의 수색과 어긋났다. 그녀의 수고는 수포로 돌아갔다. 모든 것이 뒤죽박죽이 되었다.

페테르부르크에서 프리툴리예프는 펠라게야 닐로브나 탸구노바라는 여자와 함께 살고 있었다. 그를 넵스키 교차로에서 멈춰 세운 건 때마침 그가 일을 보러 다른 방향으로 가기 위해 모퉁이에서 그녀와 작별 인사를 하고, 리테이니 보도에 어른거리는 사람들 사이로 그녀의 등이 황급히 사라지는 것을 멀리서 보고 있을 때였다.

이 탸구노바라는 여인은 손이 아름답고 머리숱이 풍성하며 위압적으로 몸집이 비대한 평민으로, 깊은 한숨을 내쉬며 머리 타래를 이쪽저쪽 어깨로 넘겨 가슴까지 늘어뜨리곤 했는데, 프리툴리예프를 따라 자진해서 군용 열차에 타고 있었다.

프리툴리예프처럼 꾸어다 놓은 보릿자루 같은 사람이 뭐가 좋다고 여인들이 들러붙는지 정말 이해할 수 없는 노릇이었다. 군용 열차의 다른 난방 화차에는 탸구노바 말고도 어떻게 탔는지 알 수 없지만 프리툴리예프의 또 다른 여자가 기관차 쪽으로 몇 칸 더 가까이에 타고 있었는데, 그녀는 옅은 회색 머리카락의 깡마른 처녀 오그리즈코바였고, 탸구노바는 그녀를 다른 모욕적인 별명들과 함께 〈콧구멍〉, 〈세척기〉라고 욕설하듯 불렀다.

경쟁자인 두 여자는 원수지간이었고, 서로의 눈에 띄지 않으려고 조심했다. 오그리즈코바는 난방 화차에 한 번도 모습을 드러내지 않았다. 그녀가 자신의 숭배 대상과 어디서 만날 꾀를 내는지는 수수께끼였다. 어쩌면 그녀는 승객들 모두가 힘을 합쳐 장작과 석탄을 실을 때 멀리서 그의 얼굴을 보는 것만으로 만족하는지도 몰랐다.

11

바샤의 사연은 또 달랐다. 그의 아버지는 전쟁터에서 전사

했다. 어머니는 일을 배우라고 그를 피테르[9]에 있는 삼촌에게 보냈다.

아프락신 상가에 철물 상점을 소유하고 있던 삼촌은 겨울에 뭔가를 소명하라고 위원회에 소환을 당했다. 그는 문을 착각하는 바람에 소환장에 적혀 있던 문 대신에 옆쪽의 다른 방으로 들어가게 되었다. 우연히도 그 방은 노동 부역 위원회의 대기실이었다. 방 안은 사람들로 가득 차 있었다. 소환된 사람들이 충분히 모이자, 적군 병사들이 나타나 모인 사람들을 에워싸고 그들을 세묘놉스키 병영으로 데리고 가 하룻밤을 보내게 했고, 아침에는 볼로그다행 기차에 태우기 위해 역으로 호송했다.

많은 주민들이 체포당했다는 소식이 시내에 퍼졌다. 다음 날 수많은 식구들이 친척들과 작별 인사를 하기 위해 역으로 몰려나왔다. 그들 중에는 삼촌을 배웅하러 나온 바샤와 숙모도 있었다.

기차역에서 삼촌은 보초에게 잠깐 철책 밖 아내에게 보내 달라고 부탁했다. 그 보초는 지금 열네 번째 난방 화차에서 그룹을 호송 중인 보로뉴크였다. 보로뉴크는 삼촌이 돌아오리라는 보장이 확실치 않은 한 그를 보내 줄 수 없다고 했다. 삼촌과 숙모는 그 보장 방법으로 조카를 감시하에 두면 어떻겠냐고 제안했다. 보로뉴크는 동의했다. 바샤가 철책 안으로 들어가고, 삼촌은 나갔다. 삼촌과 숙모는 그 길로 돌아오지 않았다.

9 페테르부르크의 준말이다.

속임수가 드러났을 때, 자신을 속일 것이라고 의심하지 않았던 바샤는 울음을 터뜨렸다. 그는 보로뉴크의 발아래 뒹굴고 그의 손에 입을 맞추며 그를 놓아달라고 애걸했지만, 아무 소용이 없었다. 호송병의 성격이 냉혹해서 완고하게 굴었던 것은 아니다. 불안한 시대였고, 규율이 엄격했다. 호송병은 그에게 맡겨진 수인의 수가 점호와 맞지 않으면 목숨으로 책임져야 했던 것이다. 이렇게 해서 바샤는 노역 부대에 들어오게 되었다.

협동조합원인 코스토예트-아무스르키는 황제의 통치 시기나 현 정부하에서나 모든 간수의 존경을 받고 그들과 늘 허물없이 지냈기 때문에 바샤의 딱한 처지에 관심을 가져 달라고 여러 번 대장에게 호소했다. 대장은 정말 개탄스러운 실수라고 인정했지만, 호송 중에는 형식상의 난관으로 인해 이 혼란을 처리할 수 없으니 도착하면 해결되기를 바란다고 말했다.

바샤는 그림 속 모스크바 공국의 친위병이나 하느님의 천사들처럼 이목구비가 반듯하고 잘생긴 소년이었다. 그는 드물게 순수하고 순결한 사람이었다. 그가 특별히 좋아하는 일은 연장자들 발 옆에 앉아 무릎에 두 팔을 고이고 고개를 뒤로 젖힌 채 그들이 하는 말, 혹은 두런두런 나누는 얘기를 듣는 것이었다. 그럴 때면 그의 얼굴 근육의 움직임만 보아도, 쏟아져 내리려는 눈물을 억누르거나 그를 숨 막히게 하는 웃음과 싸우는 것만 보아도 이야기의 내용이 무엇인지를 알아맞힐 수 있었다. 대화의 내용이 거울에 비추듯이 감수성이 예민한 소년의 얼굴에 드러나곤 했던 것이다.

12

협동조합원인 코스토예트는 지바고의 초대를 받아 상단 침상에 앉아 토끼 어깨뼈를 쪽쪽 빨고 있었다. 그는 틈새로 들어오는 바람 때문에 감기에 걸릴까 봐 두려워했다. 「바람이 많이 부네요! 이게 어디서 오는 바람이지?」 그는 이렇게 물으며 바람이 들어오지 않는 자리를 찾아 이리저리 계속 바꿔 앉았다. 마침내 자기에게 바람이 들이치지 않게끔 자리를 잡고 앉은 후 그는 말했다. 「이제 좋네.」 그는 어깨뼈를 마저 뜯어먹은 다음 손가락을 빨고 손수건으로 손을 닦은 후 주인에게 고맙다고 말했다.

「이건 창문에서 들어오는 겁니다. 반드시 틈을 막아야 해요. 그나저나 논쟁의 대상으로 돌아갑시다. 의사 선생, 선생 말은 맞지 않아요. 구운 토끼는 훌륭한 물건이지요. 하지만 그렇다고 해서 시골에서 사람들이 행복하게 산다고 추론하는 것은, 죄송하지만, 적어도 무모한 말이고, 상당히 위험천만한 비약입니다.」

「아, 그만하세요.」 유리 안드레예비치가 반박했다. 「이 역을 보십시오. 나무들이 벌목되지 않았잖아요. 울타리들도 온전하고요. 그리고 저 시장들은요! 저 아낙들은요! 생각 좀 해보세요, 얼마나 만족스러운 모습인지! 어딘가에는 삶이 있습니다. 누군가는 기뻐하고 있어요. 모든 이가 신음하고 있는 게 아닙니다. 그것으로 모든 것이 정당화됩니다.」

「그렇다면 좋겠지요. 하지만 그건 맞는 말이 아닙니다. 어디서 그런 생각을 하게 되셨습니까? 철로에서 백 킬로 정도 떨어진 곳으로 가보세요. 여기저기서 농민 반란이 끊임없이 일어나고 있습니다. 누구에게 저항하는 것이냐고 물으시겠죠? 누구의 권력이 확립되었느냐에 따라 백군에게 저항하기도 하고, 적군에게 저항하기도 하죠. 선생은, 맞다, 농민은 모든 질서의 적이고 자기들도 무엇을 원하는지 모른다고 말씀하시겠지요. 죄송합니다만, 승리를 외치는 일은 잠시 멈춰주십시오. 농민은 선생보다 더 잘 알고, 나와 선생이 원하는 것과는 전혀 다른 것을 원합니다.

혁명이 그들을 깨웠을 때 그들은 독립된 삶에 대한 오랜 꿈, 그게 누구든 상관없이 그 존재에게 의존하거나 의무를 수행하는 일 없이 자기들의 노동만으로 유지되는 무정부주의적인 촌락으로 생존하고자 하는 꿈이 성취되는 중이라고 판단했지요. 그런데 전복된 낡은 국가의 압제에서 벗어나고 보니 혁명적인 새로운 초국가의 더 무거운 억압 아래 떨어진 겁니다. 그러니 시골이 몸부림치며 어디서도 안정을 찾지 못하고 있습니다. 그런데 선생은 농부들이 행복하게 살고 있다고 하시는군요. 선생, 선생은 아무것도 모르고, 내가 보기에는 알고 싶어 하지도 않는군요.」

「어쩌겠습니까, 사실 알고 싶지 않습니다. 아주 옳은 말씀이에요. 아, 그만하세요! 내가 왜 모든 걸 알고 모든 걸 위해 애써야 합니까? 시대는 나를 고려하지 않고, 자기가 원하는 것을 제게 강요하는데요. 내가 사실을 무시해도 그냥 두세요. 선생은 내 말이 현실과 맞지 않는다고 말씀하시는군요. 그런데 지금 러시아에 현실이라는 것이 있기는 한가요? 내 생각에는 기겁한 나머지 오히려 그 현실이 몸을 숨긴 것 같은데요. 나는 시골이 승리했고, 번영하고 있다고 믿고 싶습니다. 만일 그게 오해라면 그땐 뭐를 해야 할까요? 어떻게 살고, 누구의 말에 귀를 기울여야 할까요? 나는 살아야 합니다, 내겐 가족이 있단 말입니다.」

유리 안드레예비치는 한 손을 내젓고는, 알렉산드르 알렉산드로비치에게 코스토예트와의 논쟁을 마무리하라고 넘긴 후, 천장 아래 잠자리 끝으로 옮겨 가 고개를 숙인 채 아래에서 무슨 일이 벌어지는지 바라보기 시작했다.

거기서는 프리툴리예프, 보로뉴크, 탸구노바, 바샤가 함께 대화를 나누고 있었다. 고향 땅이 가까워짐에 따라 프리툴리예프는 어떤 역까지 가고 어디서 내리고, 앞으로 어떻게 더 갈지, 걸어서 갈지 아니면 말을 타고 갈지 그 지역까지 가는 교통수단에 대해 기억을 더듬었고, 바샤는 낯익은 동네와 시골 마을 이름이 언급될 때마다 눈에 불을 켜고 벌떡 일어나 흥분해서는 그 이름을 되뇌었는데, 그 이름을 열거하는 것이 그에게는 마법 동화처럼 들렸기 때문이다.

「수호이 여울에서 내리나요?」 그는 목이 메어 다시 묻곤 했다. 「그렇군요! 우리 대피역이죠! 우리 역이요! 그다음 부이스코예로 가시나요?」

「그다음에는 부이스코예 샛길로.」

「제 말이 그 말이에요, 부이스코예 샛길이오. 부이스코예 마을이요. 어떻게 모를 수가 있겠어요! 우리 분기점이에요! 거기서 우리 집 쪽은 오른쪽, 오른쪽으로 가요. 베레텐니키로요. 하리토니치[10] 아저씨, 아저씨 집 쪽은 왼쪽, 강에서 떨어진 데 있죠? 펠가강을 들어 보셨어요? 어떻게 몰라요! 우리 강이에요. 우리 마을로 가려면 강을 따라, 강을 따라가면 돼요. 바로 그 강, 펠가강에서 더 위로 가면 우리 베레텐니키가, 우리 마을이 있어요! 바로 계곡 위에요! 가파른 계곡이요! 우리끼리는 긴 궤짝이라고 부르죠. 위에서 아래를 내려다보면 무서워요, 너무 가팔라서요. 떨어지지 않게 조심해야 해요. 정말이에요. 돌을 채취해요. 절구를 만들거든요. 그 베레텐니키에 우리 엄마가 계세요. 여동생 둘도요. 여동생 알렌카도, 아리시카도. 우리 엄마는요, 팔라샤[11] 아주머니, 펠라게야 닐로브나, 아주머니처럼 젊고 하야세요. 보로뉴크 아저씨! 보로뉴크 아저씨! 그리스도의 이름으로 간청할게요…… 보로뉴크 아저씨!」

「그래서 뭐? 뭐를 그렇게 뻐꾸기처럼 뻐꾹거리는 거야? 〈보로뉴크 아저씨, 보로뉴크 아저씨〉, 내가 아주머니가 아니라는 걸 모를까 봐? 뭘 원하는 거야, 뭘 요구하는 거야? 너를 풀어 주라고? 뭐, 그러라는 거야? 너를 풀어 주면 나는 골로 가는 거야, 알아?」

펠라게야 탸구노바는 방심한 모습으로 어딘가 한쪽 먼 곳

10 하리토노비치의 약칭이다.
11 펠라게야의 애칭이다.

을 바라보며 입을 다물고 있었다. 그녀는 바샤의 머리를 쓰다듬고, 그의 갈색 머리를 손가락으로 빗으면서 뭔가를 골똘히 생각했다. 그녀는 가끔 머리를 숙여 눈짓과 미소로 소년에게 신호를 보냈는데, 그 뜻은 그더러 어리석은 짓일랑 하지 말고 모든 사람이 있는 데서 그런 일을 큰 소리로 보로뉴크와 얘기하지 말라는 뜻이었다. 그러니까 때가 되면 모든 일이 저절로 이루어질 테니, 걱정하지 말라는 뜻이었다.

13

중부 러시아에서 더 동쪽으로 멀어졌을 때 예기치 못한 일이 연달아 일어났다. 불안한 지역, 무장 강도들이 지배하는 지역, 얼마 전에 봉기가 진압된 지역들을 지나가던 중이었다.

기차가 들판 한가운데 멈춰 서고, 공안 부대가 안을 돌며 짐을 확인하고 서류를 검사하는 일들이 자주 일어났다.

한번은 한밤중에 기차가 어딘가에 오래 머물렀다. 차량 안을 들여다보는 사람도 없었고, 일어나게 하는 사람도 없었다. 무슨 불상사가 일어나지는 않았는지 궁금해서 유리 안드레예비치는 난방 화차에서 아래로 뛰어내렸다.

칠흑같이 어두운 밤이었다. 기차는 분명한 이유 없이 전나무로 둘러싸인 역 구간인 평범한 들판에 서 있었다. 유리 안드레예비치보다 먼저 기차에서 내려 화차 앞에서 발을 구르던 이웃들은 그들이 알기로는 아무 일도 일어나지 않았는데,

아마도 기관사 자신이 이 지역이 위험하다는 핑계로 기차를 멈춰 세운 것이라고, 수동 궤도차에서 구간의 안전성이 확인되지 않는 한 차량을 더 이상 운행하지 않으려 한다고 전했다. 승객 대표들이 그를 설득하러 갔고, 필요한 경우에는 뇌물을 주려고 한다고 했다. 수병들이 이 일에 개입했다는 소문이 있었다. 그들이 설득하고 있다는 것이었다.

이렇게 유리 안드레예비치가 설명을 듣는 동안 증기 기관차 옆 노반 앞의 눈 덮인 노면은 마치 날름거리는 모닥불처럼 증기 기관차의 불쏘시개 아궁이의 관에서 뿜어져 나오는 불꽃을 받아 환하게 빛나고 있었다. 그런데 문득 날름거리는 불꽃 중 하나가 눈 덮인 들판과 기관차, 기관차 프레임의 가장자리를 따라 달려가는 몇 명의 검은 그림자를 비추었다.

앞에서 어른거린 사람은 아마도 기관사인 듯했다. 디딤판 끝까지 달려간 그는 위로 펄쩍 뛰어올라 완충기를 뛰어넘어 시야에서 사라졌다. 그의 뒤를 따르던 수병들도 똑같이 행동했다. 그들 역시 기차 범퍼 끝까지 달려가서는 펄쩍 뛰어올라 공중에서 어른거리다가 땅으로 꺼진 듯 어디론가 사라져 버렸다.

이 장면에 이끌린 유리 안드레예비치는 호기심이 발동한 몇 명과 함께 증기 기관차 앞쪽으로 갔다.

기차 앞 탁 트인 선로 일부에서 그들은 다음과 같은 광경과 마주쳤다. 노반 한쪽 아무도 밟지 않은 눈 속에 몸이 절반 정도 푹 빠진 기관사가 서 있었다. 짐승 몰이꾼처럼 그를 반원으로 둘러싼 수병들도 그와 마찬가지로 허리까지 눈에 빠진 상태였다.

기관사가 소리쳤다.

「고맙군, 바다제비들! 살다 보니 별일이 다 있네! 자기 형제인 노동자에게 총을 겨누다니! 기차가 앞으로 가지 못한다고 내가 왜 말했을까. 승객 동지들, 증인이 되어 주시오, 이게 무슨 일인지. 빈둥거리고 싶은 사람이 나사를 빼는 거지. 너희들 엄마든 할머니든 내가 무슨 상관이야, 나한테 뭐라고? 갈빗대 아래로 성병이나 걸려라, 난 내가 아니라 너희들 걱정을 하는 거다, 너희들에게 아무 일도 일어나지 말라고. 내 감독하는 일이 나한테 무슨 도움이 된다고. 그래, 나를 총으로 쏴라, 지뢰 부대야! 승객 동지들, 증인이 되어 주시오, 어떻든 나는 숨지 않을 거요.」

철도 제방 위에 모인 사람들 사이에서 여러 종류의 목소리가 들려왔다. 어떤 이들은 낭패했다는 듯이 외쳤다.

「무슨 말이야……? 정신 차려…… 뭐야…… 누가 그런 짓을 하게 그냥 둬? 저 사람들은 그냥 그러는 거야…… 위협하려고 그러는 거라고.」

다른 이들은 큰 소리로 부추겼다.

「저자들 별것 아냐, 가브릴카! 굴복하지 마, 기관사!」

눈 더미에서 제일 먼저 벗어난 수병이 평온하게 군중에게 몸을 돌려 보로뉴크처럼 우크라이나 방언을 쓰며 조용한 저음으로 몇 마디 했는데, 한밤의 범상치 않은 상황에 비해 지나칠 정도로 평온해서 그게 더 우스꽝스러웠다. 적황색 머리털의 거인인 그는 머리가 너무 커서 얼굴이 평평해 보였다.

「미안하지만, 이게 웬 소란이유? 바람을 맞아 감기 걸리겠수, 여러분. 추우니 객차로 돌아가슈!」

차츰 뿔뿔이 흩어지기 시작한 군중이 난방 화차로 돌아가자, 적황색 머리의 수병은 아직 완전히 정신을 차리지 못한 기관사에게 다가가 말했다.

「신경질은 그만하면 충분하오, 기관사 동지. 구덩이에서 나오슈. 갑시다.」

14

다음 날 기차는 눈보라에 살짝 덮여 치워지지 않은 레일에서 탈선하지 않으려고 주의하며 느린 속도로 천천히 가다가 생명의 흔적이 없는 황무지에서 완전히 멈췄는데, 사람들은 그곳에서 화재로 인해 파괴된 역의 잔재를 바로 알아보지 못했다. 그을음에 낀 기차역의 전면부에서 〈니즈니 켈메스〉라는 간판만 알아볼 수 있었다.

철도 건물만 화재의 흔적을 간직하고 있는 게 아니었다. 역 뒤편에 폐허가 되어 눈에 뒤덮인 마을이 보였는데, 아마도 역과 슬픈 운명을 함께한 것 같았다.

마을에 있는 제일 끝 집은 시커멓게 불탔고, 그 옆집은 몇 개의 통나무가 모서리에서 넘어져 길쭉한 토막이 안으로 처박혀 있었고, 거리 여기저기에 썰매와 무너진 울타리, 구멍 난 철, 깨진 집 안의 세간 조각들이 널브러져 있었다. 재와 그을음으로 더러워진 눈이 불에 탄 공터 사이로 거뭇하게 보였고, 눈 덮인 불탄 장작개비에 구정물이 부어져 얼어붙어 있었으며, 여기저기 화재와 불을 끈 흔적이 남아 있었다.

마을과 역에 사람이 전혀 없는 것은 아니었다. 살아 있는 사람들이 여기저기서 간간이 보였다.

「마을 전체가 타버렸나요?」 역장이 폐허에서 그들을 맞으러 나왔을 때, 열차 난간에서 뛰어내린 기차의 기관사가 동정심을 품고 물었다.

「안녕하십니까. 무사히 도착하셨군요. 완전히 탔습니다만, 화재보다 더 나쁜 일이 일어날 겁니다.」

「무슨 말인지 이해를 못 하겠군요.」

「모르는 게 약이지요.」

「설마 스트렐니코프인가요?」

「바로 그 사람입니다.」

「무슨 잘못을 저질렀는데요?」

「우리 잘못이 아니지요. 우리랑 전혀 상관없습니다. 이웃 마을이 그랬지요. 덤으로 당한 겁니다. 보이시죠, 저 깊숙이에 있는 마을이요? 저들이 원흉이에요. 우스티-넴딘스카야 읍에 있는 니즈니 켈메스 마을이요. 다 저들 때문이에요.」

「그 사람들이 왜요?」

「거의 일곱 가지 치명적인 죄를 지었죠. 마을에서 빈농 위원회를 내쫓은 게 하나이고, 붉은 군대에 말을 조달하라는 법령을 어겼어요. 그런데 그 사람들은 하나같이 말을 좋아하는 타타르족이거든요. 그게 두 번째 죄이고요, 군 동원령에 복종하지 않았으니, 보다시피 그게 세 번째 죄이지요.」

「맞아요, 맞아, 그럼 이제 이해가 되네요. 그런 일 때문에 대포의 공격을 받은 것이군요?」

「바로 그렇습니다.」

「장갑 열차로부터요?」

「물론이지요.」

「슬픈 일이네요. 정말 유감스러운 일이고요. 그러나 우리가 이러쿵저러쿵 따질 문제가 아니죠.」

「더구나 지나간 일이고요. 여러분을 기쁘게 할 만한 새로운 일은 하나도 없네요. 우리 마을에 한 이틀 정거하십시오.」

「농담 그만두세요. 그럴 여력이 없어요. 보충병을 전선으로 나르고 있는데. 나는 정거 없이 가는 데 익숙해서요.」

「농담이라니요. 눈 더미가 얼마나 쌓였는지 직접 보세요. 이 구간 전체에 일주일 동안 큰 눈보라가 기승을 부렸어요. 길이 온통 눈에 뒤덮여 있습니다. 눈을 치울 사람이 없어요. 마을 사람 절반이 도망쳤습니다. 남은 사람들에게 치우라고 시켰지만, 감당을 못 하네요.」

「아, 돌아 버리겠네! 망했네, 망했어! 이제 어떻게 하죠?」

「어떻게 해서든 눈을 치워 봅시다. 떠날 수 있을 겁니다.」

「눈이 아주 많이 쌓였습니까?」

「아주 많이 쌓였다고는 할 수 없지요. 장소에 따라 달라요. 큰 눈보라가 비스듬히 내려서 노반 모서리 아래로 몰아쳤어요. 제일 힘든 구역이 중간입니다. 3킬로미터 정도 푹 팬 지형이 있어요. 거기서 지금 애를 먹고 있습니다. 눈으로 아주 꽉 채워져 있거든요. 거기만 지나면 괜찮습니다. 밀림 지역인데 숲이 막아 줬어요. 푹 꺼진 지역까지도 괜찮습니다, 툭 트인 지역은 무서울 게 없어요. 바람이 다 날려 버렸으니까요.」

「에이, 제기랄. 이 무슨 재앙이람! 승객들 전부 일어나게 해서 돕도록 하겠습니다.」

「저도 그래야 한다고 생각합니다.」

「수병과 적군 병사만은 건드리지 마쇼. 수송 열차에 노역 부대가 잔뜩 있습니다. 일반 승객과 합치면 7백 명은 돼요.」

「그 정도면 충분합니다. 다만 삽을 가지고 오면 동원합시다. 삽이 모자라요. 이웃 마을로 가지러 보냈습니다. 어떻게든 갖고 올 겁니다.」

「맙소사, 큰일 났네! 우리가 해낼 거라고 보세요?」

「그렇고말고요. 사람이 많으면 도시도 빼앗는다는 말이 있지 않습니까. 철도입니다. 동맥이에요. 좀 봐주세요.」

15

선로의 눈을 치우는 데 꼬박 사흘이 걸렸다. 뉴샤를 포함해 지바고 식구들 모두가 작업에 적극적으로 참여했다. 그건 그들의 여행 기간 중 가장 좋은 시간이었다.

그 지역에는 뭔가 폐쇄적이며 신비로운 데가 있었다. 푸시킨에 의해 굴절된 푸가초프[12] 반란의 정신과 악사코프가 묘

12 Emelyan Pugachov(1742~1775). 1773년부터 1774년까지 반란을 주

428

사한 아시아적 풍토[13]가 서려 있었다.

지역의 신비로움을 완성하는 것은 파괴된 마을과 얼마 남지 않은 주민들의 폐쇄적인 모습이었다. 그들은 겁을 집어먹고 기차에서 내린 승객들을 피했으며, 고발이 두려워서 서로 소통하지 않았다.

작업을 할 때는 승객 전부가 동시에 일하지 않고 그룹을 나눠서 했다. 작업이 진행되는 구역은 경비를 둘러 세웠다.

선로는 여러 장소에 따로 흩어진 작업반의 손에 의해 각 장소의 끝에서부터 동시에 치워졌다. 제설된 구간 사이에 마지막까지 손대지 않은 눈들이 산처럼 수북이 쌓여 이웃 그룹을 서로 보이지 않게 만들었다. 이 설산들은 필요한 구간에서 제설 작업이 완료된 후 제일 마지막에 치워졌다.

청명하게 추운 날이 계속되었다. 그들은 하루 종일 바깥에 있다가 잠을 자기 위해서만 객차로 돌아왔다. 삽이 모자라고 일하는 사람은 지나칠 정도로 많아서 짧은 간격으로 교대하며 일했기 때문에 지치지는 않았다. 고단하지 않은 노동이

도한 돈 지역의 코사크이다. 자신을 암살당한 예카테리나 2세의 남편인 표트르 3세라고 주장했다. 알렉산드르 푸시킨은『푸가초프의 역사』를 썼고, 이 반란을 소재로 소설『대위의 딸』을 집필했다.
13 악사코프 집안, 아버지 세르게이(1791~1859), 그의 두 아들인 콘스탄틴(1817~1860)과 이반(1823~1886)은 슬라브주의로 알려진 그룹에 속하는 지식인이다. 이들은 서구의 영향에 반대하여 러시아 삶의 민족적, 지역적 전통을 선호한다. 모스크바에서 1천6백 킬로미터 정도 떨어진 아시아의 경계 지역에 있는 우파에서 태어난 세르게이 악사코프는 러시아의 가부장적인 사람, 사냥, 낚시, 식물과 동물에 대해 그의 작품『가족의 연대기』에서 자세히 묘사하고 있다.

만족감을 주었다.

지바고 가족이 삽질을 하러 나간 장소는 시야가 탁 트여 그림처럼 아름다운 곳이었다. 그 지점의 지형은 처음에는 노반 동쪽으로 내려갔다가 나중에는 저 지평선까지 파상형의 언덕을 이루고 있었다.

산에는 사방에서 다 보이는 집 한 채가 외로이 서 있었다. 집은 분명 여름에는 무성하게 자라겠지만 지금은 듬성듬성 수놓은 듯 서리가 앉아 건물을 지켜 주지 못하는 정원으로 둘러싸여 있었다.

눈의 장막은 모든 것을 평평하고 둥글게 만들었다. 그러나 아무리 완만하다고 해도 감추어지지 않는 울퉁불퉁한 경사면을 보면 아마도 봄에는 철로 둑 아래 구름다리가 만든 통로 안으로 개울이 위에서부터 구불구불한 협곡을 따라 흘러내리는 것 같았지만, 그 개울은 지금 푹신한 이불을 머리까지 뒤집어쓰고 숨은 아이처럼 깊은 눈 밑에 꼭꼭 숨어 있었다.

저 집에 누군가 살았던 것일까? 아니면 면이나 읍 토지 위원회에 접수되어 빈 채로 폐허가 된 것일까? 예전에 저 집에 살던 사람들은 어디 있을까? 그들에게 무슨 일이 일어났을까? 외국으로 도주한 것은 아닐까? 농민들의 손에 죽지는 않았을까? 혹은 기억할 만한 선행 덕분에 읍에서 교육받은 전문가로 자리를 잡은 걸까? 만일 그들이 마지막 순간까지 이곳에 남았다면 스트렐니코프가 그들을 관대하게 봐주었을까? 아니면 그들도 부농들[14]과 함께 그에게 강제 재판을 받았을까?

14 러시아어로 부농은 〈쿨라크Kulak〉이고, 이 단어의 원뜻은 〈주먹〉이다.

집은 호기심을 자극하며 산 위에 슬픈 모습으로 말없이 서 있었다. 그러나 당시에는 아무도 질문을 제기하지 않았고, 그 질문에 대답하는 사람도 없었다. 태양이 얼마나 하얀 광선으로 눈의 표면을 태우던지 순백의 눈으로 인해 눈이 멀 것만 같았다. 삽은 얼마나 고른 조각들로 눈의 표면을 도려냈던가! 절단면의 눈은 얼마나 파리하게 다이아몬드 섬광처럼 흩어졌던가! 이 나날들은 어찌나 오래전의 어린 시절을 기억나게 하던지! 어린 유라는 털외투를 입고 작은 바퀴처럼 곱실대는 검은 양털에 단단하게 매단 훅을 잠근 채 밝고 가는 끈이 달린 후드를 쓰고는, 마당에서 눈부신 눈으로 피라미드와 장방형 단, 크림케이크, 요새, 동굴 도시를 만들었다. 아, 당시에 세상은 얼마나 달콤했던가, 주변의 모든 것이 얼마나 아름답고 포만감을 주었던가!

그러나 이 사흘간의 삶도 공기 중에 포만감을 불러일으켰다. 이유가 없지도 않았다. 저녁이 되면 작업한 사람들은 무슨 지시에 따라 어디서 났는지 알 수 없는, 체로 곱게 친 곡식으로 갓 구운 따끈한 빵을 배급받았다. 윤기 흐르는 빵은 양 옆이 맛있게 불룩하게 터져 있고, 작은 숯 부스러기가 박힌 아래 껍질 부분도 두툼하게 잘 구워져 있었다.

1906년 농촌 개혁을 통해 자신의 농지를 소유하게 된 부유한 농부를 경멸적으로 일컫던 용어이다. 볼셰비키는 이들을 〈계급의 적〉이라고 선포하고 다양한 방법으로 탄압하며 제거하려고 노력했다.

16

눈 내린 산을 타다가 잠시 머문 산장에 애착을 느끼듯이 사람들은 폐허가 된 역을 좋아했다. 역의 배치와 건물 외양, 몇몇 피해의 흔적들이 기억에 새겨졌다.

해가 지면 사람들은 저녁마다 역으로 돌아왔다. 지난날에 충실하려는 듯 해는 예전의 장소, 그러니까 전신 기사의 당직실 바로 앞에 우뚝 선 나이 든 자작나무 뒤로 여전히 넘어갔다.

그 자리의 외벽은 안으로 무너져서 방을 메우고 있었다. 그러나 붕괴가 온전한 채로 남은 창문 맞은편, 방의 뒤 구석까지는 미치지 못했다. 그곳에는 커피 색깔의 벽지, 타일 벽난로와 구리 뚜껑을 사슬로 달아 놓은 둥근 환풍구, 붙박이장 안의 비품 목록까지 모든 것이 그대로 보존되어 있었다.

땅까지 내려간 태양은 재난이 닥치기 전과 마찬가지로 타일 벽난로까지 빛을 뻗어 커피색 벽지를 고동색 열기로 태우기 시작했고, 자작나무 그림자를 여성용 숄처럼 벽에 걸어 놓았다.

건물의 다른 쪽에는 진료실로 통하는 문에 쇠못이 박혀 있었고, 그 방에는 아마도 2월 혁명 초기이거나 혁명이 일어나기 바로 직전에 만들어졌을 법한 내용의 부벽서가 붙어 있었다.

〈약물과 붕대로 인해 환자들은 잠시나마 동요하지 말 것. 위 관찰 사유로 문을 폐쇄하며 이를 공지함. 우스티-넴다 지구의 군의관 아무개.〉

제설된 빈자리 사이에 작은 언덕처럼 남아 있던 마지막 눈을 치우자 사방이 속속들이 한 눈에 들어왔고, 화살처럼 멀리 날아가는 평평한 철로가 보이기 시작했다. 눈을 던져 만들어진 하얀 설산이 철로 양옆으로 길게 뻗어 있었고, 벽과 같은 검은 침엽수림 두 열이 길 끝까지 테두리처럼 둘러져 있었다.

시야가 미치는 데까지 철로의 여러 장소에 삽을 든 사람들의 무리가 서 있었다. 그들은 처음으로 완전히 모인 자신들의 모습을 보았고, 그 수가 많은 데 놀랐다.

17

늦은 시각이고 밤이 가까운데도 몇 시간 후면 기차가 떠난다는 소식이 알려졌다. 유리 안드레예비치와 안토니나 알렉산드로브나는 기차가 떠나기 전에 마지막으로 제설된 철로의 아름다움을 만끽하기 위해 산책을 나갔다. 노반에는 이미 아무도 없었다. 의사와 아내는 잠시 멈춰 먼 곳을 바라보며 두세 마디 감상을 나누고는 다시 난방 화차로 돌아왔다.

돌아오는 길에 그들은 두 여자가 악에 받혀 서로 욕을 주고받으며 크게 다투는 소리를 들었다. 그들은 곧바로 오그리즈코바와 탸구노바의 목소리라는 걸 알았다. 두 여자는 의사와 아내가 가는 방향과 같은 방향, 즉 기차의 머리에서 꼬리 쪽으로 가고 있었는데, 유리 안드레예비치와 안토니나 알렉산드로브나가 뒤편 숲 쪽에서 걷고 있었다면, 그들은 그와는 반대쪽인 역 쪽에서 가고 있었다. 벽처럼 끊임없이 길게 이어지는 차량이 그들을 서로 가리고 있었다. 여자들은 의사와 안토니나 알렉산드로브나와 가까워지는 일 없이 그들보다 한참을 앞서거나 심하게 뒤처지곤 했다.

두 사람은 심하게 흥분해 있었다. 그들은 시시각각으로 힘이 빠지고 있었다. 목소리로 미루어 보아 걸어가면서 그들의 다리가 눈에 빠지는지 혹은 휘청거리는지, 그들의 목소리는 고르지 못한 걸음걸이 탓에 큰 비명 소리를 내거나 속삭이는 듯 작아지곤 했다. 탸구노바가 오그리즈코바를 뒤쫓아 가서는 그녀를 붙잡아 곧바로 주먹을 날리는 모양이었다. 그녀는 경쟁자에게 상스러운 욕설을 내뱉었는데, 그런 도도한 귀부인인 척하는 입술에서 노래하듯 튀어나오는 욕설은 음악과는 전혀 무관한 농부의 거친 욕설보다 백배는 더 파렴치하게 들렸다.

「아, 너는 창녀야, 에이, 이 걸레야.」 탸구노바가 외쳤다. 「한 발자국도 갈 데가 없어서 꼭 여기 붙어 다니지, 치마로 바닥을 쓸고 다니면서 눈으로 호리고! 그뿐이야, 이 암캐야, 내 멍청이로도 모자라서 어린애 앞에서 추파를 던지며 꼬리를 치는구나, 어린애를 망치려고.」

「아, 그러는 너는, 바셴카도 네 남편이냐?」

「내가 서방인지 아닌지 보여 주마, 이 몹쓸 년, 이 목구멍아! 살아서는 나한테서 벗어나지 못하게 해줄 테다, 나를 죄 짓게 하지 마라.」

「주먹 좀 그만 휘둘러! 손 치워, 미친년아! 나한테 왜 이러는 거야?」

「네가 죽었으면 좋겠다, 이 화냥년, 이 더러운 암고양이 같은 년, 뻔뻔한 년아!」

「나하고는 아무 상관없는 말이네. 물론 난 암캐에 암고양이야, 다 아는 사실이지. 너는 뭐가 대단하다고. 시궁창에서 태어나 개구멍에서 결혼해서는 쥐새끼를 배고 고슴도치를 낳았지…… 경비병, 경비병, 살려 줘요! 이 사악한 여자가 나를 죽도록 패네. 아이고, 살려 줘요, 이 고아를 지켜 줘요.」

「어서 가자. 더 이상 들을 수가 없어, 너무 역겨워.」안토니나 알렉산드로브나가 남편을 재촉했다.「좋게 끝나지 않을 거야.」

18

갑자기 지형도 날씨도 모든 것이 바뀌었다. 평원이 끝나고 산간 지역, 언덕과 높은 지형 사이로 길이 나 있었다. 최근에 계속 불던 북풍도 멎었다. 남쪽에서 벽난로처럼 따뜻한 기운이 느껴졌다.

숲은 그곳 산비탈을 따라 층층이 자라고 있었다. 철로 노반이 숲을 가로지르자, 처음에 기차는 가파른 오르막을 오르다가 중간쯤에 비탈진 내리막으로 변하는 길을 달려야만 했다. 기차는 헐떡대며 숲의 내리막으로 기어 들어가 바닥을 겨우겨우 느릿하게 달렸는데, 그 모습은 마치 주변을 둘러보며 온갖 감상을 얘기하는 승객들의 무리를 도보로 뒤에 끌고 다니는 늙은 산지기 같았다.

그러나 아직은 볼 만한 것이 없었다. 숲속 깊은 곳은 겨울
에 그렇듯이 잠과 안식에 잠겨 있었다. 다만 관목과 수목의
아래쪽 나뭇가지들이 간혹 푼 목도리나 단추를 연 옷깃에서
벗어나듯 바스락 소리를 내며 차츰 쌓인 눈에서 벗어나고 있
었다.

유리 안드레예비치는 졸음이 쏟아졌다. 요 며칠 내내 그는
상단 자기 자리에 누워 잠을 자다 깨다 하면서 상념에 젖어
주위의 소리에 귀를 기울이곤 했다. 그러나 아직 귀 기울일
만한 소리는 전혀 없었다.

19

유리 안드레예비치가 잠을 푹 자는 동안 봄은 모스크바에
서 떠나는 날 내리기 시작해 여정 내내 내렸던 그 수북한 눈,
그들이 우스티-넴다에서 사흘 동안 파냈던 눈, 끝없이 두꺼
운 층을 이루며 수천 킬로의 공간에 누워 있던 그 눈을 둥둥
띄워 녹이고 있었다.

처음에 눈은 속에서부터 보이지 않게 조용히 녹아 들어갔
다. 이 엄청난 작업의 절반이 이루어지자, 이제 더 이상 그것
을 감출 수가 없었다. 기적이 겉으로 드러났다. 움직인 눈의
장막 밑으로 물이 솟아나며 콸콸 소리를 내기 시작했다. 사람
이 지나다닐 수 없는 숲의 깊은 벽지가 기지개를 켰다. 그 속

의 모든 것이 깨어 일어났다.

물은 어디든 마음대로 다닐 수 있었다. 물은 절벽에서 떨어져 연못을 채우고는 더 넓게 퍼져 나갔다. 곧 밀림은 물의 둔탁한 울림과 김, 향기로 가득 채워졌다. 여울들이 숲을 뱀처럼 이리저리 기어다니며 그들의 움직임을 막는 눈 속으로 깊이 파고들었고, 쉬쉬대며 평평한 자리를 따라 흐르다가 절벽 아래로 고꾸라지며 물보라를 흩뿌렸다. 지면은 더 이상 습기를 머금고 있을 수 없었다. 까마득하게 높이 솟은, 거의 구름까지 뻗은 수백 살 먹은 전나무가 그 물기를 자신의 뿌리로 빨아들였고, 나무 밑동 옆에서 말라 가는 담갈색 거품이 술을 마시는 사람들의 입술에 묻은 맥주 거품처럼 소용돌이쳤다.

하늘은 봄의 취기와 탄내에 머리가 몽롱해져서 자꾸 구름 뒤로 몸을 숨겼다. 숲 위로 펠트 같은 먹구름이 끝자락을 늘어뜨린 채 낮게 흘렀고, 그 끝자락에서 나중에는 흙냄새와 땀 냄새를 풍기는 따뜻한 소낙비가 도약하듯 쏟아져 내리며, 이미 뚫린 검은 얼음 갑옷의 마지막 조각들을 땅에서 씻어 내렸다.

잠에서 깨어난 유리 안드레예비치는 창틀을 빼낸 사각 창문으로 다가가 몸을 뻗어 팔꿈치를 기대고는 귀를 기울였다.

20

탄광 지대가 가까워짐에 따라 지역의 주민 수도 많아지고,

역의 구간도 더 짧아지고, 역도 더 자주 있었다. 승객들도 드물지 않게 바뀌었다. 크지 않은 중간 정거장에서는 더 많은 사람이 타고 내렸다. 훨씬 가까운 거리를 여행하는 사람들은 오래 있을 요량으로 자리를 차지하지 않고 자려고 눕지도 않은 채, 밤에는 난방 화차 중간 문 옆 어딘가에 앉아 낮은 목소리로 지역에 대해, 그들만 아는 일들에 대해 이러쿵저러쿵 얘기를 나누다가, 다음 대피역이나 간이역에서 내렸다.

마지막 사흘 동안 난방 화차에 타고 내린 이곳 사람들의 이야기를 통해 유리 안드레예비치는 백군이 북쪽에서 우세하고 유랴틴을 점령했거나 점령하려고 한다는 결론을 내렸다. 더구나 만일 그가 잘못 들은 것이 아니라면, 그리고 멜류제예보 병원에서 만난 그의 동료와 동명이인이 아니라면, 이 방향에서 백군을 지휘하는 사람은 유리 안드레예비치가 잘 알고 있는 갈리울린이었다.

소문이 확인되기 전까지 쓸데없는 걱정을 시키지 않으려고 유리 안드레예비치는 식구들에게 아무 말도 하지 않았다.

21

한밤이 시작될 무렵 유리 안드레예비치는 어렴풋이 차오르는 행복감 때문에 잠에서 깼다. 그를 깨울 만큼 그 감정은 아주 강렬한 것이었다. 기차는 어떤 야간 정거장에 서 있었다. 기차역은 백야의 유리 같은 어스름에 감싸여 있었다. 뭔가 섬세하고 강력한 기운이 이 밝은 어두움을 채우고 있었다. 그것은 지역의 광활함과 개방성을 증명해 주었다. 이것은 대피역이 광활하고 사방으로 탁 트여 시야가 활짝 열린 높은 지대에 있다는 것을 암시했다.

발소리를 죽이며 걸어가는 그림자들이 작은 소리로 대화를 나누며 플랫폼을 따라 난방 화차 옆을 지나갔다. 그것 역시 유리 안드레예비치의 마음에 감동을 주었다. 그는 조심스러운 걸음걸이와 말소리에서 밤이라는 시각에 대한 존중과 옛날 전쟁 전에나 가능했던, 기차 안에서 자는 승객들에 대한 배려를 읽을 수 있었다.

의사는 잘못 안 것이었다. 다른 여느 곳과 마찬가지로 플랫폼에서는 사람들이 큰 소리로 외치며 장화를 쿵쾅거리고 있었다. 그러나 주변에는 폭포가 있었다. 그 폭포가 신선함과 자유로운 기운으로 백야의 경계를 밀어내고 있었다. 폭포가 의사에게 꿈결에 느낀 행복감을 불어넣었던 것이다. 단 한 번도 멈추지 않고 끊임없이 떨어지는 물의 낙하 소리가 대피역에 있는 모든 소리를 지배하며 정적의 착각을 불러일으켰던 것이다.

폭포가 있다는 것을 알아채지 못하고 이곳 공기의 신비로운 탄성에 취한 의사는 또다시 깊은 잠에 빠져들었다.

난방 화차 아래쪽에서 두 명이 얘기를 나누고 있었다. 한 사람이 다른 이에게 물었다.

「어떻게, 사람들을 진압했어? 꼬리를 내리게 했어?」

「장사꾼들 얘기야?」

「맞아, 장사꾼들.」

「진압했지. 지금은 비단 같지. 본보기로 몇 명을 손봐 줬더니 나머지는 조용해졌어. 군세(郡稅)를 모았지.」

「읍에서 많이 거두었어?」

「4만.」

「거짓말!」

「내가 왜 거짓말을 해?」

「별것 아니네, 4만이면!」

「4만 푸드[15]라고.」

「아이고, 대단한데, 훌륭해, 훌륭해!」

「가는 밀가루 4만이야.」

「그렇게 놀랄 일도 아니지. 이 지역이 최상인데. 밀가루 교역의 중심지거든. 여기서 린바강을 따라 이제 위로 유랴틴까지 올라가면 마을마다 화물 양륙장이고 곡물 수매소이지. 세르스토비토프 형제들이니, 페레캇치코프 부자, 도매상이 수두룩하고!」

「조용히 말해. 사람들 깨우겠어.」

「알았어.」

말하던 사람이 하품을 했다. 다른 사람이 제안했다.

「잠깐 눈을 붙여 볼까? 이제 가는 것 같군.」

그때 뒤에서 쏜살같이 내달리면서 폭포의 굉음을 뒤덮는, 귀가 멀 정도의 굉음 소리를 내며 구형의 특급 열차가 증기를 최고조로 내뿜으며 대피역의 두 번째 선로에 움직이지 않

---

15 러시아의 무게 단위로 1푸드는 16.38킬로그램이다.

고 서 있던 군용 열차 옆을 내달려 기적 소리를 내고 으르렁 대며 추월해서는, 마지막으로 불빛을 내뿜으며 흔적도 없이 앞쪽으로 사라졌다.

아래쪽에서 다시 대화가 재개되었다.

「이제 난리법석이 나겠군. 오랫동안 서 있어야 할 거야.」

「금방 출발하지는 못할 거야.」

「스트렐니코프일 거야. 특별 임무를 받은 장갑 열차.」

「그렇고말고, 그 사람이야.」

「반혁명에는 짐승처럼 굴지.」

「갈레예프를 잡으려고 쫓는 거야.」

「누구를 쫓는다고?」

「갈레예프 대장. 체코 엄호 부대[16]와 함께 유랴틴에 있다고 하더군. 손쉽게 곡물 수매소를 점령해서 쥐고 있다던데. 갈레 예프 대장이.」

「갈릴레예프 공작이겠지. 기억은 잘 안 나지만.」

「그런 공작은 있지도 않았어. 알리 쿠르반이던가. 네가 혼 동한 거야.」

「쿠르반일지도 몰라.」

「그건 별문제이고.」

---

16 체코 군단의 시초는 제1차 세계 대전 초기 1914년 가을에 러시아에 살던 체코인들이 키예프에서 만든 자원 부대이다. 2월 혁명 이후 이 군단은 임시 정부와의 긴밀한 협조로 전쟁에 참전한다. 1917년 볼셰비키 혁명 이후 체코 인과 슬로바키아인, 자원병, 포로, 투항자들로 구성된 체코 군단은 1918년 5월부터 8월까지 볼가강과 시베리아에서 반(反)소비에트 봉기를 일으킨다.

22

아침이 다 되었을 때 유리 안드리예비치는 다시 한번 잠에서 깼다. 그는 또다시 뭔가 기분 좋은 꿈을 꾸었다. 그를 가득채운 행복감과 해방감은 사라지지 않았다. 또다시 기차는 서있었는데, 어쩌면 새로운 간이역에 서 있는 것일 수도 있고, 어쩌면 이전 간이역에 서 있는 것일 수도 있었다. 또다시 폭포 소리가 시끄럽게 들렸는데, 어제의 그 폭포일 가능성이 높았지만, 또 다른 폭포일 수도 있었다.

유리 안드레예비치는 그때 살짝 잠에서 깨어났고, 잠결에 사람들이 소란을 떨며 뛰어다니는 소리가 어렴풋이 들렸다. 코스토예트는 호송 대장과 우격다짐을 했고, 둘 다 서로에게 소리를 질렀다. 바깥은 이전보다 훨씬 좋아졌다. 뭔가 이전에는 없었던 새로운 기운이 감돌았다. 무언가 마법처럼 신비하고, 무언가 봄날 같은, 거뭇하게 희고, 얇고 성긴 기운이었다. 마치 젖은 진눈깨비가 땅에 떨어지면서 지면을 희게 하기는커녕 오히려 더 검게 만드는 5월 눈보라의 급습과 같은 기운이었다. 투명하고 거뭇하면서도 희며 향기로운 무언가가 있었다. 〈귀룽나무로구나!〉 유리 안드레예비치는 잠결에 이렇게 짐작했다.

23

아침에 안토니나 알렉산드로브나가 말했다.

「어쨌든 당신은 놀라워, 유라. 당신은 온통 모순덩어리라 니까. 파리만 날아가도 잠에서 깨선 아침까지 눈도 붙이지 못 하는가 하면, 시끄럽게 떠들고 싸우면서 소동이 벌어지는데 도 도저히 깨울 수가 없을 때도 있으니. 밤에 계산원 프리툴 리예프와 바샤 브리킨이 도망쳤어. 그래, 생각을 좀 해봐! 탸 구노바와 오그리즈코바도. 잠깐만, 아직 그게 다가 아니야. 보로뉴크도. 그래, 맞아, 그 사람도 도망갔어. 상상을 좀 해봐. 내 말을 좀 들어 봐. 어떻게 몸을 숨겼는지, 함께였는지 따로 였는지, 어떤 순서로 도망갔는지, 완전히 수수께끼라니까. 보 로뉴크, 그 사람이야 다른 사람이 도주한 걸 보고 책임을 지 지 않으려고 도주하기로 결심한 건 자연스러운 일이라고 쳐. 그런데 나머지 사람들은? 모두가 자기 의지로 사라진 걸까, 혹시 강압적으로 제거된 사람이 있는 건 아닐까? 예를 들면 여자들이 의심스러워. 하지만 누가 누구를 죽였을까? 탸구노 바가 오그리즈코바를, 아니면 오그리즈코바가 탸구노바를? 그건 아무도 몰라. 호송 대장은 기차 이 끝에서 저 끝까지 뛰 어다니고 있어. 〈어떻게 감히 출발하라고 호루라기를 부는 거요〉라고 외치면서 말이야. 〈도망자들을 잡을 때까지 수송 열차를 세워 둘 것을 법의 이름으로 요구한다.〉 그런데 차장 이 뜻을 굽히지 않았어. 그 사람 말이 〈당신 미쳤군. 전선에 보충병을 데려가는데, 그게 최우선 임무란 말이오. 댁의 저열

한 병사들을 기다린다니! 무슨 생각을 하는 거요!〉 그러고는
둘 다 코스토예트를 비난하는 거야. 협동조합원이고 알 만한
사람인 그가 바로 가까이에 있으면서도 무지하고 지각없는
자들인 병사들을 제지하지 못했다고. 〈더구나 인민주의자가〉
라고 말하는 거야. 물론 코스토예트도 가만히 있지 않았지.
그 사람 하는 말이 〈흥미롭군! 댁들 생각에는 죄수가 호송병
을 지켜야 하는 건가 보지? 정말로 암탉이 수탉처럼 울어야
한다는 말이로군.〉 내가 당신 허리며 어깨를 쿡쿡 찌르면서
〈유라, 일어나, 사람들이 탈주했어!〉라고 외치는데도 웬걸!
대포를 쏴도 깨우지 못했을 거야…… 하지만 미안해, 그 얘긴
나중에 하고…… 그런데…… 뭐라 형용할 수가 없네……! 아
빠, 유라, 봐요, 얼마나 아름다운지!」

　그들이 고개를 쑥 빼고 누운 창문 앞에는 눈이 녹아 끝도
없이 범람하고 있는 지역이 펼쳐져 있었다. 기슭 어디에서인
가 강이 시작되어 그 지류의 물이 철둑 가까이로 밀려오고
있었다. 높은 침상에서 내려다보면 시야가 짧아지므로 유유
히 달리는 기차는 곧장 물 위로 미끄러지는 것 같았다.

　물의 매끄러운 표면에는 철분이 함유된 푸르스름한 빛이
군데군데 퍼져 있었다. 나머지 표면에는 찬모가 기름 적신
깃털로 뜨거운 파이의 껍질을 바르듯 무더운 아침이 거울처
럼 반들반들한 물의 반점을 쫓아다니고 있었다.

　이 광대한 샛강 바닥에는 하얀 구름 기둥이 풀밭, 구덩이,
관목과 함께 말뚝처럼 잠겨 있었다.

　이 샛강 중간쯤에는 하늘과 땅 사이에 나무들이 위아래 이

중으로 걸려 있는 좁은 띠 모양의 땅이 보였다.

「오리들이군! 새끼들이야!」 알렉산드르 알렉산드로비치
가 그쪽을 보면서 외쳤다.

「어디요?」

「섬 옆에. 그쪽이 아니야. 더 오른쪽, 더 오른쪽. 제길, 날아
갔군, 놀란 모양이야.」

「아, 보입니다. 장인어른께 드릴 말씀이 있는데요, 알렉산
드르 알렉산드로비치. 나중에 말씀드릴게요. 그런데 우리 노
역 군인들과 부인들은 잘 도망친 겁니다. 아무에게도 해를 끼
치지 않고 조용히 간 거죠. 물 흘러가듯 그저 도망쳤을 뿐이
에요.」

24

북쪽의 백야가 끝나 가고 있었다. 모든 것이 보였고, 산과
관목 숲, 낭떠러지가 마치 만들진 것처럼 자신도 믿지 못하겠
다는 듯 서 있었다.

관목 숲이 이제 막 녹색을 띠기 시작했다. 그 속에서 몇 그
루의 귀룽나무가 꽃을 피웠다. 관목은 산 낭떠러지 아래, 역
시나 약간 떨어져서 절벽으로 떨어지는 좁은 지면에서 자라
고 있었다.

멀지 않은 곳에 폭포가 있었다. 폭포는 어디서나 보이지는
않고, 관목 숲 쪽 절벽 끝에서만 보였다. 바샤는 그곳까지 가

서 공포와 환희를 느끼기에는 너무 지쳐 있었다.

　주변에는 폭포와 겨루거나 쌍벽을 이룰 만한 것이 아무것도 없었다. 폭포는 그 유일무이함으로 인해 무시무시했고, 그것이 이 폭포를 생명과 의식이 있는 어떤 존재, 공물을 거둬 가고 주변 지역을 황폐화시키는 동화 속의 용이나 그 지역에 똬리를 튼 뱀으로 바꿔 놓았다.

　폭포는 반쯤 떨어지다가 절벽에 이빨처럼 툭 튀어나온 바위에 부서지며 두 갈래로 갈라졌다. 물의 위쪽 기둥은 거의 움직이지 않고, 아래쪽 두 개의 기둥은 거의 잡히지 않는 좌우 진동을 끊임없이 일으켰는데, 그것은 마치 폭포가 계속 미끄러지다가 몸을 곧추세우고, 또 미끄러지다가 몸을 곧추세우며 아무리 비틀거려도 두 다리로 굳세게 버티는 모양새 같았다.

　바샤는 가죽옷을 펼치고 관목 숲 가장자리에 누웠다. 새벽빛이 점점 또렷해지자, 날개가 무거운 거대한 새가 산 아래로 날아와 관목 숲 주변을 유유히 맴돌더니 바샤가 누운 자리 옆 전나무 꼭대기에 앉았다. 그는 고개를 들어 파랑새의 푸른 목과 회청색 가슴을 보고는 마법에 걸린 듯 소리 내어 속삭였다. 「론자.」 그것은 그 새의 우랄식 이름이었다. 그 후 그는 자리에서 일어나 땅에서 가죽옷을 집어 들어 몸에 걸치고는 숲 사이의 빈터를 가로질러 길벗에게 다가갔다. 그가 말했다.

　「가요, 아주머니, 몸이 얼었네요, 이를 부들부들 떨고 계세요. 뭐를 보고 계세요, 완전히 놀란 얼굴인데요? 나는 지금 사람의 말을 하고 있어요, 가야 한다고요. 상황을 아셔야죠. 마을에 갈 때까지는 버텨야 해요. 마을에서는 자기 마을 사람은 괴롭히지 않고 보호해 줘요. 이런 식으로 이틀 동안 먹지 않으면 우리는 배가 곯아 굶어 죽을 거예요. 십중팔구 보로뉴크 아저씨가 난리를 떨면서 우리를 찾으러 나섰을 거예요. 떠나야 해요, 팔라샤 아주머니, 그냥 간단히 말해서 달아나야 해요. 아주머니와 나는 큰일 났는데, 하루 종일 아주머니가 뭐라도 말을 좀 했으면 좋겠어요! 아주머니는 마음이 답답해서 말이 없는 거죠. 뭐를 슬퍼하시는 거예요? 아주머니가 카탸 아주머니, 카탸 오그리즈코바를 객차에서 밀어낸 건 고의가 아니었잖아요, 옆구리를 부딪쳤잖아요, 옆에서 봤어요. 그 아주머니는 그다음 멀쩡한 모습으로 풀밭에서 일어나 달려갔어요. 프로호르 아저씨도, 프로호르 하리토니치도 마찬가지였어요. 그들이 우리를 따라잡으면 다시 함께 있게 될 거예요. 어떻게 생각하세요? 중요한 건 슬퍼할 필요가 없다는 거예요, 그럼 아주머니의 혀도 다시 풀리게 될 거예요.」

타구노바는 땅에서 일어나 바샤에게 손을 내밀고 조용히 말했다.

「가자, 귀염둥이야.」

25

객차들이 차체 전체로 삐걱대며 높은 제방을 따라 산속으로 들어갔다. 제방 아래로는 그 키가 제방까지 미치지 못하는 아직 젊은 혼합림이 자라 있었다. 아래로는 얼마 전에 물이 빠진 풀밭이 있었다. 모래와 뒤섞인 풀밭은 여러 방향으로 무질서하게 누운 침목에 뒤덮여 있었다. 침목들은 아마도 뗏목을 만들려고 어딘가 가까이에 있는 삼림 지대에서 준비해 놓은 것일 텐데, 범람한 물에 씻겨 이곳까지 떠내려온 것 같았다.

제방 아래 젊은 숲은 겨울인 양 아직 거의 헐벗고 있었다. 촛농처럼 숲을 온통 뒤덮은 새싹에서만 오물이나 부스럼처럼 뭔가 잉여의 것, 일종의 무질서가 꼬이기 시작했는데, 이 잉여의 것, 무질서와 오물이 바로 생명이었고, 그 생명은 숲에서 제일 먼저 싹을 틔운 나무들을 녹색 불꽃으로 감싸고 있었다.

활짝 열린 쌍떡잎이 가시와 화살처럼 꽂힌 자작나무들이 여기저기서 순교자처럼 몸을 곧게 펴고 서 있었다. 나무들이 어떤 향기를 풍기는지는 보기만 해도 알 수 있었다. 반짝이는 것과 똑같은 향을 풍겼다. 도료를 끓일 때 쓰는 메틸 알코올 향이었다.

선로는 곧 씻겨 내려온 통나무들이 원래 쌓여 있었을 지점과 높이가 같아졌다. 숲속 모퉁이를 돌자 나무 톱밥과 조각들이 여기저기 흩어져 있는 빈터가 나타났다. 세 겹으로 쌓은 아름드리 통나무 무더기들이 그 빈터의 중간에 놓여 있었다. 기관사는 벌목장 옆에서 브레이크를 잡았다. 기차는 차체를 떨더니 높은 활처럼 몸을 크게 둥글려 약간 기울어진 자세로 멈춰 섰다.

증기 기관차는 짧게 개 짖는 듯한 기적 소리를 울렸고, 사람들은 뭐라고 큰 소리를 질렀다. 승객들은 기관사가 땔감을 보충하기 위해 신호 없이 기차를 세웠다는 것을 알아차렸다.

난방 화차의 문짝들이 활짝 열렸다. 노반으로 작은 도시의 인구는 될 만큼의 사람들이 쏟아져 나왔는데, 언제나 비상 작업 시 열외였던 앞쪽 객차의 동원병들은 지금도 작업에 참여하지 않았다.

빈터에 쌓인 장작더미들은 연료차를 채우기에 부족해 보였다. 거기에 더해 세 겹으로 쌓아 놓은 긴 통나무 몇 개는 켜야 할 필요가 있었다.

증기 기관차 승무원들의 살림에는 늘 톱이 있었다. 두 사람당 하나씩 돌아가도록 희망자에게 톱을 배당했다. 교수도 사위와 함께 톱을 받았다.

군인들용 난방 화차의 열린 문 사이로 명랑한 표정의 얼굴들이 얼굴을 내밀었다. 포화를 겪어 보지 못한 청소년들인 해군 학교 상급생들이 군사 훈련만 이제 막 마친지라 역시 화약 냄새도 맡아 보지 못한 기혼의 음울한 노동자들의 객차에 실수로 배정된 것 같았다. 생도들은 깊은 생각에 빠져들지 않으려고 일부러 소란을 피우며 나이가 더 많은 수병들과 어리석은 장난질을 치고 있었다. 모두가 호된 시련의 시기가 가까워진 것을 감지하고 있었다.

장난꾸러기들이 톱질하는 남녀들을 귀청이 떠나갈 듯이 조롱하며 배웅했다.

「어이, 할아버지! 나는 젖먹이예요, 아직 엄마 젖을 떼지 않았어요, 그래서 육체노동을 할 수 없어요. 어이, 마브라!

스커트 자락까지 켜지 않게 조심해, 바람 들어갈라. 어이! 젊은 아가씨! 숲으로 가지 말고 차라리 나한테 시집이나 오지.」

26

숲에는 말뚝을 십자 모양으로 묶어 만든 톱질대 몇 개의 끝이 땅에 박혀 비죽 튀어나와 있었다. 하나가 비어 있었다. 유리 안드레예비치와 알렉산드르 알렉산드로비치는 그 위에서 톱질을 하려고 자리를 잡았다.

때는 반년쯤 전에 땅이 눈 밑으로 들어갈 때의 모습 그대로 다시 눈 밖으로 몸을 내미는 봄이었다. 숲은 습기를 내뿜고 온통 지난해의 낙엽들에 뒤덮여 마치 수년 동안의 영수증과 편지, 통지서를 갈기갈기 찢어 놓고 미처 쓸지 못한, 치우지 않은 방 같았다.

「그렇게 빨리 하지 마세요, 지치십니다.」 의사는 톱질을 더 느리게 천천히 하면서 알렉산드르 알렉산드로비치에게 이렇게 말하고는 쉬자고 제안했다.

서로 보조를 맞추든, 제멋대로이든 목이 쉰 듯한 톱질 소리가 앞뒤 숲 전체로 울려 퍼졌다. 어딘가 아주 먼 곳에서 꾀꼬리가 제일 먼저 목청을 가다듬었다. 검은 개똥지바귀가 꼭 망가진 플루트를 불 듯 그보다 더 띄엄띄엄한 간격으로 휘파람을 불었다. 증기 기관의 밸브에서 나오는 증기마저 비둘기가 구구 노래하는 듯한 소리를 내며 하늘로 올라갔는데, 그것은 마치 유아방 알코올 램프 위에서 우유가 끓으며 내는 소리 같았다.

「자네, 뭔가 하고 싶은 얘기가 있다고 한 것 같은데.」 알렉 산드르 알렉산드로비치가 상기시켰다. 「자네 잊었나? 상황 이 이랬지, 범람 지역을 통과하고, 오리들이 날고, 자네가 생 각에 잠겨 말했지. 〈장인어른께 드릴 말씀이 있는데요〉라고.」

「아, 맞아요. 그런데 그걸 어떻게 더 짧게 표현할 수 있을 지 모르겠어요. 보세요, 우리는 점점 더 깊이 들어가고 있어 요…… 이곳도 전 지역이 동요하고 있지요. 우리는 곧 도착할 겁니다. 우리가 목적지에서 무엇을 보게 될지 전혀 알 수 없 어요. 모든 경우에 대비해 입을 맞춰 놔야 합니다. 신념에 대 해 하는 말이 아닙니다. 봄을 맞은 숲에서 5분간의 대화로 그 걸 설명하거나 확립한다는 건 어리석은 일이지요. 우리는 서 로를 아주 잘 알고 있습니다. 우리 세 사람, 그러니까 장인어 른과 저와 토냐는 우리 시대의 많은 이들과 함께 하나의 세 계를 이루고 있습니다, 그걸 이해하는 정도에서만 서로 다를 뿐이에요. 저는 그 말을 하고 있는 게 아닙니다. 그건 기본이 고요. 저는 다른 말을 하고 있는 겁니다. 몇몇 상황에서 어떤 행동을 취할지 미리 정해 놓을 필요가 있습니다. 서로로 인 해 얼굴을 붉히고, 서로에게 치욕스러운 오점을 남기지 않기 위해서요.」

「충분히 알았네. 동의하네. 자네의 문제 제기가 마음에 드 는군. 적절한 단어를 잘 찾았군그래. 내가 자네에게 말을 함 세. 자네가 첫 포고령이 실린 신문을 가져왔던 날 밤을 기억하는가, 눈보라가 치던 겨울밤이었지. 얼마나 전례 없이 무조건적이었던지 기억나는가. 그 직선적인 면모가 모두를 압도했지. 그러나 그런 건 그걸 만든 사람들의 머리에만, 그것도 포고한 첫날에만 최초의 순수한 모습으로 살아 있을 뿐이지. 정치적 위선은 다음 날 바로 모든 것을 뒤집어 버린다네. 내가 자네에게 무슨 말을 할 수 있겠나? 이 철학은 내게 낯선 것이야. 이 권력은 우리에게 적대적이지. 이 혼란에 동의하느냐고 내게 물은 적이 없어. 하지만 저들이 나를 신임했고, 내 행동은 강요된 것이었다고 할지라도 나를 얽매게 하네.

토냐는 텃밭 가꾸는 시기에 늦지 않겠느냐고, 파종 시기를 놓치지 않겠느냐고 묻곤 하지. 그 아이에게 뭐라고 대답해야겠나? 나는 이곳의 토양을 모르네. 기후 조건은 또 어떠한가? 지나치게 여름이 짧아. 이곳에서 뭐든 여물기는 할까?

그렇지, 그런데 우리는 정말 텃밭이나 가꾸려고 이 멀리까지 가고 있는 건가?〈특별한 일도 없이 공연히 먼 걸음만 한다〉고 말장난할 것도 없이, 정말 안타까운 건 우리가 3천~4천 킬로미터가 넘는 길을 가고 있다는 걸세. 아닐세, 솔직히 말하면 우리가 이렇게 멀리까지 가는 건 전혀 다른 목적이 있어서야. 우리는 현대적으로 무위도식하기 위해, 옛 조상들의 숲과 기계, 비품들을 탕진하는 데 가담하기 위해 가고 있는 걸세. 그 재산을 회복하기 위해서가 아니라 그것을 탕진하기 위해, 푼돈으로 생계를 유지하려고 통념에 맞지 않는 혼란스러운 현대적인 형태로 틀림없이 수천의 재산을 몽땅 사회주의적으로 소진하기 위해 가고 있단 말이네. 내게 많은 돈을 줘

보게나, 나는 선물로 준다고 해도 낡은 원칙에 따라 공장을 받지는 않을 걸세. 그건 벌거벗은 채로 다니거나, 읽고 쓰는 것을 잊는 것만큼이나 야만적인 일이야. 아니, 러시아에서는 사유 재산의 역사가 종말을 맞이했네. 개인적으로 우리 그로메코 집안은 이미 지난 세대에 재산 축적의 욕망과는 이별을 했지.」

27

숨이 막히도록 답답한 공기로 인해 잠을 이룰 수 없었다. 의사의 머리는 땀으로 젖은 베개 위에서 헤엄치고 있었다.

그는 침상의 가장자리에서 조심스럽게 내려와 아무도 깨우지 않으려고 조용히 객차 문을 열었다.

마치 지하실에서 얼굴에 거미줄이 걸릴 때처럼 그의 얼굴로 찐득한 습기가 훅 들이쳤다. 〈안개로군.〉 그가 짐작했다. 〈안개야, 낮에는 태울 것처럼 무덥겠군. 그래서 그렇게 숨 쉬기가 힘들고, 무거운 것이 가슴을 짓누르는 듯했군.〉

노반으로 내려서기 전에 의사는 주변 소리에 귀를 기울이며 문간에 서 있었다.

기차는 분기점에 해당하는 아주 큰 역에 서 있었다. 정적과 안개 말고는 아무것도 없어, 객차들은 실재하지 않는 어떤 곳에 버려진 것처럼 침잠해 마치 잊힌 듯했다. 그 증거로 차량은 아주 구석진 곳에 서 있었고, 차량과 먼 역 건물 사이에 철로가 그물망처럼 뻗어 있어서, 만일 그곳 땅이 벌어져 건물을 삼킨다고 해도 군용 차량 안에서는 아무것도 알아채지 못했을 것이다.[17]

멀리서 두 종류의 소리가 희미하게 울려 퍼지고 있었다.

그들이 지나온 뒤쪽에서는 마치 빨래를 빠는 듯, 혹은 바람에 젖은 깃발이 게양대에 부딪치는 듯 규칙적으로 나부끼는 소리가 들렸다.

앞쪽에서는 전장 경험이 있던 의사가 몸을 부르르 떨며 귀를 곤두서게 만드는 우르릉 소리가 들렸다.

〈장거리포로군.〉그는 저음의 절제된 음으로 평온히 고르게 울리는 그 소리에 귀를 기울이며 결론을 내렸다.

〈그렇군. 최전방에 다가선 거야.〉의사는 이렇게 생각하고 머리를 흔들며 객차에서 땅으로 뛰어내렸다.

그는 앞으로 몇 걸음 더 걸어갔다. 뒤이은 두 개의 차량 뒤에서 기차가 끊어져 있었다. 차량은 기관차 없이 서 있었다. 기관차는 떼어진 앞 차량들과 함께 어디론가 가고 없었다.

〈바로 이래서 그 사람들이 어제 그렇게 호기를 부렸던 거야.〉의사는 생각했다. 〈도착하기만 하면 그 자리에서 바로 포화 속으로 집어넣으리라는 것을 분명 느꼈던 거야.〉

그는 선로를 가로질러 역으로 가는 길을 찾으려고 기차의 끝을 돌았다. 마치 땅에서 솟은 듯 차량 구석에서 소총을 든

17 이 부분은 1957년 이탈리아 밀라노에서 출판된 판본에 따른 번역이다. 페레스트로이카 이후 러시아에서 나온 판본에서 이 부분은 〈그 증거로 차량과 먼 역 건물 사이에 거리가 아주 멀었고 철로가 무한한 그물망처럼 깔려 있었다〉로 되어 있다.

경비병이 나타났다. 그는 크지 않은 소리로 단호하게 물었다.

「어디 가는 거요? 통행증!」

「여기가 무슨 역입니까?」

「아무 역도 아니요. 그러는 당신은 누구요?」

「저는 모스크바에서 온 의사입니다. 가족과 함께 이 수송차를 타고 가고 있지요. 여기 제 신분증이 있습니다.」

「당신 신분증 따위는 쓸데없어. 내가 눈 버리게 어두운 데서 서류나 읽을까. 봐, 안개가 끼었잖아. 1킬로미터나 떨어졌어도 신분증 없이도 당신이 어떤 의사인지를 알겠네. 당신 같은 의사들이 12인치 대포를 쾅쾅 쏴대고 있잖아. 진짜로 때려눕히고 싶지만, 아직 일러. 아직 멀쩡할 때 뒤로 물러나.」

〈나를 다른 사람으로 생각하는군.〉 의사가 생각했다. 경비병과 논쟁한다는 건 의미 없는 일이었다. 사실 늦기 전에 뒤로 물러나는 게 상책이었다. 의사는 반대편으로 몸을 돌렸다.

포성이 그의 등 뒤에서 멎었다. 그 방향은 동쪽이었다. 그쪽 안개 연무에서 태양이 떠올라 안개에 싸인 두 절벽 사이로 얼굴을 희미하게 내밀었는데, 그 모습은 마치 목욕탕에서 벌거벗은 이들이 비누를 머금은 증기 구름 사이로 어른대는 것 같았다.

의사는 기차의 객차를 따라 걸었다. 그는 객차를 모두 지나 계속해서 앞으로 나아갔다. 발걸음을 뗄 때마다 그의 발은 부드러운 모래 속으로 점점 더 깊숙이 빠져들었다.

규칙적으로 철썩이는 소리가 점점 더 가까워졌다. 지대는 약간 경사를 이루며 아래로 내려갔다. 몇 걸음을 더 가다가 의사는 안개로 인해 더 크게 보이는 불분명한 윤곽 앞에 서게 되었다. 앞으로 한 발자국을 더 내딛자 유리 안드레예비치 앞에 강가로 끌어 올려진 돛단배의 선미 돌출부가 안개 속에서 드러났다. 그는 넓은 강기슭에 서 있었는데, 게으르고 잔잔한 물결이 어부용 대형 보트의 뱃전과 강가의 계류용 다리의 작은 나무판자를 지친 듯 느리게 치고 있었다.

「누가 여기서 어슬렁거리라고 했나?」 다른 경비병이 강가에서 오며 물었다.

「이게 무슨 강입니까?」 의사는 조금 전의 경험 탓에 온 마음과 힘을 다해 아무것도 묻고 싶지 않았지만, 의지에 반해 이렇게 내뱉고 말았다.

대답 대신 경비병은 잇새에 호루라기를 넣었지만, 미처 그것을 사용할 수는 없었다. 그가 호루라기로 부르려고 했던 첫 번째 경비병이 눈치채지 못하게 유리 안드레예비치를 따라오다가, 자진해서 동료에게 다가왔던 것이다. 두 사람은 이야기를 나누기 시작했다.

「생각할 것도 없어. 나는 걸 보고 어떤 새인지 알아. 〈이게 무슨 역이냐, 이게 무슨 강이냐? 뭐로 우리 눈을 속이려고 한 건지 알겠지. 네 생각에는 어때, 곧바로 곳으로 데려갈까? 아니면 먼저 열차로 데려갈까?」

「열차로 데려가지. 대장이 말하는 대로 하자. 신분증.」 두 번째 경비병이 고함을 지르고 의사가 내민 증명서 봉투를 한 움큼 낚아챘다.

「지키고 서 있어, 고향 친구.」 그는 누군지 알 수 없는 사람에게 이렇게 말하고는, 첫 번째 경비병과 함께 길 깊숙이 안쪽에 있는 역을 향해 걷기 시작했다.

그때 모래 위에 누워 있던, 보기에 어부인 듯한 사람이 상황을 설명해 주기 위해 목구멍을 그렁그렁 울리며 몸을 움직이기 시작했다.

「저 사람이 자기 사람들한테 댁을 데려가고 싶어 한다는 건 댁으로서는 다행스러운 일이오. 어쩌면 댁은 살아날지도 모르겠소. 다만 저 사람들을 너무 비난하지는 마시오. 그게 저 사람들 임무니까. 민중의 시대요. 어쩌면 더 나아질 수도 있겠지. 아직은 말할 게 없어요. 보다시피 저들은 착각을 한 모양이오. 한 사람을 꼭 잡으려고 하는데, 댁이 그 사람이라고 생각하는가 보오. 바로 이 사람, 노동자 정권의 원수를 잡았다고 생각하겠지. 실수요. 만일의 경우 우두머리를 만나게 해달라고 우기시오. 저 두 녀석한테 항복하지 마시오. 저들은 의식 분자니, 큰일이오. 제발 잘 되어야 할 텐데. 저들한테는 댁 하나 없애는 건 일도 아니요. 저들이 가자고 해도 가지 마시오. 우두머리한테 데려다달라고 해요.」

어부를 통해 유리 안드레예비치는 그 앞에 흐르는 강이 유명한 배가 다닐 수 있는 린바강이고, 강 근처 철도역이 도시 유랴틴의 교외 강가 공장 지역인 라즈빌리예라는 것을 알게 되었다. 그는 적군(赤軍)이 2~3킬로미터 위쪽에 있는 유랴틴을 줄곧 공략해 이미 백군에게서 탈환했다는 것을 알아냈다. 어부는 라즈빌리예도 무질서가 판을 치고 있었는데, 역시 진압된 듯하다고 그에게 말했다. 역에 이웃한 지역들에서 민간인들이 퇴거를 당했고, 가장 엄중한 차단선이 구축되었기 때문에 주변에 정적만 흐른다고 했다. 마침내 그는 군수 시설이 설치된 선로 위의 열차들 가운데 지방 군사령관인 스트렐니코프의 특별 열차가 있으며, 그 객차로 의사의 서류들을 가져갔다는 사실을 알아냈다.

잠시 후 그곳에서 예전 경비병들과는 다른 새로운 경비병이 의사를 데리러 나타났다. 그는 소총의 개머리판을 땅에 질질 끌거나, 마치 그가 없으면 땅에 쓰러질 것 같은 술 취한 친구를 팔로 끌고 가듯 자기 앞에 소총을 앞세우고 있었다. 그는 의사를 군사 위원의 객차로 데려갔다.

28

경비병과 의사가 보초에게 암호를 대고 가죽이 깔린 통로로 서로 연결된 차량 두 대 중 하나에 올라가자, 안에서 들리던 웃음소리와 움직이는 소리는 삽시간에 잠잠해졌다.

경비병은 의사를 좁은 복도를 통해 넓은 중간 객실로 인도했다. 그곳은 조용하고 질서 정연했다. 잘 차려입은 단정한 사람들이 깨끗하고 쾌적한 장소에서 일하고 있었다. 의사는 짧은 기간에 유명해지고 전 지역에 위협적인 인물이 된 비당원 군사 전문가의 본부를 전혀 다르게 상상하고 있었다.

그러나 그의 활동 중심 공간은 아마도 이곳이 아니라 앞쪽 어딘가, 군사 작전이 진행되는 지역과 조금 더 가까운 전선

본부에 있을 것 같았다. 이곳에는 그의 개인적인 구역, 즉 집안 같은 작은 집무실과 야전용 이동식 침대만 있었다.

그래서 이곳은 부드러운 실내화를 신은 종업원들이 소리 없이 다니는, 코르크 바닥과 카펫이 깔린 뜨거운 바다 온천장의 복도처럼 조용했다.

객차의 중간 객실은 예전에 식당으로 쓰던 홀이었는데, 양탄자를 깔아 사령실로 개조되어 있었다. 객실에는 몇 개의 책상이 놓여 있었다.

「잠깐 기다리게.」 입구에서 제일 가까운 곳에 앉아 있던 젊은 군인이 말했다. 이렇게 말한 뒤에는 책상 앞에 앉은 모든 사람이 의사에 대해서는 잊어도 된다고 생각했는지, 그에 대해 모든 신경을 끊어 버렸다. 그 군인이 대충 고개를 끄덕여 경비병을 놓아주자, 경비병은 소총의 개머리판으로 복도에 설치된 철제 봉을 긁으며 멀어져 갔다.

의사는 먼 곳에 놓인 자신의 서류를 문지방에서 보았다. 서류는 마지막 책상 끝에 놓여 있었는데, 그 앞에는 옛 사령관의 풍모를 지닌 나이가 조금 더 많은 중년의 군인이 앉아 있었다. 그는 통계를 내는 군인 같았다. 그는 코 밑으로 고양이처럼 가릉거리는 소리를 내면서 요람을 들여다보고, 군사 지도를 살펴보고, 뭔가를 대조하고 검토하면서 자르고 붙이기를 했다. 그는 방 안에 있는 창문을 모두 차례차례 둘러보더니 말했다. 「오늘은 덥겠어요.」 그는 자신이 창을 모조리 관찰한 결과 정확히 그런 결론을 내린 것이고, 모든 사람이 그걸 똑같이 알아채는 건 아니라고 말하는 것 같았다.

바닥에는 한 군인 기술자가 어떤 끊어진 배선을 복구하기 위해 책상 사이로 기어다니고 있었다. 그가 젊은 군인의 책상 밑으로 기어 들어가자, 젊은 군인은 그를 방해하지 않으려고 자리에서 일어났다. 옆에서는 보호색의 남성용 재킷을 입은 여자 타이피스트가 망가진 타자기 위에서 고군분투하고 있었다. 타자기의 움직이는 이동대가 지나치게 옆으로 튀어나와 틀에 꽉 끼어 있었던 것이다. 젊은 군인이 그녀의 등받이 없는 의자 뒤에 서서 위에서 내려다보며 그녀와 함께 고장의 원인을 찾고 있었다. 군인 기술자가 타자기 쪽으로 기어가 레버와 톱니바퀴 장치를 살폈다. 사령관 풍모의 대장이 자기 자리에서 일어나 그들에게 다가갔다. 모두가 타자기에 매달렸다.

이런 장면이 의사를 안심시켰다. 그의 운명에 대해 그보다 더 잘 알고 있을 사람들이 죽을 운명에 처한 사람 앞에서 이처럼 사소한 일에 태평스럽게 골몰할 리는 없을 것 같았다.

〈하지만 누가 저들을 알 수 있을까?〉 의사는 생각했다. 〈저들의 평온함은 어디서 오는 걸까? 옆에서는 대포가 울리고 사람들이 죽어 나가는데, 저들은 백열전(白熱戰)이라는 의미에서가 아니라 무더운 날씨라는 의미에서 더운 날을 예견하고 있으니. 아니면 너무 많은 것을 봐서 모든 것이 저들 속에서 무뎌진 것은 아닐까?〉

그는 할 일이 없어 자기 자리에서 객실 맞은편에 있는 창밖을 바라보기 시작했다.

29

기차 앞 이쪽 편으로 나머지 선로가 죽 뻗어 있었고, 라즈빌리예 교외의 산 위에 동명(同名)의 역이 있는 것이 보였다.

선로에서 역까지는 세 단의 승강단이 있는 칠이 되지 않은 계단이 이어져 있었다.

이쪽에 있는 선로는 거대한 증기 기관차의 무덤이었다. 연료 차가 없고, 잔과 장화 목 모양의 화통이 달린 낡은 기관차들이 버려진 객차들 더미 사이에서 서로 화통을 향해 돌린 채 서 있었다.

아래쪽의 기관차 무덤과 교외의 묘지, 선로 위에 부서진 철과 변두리의 녹슨 지붕과 간판들이 이른 아침의 열기로 뜨거워진 하얀 하늘 아래에서 어우러져 황폐하고 쇠락한 풍경을 자아내고 있었다.

모스크바에 있을 때 유리 안드레예비치는 도시마다 얼마나 많은 간판이 있는지, 그것이 건물 전면에서 얼마나 큰 면적을 차지하는지를 잊고 지냈었다. 이곳의 간판들이 그에게 그 점을 상기시켜 주었다. 글자가 컸기 때문에 간판에 적힌 글자의 절반을 기차에서 읽을 수 있었다. 간판들은 기울어진 단층 건물의 뒤틀린 창틀까지 아주 낮게 내려와서 땅딸막한 집들은 아버지의 큰 모자를 푹 눌러쓴 농부 아이의 머리처럼 그 아래로 사라져 보이지 않았다.

그즈음 안개가 완전히 걷혔다. 안개의 흔적은 멀리 동쪽 하늘 왼쪽에만 남아 있었다. 그러나 그 흔적마저도 무대 장막의 끝자락처럼 흔들리더니 이리저리 움직여 흩어졌다.

저쪽 라즈빌리예에서 3킬로미터 떨어진 곳, 교외보다 조금 높은 산에는 군청 혹은 주청 소재지의 거대한 도시가 돌출되어 있었다. 태양은 도시의 색채에 황색 빛을 더해 주었고, 거리가 도시의 선을 단순화시키고 있었다. 도시는 값싼 목판화에 그려진 아토스산 혹은 은둔자의 독수방처럼 높은 곳에 집 위에 집, 거리 위에 거리가 놓인 듯 층을 이루며 달라붙어 있었고, 산꼭대기 한가운데에는 거대한 성당이 있었다.

〈유랴틴이다!〉 의사가 흥분해서 생각했다. 〈고인이 되신 안나 이바노브나가 회상하고, 간호사 안티포바가 자주 언급했던 곳! 그 두 사람에게서 이 도시의 이름을 얼마나 많이 들었던가, 그리고 이런 상황에서 저 도시를 처음 보게 되는구나!〉

그 순간 타자기에 몸을 기울이고 있던 군인들의 관심이 무엇 때문인지 창밖으로 쏠렸다. 그들은 그쪽으로 고개를 돌렸다. 의사도 그들을 따라 시선을 돌렸다.

역으로 가는 계단 위로 포로가 되었거나 체포된 군인들 몇 명이 연행 중이었는데, 그들 중에는 머리에 부상을 입은 김나지움 학생도 있었다. 어디에서인가 그에게 벌써 붕대를 감아 주었지만 붕대 아래로 피가 새어 나오자, 그는 햇볕에 그을리고 땀에 젖은 얼굴에 흐르는 그 피를 손바닥으로 문질러 대고 있었다.

두 적군 병사 사이에 끼어 행렬의 끝줄에 있던 김나지움 학생은 아름다운 얼굴이 내뿜는 단호함뿐 아니라, 그렇게나 젊은 반란자가 불러일으키는 안타까움으로 말미암아 사람들의 관심을 끌었다. 그와 그를 호송하는 두 병사는 무의미한 행동으로 시선을 끌었다. 그들은 해서는 안 되는 행동을 계속 하고 있었다.

붕대를 감은 김나지움 학생의 머리에서 끊임없이 군모가 흘러내렸다. 그는 군모를 벗어 손에 들고 가는 대신 동여맨 부상에 해가 되는데도 자꾸만 모자를 아래로 꼭 눌러 고쳐 썼고, 두 명의 적군 병사는 자진해서 그를 도와주고 있었다.

건전한 상식에 반하는 이런 어리석은 행동에는 뭔가 상징적인 것이 있었다. 그 의미심장함에 경도된 의사는 승강장으로 뛰어나가 목구멍까지 올라온 말을 바깥으로 내뱉어서 김나지움 학생을 멈춰 세우고 싶었다. 그는 소년에게도, 열차 안에 있는 사람들에게도 구원은 형식에 충실한 데 있는 것이 아니라, 형식으로부터 자유로워지는 데 있다고 외치고 싶었다.

의사는 시선을 옆으로 돌렸다. 객실 한가운데는 반듯하고 몹시 빠른 발걸음으로 이제 막 그곳에 들어온 스트렐니코프가 서 있었다.

의사는 어떻게 그렇게 무한하게 불특정한 사람들과 알고 지내면서도 지금까지 이 사람처럼 그렇게 특정한 사람을 알지 못했을까? 어떻게 삶은 그들을 만나게 하지 않은 걸까? 어떻게 그들의 길은 마주친 적이 없었던 걸까?

왜인지는 모르겠지만, 이 사람은 완벽한 의지의 화신이라는 것이 한눈에 확연히 보였다. 그는 자신이 너무나도 되고 싶었던 수준의 모습에 도달해서, 그의 외면과 내면에 있는 모든 것이 피할 수 없이 모범적인 것 같았다. 그의 균형 잡힌 아름다운 두상도, 그의 빠른 걸음걸이도, 더러울지 모르지만 닦인 것 같은 높은 장화를 신은 그의 긴 다리도, 어쩌면 구겨졌을지 모르지만 다렸다는 인상을 주는 아마포 같은 회색 나사 천 군복 저고리도.

지상에 존재하는 어떤 상황에서든, 마치 안장에 앉은 듯 당당해서 긴장감을 모르고, 그럼으로써 사람의 마음을 끄는 자연스러움의 천부적 재능이 그런 반응을 일으키는 것이었다.

이 사람은 반드시 독창적이라고는 할 수 없는 어떤 재능을 소유하고 있었다. 그의 모든 행동에서 드러나는 재능은 모방의 재능일 수 있었다. 당시에는 모두가 누군가를 모방하고 있었다. 영광스러운 역사의 영웅들을. 전선 혹은 도시에서 동요가 있던 날에 상상력을 자극하고 두드러졌던 인물들을. 민중에게서 인정을 받은 권위자들을. 전면에 나선 동지들을. 그냥 서로를 모방하고 있었다.

그는 예의상 낯선 사람이 있는 것이 그를 놀라게 하거나 불편하게 한다는 것을 드러내지 않았다. 정반대로 그는 마치 의사도 그들 모임에 속한다는 듯한 태도로 모든 사람에게 말을 건넸다. 그가 말했다.

「축하하네. 우리가 저들을 쫓아냈네. 이건 군사 행동이 아니라 일종의 놀이 같았지. 저들도 우리처럼 러시아인이지만, 바보짓을 버리지 못해 계속하는 러시아인들이니 우리가 힘으로 깨부술 밖에. 저들을 지휘한 사람은 내 친구였네. 그 친구는 나보다 더 뼛속까지 프롤레타리아트 출신이야. 우리는 한 마당에서 컸지. 그 친구는 살면서 내게 많은 덕을 베풀어 줘서 신세를 갚아야 하는 사람이야. 하지만 나는 그 친구를 강 너머, 어쩌면 더 멀리로 내쫓아서 기분이 좋네. 어서 통신망을 복구하게, 구리야. 전령과 전보만으로 버틸 수는 없으니까. 얼마나 더운지 눈치챘나? 어쨌든 난 한 시간 반 정도 잠을 잤어. 아, 맞다.」그는 문득 알아차리고는 의사에게 몸을 돌렸다. 그를 깨웠던 이유가 기억났던 것이다. 붙잡힌 이 사람이 여기 서 있으니 이 사소한 일을 처리하라고 그를 깨웠던 것이다.

〈이 사람인가?〉 스트렐니코프는 시험하는 눈빛으로 의사를 머리끝부터 발끝까지 쳐다보며 생각했다. 〈하나도 닮은 데가 없구먼. 바보들 같으니라고!〉 그는 웃음을 터뜨리고 유리 안드레예비치에게 말했다.

「용서하십시오, 동지. 선생을 다른 사람으로 착각했습니다. 제 경비병들이 혼동했어요. 가져도 됩니다. 동지의 노동 수첩[18]은 어디 있습니까? 아, 이게 선생의 서류로군요. 무례함을 용서하십시오, 잠깐 들여다보겠습니다. 지바고…… 지바고…… 닥터 지바고…… 뭔가 모스크바적인 게 있는데…… 잠시 제 방으로 같이 가시죠. 이곳은 서기국입니다. 제 차량은 옆에 있습니다. 가시죠. 오랫동안 붙잡아 두지는 않겠습니다.」

---

18 혁명 이전에 특별한 범주의 사람들에게만 적용되었던 경력 기록장이 1917년 10월 혁명 이후 노동 수첩으로 변경되어 모든 노동자에게 지급되었다. 성, 이름, 부칭, 생년월일, 교육, 직업, 전문 분야, 채용과 해고, 이직 관련 자료들이 이 수첩에 기록되었고, 당사자의 서명으로 확인되었다.

30

그런데 이 사람은 누구였을까? 당원이 아닌 사람이 어떻게 이런 자리에 올라 그 자리를 지켜 냈는지 놀라운 일이었다. 그는 모스크바 출신으로 대학을 졸업한 후 지방에 내려와 교사로 일하다가 전쟁 때 오랫동안 포로로 잡혀 있었기 때문에, 얼마 전까지만 해도 존재하지 않는 죽은 사람으로 여겨졌었다. 그래서 그에 대해 아는 사람이 아무도 없었다.

어릴 때 스트렐니코프를 양육했던 가정의 진보적인 철도원인 티베르진이 그를 추천했고, 그의 신원을 보증해 주었다. 당시 인사를 결정하던 사람들이 그를 신뢰했다. 과도한 열정과 가장 극단적인 시각만이 판치던 시대에 그 무엇 앞에서도 멈출 줄 모르던 스트렐니코프의 혁명성은 다른 사람의 소리를 듣고 따라 읊조리는 것이 아닌, 그의 전 생애에 걸쳐 준비되어 온 필연적인 광신성과 진정성으로 말미암아 특별했다.

스트렐니코프는 그에게 보여 준 신뢰가 옳았다는 것을 증명해 보였다.

최근 그의 전력으로는 우스티-넴다와 니즈니-켈메스 전투, 식량 보급 부대에서 무력으로 저항한 구바소보 마을 농부들 진압, 멧베지야 저지대 역에서 식량 화물 열차를 약탈한 제14 보병 연대 진압이 있었다. 그의 기록에는 투르카투이 시에서 봉기를 일으키고 무기를 든 채 백군 근위대 쪽으로 넘어간 반란 병사들의 토벌과 치르킨 우스강 부두에서 소비에트 권력에 충실했던 대장을 죽인 군사 폭동의 진압 사건도 포함되어 있다.

그는 모든 곳에서 청천벽력처럼 급습해 들어가 재판에 회부하고 판결을 내린 후 그 판결을 신속하게, 엄중하게, 단호하게 실행에 옮겼다.

그의 열차가 돌아다니므로 변방에서의 전반적인 탈주에도 제동이 걸렸다. 모병 기관에 대한 검사가 모든 것을 바꾸어 놓았다. 적군의 모집은 성공적으로 진행되었다. 모병 위원회는 열정적으로 일하기 시작했다.

최근에는 마침내 백군이 북쪽에서 습격하기 시작해 상황이 위협적이라는 판단이 들자, 스트렐니코프에게 군사적, 전략적으로 중요한 새로운 임무가 직접 부여되었다. 그가 개입한 효과가 즉각 나타나기 시작했다.

스트렐니코프는 그에게 라스트렐니코프[19]라는 별명이 붙었다는 것을 알고 있었다. 그는 평온했으며, 그 별명에 아랑곳하지 않았다. 그는 아무것도 두려워하지 않았다.

그는 모스크바 출신으로 1905년 혁명에 참가했다가 그로인해 고통을 당한 노동자의 아들이었다. 그 자신은 그 당시 나이가 어렸기 때문에, 그리고 뒤이어 대학을 다닐 때는 가난한 배경 출신의 젊은이들이 으레 그렇듯 고등 교육 기관에 들어가, 그 교육을 더 소중히 여겨 부잣집 아이들보다 훨씬

19 스트렐니코프라는 이름은 〈총을 쏘다〉라는 단어 〈스트렐랴티〉에서 따왔고, 라스트렐니코프는 〈라스트렐랴티〉에서 따왔다. 〈라스트렐랴티〉에서 〈라스〉는 〈여러 번〉, 〈여러 방향〉을 의미하는 접두어로 〈여러 번 총을 쏘다〉라는 의미를 지닌다. 라스트렐니코프는 〈무차별적으로 총살하는 자〉의 의미를 지닌다.

더 공부를 열심히 했기 때문에 혁명 운동에서 빗겨 나 있었다. 생활에 어려움이 없는 학창 시절의 방황은 그와 상관없는 일이었다. 그는 어마어마한 지식을 갖고 대학을 졸업했다. 그는 역사인문학을 전공했지만, 자기 혼자 힘으로 수학까지도 공부했다.

법률상 그는 군대를 가지 않아도 되었지만, 자원병으로 전쟁터에 나가 소위보로서 포로로 잡혔고, 1917년 말에 러시아에서 혁명이 일어났다는 소식을 접한 후 고향으로 도주했다.

두 가지 특징과 두 가지 열정이 그를 특별하게 만들었다.

그는 명확하고 공정하게 사유하는 데 특출했다. 그리고 그는 드물 정도로 도덕적 순수함과 공명정대함의 재능을 소유하고 있었고, 열렬하고 고결한 감정을 갖고 있었다.

그러나 새 길을 놓아야 하는 학자의 활동을 하기에 그의 지성에는 의외의 재능, 그러니까 예기치 못한 발견으로 무의미한 예측의 쓸모없는 조화를 깨버리는 힘이 부족했다.

선을 행하기에 그는 원칙주의자였고, 일반적인 경우를 알지 못하면서 개별적인 경우만 알고, 작은 일을 행하는 것이 위대하다고 여기는 마음의 무원칙성이 부족했다.

스트렐니코프는 어린 시절부터 가장 고원하고 빛나는 것을 갈망했다. 그는 삶을 거대한 경기장으로 보았고, 그 경기장에서는 사람들이 규칙을 정직하게 지키며 완벽을 성취하기 위해 경쟁하는 것이라고 생각했다.

사실은 그렇지 않은 것으로 판명되자, 그의 머리에는 세계 질서를 단순하게 생각한 그가 잘못한 것이라는 생각이 들지 않았다. 오랫동안 모욕감을 안으로만 삭이던 그는 언젠가는 삶과 삶을 훼손하는 어두운 힘 사이에서 재판관이 되리라는, 그래서 삶을 수호하고 대신 복수하고야 말겠다는 생각을 키우기 시작했다.

환멸이 그를 모질게 만들었다. 혁명이 그를 무장시켰다.

31

「지바고라, 지바고라.」 스트렐니코프는 그들이 옮겨 온 자기 차량에서 계속 반복해 말했다. 「뭔가 상인 집안의 이름인데. 아니면 귀족의 이름이든지요. 그래요, 모스크바에서 온 의사라. 바리키노로 가고 계시군요. 이상한 일이군요. 모스크바에서 갑자기 두메산골로 간다니.」

「바로 그래서 가는 겁니다. 조용함을 찾아서요. 벽지의 아무도 모르는 곳으로요.」

「얼마나 시적인지. 바리키노요? 저는 이곳 지역을 잘 압니다. 예전에 크뤼게르 공장이 있었지요. 혹시 친척은 아니십니까? 상속인은요?」

「그 빈정대는 말투는 뭔가요? 〈상속인〉이라니 그건 또 무슨 뜻입니까? 아내가 정말 상속인이기는 합니다만.」

「그렇군요, 그것 보세요. 백군이 그리웠던 겁니까? 실망입니다. 늦으셨어요. 주변이 소탕됐거든요.」

「계속 조롱하시는군요?」

「그리고 의사시군요. 군의요. 그런데 전시(戰時)입니다. 이 건 곧바로 내 관할이군요. 당신은 탈영병이에요. 녹색 군대[20] 역 시 숲속에 고립되어 있습니다. 조용함을 찾아서요. 이유는요?」

「두 번 부상당했고, 순전히 부적격하다는 이유로 제대했습 니다.」

「선생을 〈충분히 소비에트 사람〉이라고 추천해 주는 인민 교육 위원회 혹은 인민 보건 위원회의 기록을 이제 보여 주시 겠지요. 지금은 이 땅에 최후의 심판이 진행 중입니다, 선생, 칼을 든 묵시록의 존재와 날개 단 짐승들이 다니고 있을 뿐, 충분히 동조하는 충성스러운 의사들이 다니는 시대가 아닙니 다. 하지만 저는 선생이 자유라고 말씀드리고, 그 말을 번복 하지 않을 겁니다. 그러나 그건 이번만입니다. 전 우리가 또 만날 거라는 예감이 드는군요. 그때는 전혀 다른 대화를 나누 게 될 겁니다, 조심하십시오.」

위협과 도발은 유리 안드레예비치를 당혹스럽게 하지 않 았다. 그가 말했다.

「저는 대장님이 저에 대해 생각하는 모든 것을 알고 있습 니다. 대장님 입장에서는 다 옳은 말씀이지요. 그러나 대장님 이 저를 끌어들이려고 하는 그 논쟁을 저는 평생 상상 속의 고소인과 머릿속에서 벌이고 있습니다. 그러니 일정한 결론 에 도달할 시간이 되었다고 볼 수 있지요. 하지만 단 두 마디 로 정리해 드릴 얘기는 아니군요. 정말 제가 자유라면 설명 없이 갈 수 있도록 해주십시오, 만약 아니라면 저를 처분대

20 제6부 주 20 참조.

로 하십시오. 대장님 앞에서 변명할 이유가 없습니다.」

전화벨 소리가 그들의 대화를 끊었다. 전화선이 복구된 것이었다.

「고맙네, 구리얀.」스트렐니코프가 수화기를 들고 몇 번 수화기에 후후 바람을 불고는 이렇게 말했다.「지바고를 바래다 줄 동지를 보내 주게. 아무 일도 일어나지 않도록. 라즈빌리예 선과 연결시켜 주게, 라즈빌리예의 체카[21] 교통국 말일세.」

혼자 남은 스트렐니코프는 역으로 전화했다.

「소년을 데려가던데, 모자를 귀까지 내려쓰더군, 머리에 붕대를 감았던데, 그 무슨 추태인가. 맞네. 필요하다면 의료적 도움을 주게나. 맞네, 눈동자처럼 개인적으로 내 앞에서 책임을 지게나. 필요하다면 배급 식량도 주게나. 그렇지. 이제 본론으로 들어가서. 말하는 중이잖나, 아직 끝나지 않았어. 에이, 제길, 누군가 제삼자가 끼어들었군. 구리얀! 구리얀! 끊겼군!」

〈어쩌면 내 제자일지도 몰라.〉 그는 역과 대화를 끝내려던 시도를 잠시 미루고 생각했다. 〈자라서 우리의 적이 되어 싸우는구나.〉 스트렐니코프는 가르치던 해와 전쟁, 포로로 있었던 해를 계산해서 소년의 나이와 합이 맞아떨어지는지 재어 보았다. 그 후에는 객차의 창문을 통해 지평선에 보이는

---

21 체카는 〈반혁명과 태업, 투기와의 투쟁을 위한 전 러시아 비상 위원회 chrezvychainaya komissiya po bor'be s kontrrevolyutsiei, sabotazhem i spekulyatsiei〉의 준말이다. 1917년 12월에 〈철의 펠릭스〉로 알려진 펠릭스 제르진스키에 의해 비밀 경찰로 조직되었다. 1921년에 체카의 인원은 20만 명에 이르고, 1922년부터 〈국가 경찰청〉이 된다.

정경에서 그들의 아파트가 있던 유랴틴의 출구 옆 강 위의 그 지역을 찾기 시작했다. 문득 아내와 딸이 아직까지도 그곳에 있다면! 그들에게 달려갈 텐데! 당장, 이 순간! 그렇다, 하지만 과연 그런 것을 생각할 수 있을까? 이건 전혀 다른 삶을 살다가 가는 것인데. 단절된 그 삶으로 돌아가기 위해서는 먼저 이 새로운 삶을 끝내야 한다. 언젠가, 언젠가는 그렇게 될 것이다. 그렇다, 하지만 그것이 언제일까? 그것이 언제가 될까?

〈하권에 계속〉

열린책들 세계문학 **039** 닥터 지바고 상

옮긴이 홍대화 1965년 서울에서 태어나 고려대학교 노어노문학과를 졸업하고 동 대학원에서 석사 학위를 받았다. 러시아 상트페테르부르크 대학교에서 문학 박사 학 위를 받았으며, 경남대학교 인문과학연구소 연구 전임 강사를 역임했다. 현재 부산대 학교, 경남대학교에서 강의 중이다. 논문으로 「보리스 파스테르나크의 소설 『닥터 지 바고』의 구성과 상징체계」, 「도스토옙스키의 작품에 드러난 인간의 죄의 문제」 등이 있으며, 저서로 『혼자 배우는 러시아어』, 『도스또예프스끼』, 역서로 『러시아 희곡 1』 (공역), 미하일 불가코프의 『거장과 마르가리따』(전2권), 레르몬토프의 『우리 시대의 영웅』, 『리곱스카야 공작부인』, 도스토옙스키의 『죄와 벌』(전2권), 『까라마조프 형제 들』(전3권) 등이 있다.

지은이 보리스 파스테르나크 옮긴이 홍대화 발행인 홍예빈·홍유진
발행처 주식회사 열린책들 **주소** 경기도 파주시 문발로 253 파주출판도시
전화 031-955-4000 **팩스** 031-955-4004 **홈페이지** www.openbooks.co.kr
Copyright (C) 주식회사 열린책들, 2022, *Printed in Korea.*
ISBN 978-89-329-2238-6 04890 **ISBN** 978-89-329-1499-2 (세트)
발행일 2022년 4월 15일 세계문학판 1쇄